Paulas Träume

Ein Liebesroman

ANN I. NOLL

Paulas Träume

ISBN: 978-3-948245-03-0

1. Auflage Juni 2019
LeLes Lesen
Alter Kirchhainer Weg, 35039 Marburg

Kontakt:
anninoll@lesbischlesen.de
www.lesbischlesen.de

Coverdesign: MiMo
Bildrechte: pixabay.de
Korrektorat: Liselotte Herrmann

WIDMUNG

Für meine Großmutter, die beim Schreiben im Herzen stets dabei ist.

PAULAS TRÄUME

KAPITEL 1

„Paula, wach auf!"

Das durchdringende Dröhnen des Weckers riss Paula unsanft aus ihrem Schlaf, gefolgt von einem Kissen, das direkt in ihrem Gesicht landete. Angestrengt öffnete sie die Augen, was ihr heute ungewöhnlich schwer fiel, und blickte in das genervte Gesicht ihrer besten Freundin, die gerade an dem Wecker rumhantierte, um ihn endlich zum Schweigen zu bringen.

„Wieso höre ich das blöde Ding, als würde es auf meinem Nachttisch stehen, aber du rührst dich keinen Millimeter?"

„Wie spät ist es?" Beinahe panisch griff Paula nach dem Wecker und versuchte die LED-Anzeige zu fokussieren.

„Verdammt, verdammt, verdammt", schrie sie panisch, sprang aus ihrem Bett und hastete ins Bad.

Es war der Montagmorgen, an dem sie ihr Praktikum in einer New Yorker Werbeagentur beginnen sollte. Bei dem Bewerbungsgespräch war ihr unmissverständlich klar gemacht worden, dass ihr Chef Wert auf Pünktlichkeit legte. Und sie durfte das Praktikum keinesfalls vermasseln, denn ihr Vater hatte seine Beziehungen spielen lassen. Er und Paulas Chef Mr. James waren damals in Deutschland gemeinsam auf einem Army-Stützpunkt stationiert gewesen. Während Mr. James anschließend wieder in die USA gegangen war, hatte Paulas Vater in Deutschland seine Liebe gefunden und eine Familie gegründet.

Paula, das Ergebnis dieser Liebe, war mittlerweile 23 Jahre alt und studierte in Deutschland Internationales Marketing. Die Möglichkeit auf ein Praktikum in den USA war der absolute Jackpot gewesen und die perfekte Referenz, mit der sie sich im späteren Arbeitsleben einen Vorteil erhoffte. Ihre zweisprachige Erziehung, auf die ihr Vater von klein auf bestanden hatte, kam ihr natürlich ebenfalls zugute. Ihr Englisch war nahezu perfekt, nur bei genauem Hinhören ließ sich vermuten, dass sie in keinem englischsprachigen Land aufgewachsen war. Doch all diese idealen Voraussetzungen halfen ihr im Moment nicht, denn die Zeit lief gerade gegen sie. Ihr blieben noch etwa 20 Minuten, spätestens dann musste sie sich auf den Weg machen, damit sie gerade noch pünktlich bei ihrem Arbeitgeber eintreffen würde. Die Zeit unter der Dusche wollte sie nutzen, um sich in Gedanken einen kleinen Ablaufplan zu erstellen. Doch ihre Gedanken fanden es gerade wesentlich sinnvoller, ihr die Bilder der vergangenen Nacht zu präsentieren.

„Schon wieder dieser Traum“, seufzte sie, denn allmählich wurde sie diesen Traum leid. Sie überlegte. Es waren jetzt geschlagene fünf Tage, an denen sie exakt das Gleiche geträumt hatte. Gut, der Ablauf variierte vielleicht, doch die Person, die Paulas Unterbewusstsein kreiert hatte, war immer dieselbe. Paula kannte die Frau nicht. Sie entsprang ihrer Fantasie, was für einen Traum sicher nichts Ungewöhnliches war. Doch diese hartnäckigen Wiederholungen waren es, die Paula mittlerweile beunruhigten. Das Gesicht der Frau hatte sich inzwischen so tief in Paulas Kopf eingebrannt, dass sie sie blind hätte zeichnen können. Jedes Detail, jede Haarsträhne hatte sie genau vor Augen. Aber besonders das kleine Muttermal auf der linken Wange machte dieses ansonsten völlig makellose Gesicht unverwechselbar. Sie war bildschön. Ihre dunklen Augen waren ausdrucksstark und blickten sie jedes Mal herausfordernd an. Doch verstand Paula noch immer nicht, was sie ihr mit ihrem Blick sagen wollte.

Paula hatte Mark von ihren Träumen erzählt. Seiner Meinung nach stand die Unbekannte symbolisch für Paulas bevorstehende Zeit, für das Unbekannte, das sie in ihrem Praktikum zu erwarten hatte. Vielleicht standen die Träume aber auch für die Stadt New York, die sie ebenfalls zum ersten Mal besuchte und die für sie entsprechend unbekanntes Terrain darstellte. Vermutlich hatte ihr Freund recht damit, was auch sonst sollte es mit diesem Traum auf sich haben?

Mark war erst seit kurzem ihr Freund. Sie kannte ihn seit Beginn ihres Studiums, doch erst vor etwa einem Monat hatte es zwischen ihnen gefunkt. Nun mussten sie die acht Wochen Praktikum mit Videochatten und häufigen Telefonaten überbrücken.

Paula war seit einer Woche in New York. Da sie bis dahin reichlich Zeit hatte, von einigen Ausflügen mit Mary mal abgesehen, hatte sie sich mit ihrem Liebsten häufig austauschen können. Ab heute würde sich das ändern, denn einen Großteil ihrer Zeit würde sie von nun an in der Agentur verbringen. Sie hatten sich darauf geeinigt, ab sofort nur noch am Abend wenigstens kurz miteinander zu telefonieren.

Paula hastete aus dem Bad. Zum Glück hatte sie sich bereits am Vorabend ihre Kleidung bereitgelegt und würde beim Ankleiden kaum Zeit vergeuden müssen. Im Flur warf sie noch einen kritischen Blick in den Spiegel, war aber im Großen und Ganzen mit ihrem Äußeren einverstanden. Mary hatte es sich derweil mit einem Kaffee in der Küche bequem gemacht, streckte ihren Hals Richtung Flur und segnete Paulas Outfit ebenfalls mit einem zufriedenen Nicken ab.

„Nun los, du bist noch gerade im Zeitplan“, hielt sie Paula zur Eile an.

„Ja, ist ja schon gut“, rief Paula im Gehen, stopfte sich noch schnell einen Apfel und eine Banane in die Tasche und lief zur Haustür.

„Und viel Erfolg für deinen ersten Tag!“, rief Mary ihr hinterher, bevor die Tür ins Schloss fiel.

An den Berufsverkehr musste sich Paula noch gewöhnen. Das Rege treiben an den Haltestellen war nichts im Vergleich zu ihrem üblichen Weg in Deutschland, wenn sie zur Uni fuhr. Damit sie heute nicht panisch nach einer passenden U-Bahn-Verbindung suchen musste, war sie vor zwei Tagen mit Mary schon einmal die Strecke zu ihrer Arbeitsstelle abgefahren. Doch das war zu einer weniger verkehrsreichen Uhrzeit gewesen und nun musste sie sich genau auf die Beschilderung konzentrieren, um am Ende nicht in die falsche U-Bahn einzusteigen. Doch alles klappte nach Plan. Als sie sicher war, sich in der richtigen U-Bahn zu befinden, atmete sie erleichtert aus. Sogar einen Sitzplatz hatte sie ergattern können. Die Fahrt bot ihr genügend Zeit, um Mark eine kurze Nachricht zu schicken. Bei ihm war der Tag längst angebrochen, er war also definitiv wach und mit etwas Glück würde er ihre Nachricht sofort lesen.

Hi Schatz, bin in der U-Bahn. Sogar pünktlich. Einem erfolgreichen ersten Tag steht bislang also nichts im Wege. Kuss P.

Kaum eine Minute später erhielt sie die Antwort: Das freut mich. Und ich drück dir für heute die Daumen. Kuss zurück.

Erfreut über Marks Antwort, packte sie das Handy zurück in ihre Tasche und wartete auf ihre Zielhaltestelle. Von dort waren es noch etwa zehn Minuten zu Fuß und da sie noch in ihrem Zeitplan war, musste sie sich nicht überaus beeilen, um pünktlich im Büro zu erscheinen. Rechtzeitig erreichte sie das imposante Bürogebäude, dass ihr mittels einer Drehtür Zugang in den großzügigen Eingangsbereich gewährte. Das mehrstöckige Haus beherbergte etliche Firmen, die sich in den verschiedenen Etagen eingemietet hatten. Darunter, als eines der größten Unternehmen galt die Agentur James & Partner. Das große silberne Logo der Agentur, das direkt über dem Eingang prangte, ließ darüber keine Zweifel entstehen.

Sie nahm den Fahrstuhl in den vierten Stock. Die Fahrstuhltür öffnete sich geräuschlos und gab den Zutritt zu den Büros frei. Der Empfang war noch unbesetzt, also passierte sie ihn und begab sich zuerst zum Büro des Chefs. Sie war bei ihrer Ankunft in der vergangenen Woche auf direktem Weg mit einem Taxi vom Flughafen zur Agentur gefahren, um sich persönlich vorzustellen. Im Vorfeld hatten die beiden ein Bewerbungsgespräch über Videochat geführt, was sich für Paula seltsam und unpersönlich angefühlt hatte. Mr. James war es offensichtlich ebenso ergangen, deshalb hatte er auf ein Kennenlernen von Angesicht zu Angesicht vor Antritt des Praktikums bestanden.

Das Büro von Mr. James befand sich, wie Paula bereits wusste, am Ende des Ganges. Auf dem Weg dahin begegnete Paula einigen Kollegen, die sie freundlich mit Namen begrüßten und sie willkommen hießen. Ganz offensichtlich wurde sie im Vorhinein bei den Mitarbeitern angekündigt, was sie als durchaus wertschätzend empfand. Schließlich war sie nur eine kleine Praktikantin und hatte nicht damit gerechnet, dass überhaupt irgendjemand Notiz von ihr nahm. Sie erreichte Mr. James Büro und da seine Tür nur angelehnt war, ging sie davon aus, dass er bereits da war. Sie klopfte vorsichtig am Türrahmen, woraufhin prompt eine tiefe Stimme sie um Eintritt bat. Paula folgte der Anweisung und betrat das Büro. Mr. James war ganz in seine Arbeit vertieft und hatte seinen Blick konzentriert auf den Monitor gerichtet, weshalb Paula nicht recht wusste, wie sie sich verhalten sollte. Sie entschied sich, vor seinem Schreibtisch stehen zu bleiben. Als Mr. James kurz darauf zu ihr aufsah, hellte sich seine Miene auf und er gab ihr mit einer Geste zu verstehen, Platz zu nehmen.

„Paula, schön, dass du da bist. Nun, heute geht es ja dann endlich los für dich."

Paula lächelte schüchtern. Sie wusste von ihrem Vater, dass Mr. James ein gutherziger Mensch und freundlicher Chef war. Seine äußere Erscheinung wirkte auf Paula dennoch einschüchternd. Mit seinen knappen zwei Metern Körpergröße und seinen breiten Schultern überragte er sogar die meisten Männer. Da konnte Paula mit ihren winzigen ein Meter neunundsechzig erst recht nicht mithalten. Die tiefe, sonore Stimme komplettierte seine beeindruckende Erscheinung und gab ihm eine natürliche Autorität.

„Guten Morgen Mr. James, ich freue mich, hier sein zu dürfen und bin schon sehr auf die kommenden Wochen gespannt.“ Paula wollte selbstbewusst klingen, spürte aber, wie ihre Stimme vor Nervosität zitterte.

„Paula, nenn mich doch bitte Peter. Wir nennen uns hier alle beim Vornamen. Ist in der Branche so üblich“, lächelte er freundlich.

„Gerne, Peter.“ Seine offene Art ließ ihre Nervosität verebben und Paula glaubte, mit der Wahl ihres Praktikums eine richtige Entscheidung getroffen zu haben.

„So, ich werde dir mal einen kleinen Überblick über deine bevorstehenden Aufgaben verschaffen.“ Während er sprach, sortierte er einige Unterlagen auf seinem Schreibtisch. „Du wirst mit Melissa zusammenarbeiten. Sie betreut derzeit ein interessantes Projekt für einen unserer besten Kunden. Das Projekt ist bereits in vollem Gange. Zufällig findet heute ein Meeting mit dem Kunden statt. Wir werden ihm die ersten Entwürfe für seine Kampagne vorstellen. Um zehn Uhr geht's los, bis dahin müssen noch ein paar Kleinigkeiten vorbereitet werden. Ich bin sicher, dass du Melissa dabei unterstützen kannst.“

Er erklärte ihr außerdem, dass der Kunde, eine bekannte Traditionsbrauerei, mit dieser Werbekampagne ein jüngeres Image erzielen und somit eine neue Zielgruppe ansprechen wollte.

„Melissa ist vermutlich schon da, frag sie einfach, wie du ihr helfen kannst.“ Er erklärte ihr, wo sie Melissa finden würde und entließ Paula anschließend aus seinem Büro.

Schnell konnte sie die Projektmanagerin ausfindig machen. Bereits aus der Ferne konnte sie beobachten, wie die blonde Frau hektisch in ihren Unterlagen kramte und abwechselnd zwischen Monitor und den vor ihr liegenden Blättern hin und her blickte.

„Melissa?“

Sie sah irritiert auf. „Ja?“

„Hallo, ich bin Paula Becker, die neue Praktikantin.“ Paula streckte ihr die Hand entgegen.

Melissa sah sie unschlüssig an. Scheinbar wusste sie Paula nicht recht einzuordnen, doch plötzlich schien der

Groschen zu fallen. Die Stirnfalten wichen einem Lächeln und Melissa griff nach Paulas Hand.

„Ach, natürlich. Peter hatte dich schon angekündigt. Bitte entschuldige, heute findet ein wichtiges Meeting statt und ich hab noch so viel vorzubereiten."

„Peter hat mich schon ins Bild gesetzt. Ich hoffe, ich kann dir einen Teil abnehmen."

Paula schätzte Melissa auf Anfang vierzig. Ihr Outfit war klassisch und elegant. Mit ihren hochgesteckten Haaren und dem für Paulas Geschmack etwas zu stark geschminkten Gesicht, machte sie sich älter, als sie vermutlich war. Auf Paula machte sie den Anschein streng, aber fair zu sein.

„Ja, da habe ich direkt einiges, was du tun kannst. Zuerst müssen die Plakate für die Präsentation ausgedruckt werden. Hier habe ich einen USB-Stick. Damit gehst du in den dritten Stock zu Dan. Er ist hier für die Drucke zuständig. Lass bitte alles dreifach drucken und bringe sie dann in den Meetingraum 3. Dort wirst du mich dann finden, damit ich dir alles Weitere erklären kann, ok?"

„Alles klar", nickte Paula und machte sich sofort auf den Weg. Dieser Aufgabe sollte sie wohl gewachsen sein. Sie hoffte inständig, dass sie in den nächsten Wochen noch anspruchsvollere Aufgaben übernehmen durfte. Für ihren ersten Tag war sie über den sanften Einstieg in ihre neue Arbeitswelt allerdings sehr dankbar.

Der dritte Stock war weitaus weniger imposant als die beeindruckende vierte Etage. Sicher fanden hier keine Kundentermine statt. Es stapelten sich Kartons und aufgerollte Plakate an den Wänden und auch die Schreibtische quollen über vor Papieren und Drucken. Außerdem arbeiteten hier weitaus weniger Menschen, als in den Büroräumen. Sie hatte Mühe überhaupt jemanden anzutreffen, um sich nach Dan zu erkundigen. Den Kollegen, der gerade aus einer Mitarbeitertoilette heraustrat, sprach sie an: „Entschuldige, ich suche Dan."

Der etwas schusselig wirkende Brillenträger blickte verschüchtert auf und grinste angestrengt.

„Der ist hinten bei der Maschine." Er deutete auf eine Tür am Ende des Raumes.

„Danke." Paula hörte bereits aus der Entfernung ein lautes Klacken und Surren hinter der Tür. Als sie öffnete, sah sie einen kleinen, dicklichen Mann mit Halbglatze an eine Maschine hantieren.

„Dan?", rief sie nach ihm. Doch die Druckmaschine war so laut, dass er sie nicht hörte. Also ging sie auf ihn zu und tippte auf seine Schulter. Er zuckte merklich zusammen und wandte sich hastig nach ihr um.

„Oh, sorry, ich hab dich gar nicht bemerkt", antwortete er mit seiner kratzigen Stimme.

„Mir tut es leid. Ich wollte dich nicht erschrecken."

„Kein Problem, Mädchen. Was kann ich für dich tun?"

Paula nannte ihr Anliegen, erklärte, dass sie von Melissa geschickt wurde, woraufhin sich seine Miene verfinsterte.

„Melissa, sagst du? Mal wieder typisch, alles auf den letzten Drücker", seufzte er.

„Ich hab jetzt noch ein paar andere Drucke in der Warteschlange. Das kann ich nicht unterbrechen. Selbst wenn ich auf meine Kaffeepause verzichte, sind die Plakate frühestens in einer Stunde fertig."

Paula sah auf die Uhr. Demnach wären die Plakate um zwanzig nach neun fertig. Theoretisch sollte das reichen. Ob aber Melissa mit dieser Uhrzeit einverstanden war, konnte Paula nicht beantworten. Um sicher zu gehen wollte sie das mit ihrer Vorgesetzten abstimmen.

„Kann ich von hier mit Melissa telefonieren?"

„Nebenan ist ein Telefon. Die Kurzwahltasten sind beschriftet, einfach Hörer nehmen und draufdrücken."

„Dan?", schallte es durch den Hörer.

„Nein, Paula hier. Ich habe eine Frage." Sie gab an Melissa weiter, was Dan ihr erklärt hatte.

„Ach, dieser unsägliche Dan wieder. Er soll Gas geben. Bleib bitte so lange bei ihm. Nicht, dass er auf die Idee kommt, noch einen anderen Auftrag vorzuziehen", zischte Melissa genervt. Offenbar herrschte ein kleiner Zwist zwischen den beiden. Paula wollte die negative Stimmung nicht zusätzlich befeuern. Deshalb ließ sie es Dan gegenüber so klingen, als wäre es Paulas Idee gewesen, hier unten auf die Drucke zu warten. Sein skeptischer Blick verriet jedoch, dass er ganz genau wusste, woher Paula ihre Anweisung erhalten hatte. Zwischen dem Lärm der Druckmaschine meinte sie ihn „dieses anstrengende Weibsbild, gönnt einem nicht mal seine Kaffeepause“ murmeln gehört zu haben.

„Und du bist neu hier?“, fragte Dan nach einiger Zeit.

„Ja, heute hat mein Praktikum angefangen. Für die nächsten acht Wochen werden wir Kollegen sein.“ Irgendwie freute sich Paula über Dans Interesse.

„Ah, eine Praktikantin. Vielleicht bist du ja dann häufiger mal im Keller“, lachte er sarkastisch.

„Im Keller?“, wiederholte Paula fragend.

„Ach so. Natürlich verstehst du kein Wort“, Dan kratzte sich am Hinterkopf. „Wir sind der Keller. Die Bezeichnung ist ein altes Relikt. Früher war die Agentur ein paar Straßen weiter und da war unsere Abteilung im Keller. Na ja, der Name ist geblieben und so mancher da oben meint es sicher auch so abwertend wie es klingt. Aber mir gefällt es hier. Da oben sind mir zu viele aufgeblasene Schnösel, wenn du weißt, was ich meine.“ Er sah Paula erwartungsvoll an. Offenbar rechnete er mit ihrer Zustimmung. Paula jedoch war die Situation unangenehm und sie wusste nicht, wie sie reagieren sollte. Sie versuchte es mit einem neutral klingenden „Mhm“. Endlich begriff Dan, in welche Zwickmühle er sie da gebracht hatte: „Hast recht Mädchen. Halt dich da am besten raus. Bist ja nur ein paar Wochen da“, zwinkerte er ihr zu. Sie fand Dans muffelige Art überaus sympathisch und insgeheim musste sie zugeben, dass sie mit ihm wohl mehr anfangen konnte als mit Melissa. Trotzdem behielt sie diese Information für sich, denn sie wollte sich offiziell weder auf die eine, noch die andere Seite schlagen.

Paula vertrieb sich die Wartezeit, indem sie in einigen

Broschüren blätterte, die vor ihr auf dem Tisch lagen. Sie zeigten einen Kaffeehersteller, der seine hochexklusive Kaffeesorte anpries und damit warb, eine der führenden Kaffeeketten zu beliefern. Paula mochte Kaffee nicht besonders, aber sie liebte den Geruch. Er erinnerte sie an früher, als ihr Vater immer Sonntagmorgens für alle Frühstück gemacht hatte. Sie und ihr kleiner Bruder durften sich immer am Abend vorher ihre Lieblingsbrötchen wünschen und wenn sie am nächsten Morgen die Küche betraten, stand schon alles bereit.

„So, alles fertig." Dan hielt ihr die aufgerollten Plakate entgegen.

„Schon fertig?", fragte Paula überrascht. Sie blickte über Dans Schulter und sah, dass es erst kurz nach neun Uhr war.

„Ja, ich hab doch noch was aus der Warteschlange geworfen. Nicht, dass du Stress mit der gnädigen Dame bekommst", grinste er.

„Danke Dan, das ist echt furchtbar nett von dir", bedankte sich Paula. Sie schnappte sich die Plakate, verabschiedete sich und machte sich auf den Weg nach oben. Bevor sie den Raum verließ, drehte sie sich noch mal um: „Das nächste Mal bringe ich dir 'nen Kaffee mit."

„Mach das, Mädchen."

Oben steuerte Paula direkt Meetingraum Nummer drei an. Den hatte sie am Morgen beim Vorbeigehen bereits entdeckt, so dass sie ihn nun nicht lange suchen musste. Melissa hatte die Präsentationsunterlagen bereits auf dem Tisch verteilt und blickte erleichtert auf, als sie Paula mit den Plakaten unter dem Arm sah: „Oh, da bist du ja. Doch früher als gedacht. Ich wusste doch, dass der olle Dan wieder übertrieben hat."

Paula ließ Melissas Aussage unkommentiert.

„Wo gehören die Plakate hin?"

„Ach ja. Pack sie erstmal zu drei Sätzen zusammen. Ein Satz kommt an den Flipchart. Achte auf die Reihenfolge, unten rechts befinden sich Nummern. Die anderen zwei Sätze kannst du auf den Tisch in der Ecke legen."

Nachdem das erledigt war, half Paula noch bei einigen weiteren Handgriffen und sollte zum Schluss noch Getränke und Kaffee aus der Küche holen. Als sie die Küche betrat, bot sich ihr ein unerwartetes Bild. Eine junge Frau versuchte mit einem Geschirrtuch die Kaffeemaschine zu bändigen, die aus allen Öffnungen Dampf ausstieß. Es wirkte wie ein Kampf zwischen Maschine und Mensch. Jedes Mal, wenn die junge Frau einen Hahn zudrehte, spie der Automat an einer anderen Stelle neuen Dampf aus.

„Shit, shit, shit!“, schrie die Frau völlig aufgelöst. „Das scheiß Ding macht es schon wieder!“

Paula blickte zur Wand und entdeckte die Steckdose, über die der Kaffeeautomat angeschlossen war. Kurzentschlossen zog sie den Stecker und das Ungetüm war schlagartig erlegt. Völlig verdutzt drehte sich die rotblonde Dame um.

„Was? Wieso? Wie hast du das gemacht?“

„Ähm, ich hab den Stecker gezogen. Das Ding scheint ja kaputt zu sein.“ Paulas Gegenüber sammelte sich kurz bevor sie zu einer Antwort ausholte. Ihr Tonfall klang plötzlich arrogant und schnippisch: „Ja, ganz offensichtlich ist das Ding kaputt. Spätestens jetzt, wo du den Stecker gezogen hast.“ Sie deutete auf ein kleines Schild an der Seite der Maschine: Stecker niemals während des laufenden Betriebs ziehen. Paula lief rot an.

„Ja, aber… es war doch vorher schon etwas nicht in Ordnung“, stotterte sie.

„Ach ja? Das kannst du ja gern dem Chef erzählen.“ Mit diesen Worten verließ sie die Küche und ließ Paula mit dem defekten Automaten zurück. Was um alles in der Welt war das denn? Paula sah dem unangenehmen Rotschopf verdattert nach. Hatte sie tatsächlich etwas falsch gemacht? Und was sollte Paula jetzt tun? Sie sollte für den Kaffee sorgen und jetzt war das blöde Ding außer Betrieb. Sie sah auf die Uhr, es war bereits 9:40 Uhr. Gleich würde der Kunde auf der Matte stehen. Sie musste umgehend Melissa informieren, dass die Kaffeemaschine bis zu Beginn des

Termins ganz sicher keinen Kaffee ausspucken würde. Paula konnte sich Melissas begeistertes Gesicht bereits jetzt schon vorstellen. Eilig hastete sie zurück zum Meetingraum.

„Melissa, der Kaffeeautomat ist kaputt. Wir haben keinen Kaffee“, rief sie gehetzt.

„Verdammt, das ist völlig inakzeptabel. Der Kunde besteht auf seinen Kaffee. Wir brauchen hier sofort eine Lösung.“ Melissas Stresspegel schoss schlagartig nach oben, so dass sich auf Gesicht und Hals rötliche Flecken abzuzeichnen begannen. Paula versuchte, nicht darauf zu starren, damit sie ihre Vorgesetzte nicht noch mehr verunsicherte.

„Ja, ähm, ok. Gegenüber habe ich heute Morgen einen Coffee Shop gesehen, wenn ich mich also beeile…“, schlug Paula vorsichtig vor, weil sie nicht sicher war, ob die Idee gut war.

Melissa sah sie einen Moment wortlos an.

„Gib Gas!“

Als wäre das der Startschuss bei einem Marathon, rannte Paula los. Natürlich war der Aufzug gerade im obersten Stock und fuhr in aller Gemütlichkeit von Etage zu Etage. Sie verschränkte die Arme und wippte ungeduldig mit dem Fuß, während sie auf das Display oberhalb der Aufzugtür starrte. Das dauerte alles viel zu lang. Also nahm Paula ihre Beine in die Hand und schwang sich das Treppenhaus hinunter. Sie war zwar recht sportlich, aber mit diesem Druck im Nacken geriet auch sie bald außer Puste. Aber für Verschnaufpausen war keine Zeit. Endlich war sie unten angekommen. Jetzt musste sie nur noch die Straße überqueren, was bei dem New Yorker Verkehrsaufkommen keine leichte Aufgabe war. Sie lauerte einen Moment und erkannte eine Lücke zwischen den fahrenden Autos, durch die sie schließlich auf die gegenüberliegende Straßenseite gelang. Jetzt trennte sie von dem dringend benötigten Kaffee nur noch die Eingangstür des Ladens.

Doch weit gefehlt. Als sie die Tür zum Coffee Shop aufzog, blickte sie auf eine Schlange von mindestens zehn

Leuten. Das würde sie niemals rechtzeitig schaffen. Sie überlegte kurz. Es würde unangenehm werden, aber sie musste tun, was nötig war: „Entschuldigung, das ist heute mein erster Tag in meinem neuen Job und wenn ich nicht in 15 Minuten den Kaffee in dem Meeting habe, wird das wohl auch mein Letzter sein."

Der Mann vor ihr blickte sie irritiert an, ließ sie aber tatsächlich vor. Dasselbe sagte sie zu ihrem neuen Vordermann und so fragte sie sich Stück für Stück bis nach vorne durch. Sie wollte ihre Endlosschleife gerade ein weiteres Mal wiederholen, da begriff sie, dass sie bereits vor dem Tresen stand. Sie sah auf und als sie in das Gesicht dieser jungen Frau blickte, traf es sie wie ein Blitz. Da stand sie, die Frau aus Paulas Träumen.

KAPITEL 2

Paralysiert starrte Paula auf die attraktive Unbekannte, deren Gesicht ihr so vertraut war, als begegnete sie einer alten Freundin. Genau wie die Frau im Traum trug sie dieses kleine, charmante Muttermal auf ihrer rechten Wange, das sie so unverwechselbar machte. Ihre mandelförmigen Augen waren schwarz wie die Nacht und ihr symmetrisches Gesicht mit der makellosen, sonnengebräunten Haut zierte das schönste Lächeln, das Paula je gesehen hatte. Paulas Kopf schwirrte. Ihr Blickfeld hatte sich zusammengezogen, so dass sie rund um die unbekannte Frau alles verschwommen wahrnahm. Genau wie in ihren Träumen.

„Ma'am? Alles ok mit Ihnen?" Die Stimme der Frau klang in Paulas Ohren weit entfernt, dennoch drang sie langsam in Paulas Bewusstsein durch. Paula schüttelte ihren Kopf aus der Erstarrung.

„Ähm, ja, ähm. Ich brauch Kaffee", stammelte sie.

Ihr Gegenüber schmunzelte amüsiert: „Das habe ich mir fast gedacht. Sie sind schließlich in einem Café. Aber welchen möchten Sie? Und in welcher Größe?" Die Frau deutete auf das Schild hinter sich, auf dem unzählige Sorten und Variationen an Kaffees aufgelistet waren. Paula vernahm wiederholtes Stöhnen und Gemurmel hinter sich. Die Kunden, die ihr eben noch so freundlich den Vortritt gelassen hatten, schienen ihre Entscheidung allmählich zu bereuen. Ohnehin drängte die Zeit, das Meeting würde in wenigen Minuten starten. Sie überschlug im Geiste die Anzahl der Sitzplätze des Meetingraums, schlug zur Sicherheit noch zwei Kaffee drauf und gab ihre Bestellung ab. Die Frau hinter dem Tresen machte sich umgehend an die Arbeit, was Paula die Gelegenheit gab, einen Moment Luft zu holen. Allerdings konnte sie keine Sekunde ihren Blick von der Frau abwenden und obwohl die Dunkelhaarige beschäftigt war, schien sie Paulas Blicke zu bemerken. Immer wieder blickte sie auf und schenkte Paula ein verstohlenes Lächeln. Als sie die Bestellung abgearbeitet hatte, schob sie die Becher, die sie in einem Karton fixiert hatte, zu Paula über die Theke.

„Macht 45,50 Dollar."

Paula griff ganz selbstverständlich nach ihrer Handtasche, die sie meist über ihre linke Schulter trug. Doch ging ihr Griff diesmal ins Leere. Sie langte sich fassungslos an die Stirn. In der Eile war sie tatsächlich ohne ihr Geld losgerannt. Könnte der Tag noch schlimmer werden? Was sollte sie jetzt tun? Verzweifelt kramte sie in ihren Hosentaschen nach Geld, obwohl sie bereits wusste, nichts finden zu können.

„Wie heißt du?", wurde sie von der Kaffeeverkäuferin in ihrer Suche unterbrochen. Paula blickte irritiert auf. Wieso wollte sie das wissen? Wollte sie etwa die Polizei rufen?

„Paula", murmelte sie kaum verständlich.

„Ich bin Clementine. Es ist alles in Ordnung, also beruhig dich erstmal. Hast du irgendwas, das du mir als Pfand hinterlegen kannst? Dann zahl einfach später." Paula überlegte, was sie bei sich trug, das irgendwas an Wert hatte. Ihre Ohrringe waren sicher nicht mal einen einzigen Kaffee wert und ansonsten trug sie keinen Schmuck. Sie griff erneut in ihre Taschen. Das Handy. Sie nahm es hervor und platzierte es vor Clementine auf dem Tresen.

„Das ist prima. Ich werde es bei mir lassen und du kannst mir das Geld später bringen, ok?"

Paula nickte, schaltete das Gerät aus und tauschte es gegen ihre Bestellung.

„Vielen, vielen Dank!" Paula war unendlich erleichtert. Gerne hätte sie Clementine ihre Dankbarkeit noch ausführlicher zum Ausdruck gebracht, aber dafür blieb keine Zeit. Sie schnappte sich den Kaffee und rannte zurück Richtung Agentur. Diesmal spielte auch der Aufzug mit, denn seine Türen öffneten sich zeitgleich mit dem Betreten der Eingangshalle. Sie hastete hinein, drückte den Knopf mit der Ziffer vier, woraufhin sich die Türen schlossen. Endlich setzte sich der Fahrstuhl in Bewegung, was Paula abermals aufatmen ließ. Ein beiläufiger Blick auf die Uhr verriet, dass bis zum Beginn des Meetings fünf Minuten blieben. Ihr Plan war aufgegangen. Wer hätte das gedacht? Trotzdem war sie noch immer durch den Wind. Sie konnte das, was ihr gerade im Coffee Shop passiert war noch immer nicht glauben. Wie war es überhaupt möglich, dass sie nächtelang von einer ihr völlig unbekannten Frau träumte und ihr schließlich tatsächlich gegenüberstand? Kurz kam ihr der Verdacht, dass sie auch jetzt gerade träumte und eigentlich friedlich in ihrem Bett schlummerte. Aber nein, so fühlte es sich nicht an. Inzwischen war sie im vierten Stock angekommen. Als sie den Meetingraum erreichte, stellte sich heraus, dass der Kunde noch nicht eingetroffen war. Alles war gerade noch einmal gut gegangen.

Das Treffen mit dem Kunden war ein voller Erfolg. Mit zufriedenen Gesichtern verabschiedeten sich die Beteiligten voneinander und nachdem der Kunde die Agentur verlassen hatte, war auch Melissa die abfallende Last deutlich anzumerken. Entgegen ihrer bisherigen steifen Art verfiel sie beim Aufräumen des Meetingraums in einen lockeren Plauderton.

„Der Termin ist absolut rund gelaufen. Ich bin ja so erleichtert. Und Paula, du hast für unser kleines Kaffeeproblem schnell eine Lösung gesucht und sie sofort umgesetzt. Das war großartig."

Paula freute sich über das Lob, wenngleich „schnelles Kaffee holen" sicherlich keine Tätigkeit war, die sie am Ende in ihrem Arbeitszeugnis als herausragendes Merkmal vermerkt haben wollte. Wenn Melissa wüsste, welche Hürden sich ihr währenddessen in den Weg gestellt hatten. Aber davon wollte Paula ihrer Vorgesetzten besser nichts erzählen. Den Rest des Tages assistierte Paula ihren Kollegen bei der Umsetzung der wenigen Änderungswünsche des Kunden. Hochkonzentriert versuchte sie alles aufzunehmen, was ihr erklärt wurde. Doch musste sie sich eingestehen, dass ihre Gedanken immer wieder gen Coffee Shop abdrifteten, zu der netten

Verkäuferin, der Fremden aus ihrem Traum, die nun einen Namen hatte. Clementine.

Kurz vor Feierabend fiel Paula ein, dass sie noch mit Peter über den Kaffeeautomaten des Grauens sprechen wollte. Sie war diejenige, die den Stecker aus der Steckdose gezogen hatte und wenn sie damit dem blöden Ding den letzten Rest gegeben hatte, dann war das sicher nicht gut, aber sie war bereit, ihre Tat zuzugeben. Immerhin hatte sie in bester Absicht gehandelt und sie war sich sicher, dass Peter das ebenfalls so sehen würde. Vor allem wollte sie jedoch ihrer unliebsamen Kollegin zuvorkommen, die zwar nicht eindeutig gedroht hatte, diesen Vorfall ihrem Chef unter die Nase zu reiben, der das aber absolut zuzutrauen war. Deshalb trat Paula jetzt ein zweites Mal an diesem Tag den Weg zu Peter an. Wieder klopfte sie und wieder wurde sie hineingebeten. Sie nahm Platz und begann mit anfänglichem Gedruckse den Vorfall vom Morgen wiederzugeben. Mit jedem weiteren Satz verbreiterte sich Peters Grinsen, bis er schließlich in ein amüsiertes Lachen verfiel.

„Hab ich was falsch gemacht?“, fragte Paula verdutzt.

„Nein, überhaupt nicht.“ Noch immer schmunzelte Peter. „Schön, dass du bereits Bekanntschaft mit Natalie gemacht hast. Sie ist…“, er hielt inne und suchte nach passenden Worten, „manchmal recht speziell.“ Peter rieb sich seufzend die Stirn und fuhr fort. „Sie ist Praktikantin, genau wie du. Allerdings ist sie schon seit fünf Monaten bei uns. Und sie hofft nach Abschluss ihres Studiums darauf, hier übernommen zu werden. Natalie ist extrem ehrgeizig und auch verdammt gut. Aber mit technischen Geräten hat sie es nicht so. Und es ist jetzt schon das dritte Mal, dass sie die Kaffeemaschine, nennen wir es mal, demoliert hat. Ich vermute sie hat Angst, dass sie das Ding ihre Stelle kostet. Was natürlich Quatsch ist, aber das verraten wir ihr mal nicht“, flüsterte Peter nun verschwörerisch und zwinkerte Paula zu.

„Gut, das beruhigt mich. Dann nehme ich ihr Verhalten

mal nicht persönlich", lächelte Paula zurück.

„Nein, das solltest du nicht. Ok, wenn damit alles geklärt ist, dann sollten wir jetzt mal Feierabend machen", schlug Peter vor. Paula nickte, beide erhoben sich von ihrem Stuhl und steuerten gemeinsam den Fahrstuhl an, auf dessen Ankunft sie nun warteten.

„Kann ich dich eigentlich mitnehmen? Wenn ich mich recht erinnere, dann liegt deine Wohnung auf dem Weg." Paula überlegte, ob sie ein solches Angebot von ihrem Chef annehmen konnte und entschied sich schließlich dafür. Die Chance einer vollgepfropften U-Bahn zu entgehen, konnte sie nicht widerstehen.

Etwa zwanzig Minuten später setzte Peter sie vor ihrer Haustür ab.

„Bis morgen. Und vielen Dank fürs Mitnehmen", verabschiedete sich Paula.

„Ja, bis morgen."

Beim Betreten der Wohnung bemerkte sie sofort die Geräusche des Fernsehers. Mary hatte also auch schon Feierabend. Also marschierte Paula auf direktem Weg ins Wohnzimmer und ließ sich rücklings mit einem Seufzen aufs Sofa fallen.

„Und, wie war dein erster Tag?", fragte Mary und tippelte aufgeregt mit den Fingerspitzen aufeinander.

„Frag lieber nicht", stöhnte Paula.

„Ach komm schon, erzähl."

„Na schön…" Paula begann ganz von vorn, erzählte von ihrem Chef, von der strengen Melissa und ihrem Erzfeind Dan aus dem dritten Stock und natürlich auch von Natalie, die ihr die Sache mit dem Kaffeeautomaten unterjubeln wollte.

„Ganz schön dreist von der. Pass bloß auf. Mit solchen Kollegen ist nicht zu spaßen. So wie du sie mir beschreibst, scheut sie nicht davor, andere über die Klinge springen zu lassen", gab Mary mahnend zu bedenken. Paula nickte, denn

Mary sprach aus, was Paula längst von Melissa dachte. Doch ohne diesen unangenehmen Zwischenfall wäre das Folgeereignis, das Paula noch immer unwirklich erschien und von dem sie Mary jetzt berichtete, nicht eingetreten.

„Nicht dein Ernst. Und sie sieht haargenau so aus?", erwiderte Mary ungläubig, „Das ist schon etwas gruselig. Findest du nicht?"

Sie neckte Paula, indem sie sie spielerisch an ihren Oberarm boxte. „Du bist gruslig. Bist du jetzt etwa eine Hellseherin, oder was?"

„Es ist verdammt seltsam, oder?" fand auch Paula.

„Ich bin gespannt, was Mark dazu meint, wenn ich nachher mit ihm telef…" Siedend heiß fiel ihr ein, was sie völlig vergessen hatte. Entsetzt über ihre eigene Vergesslichkeit blickte sie Mary an: „Mein Handy!"

„Was ist damit?" fragte Mary verwundert.

„Das ist noch bei Clementine."

„Wer ist Clementine?" Nun war Mary völlig verwirrt.

„Na die Frau aus meinen Träumen."

Mary kugelte sich vor Lachen.

„Du bist echt die Beste. So viel Entertainment hatte ich schon ewig nicht mehr. Aber ich verstehe noch immer nicht. Warum genau hat sie jetzt dein Handy?" Paula berichtete von ihrem Dilemma mit dem fehlenden Geld und der daraus resultierenden Vereinbarung. „Ruf doch einfach mal in dem Laden an. Vielleicht arbeitet sie ja noch. Oder aber ihre Kollegen wissen Bescheid", schlug Mary vor.

An Marys Computer recherchierte Paula die Nummer des Cafés und nahm sich anschließend Marys Handy.

„Clementine? Bei uns arbeitet leider keine Clementine", sagte der freundliche Mann am anderen Ende der Leitung. Paula wollte sicherstellen, in der richtigen Filiale angerufen zu haben, was der Mann eindeutig bestätigen konnte. Von dem zurückgelegten Pfand wusste er ebenfalls nichts, also gab sich Paula wohl oder übel geschlagen, entschuldigte sich für die Unannehmlichkeiten und legte auf.

„Wie kann das sein? Meinst du, sie hat mich übers Ohr

gehauen?“, überlegte Paula verwirrt.

„Nein, irgendwie glaube ich das nicht. Vielleicht hast du dir einfach einen falschen Namen gemerkt. Ich meine, du warst in dem Moment ja nicht grad bei Sinnen.“

„Ha, ha. Ich werde mir doch noch einen Namen merken können. Aber gut, ich werde es morgen einfach nochmal versuchen. Sie wird ja sicher wieder da sein.“

Aber wie sollte sie nun mit Mark Kontakt aufnehmen? Sie waren doch heute noch zum Telefonieren verabredet.

„Nimm mein Handy“, schlug Mary vor und Paula nahm das Angebot an.

„Nanu, wieso rufst du plötzlich mit einer anderen Nummer an?“, wollte Mark sofort wissen.

Paula überlegte, wie sie ihm das erklären sollte. Sie hatte sich über ihre Vergesslichkeit schon selbst genug geärgert, da fehlte ihr die Muse, Marks belehrende Worte über sich ergehen zu lassen. Paula kannte ihn gut genug um zu wissen, dass er sich den ein oder anderen schlauen Spruch nicht verkneifen könnte. Sicher würde er sagen, dass es völliger Irrsinn gewesen war, das Telefon einer Fremden zu überlassen und auch über ihre anschließende Vergesslichkeit würde er den Kopf schütteln. Deshalb musste er mit einer anderen Geschichte vorliebnehmen.

„Ich hab mein Handy im Büro liegen lassen“, flunkerte sie.

„Ach Schatzi“, seufzte er, als habe sie damit etwas furchtbar Dummes getan. Er bestätigte mit dieser Reaktion, dass Paula richtig entschieden hatte, indem sie ihm ihren kleinen Fauxpas unterschlug. Sie verzichtete zudem auf den Rest der Geschichte mit Clementine, oder wie auch immer sie in Wahrheit hieß. Ihre Sorge, sich verplappern zu können und sich dann vor Mark rechtfertigen zu müssen, war schlicht zu groß. Stattdessen berichtete sie von ihrer neuen Arbeitsstelle und ließ sich von Mark über den neuesten Tratsch und Klatsch aus der Uni informieren. Während Mark erzählte, begannen Paulas Augen zuzufallen.

Der Tag hatte sie ziemlich geschafft und sie sehnte sich nach ihrem Bett.

„Mark?", unterbrach sie ihn, „Sei mir nicht böse, ich bin hundemüde. Ich melde mich wieder, sobald ich mein Handy wiederhabe, ok?" Mark war einverstanden und sie gaben sich zum Abschied schmatzende Luftküsse durchs Telefon. Mary rollte im Hintergrund genervt mit den Augen.

„Schrecklich", kommentierte Mary das Geturtel nachdem die beiden aufgelegt hatten.

„Was denn? Wir vermissen uns halt."

„Und warum hast du ihm nichts von Clementine erzählt?"

„Ach, er hätte nur rumgestresst. Von wegen, wie kannst du nur dein Handy rausrücken. Darauf hatte ich jetzt echt keine Lust." Mary hob zweifelnd die Augenbrauen.

„Du verheimlichst, dass du die Frau deiner Träume getroffen hast. Na, wenn das nicht mal ein verheißungsvoller Vorbote ist", unkte sie. Mary ernte dafür einen Klaps auf dem Arm.

„Erzähl keinen Unsinn."

„Wie du meinst", schmunzelte Mary bedeutungsvoll.

„Ich geh jetzt schlafen. Sonst musst du mich morgen wieder wecken, weil ich den Wecker nicht höre."

„Das ist ein gutes Argument. Ich kann morgen nämlich länger schlafen."

Paula sprang auf und ging zuerst ins Bad. Als sie anschließend auf dem Weg in ihr Zimmer das Wohnzimmer durchquerte, ließ es sich Mary nicht nehmen und rief ihr grinsend „Süße Träume" hinterher. Paula rümpfte die Nase, erwiderte allerdings nichts. Sie hatte bereits einen solchen Kommentar erwartet. Die beiden zogen sich gerne gegenseitig auf und weil Mary ihre beste Freundin war, konnte Paula gut damit umgehen. Sie musste zugeben, dass sie tatsächlich schon darüber nachgedacht hatte, ob die Frau, ob Clementine ihr heute Nacht wieder im Traum erschien. Vielleicht hoffte sie sogar ein bisschen darauf, denn womöglich konnte Traum-Clementine ihr verraten, wo ihr reales Pendant mit Paulas Handy abgeblieben war. Sie schmunzelte über ihren unsinnigen Gedanken. Natürlich entsprang die Frau aus dem Traum ihrer Fantasie und wusste nichts über die wahre Clementine zu berichten. Und dennoch. Die Frau hatte ihre Neugier geweckt und irgendwie wäre ihr jetzt, nachdem sie die echte Clementine kennengelernt hatte, ihr nächtlicher Besuch ganz willkommen. Sie freute sich insgeheim darauf, erneut in diese geheimnisvollen, dunklen Augen zu blicken, wollte einen erneuten Versuch wagen, diesen Blick zu entschlüsseln. Dabei schien es bislang genau umgekehrt zu sein. Paula hatte das Gefühl, als könnte Clementine direkt in ihren Kopf schauen und ihre Gedanken lesen. Nicht nur die erträumte Clementine, sondern auch die Echte. Sie erinnerte sich an den heutigen Morgen, als ihre Blicke das erste Mal aufeinandergetroffen waren. Bei dem Gedanken daran wurde Paula plötzlich ganz warm und sie spürte, wie sich ihr Herzschlag zu beschleunigen begann. Was machte ihr Körper da? Ihre Reaktion auf diese Erinnerung verwirrte und verunsicherte Paula. Tief in ihrem Inneren war ihr durchaus bewusst, was ihr Körper da trieb. Doch diesen Gedanken wagte sie nicht zu formulieren, denn das war unmöglich. Sie sollte sich besser schnell über etwas anderes den Kopf zerbrechen und dachte darüber nach, welche Aufgaben sie an ihrem zweiten Arbeitstag erwarten würden. Ihre Idee zeigte Wirkung, denn schon bald übermannte sie die Müdigkeit und sie schlief tief und fest ein.

Bereits beim ersten Rappeln des Weckers schlug Paula die Augen auf. Diesmal war sie Mary zum Glück zuvorgekommen, denn ein zweites Mal wollte sie den wohlverdienten Schlaf ihrer Freundin nicht auf dem Gewissen haben. Paula hatte sich heute vorsorglich eine halbe Stunde früher wecken lassen, damit ihr noch ausreichend Zeit blieb, um sich im Coffee Shop das Handy abzuholen. Mit ihrer Bonuszeit traf sie frühzeitig vor dem Laden ein, doch ein Blick durch die Glasfront ließ bereits erahnen, dass auch an diesem Tag eine lange Schlange auf sie wartete. Allerdings wollte Paula keinen Kaffee bestellen, also trat sie in den Laden und platzierte sich so, dass sie Sicht auf die Theke erhielt. Bestimmt war ihr ihre Enttäuschung am Gesicht abzulesen als sie feststellte, dass von Clementine weit und breit nichts zu sehen war. Natürlich rührte ihre Enttäuschung einzig und allein davon, dass sie noch immer auf ihr Mobiltelefon verzichten müsste. Das jedenfalls redete sich Paula mit fester Überzeugung ein. Sie wusste nicht warum, aber gerade jetzt fiel ihr auf, dass sie sich heute Morgen an keinen Traum erinnern konnte. Scheinbar war diese Frau plötzlich wie vom Erdboden verschluckt.

Frustriert begab sie sich Richtung Ausgang, als ein leicht gehetzter Mitarbeiter des Ladens ihren Weg kreuzte. Kurzerhand griff sie ihn am Arm und brachte ihn damit zum Stehen.

„Kennst du eine Clementine? Sie arbeitet hier", fragte sie den überrumpelten Angestellten.

„Clementine? Sorry, sagt mir nichts." Der Mann schüttelte den Kopf und setzte hastig seinen Weg fort.

Paula konnte es nicht fassen. Sie hatte sich diese Frau doch nicht eingebildet. Niedergeschlagen und genervt verließ sie den Coffee Shop und begab sich zu ihrer Arbeitsstelle. Sie hatte damit gerechnet, vor Melissa einzutreffen, denn Paula war durch den unerwartet kurzen Stopp im Coffee Shop ziemlich früh dran. Auch die anderen Büros schienen noch verwaist, denn sie hatte im Vorbeigehen niemanden angetroffen. Zeit genug, um sich in Ruhe einen Tee in der Küche zuzubereiten. Beim Eintreten in die Küche schreckte sie zusammen, denn sie hatte fest damit gerechnet, auch hier noch niemanden vorzufinden. Ausgerechnet Natalie war es, die ihr an diesem frühen Morgen zuerst über den Weg laufen musste. Paula musste sich zwingen, nicht sichtbar die Nase zu rümpfen. Auch Natalie wirkte zunächst erschrocken, doch zu Paulas Überraschung, besah ihre Kollegin sie anschließend mit einem reumütigen Blick.

„Ah, da bist du ja wieder. Du, wegen gestern..." Sie hielt kurz inne. „Tut mir leid. Ich stehe wirklich auf Kriegsfuß mit diesem blöden Ding." Sie deutete auf die Kaffeemaschine, die inzwischen ein Out of Order-Schild trug.

„Schon ok. Ich bin übrigens Paula."

„Natalie." Sie bot Paula ihre Hand an.

„Bist du auch Praktikantin?", fragte Natalie und bereitete sich nebenbei einen Instantkaffee zu.

„Ja, für zwei Monate. Danach gehe ich wieder zurück nach Deutschland." Paula ließ bewusst fallen, dass sie die von Natalie angepeilte Stelle ihr nicht streitig machen würde. Diese Information zeigte umgehend Wirkung, denn sofort entspannten sich Natalies Gesichtszüge und sie begegnete Paula jetzt mit einem offenen Lächeln.

„Du bist Deutsche? Das hört man gar nicht", versuchte sie Paula zu schmeicheln.

„Ja, danke. Mein Vater ist Amerikaner."

Sie plauderten entspannt miteinander, bis Paulas Tee fertig war. Danach trennten sich ihre Wege und sie begaben sich zu ihren Arbeitsplätzen. Paula war froh, dass sie die angespannte Situation zwischen ihnen auflösen konnte. Es hatte sich nicht gut angefühlt, sich direkt zu Beginn des Praktikums feindlich gesinnten Kollegen gegenüberzusehen. Das eine Problem hatte sie nun behoben, das andere gab ihr weiterhin Rätsel auf. Ob Clementine womöglich in dieser Woche später mit ihrer Arbeit begann? Vielleicht würde Paula sie zur Mittagspause dort antreffen. Einen Versuch wäre es wert.

Doch zunächst versorgte Melissa sie mit jeder Menge Arbeit und endlich wurden die Aufgaben anspruchsvoller. Paula verstand das als Kompliment. Melissa schien ihr also mehr als nur Kaffeeholen zuzutrauen. Vor der Mittagspause reichte Paula bei der Buchhaltung die Quittung vom Vortag ein. Im Gegenzug erhielt sie das vorgestreckte Geld, das sie streng genommen ja gar nicht vorgestreckt hatte. Doch das verriet sie besser niemandem. Erneut steuerte sie also den Coffee Shop an und allmählich kam sich Paula, die nicht einmal gern Kaffee trank, ein wenig albern vor. Ihr altbekannter Freund namens Warteschlange begrüßte sie bereits an der Eingangstür. Mit einem resignierenden Seufzer reihte sie sich ein, denn sie wollte nicht schon wieder Aufsehen erregen. Sie hatte natürlich längst entdeckt, dass auch diesmal nicht Clementine hinter der Theke stand. Aber vielleicht arbeitete sie ja hinten im Lager, zumindest war das Paulas leise, wenngleich unwahrscheinliche Hoffnung. Immerhin stand im Moment nicht der wenig hilfreiche, junge Mann von heute Morgen hinter dem Tresen. Der hätte sie wahrscheinlich bei ihrem erneuten Aufkreuzen für völlig übergeschnappt gehalten. Jetzt bei dem unbekannten Gesicht galt, neues Spiel, neues Glück. Diesmal versuchte sie allerdings eine neue Strategie.

„Hier arbeitet eine hübsche Dunkelhaarige. Mit dunklen Augen und einem kleinen Muttermal an diese Stelle.“ Sie deutete auf ihre Wange. Der Verkäufer grinste.

„Du meinst Jane, ja. Aber sie ist nicht da.“ Der Mann hatte keine Ahnung wie erlösend seine Antwort auf Paula wirkte. Endlich bestätigte ihr jemand, dass sie keiner Sinnestäuschung auferlegen war.

„Ok, aber immerhin kennst du sie. Weißt du, wann sie das nächste Mal arbeitet?“

„Oh, soweit ich weiß, hat sie den Rest der Woche frei.“ Das war eine Katastrophe. Paula schüttelte abwehrend den Kopf. Sie konnte keinesfalls eine Woche auf ihr Handy verzichten. Zumal damit ihre kleine Flunkerei Mark gegenüber auffliegen würde. Sie erklärte dem Kaffeeverkäufer ihre missliche Lage in der Hoffnung, dass er irgendeine Lösung für sie parat hätte.

„Ich schaue mal, ob sie das Handy irgendwo hingelegt hat.“ Er kramte die vor ihm befindlichen Schubladen gründlich durch, schüttelte aber dann entschuldigend mit dem Kopf.

„Hast du eine Nummer von ihr?“

„Nein, sorry. Ich arbeite erst seit Kurzem hier. Wir kennen uns also nicht so gut."

Langsam gingen Paula die Ideen aus, doch so schnell wollte sie sich diesmal nicht in die Flucht schlagen lassen. Allerdings wurde die Schlange hinter ihr allmählich ungeduldig. Um Zeit zu schinden, bestellte sie einen Kaffee. Den könnte sie vor Ende ihre Pause noch kurz bei Dan vorbeibringen.

„Hast du irgendeine Idee, wo ich sie sonst antreffen könnte?" Sie nutzte die Zeit, in der ihr Kaffee zubereitet wurde, indem sie den Verkäufer mit Fragen löcherte. Irgendwas musste doch herauszufinden sein. Er grübelte. Dann fiel ihm tatsächlich etwas ein.

„Ich glaube sie hat neulich erwähnt, dass sie mal im Nox gejobbt hat. Das ist ein kleiner Club gar nicht so weit von hier. Vielleicht kann dir da jemand weiterhelfen."

Das war zwar nur ein kleiner Strohhalm, aber immerhin. Paula bedankte sich, gab ihm ein großzügiges Trinkgeld und kehrte zurück zur Agentur. Warum sich Jane ihr gegenüber als Clementine vorgestellt hatte, war ihr allerdings immer noch nicht klar. Oder hatte sich Paula doch so deutlich verhört?

Der Aufzug brachte sie geradewegs in die dritte Etage, wo sie die letzten Minuten ihrer Mittagspause verbringen wollte. Sie grüßte im Vorbeigehen den kauzigen Brillenträger vom Vortag und wie am Tag zuvor, schaute er mit einem verschreckten Gesichtsausdruck zurück. Scheinbar, so nahm Paula an, bekamen die Kollegen hier unten wirklich nur selten Besuch. Auch diesmal traf sie Dan wieder vor der Druckmaschine an. Allerdings machte die Maschine gerade keinen Mucks, weshalb Dan sie beim Eintreten sofort bemerkte.

„Ach, Mädchen", begrüßte er sie, sichtlich erfreut. „Wieder ein Auftrag in letzter Minute? Willst mich doch nicht tatsächlich mit einem Kaffee bestechen?"

Paula lachte: „Nein, keine Sorge. Kein Auftrag heute.

Aber der Kaffee ist in der Tat für dich."

„Na, da sag ich nicht nein" Paula amüsierte sich über seine auf den ersten Blick eher ungehobelte Art. Denn sein sanftes Lächeln verriet, dass sich hinter der harten Schale ein weicher Kern verbarg. Sie verbrachte die restliche Mittagspause damit, sich von Dan die Druckmaschine erklären zu lassen. Zwar jonglierte er dabei mit vielen Fachbegriffen, da sich Paula aber während ihres Studiums einen Vortrag über moderne Drucktechniken angesehen hatte, konnte sie ihm einigermaßen gut folgen. Die zweite Hälfte ihres Arbeitstags verlief erfreulich ereignislos. Die Arbeit, mit der Melissa sie eingedeckt hatte, beschäftigte sie so gut, dass sie die Misere mit ihrem Handy für einen Moment vergaß. Kurz vor Feierabend besprach sie mit Melissa die erledigten Arbeiten und da Melissa nichts daran auszusetzen hatte, konnte Paula ihren Arbeitstag mit einem zufriedenen Gefühl beenden. Sie hatte sich vorgenommen, vor ihrer Heimfahrt dem Nox einen kurzen Besuch abzustatten. Die Adresse hatte sie bereits im Internet recherchiert, also machte sie sich auf den Weg. Den längsten Teil der Strecke konnte sie mit der U-Bahn zurücklegen. Ab da gestaltete sich ihre Suche etwas schwieriger. Ohne digitale Karte fühlte sie sich ziemlich aufgeschmissen. Erst nach längerem Rumgeirre kam sie auf die glorreiche Idee, einen Passanten nach dem Weg zu fragen. Wie sich herausstellte, hatte sie ihr Ziel bereits mehrere Male umkreist und jedes Mal die entscheidende Abzweigung übersehen. Zu guter Letzt stand sie vor einer schwarzen, unscheinbaren Tür, die sie ohne bewusste Suche vermutlich übersehen hätte. Über ihr hing ein ebenso unscheinbares Schild mit der stellenweise abgeblätterten Aufschrift Nox.

Na denn. Paula zog die schwere Tür auf. Ein schlecht beleuchteter Gang führte zu einem großen Raum, aus dem bereits Musik nach draußen drang. Paula betrat den Raum und wurde überrascht, denn das Innere war deutlich gemütlicher, als es der Eingang versprach. Gäste waren nicht zu sehen, dafür war es wohl viel zu früh. Jedoch entdeckte sie eine Frau hinter dem Tresen. Paula steuerte auf sie zu.

„Oh Süße, wir haben noch gar nicht geöffnet“, wurde Paula von der burschikosen Frau begrüßt.

„Schon ok, ich suche nur jemanden. Hier hat wohl mal eine Jane gearbeitet.“ Die Frau überlegte.

„Sagt mir jetzt nichts. Allerdings bin ich nur dienstags hier, kann gut sein, dass es eine Jane gibt, von der ich nichts weiß.“ Paula presste die Lippen frustriert zusammen. Sollte das wieder eine Sackgasse werden?

„Oder vielleicht eine Clementine?“ versuchte es Paula erneut.

„Nein, sagt mir auch nichts. Aber komm doch morgen Abend gegen zehn, dann ist die Chefin da. Wenn es jemand weiß, dann wohl sie.“

Paula bedankte sich und musste sich wohl oder übel damit abfinden, auch heute ohne ihr Handy den Heimweg anzutreten. Sie hatte noch keinen Schimmer wie sie das Mark erklären sollte, aber vielleicht hatte Mary ja irgendeine Idee.

„Sag ihm, dass es geklaut wurde.“

„Na toll, damit wird er mich ein Leben lang aufziehen“ Paula war genervt.

„Am besten melde ich mich heute einfach gar nicht“, trotzig verschränkte Paula ihre Arme.

„Oh ja, das ist viel besser“, grinste Mary.

„Du hast ja recht”, seufzte sie resignierend, „Ich werde einfach improvisieren. Mal sehen, wie er drauf ist.“

Paula lieh sich erneut Marys Handy und klingelte Mark an. Doch er nahm den Anruf nicht an. Sie vermutete, dass er bereits schlief, immerhin war es bei ihm mitten in der Nacht. Stattdessen schrieb sie ihm also noch ein paar Worte. Er solle sich keine Sorgen machen. Alles sei gut und sie würde sich melden. Irgendwie war sie froh, ihn nicht direkt erreicht zu haben. So entging sie einer weiteren Schwindelei.

„Kommst du morgen mit in diesen Club?“, fragte sie

Mary, bevor sie ins Bett ging.

„Klar, es besteht immerhin die Chance, deine Traumfrau zu sehen."

„Du bist so blöd", maulte Paula, fand das Wortspiel aber eigentlich ziemlich lustig. Die beiden wünschten sich gegenseitig eine gute Nacht und verschwanden anschließend in ihren Zimmern. Paula seufzte. Am Ende hätte der Tag irgendwie besser laufen können. Dafür, dass der Arbeitstag eigentlich recht erfolgreich verlaufen war, war sie ziemlich unzufrieden und ausgelaugt. Müde ließ sie sich auf ihr Bett fallen, zog die Decke bis unters Kinn und schlief unmittelbar ein. Es war eine kühle Nacht, die eigentlich friedliche Erholung versprach. Dennoch schlug Paula inmitten der Dunkelheit plötzlich die Augen auf. Ein feiner Schweißfilm hatte sich auf ihrer Stirn gebildet und sie spürte ihr Herz in ihrer Brust heftig pochen. Sie war ihr wieder erschienen. Aber etwas war anders gewesen. In allen vorherigen Träumen hatte Paula Clementine lediglich betrachtet, jedoch niemals berührt. Diesmal aber hatte Paula sanft über ihr Gesicht gestrichen. Paula konnte noch immer diese zarten, warmen Wangen auf ihren Fingerspitzen fühlen. Diese Berührung war zutiefst sinnlich und fühlte sich zugleich ganz natürlich an. Paula hatte ihre Augen inzwischen wieder geschlossen und versuchte sich an jedes Detail ihres anregenden Traums zu erinnern. Als ihr unvermittelt ein erregter Seufzer entfuhr, zuckte sie erschrocken zusammen. Stocksteif lag sie jetzt in ihrem Bett. Das alles machte ihr Angst. Natürlich hatte auch Paula gelegentlich erotische Träume, aber weder war sie dieser, aus ihrer Fantasie entsprungenen Person danach tatsächlich begegnet, noch hätte sie es für möglich gehalten, dass es sich dabei um eine Frau handeln könnte. Paula versuchte sich zu beruhigen. Es war nur ein Traum. Nichts weiter. Und schließlich hatten sie in dem Traum nicht wirklich miteinander rumgemacht. Es war nur eine Berührung gewesen. Jedoch eine, das musste sich Paula eingestehen, die so viel intensiver war, als die meisten erotischen

Begegnungen, die sie bis dahin erlebt hatte.

Paula schüttelte sich, um ihre Gedanken loszuwerden. Sie sollte einem blöden Traum nicht so viel Bedeutung zumessen. Außerdem musste sie dringend wieder einschlafen. Sie kuschelte sich in ihr Kissen, schloss die Augen und dachte über ihren Job nach. Darüber, was morgen in ihrem Terminkalender stand und was sie noch erledigen musste. Wenige Minuten später setzte ihr gleichmäßiges, ruhiges Atmen ein und der Schlaf hatte wieder übernommen.

KAPITEL 3

Am nächsten Morgen hatte die Erinnerung an ihr nächtliches Durcheinander nicht an Präsenz verloren. Paula überlegte Mary zu wecken, um ihr davon zu erzählen. Sie entschied sich aber dagegen, das konnte noch bis heute Abend warten.

Auf dem Weg zur Agentur konnte Paula es nicht lassen. Sie musste einfach einen Blick Richtung Coffee Shop riskieren, obwohl sie ja wusste, dass sie Clementine dort nicht antreffen würde. Sie merkte mit jedem Schritt, mit dem sie sich dem Café näherte, wie ihre Unruhe wuchs und ihre Hände begannen zu schwitzen. Kurz bevor sie die Ladentür erreichte, entschied sie sich um, wechselte die Straßenseite, betrat die Eingangshalle und nahm den Fahrstuhl in den vierten Stock. Erst als sie an ihrem Schreibtisch saß, fiel die Anspannung von ihr ab. Dennoch fiel es Paula heute schwer, sich auf ihre Arbeit zu konzentrieren. Ständig schweiften ihre Gedanken ab und ließen die Bilder des unliebsamen Traums vor ihrem geistigen Auge aufflackern. Die schöne Fremde ging ihr einfach nicht aus dem Sinn. Doch Paula wollte nicht ständig an sie denken, wollte ihre Gedanken loswerden. Mittlerweile hatte sie schon das paranoide Gefühl, dass ihre Kollegen in ihren Kopf hineinsehen können. Jedes Mal, wenn ein Kollege an ihrem Büro vorbeiging, was durchaus häufig vorkam, und sie freundlich anlächelte, zuckte sie aufgeschreckt zusammen und ärgerte sich anschließend über ihre übertriebene Reaktion. Sie sollte sich endlich zusammenreißen, damit sie ihre Arbeit am Ende des Tages wenigstens einigermaßen vernünftig erledigt hätte. Als Melissa ihr kurz vor Feierabend ein zufriedenes Nicken schenkte, seufzte Paula erleichtert. Immerhin konnte sie das Büro mit einem halbwegs guten Gefühl verlassen.

Sie traf gegen sieben Uhr abends in der Wohnung ein. Mary war noch nicht zuhause, daher nutzte sie die

Gelegenheit, um sich bei Mark über Skype zu melden.

„Hi Schatz", sagte sie betont fröhlich, denn Paula konnte bereits an seinem Gesicht ablesen, dass er verärgert war.

„Schön, dass du dich auch mal meldest. Ich fühle mich geehrt. Und was soll das jetzt neuerdings mit Skype?", antwortete er enerviert.

„Mark, es tut mir leid!" Die Worte lösten jedoch bloß ein weiteres Augenrollen aus.

„Auf deinem Handy bist du ja anscheinend immer noch nicht erreichbar. Ich habe dir unzählige Nachrichten geschrieben."

„Ja, das stimmt", druckste Paula, „ich… ich habe es nicht mehr. Es war nicht mehr da."

„Na toll, scheint ja ein toller Laden zu sein. Direkt am zweiten Tag lässt du dir das Handy klauen!" Jetzt war Mark richtig sauer.

„Geklaut? Nein… ich...", versuchte Paula zu erklären, aber Mark hörte sie gar nicht und polterte weiter.

„Ich habe dir schon so oft gesagt, dass du besser auf deine Sachen aufpassen musst! Man kann den Leuten eben nicht hinter die Stirn...", er schimpfte unaufhörlich weiter, doch Paula hörte nicht mehr zu. "So oft?", dachte sich Paula verärgert. Sie waren gerade mal vier Wochen ein Paar und nun tat er so, als würde er Paula schon seit Jahrzehnten kennen. Sie unterbrach ihn in seinem Redeschwall: „Mark, hör auf damit. Sowas kann passieren. Ich habe keine Lust, mich von dir beschimpfen zu lassen und werde jetzt auflegen."

„Aber…", Mark sah sie perplex an, doch Paula klickte bereits auf Gespräch beenden und Marks Gesicht verschwand vom Bildschirm.

Sie wollte ihm ja alles erklären, aber so, wie er gerade mit ihr umgegangen war, hatte sie keinen Bock darauf. Abgesehen davon konnte sie sich gut vorstellen, wie Mark auf die wirkliche Geschichte reagiert hätte. Er sollte sich jetzt erstmal beruhigen und dann würde Paula einen neuen

Versuch wagen. Sie klappte das Notebook zu, holte sich etwas zu essen aus der Küche und schaltete den Fernseher ein. Mary würde auch demnächst auftauchen und dann würden sie gemeinsam versuchen, das Handy zurückzubekommen. Die Haustür öffnete sich und eine abgehetzte Mary trat herein. Unter ihren Armen hatte sie zwei vollbepackte Einkaufstüten eingeklemmt.

„Nächste Woche bist du mit dem Einkaufen dran“, ächzte sie. Paula sprang auf und nahm ihr die Tüten ab.

„Du hättest doch was sagen können, dann hätte ich mich darum gekümmert.“

„Nein, nicht schlimm. Du hast mich jetzt ein paar Mal zum Essen eingeladen. Das passt schon.“

„Und da wir ja heute Abend ausgehen, habe ich uns das hier mitgebracht“, Mary zog zwei Flaschen Wein aus einer der beiden Tüten. Paula hob eine Augenbraue: „Mary, ähm, das ist lieb. Aber ich will dort doch nicht feiern gehen. Ich muss morgen wieder früh raus.“

„Ach, papperlapapp!“ Mary machte eine wegwerfende Handbewegung. „Wir müssen ja nicht bis zum Ende bleiben.“ Noch ehe Paula ein weiteres Mal protestieren konnte, hörte sie das Ploppen des Korkens. Im nächsten Moment hielt Mary ihr bereits ein Glas entgegen.

Ach, was solls, dachte sich Paula. Mark hatte sie so geärgert, da würden ein oder zwei Gläser Wein ihren Nerven sicher guttun.

„Cheers!“ Mary erhob feierlich das Glas.

„Zum Wohl!“, antwortete Paula und nahm sofort einen großzügigen Schluck. Überrascht über das wohlschmeckende Tröpfchen, trank sie direkt ein paar weitere Schlucke hinterher. Mary grinste verschmitzt und schenkte direkt nach. Sie verstauten die Einkäufe in den Schränken, während sie sich über ihren Tag austauschten. Und ganz nebenbei leerten sich ihre Gläser ein weiteres Mal. Allmählich stieg Paula der Wein zu Kopf und sie fühlte sich leicht angeheitert.

„Wir müssen uns gleich fertig machen“, erinnerte Mary

sie an den bevorstehenden Ausflug.

„Oh Gott, ich glaube, ich habe gar nichts Passendes zum Anziehen“, stellte Paula mit Erschrecken fest.

„Seit wann achtest du denn auf sowas?“, blickte Mary kritisch zu ihr auf.

Mary kannte Paula schon aus Kindheitstagen. Ihre amerikanischen Eltern lebten aus beruflichen Gründen in Deutschland und als Mary volljährig wurde, beschloss sie, ihren weiteren Weg in den USA zu gehen. Der Abschied zwischen den Freundinnen war schmerzhaft gewesen. Besonders Paula hatte die erste Zeit schwer daran zu knabbern gehabt, hatten sich die beiden doch geschworen, niemals auseinanderzugehen. Paula war realistisch genug gewesen, um zu wissen, dass sie später womöglich nicht in derselben Stadt leben würden. Dass sich Mary allerdings direkt für einen anderen Kontinent entschieden hatte, war für Paula ein Schlag ins Gesicht gewesen. Es hatte Paula Überwindung gekostet, ihrer besten Freundin diesen Verrat zu verzeihen. Doch trotz der widrigen Umstände blieb die Freundschaft erhalten, selbst über den Atlantik hinweg. Allerdings hatten sich die beiden seither nicht mehr gesehen, sondern ausschließlich telefoniert. Entsprechend groß war die Wiedersehensfreude, als sich die beiden vor einigen Tagen das erste Mal wieder in den Armen gelegen hatten. Und nun würden die beiden das erste Mal wieder gemeinsam ausgehen, so wie sie es früher oft gemacht hatten. Für Mary bedeutete das aufbrezeln und auffallen um jeden Preis. Paula dagegen hielt es mit ihren Outfits eher dezent. Sie war schlank und sportlich und sie gefiel sich ins Jeans und schlichten Oberteilen einfach am besten. Dass sie sich plötzlich um ihre Kleidung Gedanken machte, ließ Mary skeptisch werden.

„Ich will halt nicht negativ auffallen.“

„Oder willst du dich etwa für die schöne Unbekannte aufbrezeln?“, grinste Mary schelmisch.

Paula hielt unbewusst die Luft an. Erneut erschienen die Bilder des letzten Traums vor ihrem geistigen Auge. Sie hatte Mary noch gar nichts davon gesagt, dazu hatte sie noch keine Gelegenheit gehabt. Und sie wollte es ihr gerade auch nicht erzählen. Mary beobachtete Paula weiterhin genau und sie bemerkte ebenso, dass sie offenbar einen Nerv getroffen hatte. Trotzdem wollte sie Paula damit in Ruhe lassen. Vorerst jedenfalls.

Mary half bei der Auswahl der Klamotten und Paula ließ sich sogar ausnahmsweise von ihr schminken. Beide waren zufrieden mit dem Ergebnis, also machten sie sich auf den Weg.

Vor dem Nox war es deutlich betriebsamer als am Tag zuvor, was sicherlich in erster Linie der Uhrzeit geschuldet war. Einige Frauen standen in einer Gruppe beim Rauchen und aus der Eingangstür erschienen gerade zwei recht jung wirkende Burschen und gesellten sich zur Gruppe. Mary grinste verstohlen, was Paula nicht verstand. Aber sie fragte nicht weiter nach, denn ihre Gedanken kreisten um die Frau, die noch immer im Besitz ihres Telefons war und die wie vom Erdboden verschluckt schien.

„Los komm." Mary öffnete die Tür und ließ Paula vor. Bereits im Gang fiel Paula auf, dass zu dieser Uhrzeit im Club eine ganz andere Atmosphäre herrschte. Lauter werdendes Gewirr aus Stimmen und Musik drang ihnen entgegen und verriet, dass der Laden jetzt mit Leben gefüllt war. Als beide den Raum betraten, staunte Paula nicht schlecht. Bis auf wenige Tische war der Club rappelvoll. An der Theke herrschte ein Kommen und Gehen und der Kellner hatte alle Hände voll zu tun.

Mary sah sich suchend um: „Ich such uns mal ein freies Plätzchen. Holst du uns was zu trinken? Ich nehme ein Bier." Paula nickte, denn sie wollte ohnehin an die Theke, um den Barkeeper nach seiner Chefin zu fragen.

„Ich hätte gern zwei Bier", gab sie ihre Bestellung ab, nachdem sie an der Reihe war.

Ihr Gegenüber nickte, holte die Flaschen unter dem Tresen hervor und öffnete sie mit einem geübten Handgriff.

„Ist deine Chefin im Haus?" Sein Blick wanderte

suchend durch den Raum, bis er schließlich fündig wurde.

„Da hinten." Er deutete auf eine große, schlanke Frau mit Rastazöpfen, die sich mit einigen Gästen unterhielt.

„Danke." Paula bezahlte, schnappte sich die Getränke und suchte Mary, die in einer Ecke tatsächlich einen kleinen Tisch ergattert hatte.

„Und", fragte Mary, „schon was herausgefunden?"

„Ja, da vorne das ist die Chefin. Ich werde gleich mal zu ihr gehen. Aber lass uns erstmal anstoßen." Als Paula zu dem Abend aufgebrochen war, war ihr nicht zum Feiern zumute gewesen. Aber der Club war nett, es herrschte eine angenehme Atmosphäre und es war schließlich das erste Mal, dass sie in New York ausging.

„Sehr gut, so langsam kommt bei dir Partystimmung auf", freute sich Mary.

Nach einem großen Schluck setzte Paula die Flasche wieder ab und lehnte sich bequem zurück. Sie wollte das Geschehen auf sich wirken lassen, ließ dazu den Blick durch den Raum wandern und sog die Atmosphäre in sich auf. Die Leute waren allesamt gut drauf, doch irgendwas irritierte Paula am Gesamtbild der Gäste.

„Sag mal, findest du das Publikum hier nicht etwas merkwürdig?", stutzte sie.

Mary kringelte sich vor Lachen während sie Paula dabei zusah, wie sie immer noch nach dem Grund für ihre Irritation suchte.

„Hast du es noch immer nicht kapiert?" Paula sah sie rätselnd an.

„Das ist ein Lesbenschuppen." Das letzte Wort betonte Mary überdeutlich.

Jetzt wurde es auch Paula mit einem Schlag bewusst. Wie konnte sie so blöd sein und das übersehen? Im nächsten Moment fühlte sich Paula unbehaglich. Aber warum eigentlich? Einige ihrer Kommilitoninnen waren mit Frauen zusammen und Paula fand das doch völlig normal.

„Alles klar bei dir?", erkundigte sich Mary bei der blassen Paula.

„Ja, ja. Alles gut.“ Sie räusperte sich. „Ist doch sicher später eine lustige Geschichte, die ich bei meiner Rückkehr zum Besten geben kann. Wie die heterosexuelle Deutsche versehentlich in einer New Yorker Lesbenbar landete.“ Paula versuchte sich ein Grinsen abzuringen, doch Mary nahm ihr das nicht ab. Sie hob ungläubig eine Augenbraue. Paula seufzte, nahm einen weiteren Schluck von ihrem Bier und erhob sich dann von ihrem Stuhl.

„Ich werde mal zur Chefin rübergehen.“

Wenn sie das Gespräch hinter sich gebracht hätte, könnte sie den Abend jederzeit beenden. Sie ging auf die Frau mit den Rastas zu und bereits auf dem Weg dorthin hatte die Barbesitzerin sie bemerkt. Sie lächelte Paula an und unterbrach ihr Gespräch: „Kann ich dir helfen?“

„Das hoffe ich sehr. Ich suche eine Jane oder Clementine, die hier mal gearbeitet hat.“

„Was jetzt? Jane oder Clementine? Hast wohl direkt mehrere Eisen im Feuer, was?“, grinste die Frau.

„Ähm nein, ähm. Ich bin nicht...“, stammelte Paula verlegen.

„Keine Angst, Schätzchen. Ich mache doch nur Spaß. Leider muss ich dich enttäuschen. Weder die eine noch die andere hat hier je gearbeitet“, zuckte sie bedauernd mit den Schultern. Paula wollte sich schon frustriert umdrehen, da hörte sie eine der anderen Frauen sagen: „Moment. Clementine, Jane? Vielleicht meint sie ja unsere CJ?“ Die anderen überlegten kurz und nickten dann zustimmend. Dann ergriff die Chefin wieder das Wort: „Na klar, unsere CJ. Darauf wäre ich nie gekommen. Aber sie arbeitet ja nicht wirklich hier.“ Die anderen lachten.

„Pass auf. CJ wird heute noch kommen. Ich lad dich auf ein Bier ein. Bist du mit deiner Freundin da?“ Paula sah automatisch zu Mary rüber.

„Ähm, sie ist ni…“, wollte Paula sagen, doch die Chefin des Nox wies ihren Kellner bereits an, zwei Bier zu bringen.

„Wartet einfach, sie wird bald da sein.“ Paula bedankte sich bei der Barbesitzerin und kehrte wieder zurück zu

Mary.

„Die Frau scheint ja tausend Gesichter zu haben“, fluchte sie, als sie wieder Platz nahm. Mary sah sie fragend an.

„Also“, holte Paula aus, „sie kennen sie hier. Aber hier nennen sie sie CJ.“

„Ah verstehe, Clementine Jane, CJ“, kombinierte es Mary clever.

„Und jetzt?“

„Und jetzt müssen wir wohl warten. Sie kommt wohl noch.“

Die beiden gerieten wieder ins Plaudern. Gerade als Mary sich über ihren neuen Vorgesetzten echauffierte, fiel Paulas Blick auf ein Frauenpärchen, das sich innig zu küssen begann. Sie konnte ihre Augen nicht mehr von ihnen lösen, so sehr war sie von den zärtlichen Liebkosungen der beiden fasziniert.

„Paula?“, sagte Mary. Doch diese reagierte nicht, also folgte Mary ihrem Blick, um zu sehen, was sie so ablenkte. Auch sie entdeckte das durchaus attraktive Pärchen, war aber nicht ansatzweise wie Paula an diesen Anblick gefesselt, so dass sie sich wieder ihrer besten Freundin zuwenden konnte. Mary beobachtete Paula eine Weile schweigend, um herauszufinden, wann Paula merkte, dass die Unterhaltung zum Stillstand gekommen war. Als selbst ein deutliches Räuspern und Fingertrommeln nicht half, hielt Mary es nicht mehr aus.

„Willst du dich vielleicht dazugesellen?“

„Was?“ Paula wurde aus ihren Gedanken gerissen.

„Na, ob du lieber am Tisch hinter mir sitzen willst?“ Trotz des dämmrigen Lichts sah Mary, wie Paulas Kopf zu glühen begann. Sie suchte nach Worten.

„Nein… ich… das. Ach, hör auf, Mary“, sagte sie schließlich wütend.

„Ist schon ok. Sieht man ja dann doch nicht allzu oft. Mach dir keine Gedanken“, beruhigte Mary sie.

„Schau mal, heute gibt es wohl noch Livemusik“, Mary

deutete mit einer Kopfbewegung zu der kleinen Bühne hinter Paula.

Paula folgte Marys Blick und sah, wie einer der Kellner einen Barhocker und einen Mikrofonständer hinter einem Vorhang hervorholte. Eine willkommene Gelegenheit, um sich von den verwirrenden Eindrücken hier abzulenken, wie Paula fand. Es dauerte noch eine Weile, da begann sich das Licht zu dämmen. Nur die kleine Bühne war jetzt durch einen Scheinwerfer beleuchtet, so dass sich die Blicke der Gäste unweigerlich darauf konzentrierten. Als die Gespräche nahezu verstummt waren, trat die Chefin des Nox hinter dem Vorhang hervor und wurde prompt mit freudigem Applaus in Empfang genommen. Das Klatschen verhallte und sie griff zum Mikrofon.

„Danke, dass ihr heute wieder so zahlreich erschienen seid." Sie machte eine kurze Pause. „Die meisten wissen es vielleicht schon und falls nicht, freue ich mich euch mitteilen zu können, dass wir nach längerer Abwesenheit eine unsere liebsten Künstlerinnen wieder bei uns haben. Ladys, bitte begrüßt mit mir…", sie deutete auf den Vorhang, „Ceeeee Jayyyy!" Die Menge tobte vor Begeisterung. Und da trat sie hervor, mit einer Gitarre in der linken Hand und nahm lässig auf dem Hocker hinter dem Mikro Platz.

Paula starrte sie mit offenem Mund an. Ihr Bühnenoutfit war schlicht. Eine abgewetzte Jeans und ein hautenges, knappes Top. Doch wie sie dasaß, so selbstsicher und cool, doch gleichzeitig mit einem schüchternen Lächeln auf den Lippen, war einfach zum Dahinschmelzen. Paula entgingen die schmachtenden Blicke der anderen Frauen nicht und es gefiel ihr nicht, dass sie ebenfalls eine von ihnen war. Sie rümpfte über sich selbst die Nase und zwang sich zur Räson.

Clementine rückte das Mikro zurecht, steckte das Kabel in die Gitarre und begann zu spielen. Der gesamte Raum verstummte mit einem Mal, alle lauschten der Frau mit der wunderschönen klaren Stimme und den sanften Klängen der Gitarre. Auch Paula, die sich vergeblich bemüht hatte, sich nicht beeindruckt zu zeigen, hatte sie ganz in ihren Bann gezogen.

Mary stupste sie an: „Das ist sie also?" Paula nickte unbewusst, wandte ihren Blick aber nicht von der Bühne ab.

„Also nun verstehe ich dich. Von ihr könnte selbst ich träumen." Diese Aussage brachte Mary doch noch Paulas Aufmerksamkeit, denn sie wurde umgehend von ihr in die Seite geboxt.

„Ich kann nichts für meine Träume und ich kann sie auch nicht beeinflussen", maulte sie unglücklich.

Zwischen den Songs erntete Clementine begeisterten Applaus von ihrem Publikum, bei dem sie sich jedes Mal freundlich bedankte. Gerade hatte sie ihr viertes Lied beendet und gab ihren Zuhörerinnen zu verstehen, dass sie sich für eine kurze Pause zurückziehen würde. Sie ging zur Theke und nahm neben der Chefin des Nox auf einem Hocker Platz. Paula beobachtete sie aus dem Augenwinkel und auch Mary, die sich weniger um Diskretion bemühte, blickte unverhohlen rüber.

„Sieh da nicht so auffällig hin", ermahnte Paula sie.

„Warum nicht? Du willst doch dein Handy zurück." Damit hatte Mary durchaus recht, doch Paula war ihr dreistes Hingestarre peinlich.

„Nu geh schon hin."

„Ja, gleich. Sie unterhält sich doch noch."

„Wenn du nicht dazwischen gehst, wird sie das vermutlich tun, bis sie wieder auf die Bühne geht", erwiderte Mary ungeduldig.

Paula war gerade im Begriff aufzustehen, da deutete die Barbesitzerin mit einem Bier in der Hand direkt auf Paula, während sie der Sängerin etwas ins Ohr sprach. Diese sah natürlich ebenfalls in Paulas Richtung, was Paula reflexartig hinsetzen und betreten wegblicken ließ. Im nächsten Moment kam ihr ihre Reaktion albern vor. Verärgert kräuselte sie die Lippen und schnaubte vor Ärger. Sie musste Mary nicht ansehen um zu wissen, dass sie sich köstlich über Paulas seltsames Verhalten amüsierte. Und sie hatte recht. Was, verdammt noch mal, war so schwer daran aufzustehen und dieser Frau zu sagen, dass sie endlich ihr Handy rausrücken sollte? Sie wagte einen neuen Versuch, diesmal würde sie es durchziehen, keine Frage. Sie erhob sich, richtete sich zur Theke, doch auch die zweite Chance war bereits vertan. Clementine bestieg soeben wieder die Bühne und griff nach ihrer Gitarre. Seufzend ließ sich Paula wieder auf ihren Stuhl fallen.

„Soll ich uns noch ein Bier holen? Wir bleiben ja wohl ein Weilchen“, schlug Mary grinsend vor.

„Meinetwegen“, resignierte Paula.

„Sie spielt wirklich fantastisch. Ich habe schon echt viele gute Musiker gehört, aber sie ist außerordentlich talentiert“, fand Mary. Zwar war Paula nicht unbedingt eine Musikexpertin, aber auch sie fand CJ großartig. Natürlich nur ihre Musik, fügte sie ihren Gedanken hastig hinzu.

„Wie soll ich denn jetzt an sie rankommen? Sie wird ja wahrscheinlich nach ihrem Auftritt direkt wieder hinter der Bühne verschwinden.“

„Da wird es bestimmt noch eine Gelegenheit geben.“ Aber wie es Paula bereits geahnt hatte, verschwand CJ direkt nach dem Auftritt hinter der Bühne.

„Na toll, das hat ja prima geklappt“, zeterte Paula. „Offenbar hat im Moment niemand so viel Pech wie ich. Erst träume ich von ihr, dann drücke ich ihr einfach mein Handy in die Hand und nun renne ich ihr durch halb New York hinterher und trotzdem…“ Paula bemerkte nicht, wie Mary während der Tirade schmunzelnd über ihre Schulter sah. Erst als Mary sich künstlich räusperte, unterbrach Paula ihren Redeschwall.

„Was?“, fragte sie, drehte sich enerviert um und blickte in das amüsiert schmunzelnde Gesicht von Clementine. Paula verstummte abrupt, ihr Mund war plötzlich staubtrocken und versagte seinen Dienst. Clementine hingegen fand, zu Paulas Erleichterung, einige Worte: „Ich bin beeindruckt, dass du mich hier gefunden hast. Sicher vermisst du dein Handy?"

Statt eine Antwort zu geben, glotzte Paula sie nur mit großen Augen an. Dabei war die Antwort auf die Frage doch denkbar einfach. Ein Segen, dass Mary Herr der Lage war und das Reden kurzerhand übernahm: „Ja, genau deshalb sind wir hier. Hi, ich bin übrigens Mary." Die beiden gaben sich die Hand und Clementine schnappte sich kurzerhand einen freien Stuhl vom Nachbartisch. Mit der Rückenlehne zum Tisch nahm sie auf dem Stuhl Platz und stützte ihre Ellenbogen darauf ab.

„Und seid ihr zwei Hübschen öfter hier?" Noch bevor Mary Luft holen konnte, übernahm nun doch Paula das Wort.

„Nein, wir sind nur Freundinnen, ähm, ich meine von der Schule", stammelte sie.

Mary sah sie an, als hätte Paula den Verstand verloren. Doch Clementine ging grinsend darüber hinweg.

„Hör mal, ich habe dein Handy nicht hier. Ich habe an dem Abend noch eine Weile auf dich gewartet, aber du kamst nicht. Da ich einige Kollegen noch nicht so gut kenne, wollte ich es aber auch nicht einfach dort liegen lassen."

„Ja, tut mir leid. Mein Chef hatte mich nach Hause gebracht, da hab ich das völlig verschwitzt", erklärte Paula, die froh war, endlich einen zusammenhängenden Satz zustande zu bringen.

„Ich kann es dir morgen zu deiner Arbeit bringen, wenn du willst", schlug Clementine vor.

„Das wäre toll. Ich arbeite bei James & Partner. Kannst du so gegen eins? Da habe ich Mittagspause." Plötzlich erstarb Clementines Lächeln. Einen Moment wirkte sie abwesend, ihren Blick hatte sie ins Nirgendwo gerichtet, doch fasste sie sich kurz darauf wieder.

„Da ist ein kleiner Park in der Nähe, vielleicht können wir uns ja auch da treffen?" Paula wusste nicht, was dagegen sprach also stimmte sie zu. Sie ließ sich noch den Weg beschreiben und nachdem die Verabredung stand, verabschiedete sich die Sängerin wieder.

„Wow, eine krasse Ausstrahlung", war das erste, was Mary anmerkte als die beiden wieder unter sich waren.

„Ja", seufzte Paula, die immer noch in Gedanken versunken schien.

„Aber kurz war sie irgendwie komisch", sagte Mary.

„Ja, oder? Als ich von meiner Arbeitsstelle gesprochen habe."

„Vielleicht arbeitet ja eine ihrer Ex da", mutmaßte Mary.

„Meinst du, sie ist wirklich lesbisch? Ich meine, nur weil sie hier ihre Musik spielt. Das heißt doch nix. Und sie sieht überhaupt nicht so aus." Mary sah sie kopfschüttelnd an, verkniff sich aber jeglichen Kommentar. Sie war sich absolut sicher, dass die dunkelhaarige Schöne auf Frauen stand. Weil sie Paula aber nicht wieder Angst einjagen wollte, ließ sie Paulas Aussage unkommentiert. Es war mittlerweile kurz vor eins. Höchste Zeit, den Heimweg anzutreten. Als sich Paula kurze Zeit später in ihrem Bett wiederfand, ließ sie den Abend Revue passieren. Gott, sie hatte sich stellenweise so peinlich verhalten. So kannte sie sich gar nicht. Normalerweise war sie ziemlich taff. Als sie sich im Club so in Rage geredet hatte, hatte sie komplett die Kontrolle verloren. Oh nein. Was genau hatte sie da vom Stapel gelassen und vor allem, wieviel hatte Clementine mitbekommen? Doch bitte nicht den Teil mit dem Traum. Kurz war sie versucht, Mary aufzusuchen, um sie danach zu fragen. Aber sie wollte sie nicht wecken. Es war spät und beide brauchten ihren Schlaf. Kurz bevor Paula einschlief, schreckte sie hoch. Mark. Shit, sie hatte sich nicht mehr bei ihm gemeldet. Was soll's. Sie hatte ihm ohnehin noch nicht verziehen, daher konnte er ruhig einen weiteren Tag schmoren.

KAPITEL 4

Mittwoch war der Tag, an dem Paula endlich ihr Handy zurückbekommen würde. Es trennte sie lediglich ein halber Arbeitstag von dem schmerzlich vermissten Gerät. Danach würde alles wieder seinen gewohnten Gang gehen. Im Moment kämpfte Paula aber erstmal gegen ihre stechenden Kopfschmerzen an. Die Kombination aus zu wenig Schlaf und Alkohol forderten ihren Tribut. Sie kramte in einem ihrer zwei Koffer, weil sie dort irgendwo Schmerztabletten vermutete. Dabei fiel ihr das kleine Stofftier, das ihr Mark kurz vor dem Abflug geschenkt hatte, in die Hände. Sie bekam ein schlechtes Gewissen, denn wenn sie ehrlich war, hatte er ja schon ein wenig recht gehabt. Das Handy als Pfand zu hinterlegen empfand sie immer noch als richtig, aber sie hätte nach Feierabend daran denken müssen, es wieder abzuholen. Andererseits hätte sie dann Clementines Auftritt verpasst und sie musste zugeben, dass sie von ihrem Können sehr beeindruckt war. Paula hatte keinerlei musikalisches Talent. Umso mehr bewunderte sie Menschen, die ihre Gefühle durch Musik zum Ausdruck bringen konnten. Sowieso war das mit Paula und ihren Gefühlen immer so eine Sache. Bereits in ihrer Jugend gab es immer eine Art Handbremse in ihrem Kopf. Klar hatte sie sich schon verliebt, Mark war ja ein gutes Beispiel dafür. Aber sie brauchte Ewigkeiten, bis sie sich auf jemanden einließ. Auch Mark hatte fast ein Jahr an ihr rumgegraben, bis es schließlich bei ihr klick gemacht hatte. Sie legte das Stofftier auf ihr Kopfkissen. Heute Abend würde sie sich die Zeit nehmen, um sich mit Mark auszusprechen.

Die Arbeit ging Paula überraschend gut von der Hand. Die Tabletten hatten schnell ihre Wirkung gezeigt, so dass sie sich überraschend fit fühlte. Sie linste immer wieder auf die Uhr, denn sie wollte die Chance auf ihr Handy keinesfalls erneut verpassen. Als der Zeiger endlich auf die Eins sprang, machte sie sich umgehend auf den Weg. Paula ging gedanklich noch mal die Wegbeschreibung durch. Aber so, wie sie es einschätzte, sollte sie nicht länger als fünf Minuten bis zu ihrem Treffpunkt benötigen. Sie bog an der ersten Straßenecke links ab, passierte zwei Querstraßen und tatsächlich tauchte in der Ferne der Park auf, in dem sie sich verabredet hatten. Sie sah sich um, konnte Clementine aber nirgendwo entdecken. Dann aber vernahm sie das Summen einer ihr wohlbekannten Stimme, begleitet von Gitarrenakkorden. An einen Baum gelehnt fand sie Clementine, die offenbar an einem neuen Song rumtüftelte.

„Klingt gut."

Clementine sah auf, musste allerdings die Augen zusammenkneifen, da sie von der Sonne geblendet wurde.

„Setz dich. Willst du was essen?", sie deutete auf eine kleine Papiertüte, die neben ihr im Gras lag. Paulas Magen knurrte spontan bei dem unverhofften Angebot einer Mahlzeit. Eigentlich war sie nicht davon ausgegangen, die komplette Mittagspause im Park zu verbringen. Aber das Wetter war herrlich und was hätte sie schon stattdessen machen sollen? Also nickte sie, nahm im weichen Gras Platz und griff zur Tüte.

„Ich hoffe, du magst Bagels?"

„Ich liebe Bagels." Dabei biss Paula genüsslich ab. Mit vollem Mund fragte Paula: „Und was isst du?"

„Danke, ich hatte schon einen."

Clementine klimperte weiter auf der Gitarre rum, während Paula sich über den verbleibenden Teil des Bagels hermachte.

„Sag mal, wie heißt du denn jetzt nun?", wollte Paula wissen. Die Sängerin lachte.

„Was steht denn zur Auswahl?" Auch Paula musste Lachen.

„Also du hast mir, wenn ich mich nicht völlig täusche, Clementine gesagt. Aber dein Kollege vom Coffee Shop nannte mir den Namen Jane. Und gestern standst du als CJ auf der Bühne."

„Und welcher Name gefällt dir am besten?"

„Ehrlich gesagt finde ich, dass Clementine am besten zu dir passt.“

„Dann nenn mich doch so, Paula.“ Clementine zwinkerte ihr zu. Sie sprach den Namen Paula in der deutschen Form aus, was Paula ein wenig überraschte, denn üblicherweise sprachen ihn die Amerikaner mit einem langgezogenen o aus.

„Und was machst du genau bei dieser Agentur?“, wollte Clementine wissen. Paula bildete sich ein, dass ihre Worte abfällig klangen.

„Ich mache ein Praktikum für mein Studium. Ich komme eigentlich aus Deutschland und arbeite für zwei Monate hier.“

„Wow, das ist ein weiter Weg für ein zweimonatiges Praktikum. Dein Englisch ist übrigens ziemlich gut. Du würdest glatt als Amerikanerin durchgehen“, schmeichelte Clementine ihr.

„Danke. Mein Vater ist Amerikaner. Deshalb hatte ich es recht einfach mit der Sprache.“

„Hast du schon Heimweh?“

„Jetzt gerade? Ganz und gar nicht“, erwiderte Paula und strahlte über das ganze Gesicht. Clementine schmunzelte.

„Na, das nehme ich mal als Kompliment“ Clementine schenkte ihr ein warmes Lächeln.

Plötzlich spürte Paula Hitze in ihrem Kopf aufsteigen. Hatte sie etwa gerade mit Clementine geflirtet? Verlegen sah sie zu Boden und zupfte an einem Grashalm herum. Eine Weile saßen sie wortlos da. Clementine hatte die Gitarre inzwischen weggelegt und hockte im Schneidersitz vor Paula. Eigentlich fühlte es sich gerade neben Clementine wunderbar an. Aber gleichzeitig wäre Paula am liebsten aufgesprungen und weggerannt. Diese widersprüchlichen Gefühle verursachten in ihrem Kopf völliges Chaos, so dass sie sich weder auf das eine einlassen, noch für das andere entscheiden konnte. Also blieb sie stumm und saß einfach da. Irgendwann meldete sich Clementine wieder zu Wort: „Sag mal, ist deine Pause nicht irgendwann rum?“

Paula sah panisch auf ihre Armbanduhr und tatsächlich war sie schon einige Minuten über der Zeit. Sie sprang auf: „Mist, ich komme zu spät. Verfluchte Scheiße, was sollen die denn von mir denken? Direkt in der ersten Woche die verdammte Zeit vertrödeln. Ich muss los."

„Hey, warte", rief Clementine hinterher und wedelte mit Paulas Telefon, „dein Handy." Paula schlug sich auf die Stirn, stoppte abrupt und machte auf dem Absatz kehrt.

„Oh verdammt." Sie kramte in der Tasche nach dem Geld und hielt es Clementine entgegen. Die gab ihr im Austausch das Handy und antwortete lachend: „Deutsche Mädchen können aber verdammt gut fluchen. Ich bin beeindruckt."

„Ha, ha." Paula war schon wieder auf dem Sprung und rief noch im Gehen: „Das machen sie nur, wenn man deutschen Mädchen einen Anlass dazu gibt."

Obwohl Paula völlig abgehetzt in der Agentur ankam, fühlte sie sich unerwartet leicht und beschwingt. Das musste wohl an der frischen Luft gelegen haben, war ihre einfache Erklärung dafür. Vielleicht sollte sie häufiger im Park ihre Pause verbringen. Wenigstens einmal am Tag ein bisschen Grünes zu sehen, konnte nicht schaden. Dank der guten Laune, verging der Rest des Tages wie im Fluge. Sie schaffte es, alles für das morgige Meeting vorzubereiten und mit etwas Glück konnte das Projekt mit den durchgeführten Korrekturen bereits zum Abschluss gebracht werden. Und damit auch wirklich nichts schief gehen konnte, kündigte Paula ihren Besuch für morgen telefonisch bei Dan an.

„Alles klar, Mädchen. Dann sehen wir uns morgen früh. Ich freu mich auf den Kaffee." Paula musste schmunzeln, versprach aber, daran zu denken. Bevor sie die Agentur verließ, prüfte sie noch mal, ob sich ihr Handy auch wirklich in ihrer Tasche befand. Jetzt konnte sie sich auf den Heimweg machen, schnell eine Kleinigkeit essen und dann versuchen, die Wogen mit Mark zu glätten.

Sie klingelte Mark an. Es dauerte eine Weile, bis ein etwas verschlafen dreinblickender Mark auf ihrem Handydisplay erschien.

„Du hast ganz schön Nerven, ich hab doch morgen meine Prüfung." In seiner Stimme schwang Verärgerung mit.

„Sorry, das hatte ich völlig vergessen", sagte Paula reumütig.

„Ist schon gut. Paula, ich wollte mich bei dir entschuldigen. Ich war etwas zu hart." Ja, da hatte er recht. Paula freute sich über seine Einsicht und war mit dieser Entschuldigung schon wieder halbwegs versöhnt.

„Mir tut es auch leid, dass ich einfach aufgelegt habe."

„Sag mal, rufst du gerade wieder über deine eigene Nummer an?", fiel es Mark plötzlich auf.

„Ja", strahlte Paula, „ich habe mein Handy zurück."

„Also sind deine Kollegen doch keine Langfinger." Einen kurzen Moment überlegte Paula, ob sie Mark die Wahrheit beichten sollte. Doch dann wäre er möglicherweise wieder sauer und das wollte sie nicht riskieren. Außerdem hatte sie keine Lust, von dem Lesbenclub zu erzählen. Auch das würde nur unnötige Fragen aufwerfen. Mark musste ohnehin wieder schlafen, er gähnte bereits zum x-ten Mal.

„Schatz, lass uns morgen noch mal telefonieren", schlug er vor.

Paula stimmte zu: „Ja, und ich wünsche dir viel Erfolg bei deiner Prüfung. Schreib mir, wenn du weißt, wie es gelaufen ist."

Sie verabschiedeten sich mit ihrem üblichen Ritual und beendeten sodann das Gespräch. Mary war inzwischen eingetrudelt und Paula folgte dem Geräusch von klapperndem Geschirr in die Küche.

„Ach, du bist ja auch schon da", begrüßte Mary sie fröhlich, „wie lief es mit der Traumfrau?" Mary würde sich diesen Spitznamen für Clementine nicht mehr nehmen lassen, da war sich Paula sicher. Deshalb sah sie davon ab, darauf hinzuweisen, dass sie es allmählich störte.

„Hat alles gut geklappt“, antwortete Paula knapp.

„Wie? Das ist alles? Hat gut geklappt?“

„Was soll ich sagen, Clementine hat ihr Geld, ich habe mein Handy zurück. Alles ist wieder im Lot.“

„Ah, jetzt nicht mehr Jane oder CJ“, bemerkte Mary.

„Tja, da werde ich aus ihr auch nicht schlau. Ich habe sie danach gefragt und sie meinte, ich soll sie Clementine nennen. Wie sie nun wirklich heißt, tja, wer weiß das schon“, erwiderte Paula achselzuckend.

„Ist ja auch eigentlich nicht wichtig. Ihr werdet euch ja nun sowieso nicht mehr sehen, oder?“ Mary war noch immer mit dem Wegräumen des Geschirrs beschäftigt, doch beobachtete sie Paulas Reaktion im Augenwinkel haargenau.

„Ähm“, für einen Moment verschwand die Fröhlichkeit aus Paulas Gesicht, doch fing sie sich sofort wieder, „ja, … warum sollten wir auch.“ In Wahrheit machte sie der Gedanke, nun keinen Grund mehr für ein Wiedersehen zu haben, irgendwie traurig.

„Geht's dir gut?“, fragte Mary besorgt.

„Äh, ja, nein. Ich weiß nicht.“ Paula ließ sich auf einen der Küchenstühle sinken.

„Mir ist irgendwie schlecht.“

„Hier, trink mal was.“ Mary goss ein Glas Wasser ein und reichte es ihr. Paula leerte das Glas in einem Zug aus und bildete sich ein, dass es ihr damit bereits etwas besser ging.

„Ich fand sie jedenfalls sehr nett. Falls du mal wieder einen Kaffee holen musst, grüß sie von mir“, griff Mary den Faden wieder auf.

„Sie ist doch die ganze Woche nicht da“, erwiderte Paula genervt, als hätte Mary das keinesfalls vergessen dürfen.

„Beruhig dich mal, du bist ja wohl auch noch die darauffolgende Woche da.“

„Ja, da hast du recht.“ Paulas Gesichtszüge wurden wieder weicher.

Den Rest des Abends mieden sie das Thema und unterhielten sich stattdessen über ihren Arbeitstag. Sie bereiteten sich Sandwiches zu und machten es sich auf dem Sofa gemütlich. Bevor Paula, diesmal recht früh, ins Bett ging, erwähnte sie noch kurz, dass sie sich mit Mark wieder versöhnt hatte.

„Das freut mich für euch", sagte Mary, obwohl sie allmählich das leise Gefühl hatte, dass die Sache mit Mark vielleicht nichts für die Ewigkeit sein würde. Aber das behielt sie besser für sich.

Ein neuer Arbeitstag war angebrochen und das heutige Meeting sollte auch diesmal um zehn Uhr beginnen. Da Paula keinesfalls erneut in Zeitnot geraten wollte, hatte sie sich an diesem Morgen frühzeitig auf den Weg gemacht. Bevor sie die Agentur ansteuerte, holte sie zunächst Dans versprochenen Kaffee im Coffee Shop. Wieder bediente sie der Mann vom Vortag. Der erkannte sie sofort wieder und erinnerte sich sogar an ihr Gespräch.

„Hast du Jane inzwischen gefunden?"

„Ja", Paula wedelte mit ihrem Handy, „hab's wieder. Danke für deinen Tipp."

„Kein Problem."

Angekommen im Büro, speicherte sie die Druckdaten für Dan auf einem USB-Stick und machte sich auf den Weg in den dritten Stock. Er war bereits in seiner Arbeit vertieft, unterbrach sie aber, als er Paula bemerkte.

„Du hast ja tatsächlich einen Kaffee für mich. Das sollte doch nur ein kleiner Spaß sein."

„Versprochen ist versprochen."

„Na gut. Ich danke dir, Mädchen."

Er machte sich sofort ans Werk und im Handumdrehen waren die Plakate fertig. Als Paula wieder oben ankam, empfing sie eine ungehaltene, angesäuert dreinblickende Melissa. Die Arme verschränkt, mit dem Fuß wippend, sah sie demonstrativ auf ihre Armbanduhr und erst jetzt begriff Paula, dass der Unmut ihr galt. Offenbar dachte Melissa, dass sie sich verspätet hatte und erst jetzt zur Arbeit erschien.

„Hast du mal auf die Uhr geschaut?“, wurde Paula von Melissa angeblökt. Zu ihrer Verteidigung wedelte Paula mit den Plakaten und da Melissa das noch immer nicht verstand, fügte sie hinzu: „Ich war schon bei Dan und habe die Plakate drucken lassen.“

„Oh. Ich, äh, ach so. Also, es tut mir leid.“ Melissas Miene hellte sich schlagartig wieder auf. „Dann sind wir ja bestens im Timing.“ Paula nickte zufrieden.

„Ich schaue jetzt direkt, ob die Kaffeemaschine wieder ihren Dienst tut und dann bereite ich den Meetingraum vor.“ Melissa sah ihr sichtlich verblüfft nach.

Das Meeting lief wie am Schnürchen. Diesmal nahm auch Peter daran teil und er nahm zufrieden zur Kenntnis, dass der Kunde von dem Ergebnis hellauf begeistert war. Lediglich der Kaffee hätte ihm beim letzten Treffen besser geschmeckt. Paula konnte ein Schmunzeln nicht unterdrücken und auch Peter musste grinsen. Nur die steife Melissa wusste nicht recht, wie sie darauf reagieren sollte.

„Melissa“, sagte Peter, nachdem der Kunde sich verabschiedet hatte, „danke für den tollen Job. Ich bin sehr zufrieden.“ Mit Komplimenten konnte Melissa wohl ebenfalls nicht gut umgehen, denn sie grinste ihn debil an und es platzte ein komisches „Danke“ aus ihr heraus. Paula war nicht sicher, ob sie deshalb so verunsichert war, weil Melissa ein bisschen auf Peter stand. Das jedenfalls würde ihr merkwürdiges Verhalten in seiner Gegenwart erklären. Aber eigentlich ging es Paula ja nichts an und es war ihr im Grunde auch egal. Nun erhielt auch Paula das Lob ihres Chefs. Sie war sowohl überrascht als auch begeistert, dass er sehr genau wusste, welchen Anteil sie am Projekt hatte.

Nun aber widmete sie sich wieder ihrer Arbeit. Es gab noch einige Aufgaben zu erledigen und einen Teil wollte sie unbedingt noch vor ihrer Mittagspause schaffen. Kurz nach eins war sie fertig. Sie hatte sich vorgenommen, ihre Pause wieder im Park zu verbringen. Je näher sie kam, desto mehr

Vorfreude machte sich breit. Der Himmel war strahlend blau, die Sonne schien so schön wie am Vortag und als sie den Park betrat, hörte sie das Plätschern eines Springbrunnens, den sie gestern gar nicht registriert hatte. Wie selbstverständlich steuerte sie den Baum an, unter dem sie Clementine getroffen hatte. Doch als sie dort ankam, saß da keine Clementine, sondern ein verliebtes Pärchen auf einer Picknickdecke.

Sie rümpfte die Nase, denn es ärgerte sie, dass fremde Leute diesen Platz für sich beanspruchten. Sie suchte sich einen anderen Fleck und hielt insgeheim noch immer nach Clementine Ausschau. Aber natürlich war sie nirgends zu sehen, also setzte sich Paula ins Gras und packte eines der zwei Sandwiches aus, die sie morgens mitgenommen hatte. Während sie aß, sah sie aufs Handy. Mark hatte geschrieben. Die Prüfung war wohl ganz gut gelaufen. Sie sollte wohl antworten, doch irgendwie hatte sie keine rechte Lust. Insgesamt war sie unzufrieden. Also machte sie sich nach dem Essen auf den Rückweg. Heute fühlte sie sich weder leicht noch beschwingt.

Den restlichen Arbeitstag kam auch keine bessere Laune auf, wobei sie versuchte, es sich vor den Kollegen nicht anmerken zu lassen. Als sie am Abend die Haustür aufschloss, begrüßte sie eine gut gelaunte Mary.

„Rate, wer am Samstagabend mit den Kollegen ausgeht und rate, welcher neue süße Kollege auch dabei sein wird“, überfiel sie Paula. Paula versuchte sich für Mary zu freuen. Sie hatte vor einigen Tagen schon mal was von diesem neuen Kollegen erzählt, aber Paula war bis eben nicht bewusst gewesen, dass Mary scheinbar richtig für ihn schwärmte.

„Hey, das klingt doch super“, bemühte Paula sich so fröhlich wie möglich zu sagen.

„Was ist dir denn über die Leber gelaufen?“

„Eigentlich gar nichts.“

„Und uneigentlich?“

„Ach, keine Ahnung“, brummte Paula, während sie sich

auf Sofa fallen ließ.

„Komm, lass uns quatschen. Aber zuerst mache ich uns einen Tee.“ Es gibt doch gar nichts zu quatschen, dachte Paula und zappte ziellos durch die Fernsehprogramme. Mary kam mit zwei Tassen zurück ins Wohnzimmer und nahm neben Paula auf dem Sofa Platz.

„So, was ist los?“ Sie sah Paula erwartungsvoll an. Diese setzte sich auf, nahm die Teetasse und spielte am Etikett des Teebeutels.

„Es ist alles ok“, antwortete sie tonlos.

„Paula Becker, ich kenne dich schon länger als mein halbes Leben. Erzähl mir also keinen Unsinn. Hast du Stress im Büro?“

„Da ist alles in Ordnung. Hab sogar heute ein Lob vom Chef bekommen.“ Ihre Stimme klang nölig.

„Na fein, das ist doch mal was. Gab es schon wieder Ärger mit Mark?“

„Was heißt denn „schon wieder“? Das klingt so, als würde ich mich andauernd mit ihm zanken. Das war jetzt das erste Mal und das ist geklärt.“

„Wenn alles so in bester Ordnung ist, dann macht deine Laune aber keinen Sinn“, schlussfolgerte Mary.

„Ja, sage ich ja.“ Jetzt schürzte Paula die Unterlippe und verschränkte die Arme wie ein trotziges Kind. Mary atmete einmal durch. „Wegen Clementine?“

Paula riss die Augen auf. Was sollte das von Mary? Was versuchte sie ihr da einzureden?

„Was willst du andauernd mit dieser Clementine?“, fauchte Paula, „Habe ich irgendwas verpasst? Deine Gedanken kreisen ja scheinbar nur noch um diese Frau. Außerdem war sie heute ja sowieso nicht da.“ Mit diesen Worten stoppte Paula ihren Ausbruch. „Oweia“, entfuhr es Mary. Sie überlegte gut, was sie als Nächstes sagen sollte. Noch ein falsches Wort und Paula würde sicher in ihrem Zimmer verschwinden. Aber Mary schien ja auf der richtigen Spur zu sein.

„Wie meinst du das, sie war nicht da?“

„Na im Park“, sagte Paula, als müsste das Mary verstehen.

„Ihr wart also heute wieder verabredet?“, tastete sie sich vorsichtig vor.

„Nein.“ Nun klang Paula noch genervter. Sie seufzte. „Also… Ich bin in meiner Pause heute wieder in den Park gegangen, weil es mir dort gestern so gut gefallen hat. Und ich wusste ja, dass sie nicht da sein würde.“ Sie trank einen Schluck Tee. „Aber scheinbar habe ich es unterbewusst doch gehofft. Jedenfalls war ich total enttäuscht, als ich sie dort nicht angetroffen habe.“

Sie sah Mary mit panischen Augen an, denn plötzlich formte sich in ihrem Kopf ein beängstigender Gedanke: „Mary, bin ich lesbisch?“ Jeden Moment würden Tränen Paulas Wangen runterlaufen.

„Nein!“, beruhigte Mary sie. Sie versuchte, ihre Mundwinkel unter Kontrolle zu halten, aber eigentlich fand sie Paula geradezu rührend amüsant. In Wahrheit war sie sich ihrer Antwort gar nicht so sicher. Sicher war jedoch eines. Jetzt war noch nicht der richtige Zeitpunkt, ihre Vermutung zu äußern.

„Aber die Träume und das alles. Und ich habe so ein komisches Gefühl, immer wenn ich nur in die Nähe dieser Frau komme.“ Nun kullerten die Tränen im Sekundentakt.

„Hör zu. Selbst wenn es so wäre, dass du eine Art Schwärmerei für diese Frau hast, dann wäre das kein Weltuntergang.“

So etwas wollte Paula von ihrer besten Freundin nicht hören. Sie schnappte nach Luft. „Aber…aber…“, stammelte sie. Mary legte zur Beruhigung ihre Hand auf Paulas Schulter und sprach ihr gut zu: „Aber, das ist alles überhaupt nicht gesagt. Es gibt Menschen, die von Natur aus eine faszinierende Anziehungskraft ausstrahlen. Insbesondere Musiker, oder meinetwegen auch Musikerinnen, haben häufig dieses besondere Gen.“ Marys Worte zeigten Wirkung. Die Frequenz von Paulas Tränen verlangsamte sich stetig.

„Ich stehe also nicht auf Frauen?", wollte Paula sich ein letztes Mal versichern. Mary konnte sich zu keinem deutlichen Nein überwinden, also wich sie aus: „Du hast doch Mark, oder?"

„Ja, das stimmt." Diese Antwort schien Paula zu beruhigen.

„Weißt du, meistens verschwindet dieser Zauber, wenn man mehr über denjenigen weiß", fügte Mary noch hinzu.

„Du meinst also, ich sollte mich mit ihr treffen? Sie besser kennenlernen?", schlussfolgerte Paula überrascht. So hatte Mary das zwar nicht gemeint, vielmehr dachte sie an gelegentliche Begegnungen an der Theke im Coffee Shop. Wenn Paula jedoch bereits in ganz anderen Dimensionen dachte, konnte Mary nicht umhin als zu antworten: „Ja, warum eigentlich nicht?" Sie wartete auf Paulas Reaktion.

„Das klingt ja irgendwie logisch", überlegte Paula.

Ach Herzchen, dachte Mary, das klingt sowas von überhaupt nicht logisch. Aber wenn Paula sich bereits selbst von ihrer eigenen Idee überzeugen ließ, wollte Mary sie sicher nicht wieder umstimmen.

KAPITEL 5

Der letzte Arbeitstag der Woche stand an und Paula nahm sich fest vor, sich heute ausschließlich auf die Arbeit zu konzentrieren. Sie war froh über das gestrige Gespräch mit Mary. Und die Idee, sich mit Clementine zu treffen, fand Paula überzeugend. Sie wollte am Montag schauen, ob Clementine wieder arbeitete und sie dann fragen, ob die beiden gemeinsam etwas unternehmen könnten. Es fühlte sich befreiend an, einen vernünftigen Plan zu haben. Gut gelaunt traf sie im Büro ein und auch heute war sie vor Melissa da, also schaute sie, welche Arbeit gestern liegengeblieben war. Nach etwa einer halben Stunde fiel Paula auf, dass Melissa noch immer nicht eingetroffen war. Das war seltsam, denn laut ihrer eigenen Worte war sie ein überaus pünktlicher Mensch. Paula überlegte gerade, wen sie nach ihr fragen könnte, da kam bereits Peter auf sie zu.

„Hi Paula“, flötete er.

„Guten Morgen.“ Paula war nicht sicher, ob Peter der richtige Ansprechpartner für ihre Frage war. Sie wollte Melissa nicht wegen Zuspätkommens anschwärzen. Aber Peter nahm ihr direkt diese Last: „Melissa ist leider heute krank. Bist du denn noch mit Arbeit versorgt?“

„Es geht so. Ich denke, ich habe noch ein bisschen Luft“, gab Paula zu.

„Wenn das so ist“, beschloss Peter kurzerhand, „nehme ich dich nachher mit zu einem Kunden.“ Das war doch mal eine willkommene Abwechslung, über die sich Paula freute.

Gegen zwölf Uhr ging es los. Peter versprach ihr, dass sie aufgrund der ausfallenden Mittagspause ihren Feierabend früher antreten könnte. Paula war das ganz recht, so konnte sie später noch ein paar Einkäufe erledigen.

Sie stiegen in seinen weißen Porsche Cayenne ein. Offenbar der Wagen für seine Geschäftstermine, dachte Paula, denn Anfang der Woche hatte Peter sie mit einem kleinen Sportflitzer nach Hause gebracht. Ihr Kunde war diesmal ein Süßwarenhersteller, der ein neues Produkt auf dem Markt etablieren wolle, erklärte Peter ihr. Eine Dreiviertelstunde später parkte er vor einem unscheinbaren Gebäude. Nur das Schild im Eingangsbereich verriet, dass hier eine Firma ihren Sitz hatte. Genaugenommen handelte es sich lediglich um die Hauptverwaltung, die Produktion befand sich außerhalb von New York. Der Kunde war sehr angenehm, Peter ließ sich die Innovation zeigen und sie durften das Produkt, das eigentlich noch streng geheim war, verkosten. Die schmackhaften Schokoladenkekse, die in Cafés zum Kaffee gereicht werden sollten, waren auf den ersten Blick keine neue Erfindung. Das Besondere an diesem Produkt war aber, dass die Schokoladenstückchen erst im Mund schmolzen, nicht aber, wenn der Keks bei höheren Temperaturen, etwa neben einer heißen Kaffeetasse, platziert würde. Peter fielen direkt einige Ideen ein, wie dieser Keks gut in Szene gesetzt werden könnte. Der Termin endete schneller und ergebnisreicher als erwartet und mit einem neuen Auftrag in der Tasche stiegen sie gutgelaunt wieder ins Auto ein. Auf dem Rückweg fiel Paula auf, dass Peter eine abweichende Route einschlug.

„Hast du Hunger? Ich habe jedenfalls einen Bärenhunger nach all dem süßen Zeug. Komm, wir essen eine Kleinigkeit. Ich lad dich ein."

Paula nickte, obwohl es ihr ein wenig unangenehm war, als kleine Praktikantin mit dem Boss Mittag zu essen. Aber er war ja zudem ein alter Freund der Familie, deshalb nahm sie das Angebot an. Sie war überrascht, als er in eine nicht sonderlich wohlhabende Gegend New Yorks einbog. Hier reihten sich unzählige Fastfood-Restaurants nebeneinander. Es gab Thai-Food, Burger und Sushi Läden, aber eben alles im niedrigen Preissegment. Ihr war das nur recht, sie hätte sich in einem Sternerestaurant eher fehl am Platz gefühlt.

„Da vorne ist ein Laden, da kann man sich sehr leckere Salate selbst zusammenstellen. Ist das ok für dich?", fragte er.

„Klingt gut."

Der Laden war großartig. Paula aß ohnehin gerne mal einen Salat und hier hatte man alle erdenklichen Zutaten zur Auswahl. Man musste der Bedienung nur sagen, was man wollte und bekam seinen individuellen Salat zusammengestellt. Sie nannten ihre Wünsche und nahmen sich anschließend einen Platz im Freien, wo sie auf ihre Bestellung warteten.

„So, die erste Woche hast du nun hinter dir. Wie gefällt es dir denn bei uns?"

Paula hatte mit einem solchen Gespräch gerechnet, aber das machte ihr nichts. Sie fühlte sich sehr wohl bei ihrem Arbeitgeber, also konnte sie ehrlich antworten.

„Es macht unheimlich viel Spaß. Ich lerne viel und die Kollegen sind auch sehr hilfsbereit."

Peter lächelte: „Das freut mich zu hören. Und ich kann dir sagen, dass auch die Kollegen, besonders natürlich Melissa, ebenfalls sehr angetan von dir sind. Beinahe schade, dass du uns in einigen Wochen wieder verlässt." Hörte Paula etwa ein Jobangebot raus, oder verwechselte sie das mit amerikanischer Höflichkeit?

„Oh, wer weiß, vielleicht komme ich ja nach dem Studium wieder", scherzte sie, wobei sie tatsächlich gern wissen wollte, ob diese Option bestand.

„Könntest du dir denn ein Leben in den USA vorstellen?" Das klang nun beinahe doch so, als meinte er das ernst.

Paula überlegte kurz. Ehrlich gesagt, hatte sie sich darüber noch gar keine Gedanken gemacht. Die Option bestand ja bislang nicht. Sie versuchte sich vorzustellen, wie sich ein Leben auf diesem Kontinent anfühlen würde. Klar, ihre Familie wäre dann weit weg, aber durch das Studium sah sie ihre Eltern bereits jetzt nur selten und damit kam sie gut klar. Und sie könnte wieder mit Mary in einer Stadt wohnen, vielleicht sogar weiterhin in einer gemeinsamen WG. Diese Idee gefiel ihr. Mark fiel bei ihren Überlegungen völlig unter den Tisch, aber das bemerkte sie gar nicht.

„Ich kann mir das sogar gut vorstellen", antwortete sie.

Peter freute sich über die Antwort.

Eine Bedienung brachte ihnen die Salate. Paula war ganz begeistert und lobte sich gedanklich für ihre gelungene Zusammenstellung der Zutaten. Sie hätte den Laden von außen wahrscheinlich gar nicht wahrgenommen. Ganz abgesehen davon, dass es sie wohl kaum hierher verschlagen hätte. Sie sah sich noch mal um. Die meisten Gebäude waren schlichte Wohnhäuser. Außer einigen Bars, Lokalen oder Cafés gab es hier nicht viel. Sie fragte sich, wie Peter auf das kleine Restaurant gestoßen war, traute sich aber nicht, ihn danach zu fragen.

Während sie ihren Blick weiter durch die Straße schweifen ließ, blieb er unbewusst an einem kleinen Kiosk haften, an dem sich eine Frau gerade etwas kau… Moment. War das etwa? Paula blieb beinahe das Salatblatt im Hals stecken. Die Frau sah aus wie... Clementine. Paulas Herz begann zu pochen. Sie war sich nicht ganz sicher, da die Frau ihr den Rücken zuwandte. Doch schließlich drehte sie sich um und… tatsächlich, es war Clementine. Paula wollte sich nichts vor Peter anmerken lassen und musste dem Impuls aufzuspringen und ihr entgegenzulaufen, wiederstehen. Allerdings hoffte sie, dass sich zwischen ihnen ein Augenkontakt ergäbe und folgte mit den Augen ihrem Weg. Tatsächlich lief sie direkt auf sie zu, somit bestand eine gute Chance, dass Clementine sie bemerken würde. Es lagen nur noch wenige Schritte zwischen ihnen, da trafen sich ihre Blicke. Doch statt zu lächeln stutzte Clementine, machte auf dem Absatz kehrt und verschwand in einer Nebenstraße. Paula war völlig perplex. Was war denn nun los? Sie sah ihr noch hinterher, bis Clementine aus ihrem Sichtfeld verschwand. Auch Peter sah in diese Richtung, scheinbar war ihm Paulas Reaktion doch nicht völlig entgangen.

„Schmeckt dein Salat?“, fragte er seufzend.

„Was? Ja, ja er schmeckt sehr gut.“ Paula musste sich noch sammeln. Und auch Peter wirkte jetzt etwas abwesend.

„Wenn du willst, dann plane ich dich bei dem

Schokoladenkeks-Projekt mit ein." Sie hatte den Eindruck als bemühte er sich, das Gespräch von vorher wieder aufzugreifen.

„Gerne. Wenn das denn geht."

„Klar geht das. Ich bin doch immerhin der Chef von dem Laden ", zwinkerte er ihr zu, „Allerdings arbeitest du dann nicht mehr für Melissa, zumindest für die Zeit."

„Wenn das für Melissa ok ist."

„Sie ist ohnehin wohl die nächsten Tage nicht da. Das passt also ganz gut."

Auf einmal schien es, als hätte Peter es ziemlich eilig. Kaum hatten sie fertig gegessen, rief er nach der Kellnerin. Paula hing noch immer der Situation von eben nach. Warum hatte Clementine so ablehnend reagiert? Hatte Paula neulich irgendwas gesagt oder getan, was diese Reaktion erklären würde? Ihr fiel partout nichts ein und sie wusste, dass sie noch eine ganze Weile darüber grübeln würde. Und jetzt verhielt sich zudem noch Peter ganz seltsam. Seine Worte waren zwar freundlich, aber sein Gesichtsausdruck verriet, dass irgendetwas nicht passte. Paula seufzte tonlos, es hätte doch wirklich mal ein entspannter Tag werden können.

Auf der Rückfahrt war Peter einsilbig. Das gab Paula die Gelegenheit, das eben Geschehene noch mal abzuspulen und sie überlegte krampfhaft, was vorgestern im Park schiefgelaufen war. Doch da war nichts, was ein solches Verhalten erklärte. Ob sie trotzdem am Montag in den Coffee Shop gehen sollte? Die Vorstellung, Clementine würde sie ab jetzt meiden, betrübte Paula. Die letzten Tage hatte sie auch gar nicht mehr von ihr geträumt, was Paula hätte erfreuen müssen, aber irgendwie vermisste sie die nächtlichen Begegnungen.

Zurück in der Agentur hatte Paula nur noch ein paar Kleinigkeiten zu erledigen, dann verabschiedete sie sich ins Wochenende. Sie kaufte noch ein paar Lebensmittel und beschloss, heute Abend für Mary und sich Spaghetti Bolognese zu kochen.

Zu Hause verstaute sie zunächst die Lebensmittel. Dabei entdeckte sie die noch übrig gebliebene Weinflasche von Mittwoch. Sie nahm sich ein Glas und machte sich direkt ans Kochen.

Paula bekam Lust auf laute Musik und drehte das kleine Küchenradio bis zum Anschlag auf. Sie wusste, dass sie damit ihrer guten Laune auf die Sprünge helfen würde. Das klappte immer. Und was die gute Laune anging, war bei ihr gerade viel Luft nach oben. Zwar versuchte sie, die Geschehnisse von vorhin wegzuschieben, aber Clementine tauchte hartnäckig immer wieder in ihren Gedanken auf. Die Soße köchelte bereits vor sich hin und auch das Nudelwasser blubberte, als endlich auch Mary eintraf.

„Wow, hier riecht es fantastisch!"

Paula drehte das Radio wieder leiser.

„Wir können auch gleich essen."

Sie deckte den Tisch ein, während Mary in ihrem Zimmer kurz in bequemere Klamotten schlüpfte. Als sie wieder die Küche betrat, stand das Essen bereits auf dem Tisch.

„Ich habe einen riesigen Hunger!" Mary rieb sich voller Vorfreude die Hände.

Das Essen schmeckte so gut, dass sich beide mehrmals die Teller vollluden, bis am Ende nichts mehr übrig war. Mit vollen Bäuchen begaben sie sich ins Wohnzimmer und erst jetzt stand Paula der Sinn danach, Mary vom heutigen Ereignis zu berichten.

„Mary, ich muss dir was erzählen."

„Oh nein, das klingt ja nicht so gut."

„Sagen wir, es war kurios. Ich habe heute Clementine gesehen und… ", begann Paula.

„Hat sie doch schon wieder gearbeitet?", unterbrach Mary sie.

„Nein, ich war mit Peter essen und…"

„Du warst mit deinem Boss essen?", rief Mary erstaunt.

„Jetzt unterbrich mich doch nicht ständig, das ist doch gerade völlig nebensächlich", maulte Paula.

„Ist ja ok, ich bin jetzt still."

„Jedenfalls saßen wir gerade beim Essen, als ich Clementine an einem Kiosk stehen sah. Wie unwahrscheinlich sie dort zu treffen, findest du nicht?" Mary stimmte nickend zu. „Und als sie dann in unsere Richtung lief und mich entdeckte, hat sie sich einfach umgedreht und ist abgehauen."

Mary dachte nach: „Bist du sicher, dass sie sich deinetwegen umgedreht hat? Hat sie dich wirklich gesehen?"

„Ja, da bin ich sicher. Ich bilde mir ein, dass sie mich einen winzigen Moment angelächelt hat. Doch dann ist sie einfach abgehauen."

„Das ist wirklich seltsam. Tja, ich befürchte, genaueres wirst du wohl erst Montag erfahren", seufzte Mary. Gerade wollte Paula etwas erwidern, da klingelte ihr Handy.

„Oh, meine Mutter, da muss ich ran." Mary nickte.

„Hallo Mama." Paula bemühte sich, möglichst wohlgelaunt zu klingen.

„Hallo Kind, na du klingst, als sei bei dir alles in bester Ordnung."

„Ja, alles ist gut." Zumindest in dieser Sekunde stimmte das, denn sie freute sich tatsächlich, ihre Mutter zu hören.

„Wie läuft es mit dem Praktikum?"

„Das macht wirklich Spaß. Und sie lassen mich nicht nur Kaffee kochen", betonte sie stolz.

„Na, dann bin ich beruhigt. Aber melden könntest du dich schon häufiger."

Das stimmte und Paula hatte durchaus ein schlechtes Gewissen, aber die Woche war ja so turbulent gewesen. Mal abgesehen davon, dass sie die halbe Woche lang ja gar kein Handy gehabt hatte. Aber davon wollte sie ihrer Mutter besser nichts verraten, denn sie machte sich immer so schnell Sorgen.

„Ich hoffe, du meldest dich bei deinem Mark regelmäßiger als bei uns", sagte sie ermahnend.

Ihre Mutter war ganz vernarrt in Mark. Er war für sie der

Traumschwiegersohn schlechthin. Klug, ehrgeizig und gutaussehend. Und dabei hatten sich die beiden erst zweimal gesehen.

„Jaaa Mama“, antwortete Paula genervt.

„Er vermisst dich sicher.“ Paula rollte die Augen. Das tat er bestimmt und wenn Paula mal Zeit hatte, dann vermisste sie ihn auch.

„Wir telefonieren täglich“, versuchte Paula sie zu beruhigen. Scheinbar war das die Antwort, die sie hören wollte, denn danach ließ ihre Mutter sie damit in Ruhe. Nach etwa zehn Minuten war das Telefonat zu Ende und Paula widmete sich wieder Mary.

„Machen wir heute Abend was, oder hast du schon Pläne?“

„Ich stehe dir voll und ganz zur Verfügung“, lachte Mary, „wobei ich auch dankbar für einen gemütlichen Filmabend wäre.“

„Na das passt ja bestens, denn ich habe uns Mikrowellenpopcorn gekauft.“ Paula nahm die Verpackung in die Hand, hielt sie wie ein Werbeplakat vor sich und präsentierte ihr schönstes Werbelächeln. Mary musste lachen.

„Ach so, wegen morgen“, fiel Mary ein, „willst du eigentlich mitkommen?“

„Du meinst mit deinen Arbeitskollegen?“ Mary nickte.

„Ach, lieber nicht. Da käme ich mit fehl am Platz vor. Wobei ich dann andererseits deinen neuen Schwarm in Augenschein nehmen könnte“, Paula klimperte übertrieben mit den Augen.

„Mein Schwarm, tz. Übertreib mal nicht. Ich mag ihn und ich finde ihn sehr attraktiv. Aber ich kenne ihn eigentlich überhaupt nicht.“

Paula entging die Röte auf Marys Wangen nicht und musste schmunzeln. Wie sehr sie sich wünschte, dass Mary endlich mal wieder jemanden finden würde. Ihre letzte Beziehung lag schon über zwei Jahre zurück.

„Ich telefoniere noch kurz mit Mark, danach kann es

losgehen“, sagte Paula und zog sich in ihr Zimmer zurück.

Sie hatte sich am Vormittag per Nachricht mit Mark zum Telefonieren verabredet, daher ging er sofort ran. Eigentlich hatte sie gar keine rechte Lust mit ihm zu telefonieren. Dafür konnte Mark allerdings nichts. Paula nervte es, dass man sich zwar regelmäßig sprach, aber eben trotzdem diese unüberwindbare Distanz zueinander bestand. Außerdem wollte sie nicht ständig über die Arbeit reden und andere Themen hatte sie gerade nicht parat. Mark bemerkte ihre schlechte Laune und versuchte sie aufzumuntern, doch ihm gelang das nicht so recht. Enttäuscht schlug er vor, morgen wieder zu sprechen.

„Danke Mark. Ich muss mich, glaube ich, erst mal wieder richtig ausschlafen.“

„Mach das, Schatz. Erhol dich gut. Bis morgen.“

„Bis morgen.“

Als Paula ins Wohnzimmer ging, standen das Popcorn und der restliche Wein schon bereit.

„Ich habe uns schon einen Film ausgesucht. The Holiday“, sagte Mary.

„Ich glaube, den kenne ich noch nicht.“

„Perfekt, dann lass uns loslegen.“

Eine lustige Liebesschnulze war jetzt genau das richtige für einen Freitagabend. Irgendwann wurde Paula müde und auch Mary fielen schließlich die Augen zu. Als Paula mitten in der Nacht aufwachte, hörte sie Mary am anderen Ende des Sofas schnarchen. Paula schleppte sich schlaftrunken in ihr Bett und ließ Mary auf dem Sofa weiterschlafen. Sie kuschelte sich unter die Decke und schlief unmittelbar wieder tief und fest ein.

Die Nacht hielt zur Abwechselung wieder einen traumreichen Schlaf bereit. Sie befand sich in der Straße, auf der sie Clementine am Tage gesehen hatte. Paula saß wieder an dem Tisch vor dem Restaurant, doch diesmal war sie allein. Sie sah sich suchend nach Clementine um, aber von der Dunkelhaarigen war nichts zu sehen. Doch als sie sich ein zweites Mal umsah, entdeckte sie sie am Eingang einer unscheinbaren Seitenstraße. Paula stand auf und folgte ihr. Doch jedes Mal, wenn sie sich ein paar Schritte näherte, vergrößerte Clementine den Abstand wieder. Paula folgte ihr bis in eine Querstraße, doch plötzlich war Clementine wie vom Erdboden verschluckt. Paula drehte sich suchend um die eigene Achse, lief jeden Winkel ab, doch sie schien die Spur verloren zu haben. Sie seufzte, wollte schon den Rückweg antreten, da fiel ihr auf, dass sie sich genau vor der schwarzen Tür des Nox befand. Sie griff nach der abgegriffenen Türklinke, zog daran, aber die Tür war verschlossen. Sie rüttelte und klopfte, doch niemand öffnete. Schlagartig wurde um sie herum alles schwarz. Ihr Herz pochte als sie die Augen aufschlug und begriff, dass sie aufgewacht und der Traum vorüber war.

KAPITEL 6

Sonnenstrahlen drangen durch die Fenster ihres Zimmers und kündigten einen warmen Tag an. Der Blick auf den Wecker verriet Paula, dass es kurz nach neun Uhr war. Sie stand auf und schlurfte ins Wohnzimmer und fand Mary, die noch selig auf dem Sofa schlummerte. Ihrem entspannten Gesichtsausdruck zufolge, wurde sie gerade nicht von aufreibenden Träumen heimgesucht, worum Paula sie sehr beneidete. Wenn Paula nicht der Traum von dieser Nacht so sehr unter den Nägeln brennen würde, hätte sie Mary gern noch einige Stunden Schlaf gegönnt. Aber solange sie sich noch an die Details erinnerte, wollte sie so schnell wie möglich davon erzählen. Aber ohne einen Kaffee würde sie Mary wohl kaum ohne Gezeter wach kriegen. Also begab sie sich in die Küche, bereitete eine Kanne Kaffee zu und kehrte mit einer Tasse Kaffee und einer Tasse Tee ins Wohnzimmer zurück. Den Kaffee davon hielt sie Mary direkt unter die Nase und ließ die Wirkung der duftenden Aromen ihr Übriges tun.

„Aufstehen“, flötete Paula mit Engelszungen.

„Maahh“, knurrte Mary. Aber dann streckte sie sich und öffnete zuerst das linke und dann das rechte Auge.

„Warum bist du denn schon auf? Wir können doch ausschlafen“, jammerte sie und blickte Paula verständnislos mit ihren verschlafenen Augen an.

„Weil ich wieder geträumt habe.“

Mary blies die Backen auf und zischte durch die Zähne: „Erzähl schon.“ Und Paula erzählte von jedem kleinsten Detail, damit Mary danach zu einer umfangreichen Analyse imstande war. Als sie endlich fertig war, blickte sie Mary erwartungsvoll an: „Und was will mir mein Unterbewusstsein damit sagen?“

Marys Miene war todernst. Paula befürchtete das Allerschlimmste.

„Mhm“, spannte sie Paula auf die Folter. Dann blickte sie nachdenklich aus dem Fenster und sagte lange nichts.

Paula rutschte unruhig auf ihrem Hosenboden hin und her, ließ Mary aber Zeit zum Nachdenken.

„Das bedeutet…, dass du mir zuerst Frühstück machen musst“, platzte Mary lachend heraus.

„Fiese Kuh!“ Paula schnappte sich ein Kissen und warf es Mary ins Gesicht.

„Ist ja gut“, rief sie, noch immer lachend, „ich sage ja was dazu. Also, wenn es ein hellseherischer Traum war, dann wird sie heute Abend wohl wieder im Nox sein.“

„Ach, an sowas glaube ich nicht“ Paula machte eine wegwerfende Handbewegung.

„Na hör mal. Nachdem du eine Frau getroffen hast, die dir zuvor in Traum erschienen ist, kann das für dich doch gar nicht mehr so abwegig sein.“ Da war was dran, musste Paula zugeben.

„Aber selbst, wenn sie da heute Abend ist. Alleine werde ich garantiert nicht hingehen.“

„Dann musst du halt bis Montag warten“, zuckte Mary mit den Schultern, „Ich bin leider für heute Abend schon ausgebucht.“

„Ja, dann ist das halt so“, brummte Paula unzufrieden.

Nach dem Frühstück brachten die beiden die Wohnung auf Vordermann. Unter der Woche war einiges liegengeblieben und deshalb eine Grundreinigung längst überfällig. Dafür gönnte sich Paula den Rest des Tages Erholung, indem sie in ihrem Bett ein Buch las, zwischendurch mit Mark telefonierte und sich anschließend eine ausgiebige Dusche gönnte. Gerade döste sie in ihrem Bademantel auf dem Bett, als Mary an der Tür klopfte und die Nase durch die halboffene Tür schob.

„Komm ruhig rein“, bat Paula sie.

Das ließ sich Mary nicht zweimal sagen. Elegant stolzierte sie vor ihrem Bett auf und ab, nahm eine typische Modellpose ein und präsentierte sich Paula in ihrem Abendoutfit. Sie hatte sich für einen dunkelblauen Hosenanzug entschieden, der wie maßgeschneidert saß und Marys weibliche Figur exzellent zur Geltung brachte.

„Wow, damit wirst du ihn beeindrucken", Paula nickte anerkennend.

Allein Marys Dekolleté würde wohl genügend Aufsehen erregen, dass sie sich der Aufmerksamkeit ihres neuen Kollegen sicher sein konnte.

„So Süße, ich mache mich los. Mach dir einen schönen, gemütlichen Abend."

„Und du hab ganz viel Spaß. Aber sei spätestens um zwölf zu Hause." Paula erhob ihren Zeigefinger und zog eine strenge Miene.

„Na klar", zwinkerte Mary ihr zu und verschwand anschließend.

Paula ging ins Wohnzimmer, schmiss sich aufs Sofa und streckte alle Viere von sich. Endlich hatte sie mal Zeit für sich allein. Das war in den letzten Wochen tatsächlich viel zu kurz gekommen. Aber was genau wollte sie mit ihrem Abend anstellen? Fernsehen? Nein, das konnte sie auch mit Mary machen. Vielleicht ihr Buch weiterlesen? Das hatte sie heute bereits ausgiebig getan. Sie blickte aufs Handy, doch Mark war offline und eigentlich hatte sie nicht wirklich Lust, heute ein zweites Mal mit ihm zu sprechen. Sie könnte Wäsche waschen. Also stand sie auf und suchte die getragenen Klamotten zusammen. Fünf Minuten später hockte sie wieder auf dem Sofa und hörte, wie die Waschmaschine in der Küche die Wäsche durchwalzte. Und jetzt? Sie stand erneut auf und tigerte unruhig durch die Wohnung. Hätte sie vielleicht doch mitgehen sollen? Nein, sie wollte nicht das fünfte Rad am Wagen sein.

Ob Clementine heute tatsächlich wieder im Nox war? Vielleicht hatte sie ja wieder einen Auftritt? Was gab denn eigentlich Paulas Kleiderschrank her? Sie ging in ihr Zimmer und durchstöberte ihn. Dann probierte sie die schönsten Teile an und betrachtete sich kritisch im Spiegel. Eigentlich gar nicht so schlecht. Helle Bluse, enge Blue Jeans. Geeignete Schuhe fehlten allerdings noch. Sie entschied sich, sich an Marys Schuhschrank zu bedienen. Ihre beste Freundin hatte sicher nichts dagegen, denn sie hatten sich schon früher immer gegenseitig ausgeholfen. Sie entschied sich für schwarze Pumps, allerdings mit einem nicht allzu großen Absatz.

Wow, wie sehr das bisschen Absatz sofort die Beine länger erscheinen ließ. Sie fühlte sich richtig sexy. Und was nun? Sollte sie wirklich…? Ach, warum eigentlich nicht. Sie könnte ja jederzeit umkehren. Und ehe sie sich`s versah, stand sie unten an der Straße und winkte ein Taxi heran.

Nach kurzer Fahrt kam das Taxi vor dem Club zum Stehen. Heute war es besonders voll. Bereits vor dem Eingang der Bar hatten sich unzählige Frauen versammelt. An einem Samstagabend hatte Paula allerdings nichts anderes erwartet. Einen kurzen Moment zweifelte sie die hirnrissige Idee, hergekommen zu sein an, doch da hatte sie bereits die Taxikosten beglichen und war ausgestiegen. Mit Mary an ihrer Seite hatte sie sich doch um einiges sicherer gefühlt. Das bemerkte sie besonders, als sie sich den Frauen näherte und glaubte, von dem ein oder anderen Augenpaar beobachtet zu werden. Wieder aktivierte sich ihr Fluchtinstinkt. Doch sie wollte ihm keinesfalls nachgeben. Sie war doch kein Feigling. Sie straffte ihren Körper, richtete ihren Kopf auf und durchquerte den Menschenauflauf vor dem Eingang. Die Gelegenheit war günstig, denn soeben wurde die Tür von innen geöffnet, so dass Paula durchschlüpfen konnte.

Drinnen war es brechend voll, die Bässe hämmerten laut in Paulas Kopf und ihr fiel es schwer, sich einen Überblick zu verschaffen. Die Bühne war heute eine Tanzfläche und auch sonst fehlten einige Tische im vorderen Bereich. Unzählige Frauen standen eng aneinander, unterhielten sich oder tanzten miteinander. Paula drückte sich zunächst in eine Ecke, von der sie in Ruhe den Raum überblicken konnte.

Während sie den Blick durch den Raum schweifen ließ, bemerkte sie, wie sie von einer Frau interessiert angelächelt wurde. Peinlich berührt richtete Paula ihren Blick in eine andere Richtung. Clementine allerdings fand sie zu ihrer

Enttäuschung nicht. Aber vielleicht kam sie ja zu späterer Stunde. Paula fand, dass sie sich erstmal ein Bier gönnen konnte. Sie drückte sich durch die Menge, bis sie die Theke erreichte. Plötzlich spürte sie eine Hand auf ihrer linken Schulter und drehte sich unweigerlich um.

„Du wieder, schön." Sie blickte in das freundliche Gesicht der Barbesitzerin.

„Ach, hallo." Paula hatte nicht damit gerechnet, angesprochen zu werden. Vor allem aber wusste sie nicht, was sie jetzt erwidern sollte. Doch die Chefin machte es ihr leicht und übernahm den Gesprächseinstieg.

„Ist deine Freundin auch hier?"

„Oh, sie ist nicht…", meine Freundin, wollte Paula sagen, aber diesmal verkniff sie sich diesen Satz. „Sie ist nicht hier."

„Verstehe. Ich bin übrigens Alex."

„Paula." Sie gaben sich die Hand.

„Paula", wiederholte Alex und schenkte ihr ein herzliches Lächeln. Paula fand sie sympathisch. Sie wirkte wie eine freundliche Mutter und schien sich ihrer annehmen zu wollen. Vermutlich stand Paulas Unsicherheit ihr zu offensichtlich ins Gesicht geschrieben. Die Barfrau stellte Paula das bestellte Bier auf den Tresen. Alex prostete ihr zu, Paula erhob ebenfalls ihr Bier und beide nahmen einen Schluck.

„Suchst du wieder…", begann Alex zu sagen, wurde aber dann von einer kurzhaarigen Blonden unterbrochen.

„Hi Alex", rief diese freudestrahlend und fiel Alex um den Hals.

„Jackie, welch seltener Gast."

„Ich weiß", sagte sie schuldbewusst.

Paula wollte bei der Unterhaltung nicht stören, nickte Alex kurz zu, um nun die Theke wieder zu verlassen. Doch damit hatte sie plötzlich Jackies ungeteilte Aufmerksamkeit.

„Und wer ist dieses hübsche neue Gesicht?", fragte sie Alex und musterte gleichzeitig Paula von oben bis unten.

„Das ist Paula. Und Jackie, denk nicht mal dran",

ermahnte Alex sie sofort. Paula wurde rot. Sie fühlte sich wie bei einer Fleischbeschau und wusste nicht, wohin mit sich.

„Ach Alex, was denkst du denn von mir? Abgesehen davon, kann das Paula bestimmt auch selbst entscheiden. Oder Paula?“, forderte Jackie sie zu einer Antwort auf.

Paula fühlte sich überfordert und blickte hilfesuchend zu Alex. Doch mehr als ein amüsiertes Schmunzeln bekam Paula nicht.

„Wie sieht es aus, Leute? Wie wär‘s mit einer Runde Wodka? Ich gebe einen aus“, bot Jackie an.

„Ich passe, aber Paula kannst du gern einladen“, erwiderte Alex. Und bevor Paula protestieren konnte, schnappte Alex die Wodkaflasche, die zufällig in Reichweite stand, stellte zwei Schnapsgläser zurecht und goss ein. Jackie nahm beide Gläser und drückte eines davon in Paulas Hand.

„Cheers!“ Alex stieß mit ihrem Glas an Paulas Glas und leerte es in einem Zug.

„Ähm, ja. Cheers.“ Paula hatte nicht das Gefühl, einen Rückzieher machen zu können, also kippte auch sie den Schnaps kurzerhand runter. Im Hintergrund ertönte plötzlich ein lautes „Jackie!“. Die drei drehten sich um und sahen eine kleine, etwas fülligere Frau mit schwarzen Haaren. Sie trug ein schwarzes T-Shirt mit der Aufschrift „Ramones“. Außerdem glitzerten in ihrem Gesicht unzählige Piercings in Nase, Augenbrauen und Lippe.

„Mira!“, schrie Jackie völlig aufgedreht, eilte ihr entgegen und umarmte sie herzlich. „Komm zu uns. Wir trinken uns gerade warm. Das ist übrigens Paula.“

„Hi Paula.“ Mira hielt Paula die Hand hin.

„Hallo Mira“, erwiderte Paula.

Paula wusste gar nicht mehr, wo ihr der Kopf stand. Alles ging Schlag auf Schlag. Vor fünf Minuten lehnte sie noch allein in einer Ecke des Clubs und nun fand sie sich in einer Runde fremder, aber durchaus sympathischer Frauen wieder. Erneut wurden die Gläser aufgefüllt. Paula konnte sich doch nicht schon wieder einladen lassen, also ergriff sie nun das Wort: „Diese Runde zahle aber ich.“ Jackie grinste.

„Wir sind noch nicht vollzählig, du kannst also gern die nächste Runde zahlen“, zwinkerte ihr Mira zu. Ach du meine Güte, dachte Paula, das konnte ja noch lustig werden.

„Na schön, dann eben die nächste Runde. Zum Wohl!“ Paula erhob ihr Glas und die anderen taten es ihr nach. Mit dem zweiten Wodka begann sich Paulas Anspannung etwas zu lösen. Alex hatte die Runde inzwischen verlassen und widmete sich den anderen Gästen.

„Dich habe ich noch nicht hier gesehen, oder?“, wurde Paula von Mira gefragt.

„Das kann gut sein. Ich war Mittwoch zum ersten Mal hier“, erklärte sie ihr.

„Ah verstehe, der Live-Musik Abend. Wer hat denn gespielt?“

„Clemen…ähm. CJ“, korrigierte Paula schnell.

„Oh echt? Verdammt und ich habe sie mal wieder verpasst“, ärgerte sie sich.

„Ach Mira, du hast doch eh keine Chance“, zog Jackie sie auf.

„Du bist blöd. Ich mag einfach ihre Musik. Und tu mal nicht so. Dich hat sie auch schon abblitzen lassen“, konterte Mira, „Außerdem hab ich eine Freundin.“

„Sie hat bislang jede abblitzen lassen“, korrigierte Jackie sie.

„Das weißt du doch gar nicht. Oder hast du sie etwa gestalkt?“ Diesmal setzte Mira ein triumphierendes Grinsen auf, woraufhin Jackie ihr die Zunge rausstreckte.

„Steht sie denn überhaupt auf Frauen?“ Das wollte Paula jetzt dann doch genau wissen.

Jackie und Mira antworteten gleichzeitig.

„Klar“, sagte Jackie.

„Wer weiß“, sagte Mira.

Paula blickte verwirrt zwischen den beiden hin und her.

„Natürlich tut sie das. Sie ist ja wohl der Prototyp einer Lesbe“, wollte nun Jackie Mira überzeugen.

„So ein Quatsch. Ich halte mich an die Fakten. Und Fakt

ist, dass ich sie noch nie mit einer Frau gesehen habe."

Paula fand es amüsant, dass sie offenbar brisanten Zündstoff geliefert hatte. Und natürlich tendierte sie zu Miras Ansicht, denn Paula orientierte sich ebenfalls lieber an den Fakten. Zudem war sie ja ohnehin überzeugt gewesen, dass Clementine nicht lesbisch war.

„Was denkst du denn dazu? Schlägt bei ihr dein Gaydar aus, oder nicht?", wollte Jackie nun von Paula wissen.

„Mein was?", fragte Paula unsicher.

„Du bist doch lesbisch, oder?"

„Ich, ähm, eigentlich…", stammelte Paula unsicher.

„Lass sie doch mal, Jackie", ging Mira dazwischen.

Paula nahm aus lauter Verlegenheit einen Schluck von ihrem Bier. Wieder ärgerte sie sich über ihre eigene Unsicherheit. Warum ließ sie sich so schnell aus der Ruhe bringen? Sie war nicht lesbisch und das war ja wohl kein Verbrechen. Warum sagte sie es dann nicht einfach?

„Ist ja schon gut", gab Jackie klein bei. „So, Mädels, ich will eine rauchen. Kommt ihr mit?"

Mira nickte und weil Paula ja ohnehin niemanden sonst kannte, folgte sie ihnen. Vor der Tür bot Jackie Paula eine Zigarette an. Sie rauchte ja eigentlich nicht, aber wenn sie Alkohol trank, machte sie gelegentlich eine Ausnahme. Also nahm sie sich eine. Nach dem ersten Zug wurde ihr ein wenig schummerig, das kannte sie aber schon.

„Ach schau, dahinten kommt Jessica." Miras Blick richtete sich auf eine schlanke Brünette auf der gegenüberliegenden Straßenseite. Als sie sich näherte, stellte Paula fest, dass die Frau eine beeindruckende Erscheinung war. Bis auf die Haarfarbe erinnerte Paula sie ein wenig an Jennifer Lawrence. Keinesfalls hätte sie diese Frau ans andere Ufer verortet. Elegant gekleidet und mit einer kleinen Handtasche am Ellenbogen stöckelte sie auf die kleine Gruppe zu.

„Hallo Mädels!", begrüßte sie die Runde. Diesmal wollte sich Paula selbstbewusst zeigen und ergriff die Initiative: „Hi, ich bin Paula."

Sie reichte Jessica die Hand. Diese strahlte sie erfreut an: „Ich bin Jessica. Schön mal wieder ein neues Gesicht zu sehen."

„Uns hat Paula ja nicht so überschwänglich begrüßt. Scheinbar passt Jessica besser in ihr Beuteschema", flüsterte Jackie in Miras Ohr und beide kicherten.

Nicht leise genug, denn Paula und vermutlich auch Jessica hatten den Kommentar durchaus gehört. Paulas Wangen begannen zu glühen. Doch wie hätte sie die Situation klarstellen können, ohne sich wieder um Kopf und Kragen zu reden? Andererseits wollte sie auch kein falsches Bild von sich abgeben. Sie fühlte sich jetzt bereits wie eine Betrügerin. Bestimmt hätte ihr Jessica sogar gefallen, wenn sie tatsächlich auf Frauen stünde. Jessica schien ihr Dilemma zu bemerken und hakte sich kurzerhand bei Paula unter: „Komm, wir holen mir was zu trinken."

Die beiden anderen sahen sich sprachlos an, bevor sie ihnen hinterhertrotteten. Endlich konnte Paula ihre Runde geben. Sie stießen zu viert an und kippten nun ihren dritten Schnaps herunter. Spätestens jetzt würde sich Paula als angeheitert bezeichnen, was sie immer daran merkte, dass sie die Tanzlust packte. Sie wippte mit dem Fuß zur Musik und begann, leicht ihre Hüfte kreisen zu lassen.

„Willst du tanzen?", fragte Jessica begeistert, „Bitte sag ja, vielleicht kannst du die anderen dann auch dazu überreden."

„Ja, lasst uns alle eine Runde tanzen", forderte Paula die Frauen auf.

Die Gruppe schob sich auf die Tanzfläche und verschaffte sich erstmal etwas Platz. Paula amüsierte sich großartig, sie fühlte sich richtig ausgelassen. Sie sah sich drei richtig guten Tänzerinnen gegenüber, sicher tanzten sie nicht zum ersten Mal. Besonders Jessica stach mit ihren Tanzkünsten hervor. Sie bewegte sich anmutig, elegant und zog damit nicht nur Paulas Blicke an. Doch Jessica beachtete die anderen Frauen gar nicht, sondern konzentrierte sich allein auf Paula. Immer näher tanzte sie sich an sie heran und begann ihre Hüften sexy an Paulas zu bewegen. Paula musste schlucken, fühlte sich überfordert und merkte, wie ihr plötzlich ganz heiß wurde. Langsam wurde ihr das alles etwas zu viel. Sie wollte allerdings nicht unhöflich sein, deshalb machte sie gute Miene zum bösen Spiel. Zu ihrer Erleichterung endete das Lied gerade, also nutzte sie die Chance zur Flucht. „Ich hol mir mal was Neues zu trinken“, behauptete sie Jessica gegenüber.

Zurück an der Theke atmete Paula erstmal durch. Ihr war immer noch warm, was wohl nicht nur an dem überhitzten Raum lag. Sie hatte das Bedürfnis nach einem weiteren alkoholischen Getränk und bestellte kurzerhand einen Cocktail. Auch die anderen gesellten sich wieder zu ihr. Jessica schnappte sich sofort den Barhocker neben Paula. Sie flüsterte ihr ins Ohr: „Das Tanzen hat echt Spaß gemacht.“

„Fand ich auch“, musste Paula trotz ihrer Verunsicherung zugeben.

Die vier gerieten ins Plaudern, stießen gelegentlich an und stürmten die Tanzfläche, sobald ihnen ein Lied besonders gefiel. Je länger der Abend voranschritt, desto lockerer wurde Paula, was mitunter an ihrem steigenden Alkoholpegel lag. Allerdings verpasste es Paula, rechtzeitig eine Grenze zu ziehen. Zuerst nahm sie die Umgebung nur noch verschwommen war, dann wurde ihr schwindelig und schließlich setzte ihre Erinnerung aus.

„Paula? Willst du nicht mal aufstehen?“ Jedes dieser Worte dröhnte in ihrem Kopf und nur mit Mühe konnte sie ihre Augen einen Spalt öffnen.

„Sag mal, ist alles ok bei dir? Wie siehst du überhaupt aus? Hast du etwa noch deine Klamotten an?“

Paula versuchte sich zu orientieren. Als sie sich aufzurichten versuchte, drehte sich alles. Also verharrte sie lieber weiter in ihrer Ausgangsposition.

„Sind das da drüben meine Schuhe?“, fragte Mary verwundert. „Und sag mal, hast du gestern getrunken?“

Paula knurrte und zog sich genervt die Decke über den Kopf: „Wie viele Fragen hast du noch auf Lager? Ist es nicht ein bisschen früh für ein Verhör?“

„Früh?“, Mary lachte. „Es ist kurz vor zwölf! Ich hole dir wohl mal eine Kopfschmerztablette.“

Angewidert würgte Paula die Tablette herunter. Danach ließ Mary sie erstmal wieder in Ruhe und ging ins Wohnzimmer. Nachdem das Schmerzmedikament seine Wirkung gezeigt hatte, wagte sich Paula langsam aus ihrem Bett und trat aus ihrem Zimmer heraus.

„Geht's wieder besser?“ Mary, die auf dem Sofa saß, hatte sich zu Paula umgedreht und blickte auf tellergroße Augenringe und zerzauste Haare.

„Mhm, geht so“, brummte sie und schlurfte zur Toilette. Sie ließ die Tür einen Spalt geöffnet, so dass sich die beiden weiter unterhalten konnten.

„Eigentlich wollte ich dir ja von meinem Abend erzählen, aber scheinbar war deiner interessanter“, rief Mary. Paula drückte auf die Klospülung, wusch sich die Hände und streckte ihren Kopf aus der Badezimmertür: „Ich war im Nox.“

„Echt jetzt?“, schrie Mary. Paula verzog schmerzhaft das Gesicht.

„Entschuldige“, flüsterte Mary und wiederholte leise, „Echt jetzt?“

„Ja, echt.“

„Hast du Clementine gesehen?“

„Clementine? Nein, sie war nicht da.“

„Aber?“ Mary stutzte. „Aber, was hast du denn sonst da gemacht? Scheint ja ein langer Abend gewesen zu sein.“ Paula lachte ironisch.

„Das kann man wohl sagen. War schon ziemlich schräg. Viel Alkohol, viel tanzen und…“, Paula hielt inne.

„Und?“, Mary war schon ganz ungeduldig.

„Also, wie ich heimgekommen bin, weiß ich ehrlich gesagt gar nicht mehr.“

Paula kratzte sich grübelnd am Kopf. Plötzlich stutzte

Mary und starrte auf Paulas Unterarm.

„Was ist denn?“, Paula bemerkte ihren Blick.

„Sag mal, hast du da etwa jemanden aufgerissen?“

„Was? Nein, wieso?“

Mary griff nach ihrem Arm und drehte ihn so, dass es nun auch Paula sehen konnte. Auf ihrem Arm stand mit Kugelschreiber eine Handynummer. Paula riss die Augen auf.

„Ich, ich weiß nicht, wie das da hingekommen ist, ehrlich“, sagte sie hastig. Sie versuchte krampfhaft, die fehlenden Erinnerungen von gestern Abend abzurufen.

„Na, ich sehe zumindest keine Knutschflecke“, kicherte Mary.

„Ich habe nichts dergleichen getan, da bin ich mir sicher. Ich würde nie… und vor allem nicht mit einer…“, nuschelte Paula nachdenklich.

„Und wem gehört dann die Nummer?“ Paula presste die Lippen aufeinander, denn sie hatte so eine Vermutung.

„Ich denke, sie gehört Jessica. Ich habe da gestern ein paar Mädels kennengelernt. Und ich glaube, Jessica fand mich ganz gut.“ Mary klatschte aufgeregt in die Hände: „Uh, das ist ja echt besser als jeder Film. Wenn man dich mal allein lässt.“ Sie schnalzte mit der Zunge. „Und fandst du sie auch gut?“

„Nicht, wie du jetzt denkst. Aber sie ist nett, ja. So, wie die anderen drei auch echt nett waren.“ Aber Paula beschlich tatsächlich das ungute Gefühl, betrunken etwas Dummes getan zu haben.

„Aber du sagtest, dass du dich nicht mal mehr an deinen Heimweg erinnerst. Woher willst du also wissen, was später passiert ist?“

„Ach verdammt, Mary. Ich weiß es wirklich nicht.“ Paula schaute gequält.

„Dann finde es heraus. Du hast ja die Nummer“, sie deutete auf Paulas Unterarm.

„Ich soll wirklich da anrufen?“, brummte Paula skeptisch.

„Oh, absolut. Du kannst dir gar nicht vorstellen, wie neugierig ich bin."

Paula haderte noch einen Moment mit sich, doch dann griff sie zum Handy. Es klingelte ein paar Mal, dann hob jemand ab.

„Hallo?", fragte eine Frauenstimme.

„Jessica?"

„Ja?"

„Ich bin's, Paula. Ich wollte..."

„Paula", wurde sie unterbrochen, „wow, so schnell hätte ich mit deinem Anruf gar nicht gerechnet", flötete Jessica.

Jetzt war Paula erst recht verunsichert: „Ja, äh, hör zu. Ich glaube, ich hatte gestern ein paar Gläser zu viel."

Jessica lachte: „Das könnte man so sagen."

„Also, ich wollte fragen. Haben wir... ich meine, sind wir..."

„Ob wir rumgemacht haben?", jetzt lachte Jessica aus vollem Herzen. „Nein, haben wir nicht, keine Sorge." Erleichtert atmete Paula aus.

„Obwohl ich dir ja eine Chance gegeben habe", fügte Jessica scherzend hinzu, „Pass auf Paula, ich bin gerade unterwegs. Wie wäre es, wenn wir uns einfach noch mal treffen, dann erzähle ich dir gern vom Rest des Abends. Kann ich mich bei dir melden?"

„Ja, ähm, klar. Melde dich unter dieser Nummer, sobald du Zeit hast."

„Gut, dann bis dahin." Und schon legte Jessica auf.

„Und? Und? Und?" Mary konnte ihre Neugier kaum bremsen.

„Alles ist in Ordnung", seufzte Paula erleichtert.

„Und das heißt genau was?", hakte Mary nach.

„Wie ich es schon gesagt hab, ist nichts passiert. Sie hat mir angeboten, dass wir uns noch mal treffen, um meine Gedächtnislücken zu schließen."

„Ok, fassen wir mal zusammen. Du gehst allein in einen Lesbenclub, willst dich nächste Woche mit Clementine treffen und hast außerdem eine Verabredung mit einer anderen Lesbe. Alle Achtung.“ Mary bereitete es einen Heidenspaß, Paula damit aufzuziehen.

„Du bist ja bloß neidisch“ Paula verschränkte die Arme und spielte die Beleidigte. Doch eigentlich war sie nach dem Telefonat mit Jessica überaus zufrieden. Denn der Abend hatte klar bewiesen, dass sie nicht auf Frauen stand. Warum sonst hätte sie Jessicas Avancen unerwidert lassen sollen? Jessica war optisch eine Granate. Sie war sexy, aber nicht arrogant und hatte zudem was im Kopf. Wenn Paula auch nur ein klitzekleines Bisschen lesbisch wäre, hätte sie sich in ihrem angeheiterten Zustand zumindest auf eine wilde Knutscherei eingelassen. Doch das hatte sie nicht und darüber war sie heilfroh. Mary dagegen hatte eine völlig andere Vermutung und war sich sicher, den wahren Grund für Paulas Desinteresse an Jessica zu kennen. Doch sie schwieg sich darüber aus und wollte besser warten, bis Paula das irgendwann selbst herausfinden würde.

KAPITEL 7

Am Montagmorgen erwachte Paula noch ehe der Wecker klingelte. Sie war am Abend zuvor früh eingeschlafen, war nun hellwach und fühlte sich überaus ausgeschlafen. Sie wollte die zusätzliche Zeit nutzen, um ausgiebig zu duschen und sich in Ruhe ihre Klamotten für den bevorstehenden Arbeitstag auszusuchen. Irgendwie hatte sie heute Lust auf ein elegantes Outfit, also entschied sie sich für eine hellblaue Samtbluse und ihren dunkelblauen Blazer. Die vielen Stunden Schlaf hatten ihre Akkus wieder aufgeladen, so dass sie voller Energie und Tatendrang in die neue Woche starten konnte. Und da ihr noch immer genug Zeit bis zu ihrem Arbeitsbeginn blieb, plante sie einen kleinen Abstecher im Coffee Shop. Dan würde sich sicher über einen mitgebrachten Kaffee freuen und ganz nebenbei wollte Paula Clementines sonderbares Verhalten von Freitag auf den Grund gehen. Heute hatte sie wieder Dienst, soviel stand fest. Vielleicht war Paulas ungebetenes Aufkreuzen nicht ganz fair, denn an ihrem Arbeitsplatz konnte Clementine ihr nicht so leicht ausweichen, aber Paula wollte Klarheit.

Kaum rückte der Coffee Shop in Paulas Sichtfeld, überkam sie wieder diese lästige Unruhe. Dabei hatte sie gehofft, sich nach dem erkenntnisreichen Wochenende besser im Griff zu haben. Sie atmete einmal tief durch und öffnete danach die Eingangstür. Sofort strömte ihr der würzige Duft frisch gemahlenen Kaffees entgegen. Ihr Blick richtete sich auf die Theke in der Erwartung, die Frau, deretwegen sie den Laden aufgesucht hatte, anzutreffen. Doch die Theke war unbesetzt. Nicht mal der freundliche Kollege von letzter Woche war zu entdecken. Enttäuscht blickte sie sich im Laden um. Außer Paula, fand sich nur ein einziger Gast in einer Ecke sitzend und in sein Notebook vertieft. Sie überlegte, ob sie ebenfalls an einem der Tische Platz nehmen und auf Clementine warten sollte. Doch ihre Gedanken erübrigten sich in dem Moment, als sich die Tür des Personalraums öffnete und sie in ein wohlbekanntes, hübsches Gesicht blickte. Paula hielt die Luft an, noch hatte Clementine sie nicht gesehen. Unter ihrem linken Arm hatte sie einen Karton eingeklemmt und in der rechten Hand trug sie einen Zettel, den sie im Gehen konzentriert studierte. Wie würde sie reagieren, wenn sie Paula entdeckte? Paula erfuhr es wenige Momente später, denn nachdem Clementine den Karton abgestellt hatte, blickte sie hoch und als sich ihre Augen trafen, bildete sich sofort ein zwar überraschtes, aber durchaus erfreutes Lächeln auf ihren Lippen. Paula seufze erleichtert, jetzt erst merkte sie, wie sehr sie der Vorfall von Freitag belastet hatte. Sie trat an die Theke heran.

„Hi“, sagte sie schüchtern.

„Paula, so früh schon auf den Beinen?“

„Ja, ähm, ich bin früh aufgewacht und konnte nicht wieder einschlafen.“

„Oh, ich hoffe doch, dass du nicht schlecht geträumt hast?“, fragte Clementine mit einem verschmitzten Grinsen, während sie nebenbei die Theke wischte und den Serviettenspender neben der Kasse auffüllte.

„Was?“ Paulas Mund wurde plötzlich ganz trocken. War das etwa eine Anspielung? Hatte Clementine an dem Abend im Club mehr gehört als Paula lieb war?

„Nein, ich habe nicht schlecht geträumt“, antwortete sie hastig.

„Dann ist ja gut“, erwiderte Clementine und schenkte ihr ein unergründliches Lächeln.

Erneut hatte Clementine sie aus dem Konzept gebracht und hatte dafür nicht einmal viele Worte gebraucht. Das lief ganz und gar nicht nach Paulas Plan und sie hatte Mühe, sich ihren Ärger darüber nicht im Gesicht ablesen zu lassen. Sie erinnerte sich an Marys Ratschlag. Paula musste das Mysterium um Clementine entzaubern, musste dafür sorgen, dass sie diese Frau aus ihren Träumen verbannte. Damit das gelänge, sollte sie mehr über sie erfahren, sie besser kennenlernen. Also fasste sich Paula ein Herz: „Was ich dich fragen wollte?“

Clementine blickte interessiert auf.

„Hast du Lust heute Abend, also ich meine nach Feierabend. Natürlich nur, wenn du Zeit hast…“ Oh Gott, wie gern sich Paula für ihr Gestammel ohrfeigen wollte. Sie wollte die Flucht ergreifen, machte unbewusst bereits einen Schritt zurück. Doch dann antwortete Clementine auf die Frage, die Paula im Grunde noch gar nicht gestellt hatte.

„Ja gerne“, strahlte Clementine. Und ihre Freude wirkte absolut echt.

„Oh, ok.“, erwiderte Paula, zu verblüfft, um ihre Freude über diese Zusage bereits begreifen zu können.

„Holst du mich um sechs hier ab?“

„Ja, sehr gern.“

Paula verließ den Laden ohne Dans Kaffee. Versprochen hatte sie ihm für heute keinen, deshalb würde er ihn also auch nicht vermissen. Clementine hatte die Verabredung tatsächlich zugesagt. Paula überquerte jetzt die Straße zum Bürogebäude und mit jedem weiteren Meter verbreiterte sich ihr Grinsen und ihr Herz machte einen freudigen Hüpfer. Als sie die Eingangshalle betrat, öffnete sich zufällig die Tür des Aufzugs, so dass Paula ihn sofort betreten konnte. Dieser Tag war scheinbar wirklich ihr Tag. Nachdem sie ihre Sachen auf ihrem Bürotisch abgestellt hatte, wollte sie sich zuerst in der Küche einen Tee zubereiten. Summend betrat sie die Küche.

„Wow, da ist ja jemand gut gelaunt.“

„Peter!“ Sie erschrak, denn sie hatte niemanden in der Küche erwartet.

„Ha, du hast wohl nicht damit gerechnet, dass ich dir hier auflauere“, amüsierte sich Peter über seine verschreckte Praktikantin.

Paula rümpfte die Nase, stimmte dann aber in sein Lachen ein. „Du hast recht. In der Küche sind wir uns bislang noch nicht begegnet.“

„Hier, ich habe Donuts für die Belegschaft mitgebracht.“ Er hielt ihr eine volle Box bunter

Gebäckringe entgegen. Dankend schnappte sie sich einen.

„Ach übrigens, Christoph weiß schon Bescheid, dass du ihn bei dem neuen Projekt unterstützen wirst.“

„Ok, prima. Dann gehe ich gleich mal zu ihm.“ Paula hatte ihn bereits kurz kennengelernt und ihn auf Anhieb sympathisch gefunden. Im Vergleich zu Melissa wirkte er wesentlich jünger, obwohl er es wahrscheinlich gar nicht war. Sein jugendliches Auftreten ließ ihn sehr viel entspannter erscheinen und er schien Humor zu haben, was die Zusammenarbeit sehr viel lockerer gestalten würde. Und ganz nebenbei hegte Paula den Verdacht, dass er sich womöglich nicht für Frauen interessierte.

Schnell bestätigte sich, dass Paula die Zusammenarbeit mit Christoph mehr Spaß machte als mit Melissa. Der wesentliche Unterschied war, dass Christoph in erster Linie auf Teamwork setzte, was eine enge Zusammenarbeit des Projektteams bedeutete. Melissa hatte Paula dagegen überwiegend selbstständig arbeiten lassen, was natürlich ebenfalls einige Vorteile mit sich brachte. Trotzdem hatte sie das Gefühl, bei Christoph mehr und vor allem schneller lernen zu können. Er nahm sich für ihre Fragen viel Zeit, beantwortete sie ausführlich und geduldig, so dass sich Paula in seiner Gegenwart rundum wohlfühlte.

Die Mittagspause verbrachte sie heute ebenfalls mit ihren Teamkollegen. Sie bestellten sich eine Pizza ins Büro, so dass sie nach ihrer Pause sofort weiterarbeiten konnten. Das Projekt versprach eine interessante, aber auch herausfordernde Aufgabe für Paula zu werden. Christoph plante sie als vollwertiges Teammitglied ein, was Paula mit Freude zur Kenntnis nahm. Heute tüftelten sie zunächst einen Projektplan aus, bis ihnen irgendwann die Köpfe qualmten. Als Christoph feststellte, dass die Konzentration im Team nachließ, läutete er den Feierabend ein. Paula blickte überrascht auf die Uhr. War es wirklich schon so spät? Tatsächlich war es bereits halb sechs. In dreißig Minuten war sie mit Clementine verabredet. Eigentlich hatte sie die Mittagspause nutzen wollen, um sich einen Plan für den heutigen Abend zu überlegen. Nun gab es keinen Plan und das machte Paula unruhig. Bevor sie das Büro verließ, kam Christoph noch mal auf sie zu.

„Wie hat dir der Tag gefallen?“, wollte er wissen.

„Der Tag war für mich sehr interessant. Und ich freue mich, dass du mich so gut in das Projekt einbindest.“

„Das freut mich zu hören. Und wenn du sonst noch irgendwelche Fragen hast, sprich mich einfach an, ok?“, bot er an.

Paula nickte. Er schien ein wirklich netter Kerl zu sein. Im Gegensatz zu Melissa war er der Typ Mensch, mit dem Paula sich vorstellen konnte, auch nach Feierabend mal ein Bier trinken zu gehen. Bevor Christoph aus der Tür verschwand, fiel Paula tatsächlich eine Frage ein, wenngleich sie nicht unbedingt beruflicher Natur war. Sie wägte ab, ob sie damit zu unprofessionell daherkam, entschied sich aber dafür: „Sag mal, hast du ‘nen Tipp, wo man um die Uhrzeit hingehen kann?“

„Allein oder zu zweit?“

„Zu zweit.“

„Ein Date?“, grinste er schelmisch.

„Ja... äh, NEIN“, korrigierte Paula schnell. Christoph musterte sie schmunzelnd.

„Am Strand ist der Sonnenuntergang echt schön“, er zwinkerte ihr zu und verschwand anschließend.

Gleich war es also soweit. Paula überlegte, wie sie die verbleibenden Minuten überbrücken konnte, denn sie wollte bei Clementine auf keinen Fall allzu früh aufschlagen. Sie beschloss, Mary auf den neuesten Stand zu bringen und wählte ihre Nummer. Schließlich wusste sie ja noch gar nicht, dass das Treffen bereits heute stattfinden würde.

„Heute schon? Das ist ja großartig! Und von ihrem merkwürdigen Verhalten war keine Spur mehr?“, drang Marys aufgedrehte Stimme durch den Hörer.

„Ja, ich glaube sogar, sie hat sich gefreut mich zu sehen.“

„Ich sagte doch, dass du da irgendwas missverstanden

hast“, freute Mary sich.

„Scheint so. Jedenfalls brauchst du heute nicht so bald mit mir zu rechnen“, ließ Paula sie wissen.

„Na, das hoffe ich doch sehr“, schmunzelte Mary. „Dann wünsche ich dir viel Spaß.“

Es waren immer noch ein paar Minuten übrig. Vielleicht war Clementine ja ebenfalls schon im Feierabend. Aber falls nicht, könnte Paula die paar Minuten auf sie warten, also machte sie sich auf den Weg. Clementine bediente gerade einen Kunden, hatte ihren Dienst also noch nicht beendet. Daher suchte sich Paula einen freien Tisch in der Nähe der Theke, so dass sie sich zufällig in Hörweite zu Clementine und ihrem Kunden befand.

Der Mann schien ganz angetan von seiner hübschen Bedienung und grinste sie unmissverständlich an.

„Schöner wurde mir der Kaffee noch nie serviert“, wagte er einen fragwürdigen Flirtversuch.

Clementine antwortete nicht, sondern schenkte ihm ein höfliches, aber betont distanziertes Lächeln. Das hinderte den Mann allerdings nicht daran, seinen Balztanz fortzusetzen.

„Hast du nach Feierabend schon was vor?“, tastete er sich einen weiteren Schritt vor.

„Ja, tut mir leid. Da hab ich schon ein…Date.“ Kurz fiel ihr Blick auf Paula, was dem Mann gar nicht auffiel. Paula hingegen war dieser kurze suchende Blick von Clementine nicht entgangen. Und auch ihre Wortwahl hatte Paula nicht überhört. Bestimmt hatte Clementine ihre Verabredung nur deshalb als ein Date bezeichnet, damit sie ihren aufdringlichen Kunden endlich loswurde. Trotzdem fühlte sich Paula auf eine sie selbst überraschende Weise geschmeichelt.

„Schade, aber klar, die schönsten Frauen sind meist schon vergeben.“ Sein siegessicheres Grinsen wich sichtbarer Enttäuschung. Trotzdem bedankte er sich höflich für seinen Kaffee und verließ sodann den Coffee Shop. Kaum hatte er Clementine den Rücken zugekehrt, grinste sie Paula an und rollte, mit einer Kopfbewegung auf ihn deutend, mit den Augen. Paula musste schmunzeln. Ganz offensichtlich war er so gar nicht ihr Typ gewesen. Jetzt konnte Clementine endlich ihre Schürze abstreifen und sich Paula widmen.

„Passiert dir bestimmt häufiger, oder?“, sagte Paula als Clementine an ihren Tisch herantrat.

„Hin und wieder passiert das schon mal, ja.“ Paula vermutete, dass Clementine äußerst tiefstapelte. Sie war eine unübersehbar hübsche Frau. Ihr feminines Gesicht trug keinerlei Makel und mit ihren hohen Wangenknochen und ihren rassigen, dunklen Augen zog sie vermutlich reihenweise Blicke interessierter Männer auf sich. Wahrscheinlich war sich Clementine über ihre Wirkung bewusst. Umso sympathischer fand es Paula, dass sie ihre Reize nicht missbrauchte, sondern sich eher bodenständig gab.

„Meinetwegen können wir los. Mein Kollege hat schon übernommen“, sie deutete auf den Verkäufer, den Paula bereits kannte und der soeben Clementines Platz hinter dem Tresen eingenommen hatte.

„Sehr schön. Dann mal los.“

„Wohin wollen wir denn?“, wollte Clementine wissen.

Paula kam Christophs Idee wieder in den Sinn. Allerdings basierte sein Vorschlag auf der Annahme, dass Paula zu einem Date verabredet war. Und damit hatte er falsch gelegen. Da es Paula allerdings an alternativen Ideen fehlte und so ein Strandbesuch ja schließlich keinen romantischen Hintergrund brauchte, zog sie seine Idee in Betracht: „Ist es weit bis zum nächsten Strand?“ Clementine reagierte überrascht, aber durchaus begeistert.

„Nun ja, ist nicht gerade um die Ecke. Da müssen wir bis nach Queens, aber das ist ja kein Problem. Dein Vorschlag klingt toll“, fand Clementine, also machten sie sich auf den Weg.

Sie nahmen die U-Bahn, mussten einige Male umsteigen und den letzten Abschnitt bis zu ihrem Ziel zu Fuß zurücklegen. Auf dem Weg passierten sie einen kleinen Kiosk, an dem Clementine Halt machte.

„Magst du was trinken? Ich kann uns ein Sixpack holen, wenn du magst?“, schlug sie vor.

„Ok, gerne“, stimmte Paula zu.

Dann tat sich der Strand vor ihnen auf und Paula war von dem Panorama, das sich von hier aus bot, schlicht überwältigt. Vor ihr präsentierte sich die gesamte Skyline Manhattans und die bereits tief stehende Sonne, die das Wasser in ein leuchtendes Rot färbte, machte diesen Ausblick einmalig und wunderschön.

„Wow, ich hatte ja keine Ahnung, was mir bislang entgangen war.“

„Wunderschön, oder? Da frage ich mich, warum ich so selten herkomme.“ Auch die New Yorkerin konnte sich der Schönheit dieses Anblicks nicht entziehen. Sie ließen sich auf dem noch immer sonnenwarmen Sand nieder und Clementine kramte in der Papiertüte nach zwei Dosen Bier. Sie öffneten die Dosen gleichzeitig mit einem Zischen und stießen auf ihren wohlverdienten Feierabend an.

„War echt eine gute Idee herzukommen“, sagte Clementine und blickte genießend in die Ferne.

„Ich danke dir, dass du mich herbegleitet hast. Allein hätte ich nicht hergefunden.“

Eine ganze Weile sprachen sie nicht, sondern erfreuten sich an ihrer Umgebung, sogen die frische Luft, die in einer sanften Brise über das Wasser an sie heranwehte, in sich auf und genossen ihr kühles Bier.

„Wie ist es so in Deutschland?“, fragte Clementine.

Paula musste lachen: „Im Vergleich zu New York? Ruhig. Nein, im Ernst. Deutschland ist weniger hektisch und schnelllebig. Kommt natürlich noch darauf an, ob wir über Städte oder ländliche Gegenden sprechen.“

„Und wo gefällt es dir besser?“

„Jetzt im Moment? New York. Aber gerade bin ich auch noch von all den neuen Eindrücken überwältigt.“

Wieder verebbte das Gespräch. Doch die Stille zwischen

ihnen war nicht unangenehm, sondern fühlte sich ganz natürlich an.

„Am besten, du besuchst mich einfach mal in Deutschland“, schlug Paula grinsend vor.

„Oh, da müssen aber noch viele Kaffeetassen über die Ladentheke gehen, bis ich mir das leisten kann.“

„Oder du wirst eine reiche und berühmte Musikerin.“

Clementine lachte, winkte jedoch ab: „Ja klar, gute Idee.“

„Nein, ich meine das im Ernst. Du bist wirklich gut.“

„Mag sein, aber es gibt hier viele gute Musiker.“

Damit hatte sie wohl recht, aber Paula konnte sich wirklich gut vorstellen, dass sie es schaffen könnte.

„Trittst du nur im Nox auf oder kriegt man dich auch irgendwo anders zu sehen?“

„Ich trete mal hier, mal da auf. Je nachdem, ob sie jemanden suchen.“

Paula beobachtete im Augenwinkel Clementine, die gedankenversunken aufs Wasser blickte. Sie war wirklich eine bildschöne Frau, der man gerne ins Gesicht sah. Zudem strahlte sie eine bewundernswerte Gelassenheit aus und schien völlig in sich selbst zu ruhen.

„Magst du noch ein zweites Bier?“, fragte Clementine.

„Gerne.“

Inzwischen setzte die Dämmerung ein und tauchte die Skyline in Dunkelheit, wodurch sie sich nun in ihrem nächtlichen Gewand zeigte. Das schwarze Wasser reflektierte die Silhouette der künstlich erleuchteten Stadt und ließ sie durch seine gleichmäßigen Wellen lebendig werden. Inzwischen war der Strand, mit Ausnahme der beiden Frauen, verlassen. Doch weder Paula, noch Clementine äußerte den Wunsch, aufbrechen zu wollen. Stattdessen machte Clementine einen unerwarteten Vorschlag: „Hey, willst du schwimmen?“ Damit hatte Paula nicht gerechnet.

„Ähm, ich weiß nicht“, erwiderte sie verlegen.

„Los komm schon.“ Clementine war bereits aufgestanden und streifte sich ihr Shirt ab. Paulas Puls schnellte unweigerlich in die Höhe. Was tat diese Frau da schon wieder mit ihr? Inzwischen war Clementine damit beschäftigt, sich ihrer Jeans zu entledigen. Die schützende Dunkelheit ließ die Details von Clementines Körper zwar im Verborgenen, doch erkannte Paula genug, um ihren Atem stockten zu lassen.

„Nu trau dich endlich“, wurde sie von Clementine ein zweites Mal aufgefordert. In ihrer Unterwäsche stand sie jetzt knapp vor Paula und griff nach ihrem Arm, um sie zum Aufstehen aufzufordern. Noch immer sträubte sich Paula, denn die Vorstellung, sich vor Clementine zu entblößen, war ihr unangenehm. Doch wollte sie auch kein Feigling sein und was sollte schon dabei sein, wenn zwei Frauen miteinander baden gingen. Bei Mary hätte sie keine Sekunde gezögert, warum also bei Clementine? Diese Erkenntnis war überzeugend genug, um Clementines Wunsch nachzukommen. Also begann nun auch Paula damit, ihre Kleidung abzulegen, bis auch sie in Slip und BH vor Clementine stand. Sie traten gemeinsam ans Ufer heran und ließen zunächst die Wellen über ihre Füße schwappen. Das Wasser war kühl, aber nicht zu kühl. Also wagten sie sich weiter vor, bis ihnen das Wasser bis zu den Hüften reichte. Ohne dass Paula eine Chance hatte zu reagieren, fuhr Clementine mit ihren Händen durchs Wasser und ließ das kalte Nass auf Paula niederprasseln. Die kurze Entrüstung, die Paula deutlich ins Gesicht stand, wich schnell einem soeben erwachenden Kampfgeist.

„Na warte!“

Ihre Rache folgte auf dem Fuße und sie holte ebenfalls mit beiden Händen aus. Lachend und jauchzend jagten und neckten sich die zwei, bis sie schließlich freiwillig untertauchten. Das Wasser war herrlich erfrischend und belebte Paulas Körper. Sie befand sich jetzt direkt hinter Clementine, als sie der Übermut packte. Sie lehnte sich auf Clementines Schultern und duckte sie unter. Kaum war Clementines Kopf wieder aus dem Wasser aufgetaucht, versuchte sie es Paula gleichzutun. Sie legte ihre Hände auf

Paulas Schultern, doch die erwartete Gegenattacke blieb aus. Stattdessen zog sie ihre Hände wieder zurück, blieb aber weiterhin so dicht hinter Paula, dass Paula ihren Atem spüren konnte. Paulas Herz schlug bis zum Hals, ihr Körper begann zu beben und in ihr erwuchs das plötzliche Verlangen, Clementine berühren zu wollen. Mit einer einzigen Schwimmbewegung drehte sich Paula zu Clementine um, so dass die Versuchung jetzt zum Greifen nahe war. Trotz der Dunkelheit erkannte Paula, dass Clementine ihr direkt in die Augen blickte. Doch mit einem Mal überkam Paula Panik. Das war alles zu viel. Und auch falsch. Sie tauchte ab, schwamm zum Strand und spurtete zu ihren Klamotten. Hastig schlüpfte sie aus ihrer nassen Unterwäsche, schnappte ihre Hose und zwängte mühsam ihre nassen Beine in die enge Hose. Im Augenwinkel nahm sie wahr, dass inzwischen auch Clementine aus dem Wasser gestiegen war und sich ihr von hinten näherte.

„Alles ok mit dir?“ Paula hatte sich gerade ihr Shirt übergestreift und griff, ohne zu Clementine aufzusehen, nach ihren Schuhen.

„Ja, es ist nur schon recht spät und ich denke, wir sollten langsam zurückgehen.“ Ihre Stimme klang kratzig.

„Ja, ok.“ Clementine wirkte enttäuscht, erwiderte aber nichts, sondern zog sich ebenfalls an.

Sie befanden sich auf dem Weg zur nächstgelegenen U-Bahn-Station. Clementine hatte natürlich sofort registriert, dass irgendwas nicht stimmte, verlor aber auch jetzt kein weiteres Wort darüber. Paula war dankbar, dass sie ihr nicht genauer auf den Zahn fühlte. Stattdessen bemühte sich Clementine um ein neutrales Gesprächsthema. Auf ihrer Strecke kamen sie an einigen Filmplakaten vorbei, woraus sich eine Unterhaltung über ihre Lieblingsfilme entwickelte. Dieses unverfängliche Thema ließ Paula wieder gesprächiger werden und Clementine gelang es sogar, die unangenehme Situation für einen Augenblick vergessen zu lassen. Sie fuhren mit der U-Bahn zurück nach Manhattan.

abzustatten. Doch wollte sie nicht aufdringlich wirken, immerhin war das Clementines Arbeitsplatz. Einen Blick durchs Schaufenster konnte sie vielleicht riskieren, wenigstens für einen Augenblick wollte sie Clementines Gesicht aus der Ferne betrachten. Paula wechselte die Straßenseite und konnte Clementine bereits von Weitem ausmachen. Sie stand hinter der Theke und bediente gerade einen Kunden. An sich tat sie damit nichts Aufregendes, aber Paula hätte ihr stundenlang dabei zusehen können. Wie sie mit routinierten Handgriffen die Kaffeemaschine bediente und wie sie im Gespräch mit ihren Kunden gelegentlich eine ihrer Haarsträhnen hinters Ohr klemmte. Sie sah ganz wunderbar dabei aus. Gerade war sie so sehr in die Arbeit vertieft, dass sie Paula nicht bemerken würde. Trotzdem hatte Paula Sorge, dass ihre kleine Spionage aufflog. Deshalb, und weil auch ihr Dienst gleich beginnen würde, musste sie sich allmählich loseisen. Vielleicht käme sie in der Mittagspause zurück und wenn sie Glück hatte, würde auch Clementine eine kurze Pause machen.

Christoph war bereits im Büro und als er Paula um die Ecke kommen sah, begrüßte er sie freundlich.

„Und? Wie war dein Date?“, grinste er.

Sie hatte nicht damit gerechnet, dass er sich daran erinnern würde.

„Es war sehr schön. Und danke für den Tipp.“

„Also war es tatsächlich ein Date. Gestern schienst du noch nicht ganz sicher gewesen zu sein“, bemerkte er scharfsinnig. Soviel Empathie war sie bei einem Mann gar nicht gewohnt. Er hatte offenbar sehr feine Antennen. Vielleicht sollte Paula genauer darauf achten, was sie an ihrem Arbeitsplatz Preis gab. Nicht, dass sie glaubte, vor Christoph etwas befürchten zu müssen. Aber sie wollte auf keinen Fall als die geschwätzige Praktikantin gelten.

„Manchmal weiß man das ja auch erst im Nachhinein“, lächelte Paula verlegen zurück.

„Ich wette, du hast sie mit dem Strand mächtig

Jedoch erhob sich Clementine früher von ihrem Sitzplatz, als Paula es erwartet hatte.

„Ab hier muss ich in eine andere Richtung“, erklärte Clementine, während die U-Bahn die nächste Station anfuhr. Damit endete also ihr gemeinsamer Abend. Paula konnte sich nicht entscheiden, ob sie froh darüber war, oder ob sie es bereute, den Abend so abrupt beendet zu haben.

„Es war ein sehr schöner Abend mit dir.“ Clementine besah sie mit einem herzlichen Lächeln.

„Fand ich auch.“ Paulas Herz machte einen erleichterten Hüpfer. Scheinbar hatte Clementine ihr das seltsame Verhalten nicht übelgenommen. Ob sie sich trotz allem wieder einmal verabreden würden? Und wollte Paula das überhaupt? Diesen Fragen wollte sie gleich in Ruhe nachgehen, sobald sie Zeit für sich hatte.

Die U-Bahn hielt und die Türen öffneten sich mit ihrem typischen Zischen.

„So, ich muss dann wohl.“ Clementine sah sie erwartungsvoll an. Paula war sich allerdings nicht sicher, was Clementine von ihr erwartete. Die Zeit drängte, Clementine blieben nur wenige Sekunden für den Ausstieg. Wieder gerieten die Worte in Paulas Kopf wild durcheinander und statt etwas Passendes zu erwidern, starrte Paula sie nur stumm an. Warum fielen ihr in Clementines Gegenwart die einfachsten Dinge so furchtbar schwer? Wenigstens eine angemessene Verabschiedung sollte doch möglich sein. Das Zeitfenster begann sich zu schließen, Clementine wollte sich gerade zur Tür umdrehen, da griff Paula in letzter Sekunde nach ihrem Arm.

„Sehe ich dich morgen im Café?“

„Das würde mich freuen.“ Clementines Gesicht hellte sich auf. Ihre Freude schien tatsächlich aufrichtig zu sein.

Clementine sprang im letzten Moment auf den Bahnsteig und sofort schlossen sich die Türen hinter ihr. Paula blickte ihr noch nach, doch die U-Bahn nahm bereits wieder Fahrt auf und ließ Clementine an diesem Ort zurück. Jetzt, da sie weg war, fühlte sich Paula seltsam leer. Sie hatte sich am Ende doch gewünscht, ihren gemeinsamen Abend noch nicht so früh beendet zu haben. Andererseits war da diese Situation gewesen, die Paula am liebsten aus ihrer Erinnerung streichen wollte. Doch ausgerechnet dieser Teil des Abends drängte sich nun wieder unaufhaltsam in ihre Gedanken. Sie musste jetzt unbedingt mit jemandem darüber reden, wollte hören, dass sie sich da in etwas reinsteigerte, was nicht existierte. Sie brauchte jetzt dringend ihre beste Freundin.

„Bist du noch wach? “, schrieb sie Mary.

„Bin ich“, erhielt sie prompt eine Antwort.

Dann warte bitte auf mich. Ich brauche dich gleich.

Ok.

Als Paula endlich ankam, saß Mary bereits wartend auf dem Sofa und hatte Tee bereitgestellt. Sie ahnte bereits, dass Paulas Abend nicht besonders gut gelaufen war. Paula war noch immer völlig aufgewühlt, das sah Mary ihr direkt an.

„Lief nicht so gut, oder?“, fragte Mary vorsichtig.

„Doch, eigentlich war es ein wunderschöner Abend.“

Paula erzählte von dem Ausflug zum Strand, berichtete von dem schönen Sonnenuntergang und den tollen Gesprächen, die sie bis dahin geführt hatten.

„Und dann sind wir schwimmen gegangen. Das war Clementines Idee. Ich weiß nicht mehr, wie es zustande kam, aber wir fingen an, uns gegenseitig zu ärgern. Du weißt schon, mit Wasser bespritzen und untertauchen. Bis dahin fühlte sich auch alles völlig in Ordnung an, aber dann…“ Mehr brachte Paula nicht raus. Tränen kullerten ihr die Wangen herunter.

„Beruhig dich erstmal und trink einen Schluck.“ Mary reichte ihr die Tasse. Paula atmete tief durch.

„Mary, ich wollte sie berühren.“ Paula blickte Mary verzweifelt an. Sie erwartete nach dieser Offenbarung, in Marys entsetztes Gesicht zu blicken, stattdessen lächelte sie Paula liebevoll an.

„Schätzchen, das ist doch nicht schlimm“, sagte sie in

einem beruhigenden Ton.

„Nicht schlimm?“ Paula war entsetzt, hatte sie doch gehofft, dass ihre Freundin ihr diese fixe Idee ganz schnell wieder ausreden wollte.

„Pass auf Paula, ich will ehrlich sein. Ich beobachte das nun schon seit ein paar Tagen. Und du weißt, ich kenne dich gut. Ich habe noch nie erlebt, dass dir jemand so sehr den Kopf verdreht hat, wie diese Frau. Ich wollte aber erstmal nichts sagen, da du das, wie ich finde, allein herausfinden solltest.“ Paula sah sie sprachlos an. Sie wurde von Marys Worten so sehr überrascht, dass sie sogar das Weinen vergaß und stattdessen abwehrend mit dem Kopf schüttelte.

„Paula?“

„Ich, ich… du vermutest das schon die ganze Zeit?“, stammelte sie fassungslos.

„Sagen wir, ich hatte eine Vermutung.“

„Aber, ich… ich meine, ich bin doch nicht… aber sie ist doch eine Frau“, erwiderte Paula verzweifelt.

„Ja, das ist sie. Und noch dazu eine überaus sympathische“, lachte Mary.

„Mach dich nicht lustig über mich“, brummte Paula verärgert.

„Glaub mir, das tue ich nicht.“

„Aber was mache ich denn jetzt? Ich meine… Mark. Und Clementine. Ich weiß doch gar nicht ob sie… und ich weiß ja selbst nicht, ob ICH…“

„Ganz langsam, Süße. Eins nach dem anderen. Fangen wir mal bei dir an. Du wolltest sie also berühren?“

Allein bei dem Gedanken an Clementine, wie sie so dicht vor Paula geschwommen war, dass sie ihre Körperwärme in dem kalten Wasser spüren konnte, ließ Paulas Körper erneut erbeben. Bereits als Clementine sich vor ihr entblößt hatte, hätte Paula bemerken sollen, dass sie auf diese Frau anders reagierte, als sie es je zuvor bei einer Frau getan hatte. Doch hatte sie es nicht wahrhaben wollen und auch jetzt sträubte sie sich vor der unabstreitbare Tatsache, dass mehr als nur freundschaftliche Gefühle im Spiel waren. Ja, sie hatte Clementine berühren wollen. Auch in diesem Moment versuchte sie sich vorzustellen, wie sich dieser verführerische Körper wohl anfühlen mochte, wie ihre Lippen schmeckten…

„Wow, das bedarf ja keiner Worte. Da wird man glatt neidisch“, kicherte Mary und riss Paula aus ihren Gedanken.

„Ich bin so durcheinander. Ich habe doch noch nie so etwas für eine Frau empfunden. Warum denn ausgerechnet jetzt?“

„Nicht mal für mich? Ich bin entsetzt“, scherzte Mary. „Nein im Ernst. Ich denke, dass dir bislang einfach noch nicht die Richtige begegnet ist.“

„Also ist Clementine die Richtige?“

„Na zumindest ist sie die erste, die dir derart den Kopf verdreht.“

„Und was, wenn Clementine gar nicht auf Frauen steht? Und selbst wenn, wer sagt dann, dass sie auf mich steht?“ Paula stockte bei ihren eigenen Worten. „Ich fasse es gerade nicht, dass ich diese Gedanken überhaupt laut ausspreche.“

„Ich verstehe, dass du gerade überfordert bist. Ich denke das Beste ist, du schläfst erstmal eine Nacht drüber. Mal sehen, wie du dich morgen fühlst, wenn du ein bisschen Abstand zu dem heutigen Abend hast.“ Das klang in Paulas Ohren vernünftig, sie war jetzt ohnehin hundemüde. Das ganze emotionale Durcheinander hatte sie ganz schön erledigt.

„Kann ich vielleicht bei dir schlafen?“, bettelte Paula. Mary zog eine Augenbraue hoch: „Nur, wenn die Hände über der Decke bleiben.“

„Hör auf damit!“ Paula war wieder den Tränen nahe.

„Entschuldige. Das war ein dummer Scherz. Natürlich kannst du bei mir schlafen.“

Paula zog sich in ihrem Zimmer um, klemmte sich ihr Kissen und ihre Decke unter den Arm und ging zu Marys Schlafzimmer.

Sie lagen bereits eine geraume Zeit still in Marys Bett und waren kurz vor dem Einschlafen, da schreckte Paula unvermittelt hoch: „Mark. Was passiert denn jetzt mit Mark?“

„Was?“, Mary klang weggetreten und brauchte einen Moment, um Paulas Aussage zu verarbeiten „Ach ja, Mark. Gute Frage. Würdest du sagen, dass du ihn liebst?“ Paula schwieg. Als sie nach Sekunden der Stille noch immer keine Antwort erhielt, hakte Mary erneut nach: „Paula?“

„Ich glaube, ich sollte Schluss machen“, sagte sie traurig.

KAPITEL 8

Am folgenden Morgen war Paula noch immer völlig gerädert. Ihr ging es beinahe so schlecht wie nach der Partynacht vergangenen Samstag. Der Bedarf an Kopfschmerztabletten nahm langsam kritische Ausmaße an. Doch es half nichts, sie musste dringend diese stechenden Kopfschmerzen loswerden. Am besten noch vor Beginn der Arbeit. Deshalb nahm sie eine der helfenden Pillen und wartete auf das Einsetzen der Wirkung. Mary war offensichtlich bereits auf dem Weg zur Arbeit. Sie hatte sich heute Morgen nicht von Paula verabschiedet und auch Marys Wecker hatte Paula nicht gehört, obwohl sie im gleichen Raum geschlafen hatte. Doch Marys Handtasche hing nicht mehr an ihrer Garderobe, also war Paula gerade allein. Sie war der Empfehlung ihrer besten Freundin gefolgt und hatte sich diese Nacht gegönnt, um etwas Abstand zum gestrigen Ereignis zu bekommen.

Tatsächlich war sie gerade weniger aufgewühlt als gestern Abend. Allerdings war sie nicht sicher, ob das nicht vielmehr den pochenden Schläfen geschuldet war, die sie gerade vom Denken abhielten. Ein Satz hatte sich allerdings sehr deutlich in ihrem Kopf manifestiert. Dieser Satz gefiel ihr nicht, aber es war wohl an der Zeit, sich mit diesem Gedanken auseinanderzusetzen. Paula stand auf Frauen. Sie könnte das Ausmaß einschränken, indem sie ihre neuentdeckte Neigung auf bloß diese eine Frau eingrenzte. Im Ergebnis machte das allerdings keinen Unterschied. Im Gegenteil. Nun hing alles einzig und allein von Clementine ab. Clementine. Wie zum Teufel hatte sie es angestellt, dieses Gefühlschaos in Paula auszulösen? Ihr bloßer Anblick genügte, um Paulas Hormone in einen wilden Aufruhr zu versetzen. Schlimmer noch. Selbst die Gedanken an diese Frau verursachten in ihr ein regelrechtes Erdbeben. Was wohl passiert wäre, wenn Paula gestern nicht völlig überstürzt zurück an den Strand geflüchtet wäre? Dann hätte sie Clementine womöglich an ihren

Hüften näher an sich herangezogen, wäre ihr anschließend mit den Fingerspitzen sanft über ihre Wange gefahren und hätte behutsam ihre Lippen auf Clementines Lippen…Paula musste schlucken, doch der Kloß in ihrem Hals blieb. Genauso wie sich die Gedanken nicht herunterschlucken ließen. Paula hatte nie zur Schwärmerei geneigt und auch erotische Fantasien hatte sie eher selten. Sie versuchte sich zu erinnern, wie es mit Mark war bevor sie ein Paar wurden. Sie hatte definitiv keine sexuellen Fantasien gehabt, da war sie sich sicher. Und die romantischen Gefühle waren erst aufgekeimt, als er sein Interesse bekundet hatte. Doch konnte sie nicht behaupten, dass sie ihre Gefühle im Bezug auf Mark jemals derart übermannt hatten. Auch bei ihren vorherigen Beziehungen war es nie so gewesen, deshalb kannte sie es nicht anders. Sie schlief gern mit ihm. Die beiden hatten immer viel Spaß zusammen im Bett. Aber wenn sie ehrlich war, vermisste sie den Sex mit ihm nicht, wenn sich keine Gelegenheit dazu bot.

Bei dem Gedanken an Mark presste sie unbewusst die Lippen aufeinander. Sie dachte über ihre gestrige Aussage nach, kurz bevor sie neben Mary eingeschlafen war. Würde die Beziehung tatsächlich bereits enden, bevor sie richtig angefangen hatte? Sie hatten schöne vier Wochen miteinander verbracht. Allerdings musste sich Paula eingestehen, dass ihre Gefühle für Mark seit ihrer Abreise deutlich nachgelassen hatten. Gestern hatte sie sich überhaupt nicht bei ihm gemeldet und ihr war das bis gerade eben gar nicht mal aufgefallen. Zwar hatten sie sich darauf verständigt, nicht mehr jeden Tag zu telefonieren. Dass sie ihn allerdings völlig vergaß, sagte doch einiges aus. Sie musste mit ihm sprechen, musste das klären, aber vielleicht nicht unbedingt heute.

Auch heute hatte sie pünktlich das Haus verlassen und befand sich bereits auf der Zielgeraden zur Agentur. Gleich würde sie sich auf Höhe des Coffee Shops befinden und die Verlockung war groß, Clementine einen kurzen Besuch beeindruckt. Funktioniert fast immer." Sie? Hatte er SIE gesagt? Woher…? Paula sah ihn völlig entgeistert an.

„Oh entschuldige, war es ein er? Ich hatte nur vermutet, dass du…", räusperte er sich, „du weißt schon."

„Nein, ich…" Paula sah sich um, nur um sicherzustellen, dass keine weiteren Kollegen in Hörweite waren. Dann flüsterte sie: „Woher weißt du… ich meine…" Christoph lachte amüsiert.

„Sorry, ich lache dich nicht aus, versteh mich nicht falsch. Ich selbst bin schwul. Und ich bilde mir ein, dass ich da einen speziellen Sensor habe." Paula war immer noch völlig perplex. Man sah ihr also an, dass sie auf Frauen stand? Sie wusste das doch bis gestern selbst nicht.

„Mach dir keine Sorgen. Ich werde das nicht rumerzählen. Geht hier ja niemanden was an."

„Danke", erwiderte sie erleichtert. Kurz überlegte sie. Wenn er sowieso Bescheid wusste, war das vielleicht eine gute Gelegenheit, ihm die ein oder andere Frage zu stellen.

„Darf ich dich etwas Fragen?"

„Klar."

„Wann wusstest du es?"

„Dass ich schwul bin? Oh, ich war so Anfang zwanzig. Wieso fragst du?" Paula überlegte, wie sie es ausdrücken sollte.

„Na ja, ich wusste bis gestern nicht, dass es ein Date sein würde, weil ich mir bis dahin nicht darüber im Klaren war, dass ich sie…also, wie soll ich es sagen…gut finde. Bislang waren es eben nur Männer."

Christoph sah Paula gerührt an: „Ach Herzchen, du steckst also gerade erst mittendrin? Das ist ja wunderbar."

„Findest du? Und warum fühle ich mich dann so elend?", antwortete Paula zerknirscht.

„Ja, es ist ein Wechselbad der Gefühle. Aber glaub mir, am Ende wirst du sagen, dass es das Beste ist, was dir je passiert ist."

„Na, davon bin ich noch nicht überzeugt."

„Beruht die Zuneigung denn auf Gegenseitigkeit? Also,

ich meine bei dir und deinem Date? Du musst mir das natürlich nicht erzählen. Nur, wenn du das willst."

„Schon ok. Ich habe das Thema ja irgendwie angesprochen" erwiderte Paula und hatte das Gefühl, ihm vertrauen zu können „Ich weiß nicht, was sie für mich empfindet. Und ich weiß auch nicht, ob sie auf Frauen steht." Christoph zog scharf Luft ein.

„Oh, dann solltest du das schnell herausfinden, bevor du dich in etwas verrennst."

„Und wie?" Paula war jetzt wieder ziemlich verunsichert.

„Kennst du jemanden, der das weiß?", wollte Christoph wissen. Paula überlegte. Jackie und Mira wussten es ja nicht genau, aber vielleicht wusste es ja Jessica?

„Ja, vielleicht."

„Dann erkundige dich mal. Aber bedenke, dass sie sich in einer ähnlichen Situation befinden könnte wie du. Vielleicht ist das ja auch für sie etwas völlig Neues. Ich drück dir auf jeden Fall die Daumen. Wenn du willst, kannst du jederzeit mit mir darüber reden."

„Danke, das ist sehr nett."

Die anderen Kollegen trafen gerade im Büro ein, also unterbrachen die beiden ihr Gespräch und widmeten sich ihrer Arbeit. Das Gespräch mit Christoph hatte Paula gutgetan. Manchmal war es verrückt, wie sich die Dinge ergaben. Dass Paula ausgerechnet mit einem Arbeitskollegen über ihre aktuellen Sorgen sprach, noch bevor es Freunde und Familie wussten, hätte sie nicht erwartet. Sie war sich ziemlich sicher, dass Christoph dichthalten würde. Sie hatte ihn bislang noch nicht über andere Kollegen reden hören und in den Kaffeepausen in der Küche hielt er sich beim allgemeinen Klatsch und Tratsch dezent zurück.

Paula fand tatsächlich die Ruhe, um sich auf die Arbeit zu konzentrieren. Um ein Haar hätte sie sogar die Mittagspause verschwitzt. Es war kurz nach eins und sie freute sich auf den Besuch bei Clementine. Sie erkannte bereits aus der Ferne, dass der Laden wieder proppenvoll war. Doch wollte sie sich von der Schlange nicht abschrecken lassen und würde sich eben anstellen. Stück für Stück näherte sie sich dem Tresen. Clementine hatte Paula noch nicht entdeckt, denn ihr zwei Meter großer Vordermann bot einen ausgezeichneten Schutzschild. Als sich der Riese mit seinem frischen Kaffee endlich aus Paulas Sicht schob und Clementine sie erkannte, hellte sich ihr Gesicht auf. „Na nu, du hast dich aber geschickt rangeschlichen."

„Ist meine Spezialität", scherzte Paula. Sie sollte wohl etwas bestellen, denn die Schlange hinter ihr wollte ihnen sicher nicht beim Plaudern zusehen.

„Einen Kaffee bitte."

„Kommt sofort."

Es war eine Freude, Clementine ungeniert beobachten zu können. Paula fragte sich, wie oft Clementine von ihren Kunden angehimmelt wurde. Einen Kandidaten hatte Paula bereits am Tag zuvor kennenlernen dürfen. Und entweder war das purer Zufall, dass Paula ausgerechnet in diesem Moment da war, oder es passierte häufiger, als Clementine es hatte zugeben wollen. Gestern noch hatte sich Paula über den Mann lustig gemacht und nun stand sie selbst vor dem Tresen und überlegte, mit welchen Worten sie Clementine begeistern könnte. „Schöner wurde mir ein Kaffee noch nie serviert" Paula kamen die Worte über die Lippen, noch bevor sie darüber hatte nachdenken können. Sie hoffte jetzt nur, dass Clementine sich an den Mann von gestern erinnerte und ihren kleinen Scherz verstand. Clementine hob überrascht die Augenbrauen, grinste aber verzückt.

„Noch schöner, wenn es auf Gegenseitigkeit beruht", zwinkerte Clementine.

„Also…wir könnten uns ja vielleicht mal treffen. Ob ich wohl deine Telefonnummer bekommen könnte?" Paula hatte keine Ahnung, woher sie plötzlich ihren Mut nahm, aber Clementine spielte nach wie vor mit.

„So, so", erwiderte Clementine lächelnd. Sie griff nach einem schwarzen Filzschreiber, zog Paulas Becher noch mal zu sich heran und schrieb etwas auf die Seite. Jetzt schnappte sich Paula den Becher, bedankte sich und wandte sich zum Gehen um. Die zwei Männer hinter Paula sahen ihr mit offenem Mund hinterher. Sie hörte noch, wie einer der beiden ein bewunderndes „Wow“ ausstieß. Erhobenen Hauptes und mit einem hochzufriedenen Lächeln verließ sie den Coffee Shop. Am liebsten hätte sie draußen ihre Hand zu einer Siegesfaust geballt und vor Freude laut gejubelt, verkniff es sich aber lieber.

Als Paula zurück im Büro ankam und auf dem Weg zu ihrem Schreibtisch an Christoph vorbeiging, flüsterte sie ihm „Sie hat mir ihre Nummer gegeben“ zu und hielt ihm kurz den Becher entgegen. Der schenkte ihr ein anerkennendes Grinsen und nickte zufrieden zurück.

Paula hatte noch ein paar Minuten Pause und nutzte die Zeit, um die Nummer in ihrem Handy abzuspeichern. Zwar war Paula kein Fan dieses Heißgetränks, aber diesen Kaffee genoss sie mit jedem Schluck und steckte den leeren Becher anschließend in ihre Handtasche. Sie konnte es kaum erwarten, Mary von den jüngsten Ereignissen zu berichten. Endlich hatte sie ihre Schüchternheit ablegen und ganz sie selbst sein können. Und ihr zurückgewonnener Mut hatte sich direkt in Form von Clementines Nummer bezahlt gemacht.

Nach Feierabend begab sie sich auf den direkten Weg nachhause. Als sie die Wohnungstür aufschloss, kam ihr der Duft von frisch Gekochtem entgegen. Also folgte sie dem Geruch und fand Mary Kochlöffel schwingend in der Küche.

„Na, wie geht es meiner verwirrten besten Freundin heute?“, wurde Paula von ihr gut gelaunt begrüßt.

„Du meinst wohl deine selbstbewusste und coole Freundin“, prahlte Paula.

„Ach die, nein, die habe ich die ganze letzte Woche nicht mehr gesehen“, konterte Mary.

„Möglicherweise ist sie zurück“, erwiderte Paula und stemmte demonstrativ die Arme in die Hüfte.

„Erzähl!"

Paula erzählte von ihrer Flirtoffensive während ihrer Mittagspause und berichtete außerdem und das nicht ohne Stolz, von den anerkennenden Blicken der männlichen Kunden beim Verlassen des Coffee Shops. Nebenbei erwähnte sie ihren schwulen Kollegen Christoph, der sie mit guten Ratschlägen versorgt hatte.

„Hey, ich bin gefälligst die, mit der du dich beratschlagst. Kaum hast du dich offenbart, schon zauberst du einen besten schwulen Freund aus dem Ärmel", schimpfte Mary halbernst mit einem leicht eifersüchtigen Unterton.

„Übertreib mal nicht. Ich hatte eigentlich ein Lob von dir erwartet", maulte Paula.

„Na schön. Ich glaube, du könntest Clementine beeindruckt haben", gab Mary zu.

„Genau sowas wollte ich hören", schmunzelte Paula.

„Allmählich solltest du aber herausfinden, wie Clementine zu der ganzen Sache steht. Nicht, dass du dich wirklich noch in etwas verrennst", ermahnte Mary mit besorgter Miene.

„Ja, du hast recht. Ich meine, sie mag mich, da bin ich mir sicher. Und sie hat sich heute auch eindeutig auf meinen kleinen Flirt eingelassen." Paula stöhnte sorgenvoll. „Aber sie kann das auch als einen kleinen Spaß verstanden haben."

„Ich glaube schon, dass sie lesbisch ist. Oder zumindest bi. Aber zugegeben, ich bin keine Expertin. Sagtest du nicht, du wolltest Jessica fragen?", erinnerte sich Mary.

„Ja, allerdings wollte sie sich ja zuerst melden. Meinst du, ich sollte sie trotzdem mal anrufen?"

„Kannst du so lange warten?"

Ein überzeugendes Argument, bei dem Paula sofort zum Hörer griff. Das Freizeichen erklang gerade das erste Mal, als bereits abgehoben wurde.

„Paula?", rief eine überraschte Stimme am anderen Ende.

„Ja, tut mir leid, dass ich mich schon wieder melde."

„Ach Quatsch. Kein Problem. Wie kann ich dir helfen?"

„Ja, also…“, druckste Paula, „ich müsste dich mal nach jemandem fragen. Du kennst doch Clemen… äh, ich meine CJ.“ Schallendes Lachen klang durch den Hörer. Paula blickte ihr Telefon fragend an.

„Also Paula, ich bin heute Abend im Cubbyhole, die Adresse kann ich dir schicken. Wenn du magst, komm doch einfach da hin. Die anderen werden auch da sein. Natürlich sprechen wir dann unter vier Augen, wenn du willst.“

„Kann ich noch eine Freundin mitbringen?“

„Na klar, neue Beute ist immer gern gesehen“, kicherte Jessica.

„Äh, sie ist nicht… sie steht nicht auf…“

„Jetzt sei nicht albern. Das war ein Scherz.“ Uff, daran musste sich Paula wohl noch gewöhnen.

„Gut, dann bis später“, beendete Paula das Telefonat.

Mary hatte das Gespräch mitgehört.

„So, du schleppst mich also heute schon wieder in eine Lesbenhöhle“, feixte sie.

„Oh ja. Und ich lasse keine Widerrede zu“, erwiderte Paula entschlossen.

„Mhm, diese neue coole Paula gefällt mir.“

Mary und Paula betraten das Cubbyhole und was sie im Inneren erwartete, versetzte die beiden in großes Staunen. Das Wort schrill bekam an diesem Ort eine völlig neue Definition. Die gesamte Decke war übersät mit Lampions, bunten Papierschirmen und Seifenblasen aus Glas. Und auch die Wände waren mit Lichterketten und allerlei Krimskrams bestückt, so dass nichts von der ursprünglichen Fassade zu erkennen war.

„Wow, das ist echt Mal was anderes“, staunte Mary.

„Das kannst du laut sagen.“

An einem Tisch in einer abgelegenen Ecke entdeckte Paula Jessica, die sich im Gespräch mit Mira, Jackie und zwei unbekannten Frauen befand. Jessica entdeckte die beiden Neuankömmlinge und winkte Paula und Mary zu sich herüber. Überrascht und zugleich hocherfreut wurde

Paula von Mira und Jackie begrüßt. Offenbar hatte Jessica sie bei den zweien nicht angekündigt. Jetzt stellten sich die anderen Frauen gegenseitig vor und Paula erfuhr, dass zu den zwei unbekannten Gesichtern die Namen Simone und Maja gehörten. Simone war augenscheinlich Miras Freundin, denn die beiden hielten unter dem Tisch verliebt miteinander Händchen.

„Schön dich wiederzusehen", sagte Jackie.

„Und diesmal auch wieder nüchtern", merkte Mira schmunzelnd an. Paula ahnte Böses, wahrscheinlich hatte sie sich neulich voll danebenbenommen. Aber, um genau das zu erfahren, war sie unter anderem heute hergekommen.

„Was wollt ihr trinken? Bier? Wein?", fragte Jackie.

„Ich nehme eine Cola", antwortete Paula kleinlaut, woraufhin sie erwartungsgemäß erheitertes Gelächter erntete.

„Ich nehme ein Bier", sagte Mary.

„Ok, hole ich mal eben."

Die Frauenrunde geriet ins Plaudern und obwohl sie in einer Runde beinahe fremder Menschen saßen, fühlten sich Paula und Mary sehr wohl in ihrer Gesellschaft. Als sich schließlich Mary mit Simone in ein Gespräch über Klimaschutz vertieft hatte, gab Jessica das stumme Signal an Paula, sich für einen Moment von der Gruppe abzuseilen. In einer Nische außerhalb des allgemeinen Blickfelds, nahmen sie an einem kleinen Tisch Platz.

„So, was willst du wissen?"

„Oh Gott, wo fange ich da an", grübelte Paula. „Gut, du kennst CJ?"

„Ja, was heißt kennen. So ziemlich jede aus dem Nox kennt sie von ihren Auftritten. Und vermutlich jede Zweite würde sie wohl gern besser kennen wollen", lachte Jessica. Genau das hatte Paula längst befürchtet. Clementine konnte sich die Frauen also aussuchen. Paula sah ihre Felle bereits davonschwimmen. Warum sollte sich eine wie Clementine ausgerechnet für eine wie Paula interessieren?

„Also weißt du gar nicht so viel über sie?",

schlussfolgerte Paula. Wieder musste Jessica schmunzeln.

„Weißt du, was echt lustig ist?“ Paula zuckte mit den Schultern.

„Dieses Gespräch haben wir schon einmal geführt.“ Jetzt konnte Paula ihr überhaupt nicht mehr folgen.

„Zugegeben, heute sind deine Fragen deutlich besser zu verstehen. Neulich an dem Abend hatten wir zwischendurch echt Mühe, deinen Gedanken zu folgen.“

„Wir?“, fragte Paula beunruhigt.

„Nun ja, Diskretion war da nicht deine oberste Devise.“ Paula wurde immer kleiner auf ihrem Stuhl.

„Keine Sorge, außer Jackie und Mira hat es niemand mitbekommen. Eines muss ich aber sagen. Es gibt viele Frauen, die ein Auge auf CJ geworfen haben. Aber so, wie du von ihr geschwärmt hast, habe ich noch keine erlebt.“

Paula hielt fassungslos die Hände vors Gesicht und wünschte sich dringend, dass sich der Boden unter ihr auftun möge. Doch den Gefallen tat er ihr nicht. Das war ja alles so unglaublich peinlich. Wieso hatte sie an dem Abend nur so viel getrunken? Und wieso wusste die betrunkene Paula schon so viel eher über ihre romantischen Gefühle für Clementine Bescheid? Paula schien nüchtern ein wahrer Meister der Verdrängung zu sein.

„Inzwischen ist mir das auch ohne Alkohol klar.“ Paula rümpfte die Nase und entlockte Jessica ein Schmunzeln.

„Oh gut, dann erzähl ich dir ja gar nichts Neues. Aber was willst du denn dann genau wissen?“

„Na ja, weder Jackie noch Mira wissen genau, ob Clementine überhaupt auf Frauen steht und ich hatte gehofft, dass du das genauer weißt.“

„Du stellst die Frage aller Fragen. Leider kenne ich die Antwort nicht und auch sonst kenne ich keine, die das wüsste. Was ich dir sagen kann ist, dass es schon sehr viele Frauen bei ihr probiert haben. Übrigens auch Jackie. CJ hat sich aber wohl immer sehr charmant aus der Affäre gezogen.“ Paula blickte frustriert drein. Das klang, als könnte sie allmählich ihre Hoffnung begraben. „Hey, lass den Kopf nicht hängen. Sie ist nicht die einzige tolle Frau in New York."

„Du meinst also, ich sollte mich nicht mehr mit ihr treffen?"

„Nicht MEHR? Heißt das etwa, ihr habt euch getroffen?", schrie Jessica ungläubig.

„Äh, ja. Gestern."

„Wow." Einen Moment war Jessica sprachlos. „Wow", wiederholte sie noch einmal, „damit wirst du im Nox sofort zur Königin gekrönt."

„Übertreib mal nicht. Es ist ja nichts passiert. Das Treffen könnte von ihrer Seite rein freundschaftlich verstanden worden sein."

„Ja, das stimmt. Trotzdem werden dich viele beneiden", erwiderte Jessica und blickte sie anerkennend an.

„Vielleicht bist du die erste, die das sagenumwobene Geheimnis lüftet. Und wehe, ich gehöre nicht zu den ersten, die es erfährt", forderte Jessica grinsend.

„Ich rufe dich noch in derselben Nacht an, versprochen."

Zwar hatte Paula wieder keine eindeutige Antwort auf ihre Frage erhalten, dennoch war das Gespräch mit Jessica erkenntnisreich gewesen. An Clementine war offenbar schwer ranzukommen, zumindest die Frauen vom Nox hatten sich reihenweise die Zähne an ihr ausgebissen. Umso bedeutsamer wurde die Tatsache, dass sie Paulas Date sofort zugesagt hatte. Sogar ihre Nummer hatte sie ohne Zögern rausgerückt. Vielleicht war es ja doch nicht so abwegig, daran zu glauben, dass Clementine sie mehr mochte als eine platonische Freundin. Paula wollte sich nicht zu viele Hoffnungen machen, aber mit ihren neuen Informationen rückte dieser Gedanke zumindest wieder in den Bereich des Möglichen.

Paula wünschte sich von Jessica, den anderen von ihrem vertraulichen Gespräch nichts zu verraten. Zumindest solange die Dinge zwischen ihr und Clementine nicht geklärt waren.

„Versteht sich von selbst“, antwortete Jessica.

Unauffällig gesellten sie sich wieder ihrer Runde hinzu und klinkten sich bei nächster Gelegenheit in die bestehenden Gesprächsthemen ein. Es war ein netter Abend und sowohl Mary, als auch Paula hatten sehr viel Spaß. Allerdings wollte es Paula heute nicht schon wieder übertreiben, deshalb war sie die erste, die sich an diesem Abend von den anderen verabschiedete. Da sich Mary in dieser Runde als Paulas Anhängsel verstand, wollte sie nicht ohne Paula bleiben. Also bedankte auch sie sich herzlich für den tollen Abend und beide verließen gemeinsam das Lokal.

„Die sind wirklich alle sehr nett“, merkte Mary bei ihrer Heimfahrt an.

„Finde ich auch. Und es ist hilfreich, mit jemandem zu sprechen, der Clementine ein bisschen kennt.“

„Apropos. Bist du jetzt eigentlich schlauer geworden?“

„Nicht besonders. Scheinbar hat sich Clementine noch nie auf eine der Frauen eingelassen. Jessica konnte kaum glauben, dass sie sich mit mir getroffen hat.“ Mary überlegte kurz.

„Das ist doch eigentlich gut.“

„Wie meinst du das?“

„Überleg doch mal, mit DIR hat sie sich aber getroffen und DU hast ihre Nummer bekommen. Vielleicht ist sie einfach sehr wählerisch.“

Paula glaubte kaum, dass sich eine besonders wählerische Frau, ausgerechnet für sie interessierte. Aber vielleicht hatte Mary ja recht, so wie sie auch in den vergangenen Tagen stets recht behalten hatte.

Etwa eine Stunde später lag Paula endlich im Bett. Es war trotzdem später geworden, als sie es gehofft hatte. Aber immerhin hatte sie auf Alkohol verzichtet und würde morgen nicht mit einem Kater gestraft werden. Sie griff nach ihrem Handy und rief ihre Kontaktliste auf. Der letzte Eintrag war noch geöffnet und Paula starrte auf Clementines Telefonnummer. Sie hatte heute Mittag nicht den Anschein erweckt, als wäre ihr die Herausgabe ihrer Telefonnummer schwergefallen. Ob es ok war, wenn Paula ihr noch eine kurze Nachricht schrieb? Paula ließ es auf einen Versuch ankommen.

Danke übrigens für die Nummer. Verstehe gar nicht, wieso sich der Typ gestern so abgemüht hat. War doch gar nicht so schwer :) Gruß Paula

Sie wartete, in der Hoffnung auf eine schnelle Antwort. Und tatsächlich:

Du hast mich offenbar mehr überzeugt ;)

Paula wollte diese Antwort nicht überinterpretieren. Wenn man es allerdings wollte, ließe sich, trotz der knappen Worte, durchaus etwas zwischen den nicht vorhandenen Zeilen ablesen. Sie grübelte noch eine Weile über Clementines Worte nach. Doch sie war inzwischen wahnsinnig müde und ihr fiel das Nachdenken furchtbar schwer. Irgendwann fielen ihr die Augen zu und sie nahm ihre Gedanken mit in ihren Schlaf.

KAPITEL 9

Als der Wecker zu klingeln begann, drängten sich bereits einige Sonnenstrahlen durch Paulas Fenster und kündigten einen herrlichen Sommertag an. Nachdem sie ihre Augen aufgeschlagen und den Wecker zum Verstummen gebracht hatte, griff sie zu ihrem Handy. Sie hatte die leise Hoffnung, von Clementine eine weitere Nachricht erhalten zu haben. Stattdessen kündigte die Vorschau auf ihrem Display eine Nachricht von Mark an.

Schatz, ich vermisse dich. Wollen wir nach deinem Feierabend telefonieren?

Paula seufzte. Sie hatte gehofft, dass sich Mark nicht so bald bei ihr melden würde. Und erst recht wollte sie nicht lesen, wie sehr er sie vermisste. Damit wurde ihr abermals bewusst, dass sie das Gespräch mit ihm nicht länger aufschieben durfte. Das hatte Mark nicht verdient, denn er hatte ja nichts falsch gemacht. Also sagte sie die Verabredung zum Telefonieren schweren Herzens zu. Seine Ahnungslosigkeit tat ihr unendlich leid und die Notwendigkeit, ihrem zukünftigen Exfreund wehtun zu müssen, schmerzte sie ebenfalls zutiefst. Sie schob die unangenehmen Gedanken zunächst beiseite und machte sich für die Arbeit fertig. Auch für heute hatte Christoph wieder einen straffen Arbeitsplan aufgestellt und Paula würde es sich nicht leisten können, unkonzentriert bei der Sache zu sein.

Vor ihrem Arbeitsbeginn wollte Paula wieder einen kurzen Blick auf Clementine erhaschen, doch als sie durch die Glasfront des Cafés lugte, war sie nirgends zu sehen. Paula seufzte. Womöglich würde ihre Schicht heute später beginnen. Was soll's, es gab schließlich noch die Mittagspause. Also machte sich Paula auf den Weg ins Büro. Offenbar war sie heute die Erste. Es blieb also genügend Zeit, um sich in Ruhe und diesmal ohne Zwischenfälle in der Küche einen Tee zuzubereiten. Nach und nach trudelten wenige Zeit später die anderen Kollegen ein. Als sie mit ihrem Tee aus der Küche trat, sah sie am Ende des Ganges Christoph auf sie zukommen. Zu gern hätte sie ihm ein Update über den momentanen Stand mit Clementine gegeben, doch sie war sich nicht sicher, ob es eine gute Idee war, ihn direkt am Morgen damit zu überfallen. Doch ihre Sorge stellte sich als unbegründet heraus. Mit einem neugierigen Grinsen flüsterte er ihr zu: „Guten Morgen Paula. Und, gibt es schon was Neues von dem Objekt deiner Begierde?"

„Ja und nein." Paula berichtete von ihrem Treffen mit Jessica und dem, was sie von ihr erfahren hatte. Außerdem erwähnte sie Clementines Nachricht, die sie ihm kurz auf ihrem Handy zeigte.

„So langsam verstehe ich, warum sie dich reizt. Sie scheint sich ja nicht so leicht in die Karten blicken zu lassen. Aber ich denke auch, dass sie mit dir flirtet", er deutete auf die Nachricht auf ihrem Display, „Sei aber trotzdem vorsichtig. Seid ihr denn noch Mal verabredet?"

„Nein, bislang nicht."

„Dann lad sie doch heute Abend zum Essen ein", schlug er vor.

„Ähm, heute Abend. Naja", wand sich Paula, denn von Mark wusste Christoph noch gar nichts. „Da gibt es noch so eine Sache. Ich habe noch einen Freund."

„Oh", sagte er mit Bedauern in der Stimme.

„Das ist nicht gut", fügte er hinzu.

„Ich weiß", seufzte Paula, „ich wollte heute Abend mit ihm reden und das Ganze beenden."

„Das ist sehr anständig von dir. Ich habe mich das damals nicht sofort getraut. Tut mir heute noch leid, denn ich wollte das Mädchen wirklich nicht verletzen."

„Mir fällt das auch nicht leicht. Zumal ich ihm den wahren Grund beim besten Willen nicht nennen kann."

„Mach dir keine Gedanken. Du hast mit dir gerade genug zu tun und es ist egal, ob du ihm sagst, dass du lesbisch bist oder nicht. Ändert ja nichts am Ergebnis." Dass sie lesbisch war, wiederholte Paula gedanklich. Er sagte das, als wäre es das normalste der Welt. Für Paula fühlte sich dieses Wort in Bezug auf sie selbst noch immer seltsam an. Und solange sie nicht mehr als eine Schwärmerei vorzuweisen hatte, wollte sie sich keiner Schublade zuordnen lassen.

Nach einem arbeitsreichen Vormittag läutete Christoph die Mittagspause ein. Zeit, um Clementine im Coffee Shop zu besuchen. Bestimmt arbeitete sie gerade fleißig die Warteschlange ab. Doch als Paula den Laden betrat, erwartete sie eine Enttäuschung. Clementine war noch immer nirgends zu sehen. Sicher hätte sich Paula wieder bei einem Kollegen nach Clementine erkundigen können, aber allmählich wurde ihr die ständige Fragerei unangenehm. Enttäuscht verließ sie das Café. Wo Clementine wohl gerade steckte? Paula hatte ihre Telefonnummer, sie könnte sie also anschreiben. Aber was sollte sie schreiben? Als Erstes kam ihr sowas wie „Ich würde dich jetzt gern sehen" in den Sinn, aber das war Paula dann doch zu direkt. Während sie über eine geeignete Nachricht grübelte, leuchtete unverhofft ihr Handydisplay auf. Clementine. Paulas Herz machte einen euphorischen Hüpfer. Schnell öffnete sie die Nachricht.

„Hey Paula, ich habe heute Abend einen Auftritt. Wenn du magst, kannst du ja kommen. Ich würde mich freuen. "

Heute Abend? Verdammt, sie wollte doch heute mit Mark sprechen. Und sie hatte ihm das bereits zugesagt. Warum war Clementines Auftritt denn ausgerechnet heute? Paula fühlte sich hin- und hergerissen. Was sollte sie denn jetzt machen? Sie entschied, mit ihrer Antwort vorerst zu warten. Vielleicht ergab sich dafür noch eine Lösung.

Am Nachmittag fand ein großes Teammeeting statt, bei dem die Kollegen des Projekts sich gegenseitig auf den aktuellen Stand brachten. Christoph zeigte sich mit dem Zwischenergebnis zufrieden und auch Paula erhielt ein ausdrückliches Lob. Dieser kleine Motivationsschub wurde einzig durch die Tatsache getrübt, dass der Feierabend und damit auch das unangenehme Gespräch mit Mark allmählich näher rückte. Aber es half nichts, sie musste es hinter sich bringen. Widerwillig fuhr sie am Ende ihres Arbeitstages den Computer herunter, verabschiedete sich bei ihren Kollegen und verließ das Büro.

Wie gern sie heute Abend zu Clementines Auftritt gegangen wäre. Und vielleicht hätte sie danach ja noch allein Zeit mit ihr verbringen können. Doch sie wollte sich für das Telefonat mit Mark Zeit nehmen. Zumindest das war sie ihm schuldig. Außerdem ging sie davon aus, dass ihr danach ohnehin nicht mehr der Sinn nach einem Ausflug stand.

Paula war froh, die Wohnung verlassen vorzufinden. Sie hätte sich ansonsten liebend gern von Mary ablenken lassen und das Telefonat unnötig hinausgezögert. So fand sich keine weitere Ausrede mehr, weshalb sie nur noch ihre Schuhe abstreifte, sich in der Küche ein Glas Limonade einschenkte und sich danach ins Wohnzimmer begab, um es sich auf dem Sofa bequem zu machen. Jetzt öffnete sie Marks Kontakt und starrte zögernd auf das Display. Noch war nichts passiert, noch konnte sie einen Rückzieher machen, ohne dass Mark je von ihren Plänen erfahren würde. Aber was würde das bringen? Es würde das Unvermeidbare höchstens um eine gewisse Zeit nach hinten schieben. Ihr Gefühl sagte ihr unmissverständlich, dass es mit Mark keine Zukunft gab. Sie atmete einmal tief durch und wählte seine Nummer.

„Hi Schatz, bist ja heute richtig früh dran“, begrüßte er sie gutgelaunt.

Paula presste die Lippen aufeinander. Dass Mark sie ausgerechnet heute so fröhlich begrüßte, machte ihr Vorhaben nicht gerade leichter. Der Kloß im Hals ließ sie schwer schlucken. Sie wusste nicht, wie sie ihr Gespräch beginnen sollte. Doch nahm sie all ihren Mut zusammen und überwand sich zu einem ersten Satz.

„Mark, pass auf…“, sie machte eine Pause.

„Was ist denn los? Du klingst so ernst.“

„Ja, du… uff, wie fange ich an.“ Sie versuchte sich zu sammeln.

„Vielleicht ist dir in den letzten Tagen aufgefallen, dass ich nicht besonders gesprächig war. Zwischendurch habe ich mich sogar gar nicht gemeldet." Sie wartete ab, ob Mark reagierte, aber am anderen Ende herrschte Stille.

„Mark?"

Sie hörte, wie er sich räusperte.

„Und was willst du mir damit sagen?" Seinem Tonfall war anzumerken, dass er ahnte, wohin dieses Gespräch führen würde. Inzwischen hämmerte Paulas Herz wie wild gegen ihre Brust und sie verspürte leichte Übelkeit. Es war an der Zeit, die Katze aus dem Sack zu lassen.

„Na schön. Ich glaube, ich will das mit uns nicht mehr", seufzte sie wehmütig.

„Du glaubst?", erwiderte Mark mit leicht aggressivem Unterton. Dann machte er eine Pause. „Glaubst du das, oder weißt du das?" Er erhob seine Stimme.

Paulas Hals war plötzlich staubtrocken und sie hatte Mühe einen weiteren Ton rauszubringen.

„Ich weiß das", flüsterte sie heiser.

„Gibt es einen anderen?" Mark klang jetzt unerwartet abgeklärt. Doch der Schein trog, wie Paula vermutete. Wahrscheinlich kochte er innerlich vor Wut. Paula wollte seine Frage beantworten, ihn nicht anlügen. Allerdings wollte sie gleichzeitig nicht allzu viel preisgeben. „Ich habe dich nicht betrogen, wenn es das ist, was du wissen willst."

„Ach, versuchst du es jetzt mit Spitzfindigkeiten? Betrogen hast du mich nicht, aber es steht kurz bevor? Wie nett. Ich habe doch recht, oder?", keifte er. Mit diesen Worten hatte er sie komplett in die Ecke gedrängt, so dass sie ihre Tränen nicht länger zurückhalten konnte.

„Mark, bitte", flehte sie.

„Verarsch mich jetzt nicht! Wenn du mich schon so eiskalt abservierst, dann sei wenigstens ehrlich. Also?"

Paula schluchzte und ihr gesamter Körper begann zu zittern. Sie wollte ja ehrlich zu ihm sein, ihm die Wahrheit nicht vorenthalten, aber es war noch zu früh. Die Wahrheit, die sie sich insgeheim tatsächlich wünschte und auf die Mark so drängte, existierte noch gar nicht.

„Paula, sag es mir!“, feuerte er weiter.

Erneut herrschte Stille.

„Paula, wenn dir das mit uns irgendwas wert war, dann redest du jetzt.“

„Ja…du hast recht“, platzte es schließlich heraus.

„Ich wusste es“, grollte er patzig.

„Aber es ist nicht so wie du denkst!“, kam es ungewollt über ihre Lippen. Paula hätte sich im selben Moment für diesen Kommentar ohrfeigen können. Nun würde die Fragerei vermutlich erneut beginnen. Und sie behielt recht.

„Was soll das denn heißen?“

Sie überlegte. Sollte sie wirklich? Ach egal, schlimmer konnte es ohnehin nicht mehr werden.

„Es ist eine Frau.“

Sekundenlang herrschte Stille am anderen Ende der Leitung.

„Mark?“

„Du hast ja anscheinend gar keinen Respekt mehr, oder?“, zischte er verbittert.

Paula verstand nicht.

„Erst servierst du mich eiskalt ab und dann tischt du mir einen solchen Schwachsinn auf. Macht es dir Spaß, dich über mich lustig zu machen?“ So außer sich kannte sie selbst Mark nicht. Sie wollte ihn beruhigen, wollte klarstellen, dass sie die Wahrheit gesagt hatte.

„Aber Mark…“ Doch wieder wurde sie von ihm unterbrochen.

„Mir reichts. Bin mal gespannt, was deine Mutter zu diesem Unsinn meint“, erwiderte er und legte auf.

Jetzt brach es völlig aus ihr raus. Sie vergrub ihr verheultes Gesicht in einem der großen Sofakissen und schluchzte bitterlich. Minutenlang ließ sie ihrem Schmerz freien Lauf und versuchte, ihn mit jeder weiteren Träne loszuwerden. Unter ihrem Wimmern bemerkte sie nicht, wie Mary den Raum betrat und sofort besorgt auf Paula zueilte. Auch ohne Erklärung verstand sie, was Paula so aufgewühlt hatte. Sie setzte sich neben sie und drückte sie fest an sich heran.

„Das wird wieder. Jetzt hast du es zumindest hinter dir“, waren ihre tröstenden Worte. Paula versuchte zu antworten, doch ihr reflexartiges Schluchzen unterband jeden Sprechversuch. Mit kontrolliertem Ein- und Ausatmen gelang es Paula schließlich, ihre Stimme wiederzufinden.

„Er, er… er hat rumgeschrien und ich habe… ich habe einen dummen Fehler gemacht.“

Mary sah sie verständnislos an.

„Ich habe es ihm gesagt. Das mit Clementine.“

Marys Augen wurden groß.

„Oh.“ Sie blickte Paula rätselnd an. „Aber genau das wolltest du ihm doch nicht sagen.“

„Ja, aber er hat mich so bedrängt und immer und immer wieder Fragen gestellt. Da habe ich es ihm einfach gesagt.“

„Und wie hat er reagiert?“

„Er hat es mir nicht abgenommen.“

Mary zog ein verärgertes Gesicht.

„Das ist ja wieder typisch Mann. Die Vorstellung, für eine Frau verlassen zu werden, liegt natürlich völlig außerhalb ihrer Vorstellungskraft. Aber reg dich nicht darüber auf. Ist doch eigentlich ganz egal, ob er dir glaubt.“

„Aber er hat mir gedroht.“

„Wie das?“

„Ich glaube, er will es meiner Mutter stecken.“

Nun war Mary völlig außer sich.

„Was ist er doch für ein riesiges Arschloch? Meinetwegen soll er gekränkt sein...kann ich verstehen. Aber das geht wirklich zu weit!“ Mary rang um Kontenance. „Ich denke, er beruhigt sich wieder. Und schau, er hat es dir nicht geglaubt. Wieso also sollte es dann deiner Mutter erzählen?“

Paula war sich da nicht so sicher. Bislang war ihr Marks fiese Seite ja auch völlig neu. Die Vorstellung, ihre Mutter könnte von ihrem Ex erfahren, dass sie sich neuerdings für die Frauenwelt interessierte, ließ Panik in Paula aufsteigen.

„Wir beruhigen uns jetzt erstmal. Da du ja angekündigt hattest, heute mit Mark einen Schlussstrich zu ziehen, habe ich uns vorsorglich einen leckeren Wein mitgebracht. Ich hole uns mal zwei Gläser."

„Clementine", fiel es Paula plötzlich ein, „ich muss ihr noch absagen"

Wieder sah Mary sie fragend an, woraufhin Paula ihr eine Erklärung lieferte.

„Aber willst du nicht vielleicht hingehen?", schlug Mary vor.

„Nein. Ich meine, ich fühle mich schlecht wegen Mark. Und ich will auch nicht, dass sie mich so sieht."

„Na gut. Sicher werden sich noch weitere Gelegenheiten bieten."

Also sagte sie Clementine schweren Herzens ab und verbrachte den Abend mit Mary. Sie war so froh, dass ihre beste Freundin in diesem Augenblick für sie da war und ihr Trost spendete. Paula wollte allerdings nicht den gesamten Abend der Vergangenheit nachtrauern. Also wechselten die beiden schon bald das Thema und Mary berichtete von ihrem süßen Kollegen, an dem sie, auch wenn sie es noch immer nicht zugeben wollte, Gefallen gefunden hatte. Später zappten sie noch durch die Programme, bis Paula müde wurde und sich in ihr Zimmer verabschiedete.

So ganz einsam in ihrem Bett liegend, kullerte doch noch das ein oder andere wehmütige Tränchen ihre Wangen entlang. Mark war am Telefon so furchtbar wütend gewesen. Doch nur, weil er verletzt war. Sie hatte nie vorgehabt, ihm derart weh zu tun. Doch welche Wahl hatte sie schon gehabt? Vielleicht würde sie ihn noch mal anrufen, wenn sich die Lage wieder etwas beruhigt hatte. Sie atmete auf. Trotz aller Trauer, trotz allen Mitgefühls, fühlte sie sich jetzt leicht und frei. Frei für das, was vielleicht bald kommen würde.

KAPITEL 10

Da war sie wieder. Clementine. Hinter dem Tresen. Ein erleichtertes Lächeln machte sich auf Paulas Lippen breit. Paula war im Eingangsbereich des Cafés stehengeblieben und schmachtete die Frau, die sie so aus der Fassung brachte, aus der Ferne an. Clementine bediente gerade eine ältere Dame und bemerkte Paula nicht. Weil Clementine nach Paulas letzter Nachricht nicht mehr geantwortet hatte, hatte Paula Sorge, Clementine könnte ihr die Absage übelgenommen haben. Zu gerne würde Paula Klarheit darüber haben und fragen, ob sie die Mittagspause gemeinsam verbringen könnten. Allerdings wollte sie die Kaffeeverkäuferin nicht schon wieder während der Arbeit stören, deshalb schrieb sie ihr stattdessen eine Nachricht.

Hast du in deiner Mittagspause schon was vor?

Paula rechnete gar nicht mit einer sofortigen Antwort. Aber sie konnte beobachten, wie Clementine unauffällig in ihre Hosentasche linste. Das spontane Lächeln, das sich beim Lesen der Nachricht auf Clementines Lippen bildete, ließ Paulas Herz einen freudigen Satz machen. Die Antwort ließ nicht lange auf sich warten: 13 Uhr hier?

Ich werde da sein, erwiderte Paula sofort.

Die prompte Zusage hatte Paula sämtliche Konzentration für den Tag gekostet. Unruhig zappelte sie auf ihrem Bürostuhl hin und her, was auch Christoph nicht entging. Sie entschuldigte sich und versprach, sich zusammenzureißen. Christoph zeigte Verständnis, wollte allerdings unbedingt auf den neuesten Stand gebracht werden. Paula tat ihm diesen Gefallen und erzählte von ihrer anstehenden Verabredung.

„Ich verstehe nicht, warum ich heute mehr aufgeregt bin als bei unserem letzten Treffen", grübelte Paula.

„Ist doch klar, jetzt bist du frei und kannst dich nicht mehr vor der Behauptung verstecken, einen Freund zu haben", analysierte Christoph treffend.

„Mag ja sein. Das heißt aber immer noch nicht, dass das

Interesse auf Gegenseitigkeit beruht.", merkte Paula an.

„Ach, sei einfach so charmant, dass sie dir nicht widerstehen kann. Egal ob sie lesbisch ist oder nicht", scherzte er.

„Na klar, dann sollte ich mir wohl schnell heiße Dessous kaufen", konterte Paula lachend.

„Oh Herzchen, das ist eine großartige Idee", erwiderte Christoph, „Kann ich mitkommen?"

Paula musste grinsen. Spätestens jetzt war es auch für sie offensichtlich, dass Christoph dem eigenen Geschlecht zugetan war.

„Vielleicht sollte ich direkt Clementine mitnehmen", spann sie ihre Idee weiter.

„Das ist ja noch viel besser!" Er griff sich dabei dramatisch an die Wange.

Einen Moment zog sie diesen Shoppingausflug mit Clementine ernsthaft in Betracht, verwarf diese Idee aber schnell wieder.

„Nein, sie hält mich dann für völlig irre."

Endlich sprang der kleine Zeiger auf eins. Paula wartete bereits ungeduldig vor dem Aufzug, der, wie sollte es auch anders sein, mal wieder im entferntesten Stockwerk vor sich hin gondelte. Genervt drückte sie alle paar Sekunden auf den Fahrstuhlknopf, obwohl sie wusste, dass das blöde Ding dadurch nicht schneller ankommen würde.

„Na, da kann es ja jemand wohl gar nicht erwarten wegzukommen."

Paula wand sich erschrocken um.

„Oh, Peter." Ihren Chef konnte sie gerade gar nicht gebrauchen. Aber das wollte sie sich keinesfalls anmerken lassen.

„Du willst doch runter, oder?", fragte er.

Paula nickte.

„Oh gut, ich auch."

Als beide endlich im Aufzug nach unten fuhren, verwickelte Peter sie in ein Gespräch über das Projekt. Paula hatte ihre liebe Mühe seinen Ausführungen zu folgen, nickte aber immer wieder zustimmend. Als sich die Fahrstuhltür nach einer empfundenen Ewigkeit öffnete und Paula glaubte, jetzt endlich seinen Fängen entkommen zu können, redete Peter unbeirrt weiter und begleitete sie auf ihrem Weg nach draußen. Vor der Agentur blieb Paula kurzerhand stehen, denn bis zum Café sollte er ihr auf keinen Fall folgen. Im Augenwinkel sah sie auf der anderen Straßenseite Clementine, die bereits auf sie zu warten schien.

„Sag mal, ich will eine Kleinigkeit essen gehen. Willst du vielleicht mitkommen?“, schlug er vor. Wieder blickte sie hilflos auf die andere Straßenseite. Diesmal wurde ihr Blick von Clementine erwidert, doch statt zu Lächeln, drehte sich Clementine um und trat unerwartet wieder in den Coffee Shop.

„Ähm, ja… ich meine nein“, stammelte sie hektisch.

„Hey, ist doch kein Problem. Dann sehen wir uns nach der Pause.“

Kaum war Peter außer Sicht, atmete Paula erleichtert auf und eilte über die Straße. Hatte Clementine geglaubt, Paula habe sie vergessen? Dachte sie, Paula würde ihre Pause mit jemand anderem verbringen? Warum war sie so schnell wieder reingegangen? Sie fand Clementine an einem Tisch direkt neben der Tür.

„Entschuldige, ich wurde aufgehalten“, sagte sie schnell.

„Von deinem Chef?“ Paula stutzte. Kannte Clementine ihn? „Ist das nicht dein Chef?“, fügte Clementine hinzu.

„Doch, ist er. Er wollte mich zum Essen einladen.“

„Das kann ich mir gut vorstellen“, murmelte Clementine abwesend. Paula konnte mit der Bemerkung nichts anfangen, hakte aber nicht weiter nach.

„Wohin möchtest du gehen?“, fragte Clementine.

„Ich fand es neulich in dem Park so schön.“

Clementine lächelte, nickte und beide machten sich auf

den Weg zum Park. Unterwegs entdeckte Paula einen Hotdog-Stand und blieb stehen. „Seitdem ich in Amerika bin, habe ich noch keinen einzigen Hotdog gegessen."

„Uh, das ist wahrlich eine Schande. Dann müssen wir das wohl dringend ändern", fand Clementine.

Paula spendierte auch Clementine einen Hotdog und kaufte dazu zwei Cola, von denen sie eine an ihre Begleitung weitergab. Anschließend schlenderten sie genüsslich kauend in Richtung ihres festgelegten Ziels. Das Wetter war wieder herrlich. Die Sonne stand am wolkenfreien Himmel und hatte die Straßen bereits aufgeheizt, aber eine sanfte Brise, die durch die Bäume raschelte, bot den kühlenden Gegenpol. Heute war ihr Platz vom letzten Mal unbesetzt und so hockten sie sich unter den Schatten spendenden Baum ins Gras.

„Schade, dass du gestern nicht konntest. Es war richtig viel los."

„Ja, tut mir leid. Ich hatte noch… was zu erledigen", druckste Paula.

„Das muss ja was enorm Wichtiges gewesen sein, wenn du mich dafür versetzt", witzelte Clementine.

Sie hatte ja gar keine Ahnung. Paula presste unwillkürlich die Lippen aufeinander. Wenn Clementine wüsste, welchen Anteil sie an diesem wichtigen Grund hatte. Aber das wollte Paula ganz sicher nicht ausplaudern. Clementine musterte sie fragend. Offenbar war ihr nicht entgangen, dass sie mit ihrer Aussage einen Nerv getroffen hatte.

„Ich habe nur Spaß gemacht. Natürlich kann ich nicht erwarten, dass du meinetwegen alles stehen und liegen lässt."

Liebend gerne wollte Paula für Clementine alles stehen und liegen lassen und vor allem wollte Paula sie kein zweites Mal versetzen.

„Wann ist dein nächster Auftritt? Ich verspreche hoch und heilig, ich werde da sein."

„Oho, und was, wenn ich über Nacht berühmt werde und mein nächster Auftritt, sagen wir, in Los Angeles stattfindet?"

„Dann lässt du mich natürlich auf deine Kosten einfliegen, ist doch klar", konterte Paula, was Clementine zum Lachen brachte.

„Ok, abgemacht."

Clementine wollte Paula zum Besiegeln ihrer Abmachung die rechte Hand reichen, zuckte bei dieser Bewegung jedoch zusammen. Ihrem Gesicht war eindeutig abzulesen, dass sie Schmerzen hatte. Jetzt griff sie mit der linken Hand an ihren Nacken und knetete ihre Muskeln.

„Was ist mit deiner Schulter?", wollte Paula wissen.

„Ach, wahrscheinlich nur eine Verspannung", Clementine machte eine wegwerfende Handbewegung.

„Du hast Glück, meine Massagen sind legendär", purzelten die Worte aus Paulas Mund, noch bevor ihr Verstand sie hatte absegnen können. Oh mein Gott. Hatte sie das tatsächlich gerade gesagt? Ihre Massagen wären...legendär? Ihre bescheuerten Aktionen offenbar auch. Verunsichert sah sie Clementine an, doch noch konnte sie nicht einschätzen, wie sie darauf reagieren würde. Im schlimmsten Fall würde sie verlangen, dass Paula ihrer großspurigen Aussage Taten folgen lassen sollte. Allein bei dieser Vorstellung gerieten Paulas Hände ins Schwitzen. Sie konnte jetzt nur noch hoffen, dass Clementine dankend ablehnte.

„Ist das so? Jetzt hast du mich neugierig gemacht", erwiderte Clementine verschmitzt und begrub Paulas Hoffnung augenblicklich.

Paula musste schlucken. Warum hatte sie sich mit ihrer Aussage nicht zügeln können? Hatte Paulas Unterbewusstsein ihr einen Streich spielen wollen und deshalb diesen idiotischen Spruch passieren lassen? Natürlich war die Vorstellung, Clementine zu berühren, verlockend. Paula hatte sich das schon viele Male vorgestellt. Aber jetzt saß sie vor der realen Clementine. Der Frau aus Fleisch und Blut und nicht der Frau aus ihren Träumen. Andererseits ging es nicht darum, über

Clementine herzufallen. Paula sollte lediglich ihre Schultern massieren. Also völlig harmlos. Nichts, worüber sie nachdenken würde, wenn Mary sie darum böte.

„Dann dreh dich mal um“, sagte sie hastig, bevor sie es sich wieder anders überlegte. Clementine folgte ihrer Anweisung und wandte ihr den Rücken zu. Paula schloss die Augen und atmete einmal tief durch. Dann legte sie behutsam ihre Hände auf Clementines zierliche Schultern. Ihre Haut war ganz zart und warm von der Sonne. Paulas Hände begannen zunächst mit langsamen, aber druckvollen Kreisbewegungen. Sie spürte, wie Clementines angespannte Muskeln lockerließen und sah von der Seite, wie Clementine die Augen schloss und die Berührung genoss. Auch Paulas Anspannung fiel allmählich von ihr ab. Sie nahm einen zufriedenen, tiefen Atemzug. Dabei fiel ihr auf, wie wahnsinnig gut diese Frau, deren sonnengebräunte Haut sich so gut anfühlte, roch. Nun erhöhte Paula den Druck, was Clementine mit einem wohligen Stöhnen belohnte. Unwillkürlich richteten sich Paulas Nackenhärchen auf. Sie musste sich arg konzentrieren, um sich nicht in der sich anbahnenden Erregung zu verlieren. Unfassbar, wie sehr ihr Körper auf Clementine reagierte. Kaum auszudenken, wie es wäre, wenn sich die beiden… Nein. Paula schüttelte gedanklich den Kopf und rang um Selbstbeherrschung. Um ihr Dilemma in den Griff zu bekommen, versuchte sie sich vorzustellen, dass es nicht Clementine, sondern Mary war, die sie gerade massierte. Mary wäre sicher nicht erfreut, wenn sie wüsste, dass sie Paulas Heilmittel gegen sexuelle Erregung war. Aber der Zweck heiligte schließlich die Mittel. Am Ende der Massage ließ Clementine ihren Kopf kreisen und drehte sich wieder zu Paula.

„Ich bin echt beeindruckt. Meine Schmerzen sind völlig verschwunden. Danke dafür“, klang sie ganz begeistert.

„Sehr gerne“, sagte Paula zufrieden.

„Kann ich dich demnächst öfter engagieren?“, grinste Clementine frech.

Clementines Lächeln wirkte gerade so bezaubernd, dass

sich Paula von ihr für alles engagieren lassen würde. Am liebsten würde Paula zu einer zweiten Runde ansetzen und sich diesmal nicht nur auf diesen winzigen Teil von Clementines Körper beschränken.

„Ruf mich jederzeit an." Paula wollte taff klingen, stattdessen hauchte sie diesen Satz verträumt dahin, wodurch sie sich jetzt ziemlich blöd vorkam. Sie rümpfte die Nase und überlegte, was sie sagen konnte, um von ihrem elendigen Geplapper abzulenken. Doch Clementine kam ihr zuvor: „Übrigens, wenn du mich gern wieder spielen sehen willst, hätte ich eine Idee. Also...nur, wenn du Lust hast. Ich meine..., wenn nicht, dann verstehe ich das." Schwang in Clementines Stimme Unsicherheit mit? Hatte die sonst so taff wirkende Frau etwa auch eine schüchterne Seite? Clementine schien bei ihren nächsten Worten zunächst zu zögern, was vermuten ließ, dass Paula mit ihrer Einschätzung recht behielt.

„Ich fahre mit ein paar Leuten übers Wochenende zum Catskill State Park. Wir fahren da jedes Jahr hin und machen dort eine kleine Jam Session mit Lagerfeuer und Zelten und so." Sie machte eine kurze Pause und beobachtete Paulas Reaktion. „Na jedenfalls wollte ich fragen, ob du vielleicht mitkommen willst?"

Was? Paula traute ihren Ohren kaum. Wurde sie tatsächlich von Clementine für ein ganzes Wochenende eingeladen? Von der Frau, die sich laut Jessica niemals mit anderen Frauen verabredete und eigentlich völlig unerreichbar war? Paula musste ihre Gedanken zügeln. Die Einladung war kein Date. Sie wären dort nicht zu zweit, sondern mit Clementines Freunden unterwegs. Und wahrscheinlich war diese Einladung rein freundschaftlicher Natur. Trotzdem würde Paula dieses Angebot unter gar keinen Umständen ablehnen.

„Ja, also… ja, sehr gerne."

Clementine strahlte nun über das ganze Gesicht.

Dann fiel ihr noch etwas ein: „Ach so, das hätte ich fast vergessen. Wir fahren bereits Freitag früh. Ich hoffe, das geht bei dir?"

Paulas Freude löste sich mit diesen Worten augenblicklich in Luft auf. Natürlich ging das nicht. Es war erst ihre zweite Woche in der Agentur, da konnte sie beim besten Willen nicht bereits um einen Urlaubstag bitten.

„Oh. Wenn das so ist, muss ich leider absagen", antwortete Paula enttäuscht.

Clementine blickte missmutig drein. „Tut mir leid. Ich habe vergessen, dass du da nicht so flexibel bist."

„Schon ok. Wenn du zurück bist, gehen wir dafür was zusammen trinken und du erzählst mir, wie es war."

„Einverstanden."

Die Mittagspause war schon fast wieder vorbei, deshalb traten die beiden den Rückweg an. Als sie am Café eintrafen, wünschte Paula Clementine eine gute Reise und viel Spaß bei ihrem Ausflug.

„Was denn, du kommst mich bis Donnerstag nicht mehr im Café besuchen?", protestierte Clementine.

Paula lachte: „Wenn du das willst, komme ich natürlich gern."

Ihren Gedanken nachhängend, fuhr Paula hoch in den vierten Stock. Sie hätte sich über ihre erneute Absage ärgern können. Stattdessen versuchte sie, sich die positiven Erkenntnisse ihrer gemeinsamen Mittagspause vor Augen zu führen. Clementine wollte gern mehr Zeit mit Paula verbringen, soviel stand nun fest. Diese Einladung hatte sich wie etwas Besonderes angefühlt. Paula schätzte Clementine wie jemanden ein, der die Menschen in seinem Umfeld sehr sorgfältig auswählte. Nicht umsonst umgab sie dieses Mysterium der Unnahbaren. Paula gegenüber hatte sie sich dagegen von Beginn offen gezeigt. Aus welchem Grund Clementine ausgerechnet bei ihr einen Unterschied machte und ob sie womöglich mehr als nur Freundschaftliches für Paula übrighatte, konnte Paula nicht einmal im Ansatz erahnen. Jedoch war diese Möglichkeit nicht ausgeschlossen und solange Paula keine konkreten

Antworten hatte, wollte sie sich diese leise Hoffnung bewahren. Der Wochenendtrip hätte vermutlich genau diese Fragen aufklären können. Doch diese Chance bot sich ihr nicht, also musste sie sich gedulden und weiter spekulieren. Vielleicht würde Christoph mit den neuen Informationen eine genauere Einschätzung der Lage abgeben können. Sie hielt während des Nachmittags nach einer günstigen Gelegenheit für ein kurzes Gespräch Ausschau. Doch erwischte sie ihn nie allein. Erst kurz vor ihrem Feierabend ergab sich eine Möglichkeit.

„Christoph, kann ich kurz mit dir sprechen?“

„Nur, wenn es was Privates ist“, schmunzelte er.

„Sowas von privat.“

„Na dann schieß mal los.“

„Sie hat mich gefragt, ob ich mit ihr und ihren Freunden am Wochenende in die Berge fahren will.“

„Das ist ja fantastisch!“

Paula schüttelte betrübt den Kopf.

„Leider musste ich absagen. Sie fahren bereits Freitag früh los.“

Christoph kräuselte die Lippen, verschränkte die Arme und begann laut nachzudenken.

„Eigentlich sind wir doch prima im Zeitplan, findest du nicht?“

Paula verstand nicht ganz, stimmte ihm aber durchaus zu.

„Und du hast bis Freitag noch nichts weiter vor, oder?“

Sie überlegte kurz: „Nein, eigentlich nicht.“

„Na dann würde ich sagen, ich kann dich hier Freitag gar nicht mehr gebrauchen.“

Paula sah ihn verdutzt an: „Ist das dein Ernst?“

„Ich kläre das natürlich noch mit Peter, aber da ich gerade für dich verantwortlich bin, wird er das definitiv absegnen.“

Paula konnte ihr Glück kaum fassen. Sie wäre ihm am liebsten um den Hals gefallen und hätte ihm einen dicken Knutscher verpasst.

„Wobei, eine Bedingung habe ich noch!"

Hatte sich Paula zu früh gefreut?

„Wehe du schaffst es nicht, sie dir in den drei Tagen zu schnappen."

Jetzt mussten beide lachen.

„Ich werde mir alle Mühe geben."

Paula nahm sich vor, in der Zeit bis zu ihrem verlängerten Wochenende richtig Gas zu geben. Denn sie wollte keinesfalls, dass Christoph seine Entscheidung am Ende bereute. Mit der Aussicht auf ein gemeinsames Wochenende mit Clementine würde ihr die Arbeit aber wohl sehr leicht von der Hand gehen. Und obwohl sie eigentlich bereits Feierabend hatte und Christoph sie nicht darum gebeten hatte, entschied sie, auch heute schon einige Zusatzstunden zu leisten.

Als Paula am frühen Abend in der Wohnung eintrudelte, stellte sie mit Freude fest, dass auch Mary bereits zuhause war. Sie konnte es kaum erwarten, ihr von den tollen Neuigkeiten zu berichten. Sie übersprang die Begrüßung und kam direkt zum Wesentlichen. Dabei redete sie wasserfallartig auf ihre beste Freundin ein und bemerkte ihren verständnislosen Blick nicht.

„Ganz langsam, ich kann dir kaum folgen. Fährst du jetzt nun, oder nicht?"

„Dank Christoph kann ich mitfahren, ja", flötete Paula fröhlich.

„Man Paula, bei dir vergeht kaum ein Tag, an dem nicht alles Kopf steht. Aber ich freue mich für dich."

„Danke. Nun muss ich nur noch Clementine Bescheid sagen. Ach ja, und ich brauche neue Klamotten. Ich glaube, ich habe nichts Passendes fürs Campen mit." Während sie unaufhörlich weiter quasselte lief sie in ihr Zimmer, steckte den Kopf in den Schrank und fing an zu wühlen. „Und hast du vielleicht einen Schlafsack für mich? Ich brauche ja bestimmt auch ein Zelt, oder?"

Mary folgte ihr schweigend und beobachtete fassungslos

und kopfschüttelnd ihre aufgekratzte Freundin. Irgendwann zog Paula den Kopf wieder aus dem Schrank, lugte um die Schranktür und fragte: „Hast du irgendwas gesagt?"

Grinsend und weiterhin sprachlos verschwand Mary wieder ins Wohnzimmer. Paula eilte hinterher: „Hey, warte doch mal. Du hast mir meine Fragen noch gar nicht beantwortet!"

„Lass mich kurz nachdenken." Mary machte eine künstliche Pause. „Nein und, äh nein."

Paula sah sie fragend an.

„Nein? Was, nein? Was habe ich noch mal gefragt?" Paula kicherte, weil sie jetzt selbst merkte, dass sie gerade nicht ganz bei der Sache war.

„Was die Klamotten angeht, können wir gern morgen eine kleine Shoppingtour machen. Habe ich schon lange nicht mehr gemacht. Und beim Rest würde ich an deiner Stelle doch erst mal Clementine fragen, was du genau brauchst."

„Manno, manchmal bist du viel zu vernünftig."

„Und du entkommst jetzt bitte schnell deiner spätpubertären Phase. Langsam verstehe ich, warum du damals kein typischer Teenager warst. Scheinst das jetzt alles nachholen zu wollen, was?"

Nach dem Essen sendete Paula, zu Marys Freude, allmählich wieder auf Normalfrequenz. Tatsächlich war Mary die überdreht euphorische Variante ihrer Freundin neu. Und auch Paula musste gestehen, dass derartige Gefühlswellen bei ihr eher eine Seltenheit waren. Aber sie fühlte sich großartig und wollte ihre Vorfreude auf den bevorstehenden Ausflug nun auch nicht mehr hergeben. Apropos. Sie hatte Clementine noch nicht über die Absage von ihrer Absage informiert. Hoffentlich erreichten die Neuigkeiten Clementine nicht bereits zu spät. Sollte sie ihr schreiben? Nein, sie wollte lieber nochmal ihre Stimme hören.

Nach dem dritten Freizeichen hob Clementine ab: „Hey

Paula, kommst du doch mit?“

Paula sah verblüfft in den Hörer.

„Du machst mir gerade ein wenig Angst.“

„Was? Kommst du etwa wirklich mit? Ich wollte nur einen Scherz machen.“ Clementine klang freudig überrascht.

„Ja, wie durch ein Wunder habe ich am Freitag frei.“

„So, so, ein Wunder also“, schmunzelte Clementine, „Ich freue mich, dass es nun doch klappt. Du hast doch keine Angst vor Bären, oder?“

Paula schluckte.

„Ist das dein Ernst?“, fragte sie ängstlich.

Clementine grölte vor Lachen.

„Keine Sorge, es passiert schon nichts. Es gibt da zwar wirklich Bären. Aber solange wir nachts im Camp bleiben, ist es sicher.“

„Gut, ich will dir mal glauben. Aber sag, was muss ich mitbringen? Ich muss zugeben, ich habe keinerlei Campingausrüstung.“

„Ah. Na klar. Also ich habe einen zweiten Schlafsack, darum musst du dich also nicht kümmern. Allerdings habe ich nur ein Zelt. Wenn du also Platz für dich brauchst, kann ich höchstens die anderen fragen, ob sie noch eins übrighaben“, Clementine machte eine kurze Pause, „Oder du schläfst bei mir.“

Der Vorschlag kam unerwartet und löste bei Paula sofortige Nervosität aus. Sie traute sich gar nicht vorzustellen, was die Gedanken an eine gemeinsame, enge Schlafunterkunft mit ihr anstellen würden. Trotzdem gab es nur eine Antwort auf diese zwei Optionen. Um nichts in der Welt hätte sie darauf verzichtet, sich das Zelt mit Clementine zu teilen.

„Das ist schon ok, ich brauche nicht so viel Platz“, versuchte sie so gelassen wie möglich zu klingen.

„Sehr gut, dann habe ich jemanden, den ich vor mich schieben kann, sollte doch ein Bär kommen“, lachte Clementine.

„Na vielen Dank, ich werde mich dann an dir festklammern und dich mit ins Verderben reißen."

„Das würde ich zu gerne sehen."

„Pass auf, was du dir wünschst."

„Ach, das mit dem Wünschen funktioniert bei mir eh nie. Jetzt sind wir aber völlig vom Thema abgekommen. Musst du noch was wissen?"

Paula überlegte kurz: „Essen oder Trinken?"

„Dafür ist gesorgt. Sonderwünsche natürlich ausgenommen. Sag uns aber unbedingt Bescheid, solltest du tatsächlich etwas zu Essen mitbringen. Sämtliche Lebensmittel müssen außerhalb des Camps in speziellen Boxen gebunkert werden. Sonst kommen die prophezeiten Bären am Ende tatsächlich noch."

„Ok, ich versuche daran zu denken. Den Rest können wir ja vielleicht morgen klären?", fragte Paula.

„Klar, gerne. Dann hab noch einen schönen Abend und schlaf gut."

„Du auch."

Und ob sie gut schlafen würde. Das Gespräch mit Clementine hatte Paula schon wieder ins Schwärmen geraten lassen und am liebsten würde sie jetzt schnell die Zeit bis Freitag vorspulen. Die nächsten zwei Tage würden unerträglich lang werden. Aber wenn sie jetzt schnell einschliefe, wäre eine Nacht bis zur Abreise bereits geschafft.

KAPITEL 11

Pünktlich erschien Paula zu ihrem Arbeitsmarathon. Sie hatte sich bereits am Vortag gedanklich einen Plan gemacht, wie sie am effizientesten vorgehen könnte. Also ackerte sie sich Stück für Stück durch ihre Aufgaben. Zwischendurch erschien Christoph, der ihr mitteilte, dass auch Peter sein Ok für den freien Tag gegeben hatte.

Bis zur Mittagszeit war die Zeit wie im Flug vergangen. Höchste Zeit für eine kleine Verschnaufpause, die sie, wie es Clementine vorgeschlagen hatte, im Café verbringen wollte.

Sie suchten sich einen freien Tisch in einer Ecke des Coffee Shops.

„Wann genau geht es denn los?“, wollte Paula wissen.

„Wir wollten so gegen acht starten. Man fährt drei bis vier Stunden, dann sollten wir zur Mittagszeit etwa ankommen.“

„Ok, wo muss ich denn hinkommen?“ Paula hoffte ein bisschen darauf, dass sie sich bei Clementines Wohnung verabreden würden. Sie hatte sich in den letzten Tagen immer wieder vorgestellt, wie Clementines Zuhause aussehen würde. Sicher war sie schlicht, aber auch stylisch eingerichtet.

„Ich dachte, wir holen dich direkt vor deiner Haustür ab“, sagte Clementine freudestrahlend.

„Mhm“, brummte Paula enttäuscht.

„Keine gute Idee?“, fragte Clementine irritiert.

„Nein, das ist perfekt“, antwortete Paula hastig.

„Übrigens, wenn dir morgen noch was einfällt, dann schreib mir am besten. Ich werde morgen nur bis zwölf arbeiten, denn ich werde noch den Bus von meiner Tante holen. Ich muss das olle Ding vorher noch mal durchchecken, denn es verliert wohl irgendwo Öl.“

Unweigerlich erschienen Bilder vor Paulas geistigem Auge. Clementine, die sich in einer ölverschmierten, blauen

Latzhose über den Motorraum beugte und fachmännisch mit einem Schraubenschlüssel am Motor hantierte. Diese zugegebenermaßen klischeehafte Vorstellung löste unmissverständliches Kribbeln in Paulas Unterleib aus. Schnell versuchte sie, ihre unanständigen Gedanken wegzuwischen, merkte aber, wie ihr Kopf bereits zu glühen begann. Am liebsten wäre sie im Erdboden versunken, denn zudem besah Clementine sie nun mit einem verschmitzten Grinsen. Gerade so, als hätte sie Paulas Gedanken erahnen können.

„Alles gut bei dir?", fragte Clementine.

„Ja, äh… ich habe nur überlegt, woran ich beim Packen alles denken muss", log Paula schnell.

„Ach und selbst, wenn du was vergisst. Meistens hat irgendjemand was doppelt mit."

Abschließend notierte Clementine Paulas Adresse in ihrem Handy und sie einigten sich auf eine grobe Abfahrtszeit. Damit waren vorerst alle offenen Fragen geklärt. Und weil Paula dringend ihre Arbeit fortsetzen wollte, verabschiedeten sich die beiden Frauen sogleich voneinander und Paula verließ das Café.

Sie arbeitete bis zum frühen Abend. Es war inzwischen ungewohnt ruhig in der Agentur, doch Paula war so sehr in ihre Arbeit vertieft, dass sie ihre Umgebung gar nicht wahrnahm. Auch ihren Kollegen, der jetzt direkt vor ihrem Bürotisch auftauchte, registrierte sie nicht.

„So, jetzt ist aber Feierabend", teilte er ihr mit. Paula fuhr erschrocken zusammen und blickte unwillkürlich auf.

„Ähm. Ja...wie spät ist es denn?", fragte sie, sah aber dann selbst auf die Uhr. Sie hatte sich für 19 Uhr mit Mary vor dem Einkaufszentrum verabredet. Bis dahin blieb ihr nur noch eine gute Viertelstunde, sie musste sich also sputen.

Abgehetzt und mit einigen Minuten Verspätung erreichte sie die Mall, wo Mary bereits auf sie wartete.

„So, dann kann es wohl losgehen", verkündete Mary voller Vorfreude.

Als sie das Center betraten, stöhnte Paula auf: „Uff, das ist ja unglaublich groß. Wo fangen wir denn hier bloß an?“

„Was genau brauchst du denn alles?“

„Ich brauche zwei Hosen, ein paar Oberteile und vor allem feste Schuhe. Ach ja, dann noch Sonnencreme und irgendwas gegen Moskitos. Dann noch ein paar kleine Utensilien wie Duschzeug, Reisezahnbürste und so. Und eine Sonnenbrille.“

„Ok, dann schauen wir doch mal.“ Mary trat vor ein Serviceterminal und verschaffte sich einen kurzen Überblick.

„Die Outdoorklamotten finden wir in Etage drei. Den Kleinkram sollten wir ganz unten bekommen und die Sonnenbrille finden wir bestimmt irgendwo unterwegs.“

Das klang nach einem Plan, also marschierte sie los und Paula folgte ihr bereitwillig. Die Wege in dieser Mall erschienen endlos, ein Geschäft reihte sich an das nächste. Paula kam aus dem Staunen gar nicht raus. Gegen diese Reizüberflutung war kaum anzukommen. Das Angebot war schier unüberschaubar, die Läden vollgepfropft und die Mall überdimensioniert. Da lobte sich Paula Deutschlands gemütliche Altstädte mit ihrem behäbigen Treiben, durch die man entspannt bummeln konnte und am Ende nicht völlig abgehetzt war. Mary hingegen war gerade absolut in ihrem Element. Zielsicher lotste sie ihre Freundin an den ersten Zielort.

Paula rümpfte missmutig die Nase als sie auf die unfassbare große Auswahl an Cargohosen blickte. Mary dagegen nahm bereits bei Paula mit geübtem Auge Maß, nickte dann und stürzte sich auf das Sortiment. Fleißig holte sie eine Hose nach der anderen herbei, so dass sich die Kleidungsstücke bereits in Paulas Armen türmten. Grün, beige, Camouflage in sämtlichen Abstufungen. Mary hatte inzwischen jede Variante angeschleppt. Doch Paula war nicht gewillt, jede dieser Hosen anzuprobieren und sortierte die Tarnhosen direkt wieder aus.

„Also die kannst du direkt wieder zurücklegen. Ich will

campen, nicht in den Krieg“, sagte Paula mürrisch. Mary zuckte mit den Schultern, drückte Paula zwei weitere Hosen in die Hand und verwies sie zur Umkleidekabine.

„Ach nee, ich weiß nicht“, murmelte es nach kurzer Zeit hinter dem Vorhang.

„Komm raus da. Ich kann das viel besser beurteilen.“

Paula trat aus der Kabine, immer noch mit dem Blick auf ihr Spiegelbild, und rückte die Hose weiter zurecht. Mary beäugte sie kritisch.

„Na schön, in dem Fall hast du recht. Sie sitzt nicht gut. Wir brauchen eine Hose, die deinen Knackarsch gut in Szene setzt.“ Paula blickte sich peinlich berührt um in der Hoffnung, dass die anderen Kunden außer Hörweite waren.

„Warte, ich suche dir noch was raus.“

Kurze Zeit später kam Mary mit zwei weiteren Modellen unter dem Arm zurück. Diesmal drückte sie Paula eine lange und eine kurze Hose in die Hand. Paula schlüpfte wieder in die Kabine und probierte zuerst das kurze Modell an. Sie trat aus der Umkleide heraus, begutachtete sich stirnrunzelnd im Spiegel und fragte: „Und? Was meinst du?“

„Wow, das ist heiß“, feierte Mary.

„Findest du? Nicht ein bisschen kurz?“ Paula drehte ihren Hintern zum Spiegel und verbog sich, um möglichst viel erkennen zu können.

„Das kann gar nicht kurz genug sein“, antwortete Mary und ließ ihre Augenbrauen hüpfen.

„Na gut, dann nehme ich sie“, stimmte Paula schließlich zu.

Auch das lange Modell wanderte in ihrem Einkaufskorb und Paula war froh, den ersten Punkt auf ihrer Liste gedanklich abhaken zu können. Allerdings fehlte nach Marys Meinung noch ein passender Gürtel. Nach langem hin und her entschied sich Paula für einen breiten Stoffgürtel, der hervorragend zu ihren neuen Hosen passte.

„Jetzt noch die Oberteile“, stöhnte Paula und pustete sich eine Haarsträhne aus dem Gesicht. Sie ließ sich von Mary zu einigen Tank Tops in verschiedenen Farben überreden und kaufte außerdem, für die kühleren Abende, noch ein langärmliges Karohemd. Bei der Auswahl der Schuhe zeigte Paula mehr Geduld als Mary, die irgendwann gelangweilt und genervt auf einem Hocker Platz nahm und demonstrativ die Arme verschränkte.

„Was machst du denn da so lange? Die sehen doch alle gleich hässlich aus. Es geht hier doch nur um Funktionalität. “, grummelte sie.

„Sie sehen überhaupt nicht gleich aus.“

Paula hatte vor sich inzwischen an die zehn Modelle aufgereiht und probierte sie nach und nach an. Jene, die ihr so gar nicht zusagten, oder die preislich weit außerhalb ihres Budgets lagen, sortierte sie zur Seite. Die anderen kamen in die engere Auswahl. Das wiederholte sie, bis schlussendlich nur noch zwei Paare übrig waren.

„Der oder der?“ Sie hielt die Schuhe vor Marys Nase.

„Der linke“, sagte sie gelangweilt.

„Echt? Ich hätte jetzt beinahe rechts gesagt?“ Paula hielt beide vergleichend vor sich.

„Oh man“, seufzte Mary.

Paula entschied sich für das günstigere Paar und Mary war dankbar, dass es endlich weiterging. Der Weg zur Drogerie führte sie an einem Geschäft vorbei, das unter anderem auch modische Sonnenbrillen anbot. Zur Abwechslung hatten hier beide ihren Spaß. Sie führten sich abwechselnd die verschiedenen Modelle vor, bis sie den gesamten Ständer durchgearbeitet hatten. Zu guter Letzt wählte Paula eine trendige braune Pilotenbrille mit goldenem Rahmen. Das folgende Geschäft wäre Paula gar nicht aufgefallen, wenn Mary nicht so abrupt vor dem Schaufenster stehengeblieben wäre.

„Sag mal, wie ist es denn um deine Unterwäsche bestellt?“, wollte Mary wissen und deutete mit einem Daumen auf die Auslage.

Paula hob eine Augenbraue, denn sie ahnte, worauf Mary hinauswollte.

„Lass mich mal nachdenken. Also, ich würde sagen, das

was ich habe ist zweckmäßig."

„Das sind diese Teile in gewisser Hinsicht auch", Mary grinste dreckig und deutete auf die schwarzen halbtransparenten Spitzen-BHs im Schaufenster. Paula rollte die Augen und wollte eigentlich weitergehen. Doch dann hielt sie Inne. Was, wenn es tatsächlich dazu käme, dass...? Was würde Clementine von ihr halten, wenn sie sich in ihren durchaus bequemen, aber sicher nicht überaus reizvollen Unterhosen präsentierte?

„Meinetwegen, lass uns reingehen", erwiderte sie resigniert.

Wieder konnte sich Mary vergnügt austoben. Die Stücke, die sie für Paula auswählte, waren in jeder Hinsicht sündhaft. Sündhaft sexy, aber vor allem sündhaft teuer. Beide Kriterien stießen bei Paula auf rigorose Ablehnung und das wiederum löste bei Mary unzufriedenes Brummen aus.

„Ganz schön teuer für einen Hauch von nichts", kommentierte Paula Marys Auswahl.

„Pah, deine Auswahl würde nicht mal meine Oma tragen", konterte Mary eingeschnappt.

Sie trafen sich schließlich in der Mitte. Mary überzeugte Paula, sich wenigstens für Dessous mit dezenter Spitze zu entscheiden. Immerhin konnte sich Paula bei der Farbwahl durchsetzen und wählte am Ende die klassische, schwarze Variante.

Jetzt konnten sie die letzte Station ihres Einkaufsbummels ansteuern. Paula arbeitete in der Drogerie noch die letzten Punkte ihrer Liste ab, so dass sich die beiden Freundinnen danach zu einem kurzen Snack in einem Schnellrestaurant einfanden.

Als sie etwa eine Stunde später zu Hause eintrafen, ließen sie sich erstmal völlig erschöpft aufs Sofa fallen.

„So, jetzt will ich dein Outfit aber noch im Gesamtbild sehen."

Paula sah Mary sprachlos an.

„Ist das dein Ernst?"

„Keine Widerrede“

„Na schön“, stöhnte sie.

Paula verschnaufte noch einen Moment und ging anschließend mit ihren Einkäufen in ihr Zimmer. Kurz darauf trat sie in voller Montur und samt Sonnenbrille ins Wohnzimmer. Mary stieß ein anerkennendes „Wow“ aus und Paula trat vor den Spiegel im Flur. An irgendwas fühlte sich Paula bei dem Anblick ihres Spiegelbildes erinnert. Dann fiel es ihr ein.

„Ich sehe aus wie Lara Croft“, sagte Paula trocken.

Mary kringelte sich vor Lachen. „Ja stimmt, fehlt nur noch der Zopf. Also wenn Clementine darauf nicht anspringt, ist sie definitiv hetero.“

Das Packen wollte Paula am Donnerstag erledigen, nachdem sie ihre neu erworbenen Teile gewaschen und getrocknet hätte. Für den Moment war sie jedoch zu müde, um sich darum zu kümmern.

„Ich geh jetzt ins Bett. Bin hundemüde. Vielen Dank fürs gemeinsame Einkaufen heute“, gähnte Paula schläfrig.

„Immer wieder gern. Gute Nacht und süße Träume“, schmunzelte Mary.

Als hätte Mary da eine verheißungsvolle Prophezeiung abgegeben, erschien in dieser Nacht Clementine tatsächlich wieder in Paulas Träumen. Seit Tagen hatte sich Paula an keinen Traum mehr erinnern können. Doch nun sah sie sie. Der Mond leuchtete hell und warf sein Ebenbild auf die Oberfläche eines großen Sees, den Paula von einem Felsvorsprung aus überblicken konnte. Eigentlich war Clementine zu weit entfernt, um sicher sagen zu können, dass sie es überhaupt war. Doch Paula war sich dessen sicher. Sie beobachtete, wie Clementine allein und in aller Seelenruhe in dem See ihre Bahnen zog. Doch plötzlich tauchte eine zweite Person hinter ihr auf. Sie verfolgte Clementine, kam mit jeder Schwimmbewegung näher an sie heran. Doch die Verfolgte schien ihr heimliches Anhängsel nicht zu bemerken. Auf Paula wirkte die Situation überaus bedrohlich, sie musste Clementine helfen, oder sie zumindest warnen. Reflexartig sprang Paula auf, verlor dabei allerdings das Gleichgewicht und rutschte dabei vom glatten Felsen ab. Mühsam versuchte sie irgendwie ihre Balance zu halten, taumelte aber bereits und fiel rücklings in die Tiefe. Schweißgebadet schlug sie die Augen auf.

Paula brauchte einen Moment, um zu begreifen, dass der Schreckmoment bloß ihrer Fantasie entsprungen war. Was war das doch für ein überaus seltsamer Traum gewesen? Er wich völlig von all den früheren Träumen mit Clementine ab. Welche Botschaft wollte ihr Unterbewusstsein nun schon wieder vermitteln? Natürlich hätte sie jetzt grübeln können, aber ihr stand nicht der Sinn danach, sich zu viele Gedanken darüber zu machen. Außerdem brauchte sie dringend ihren Schlaf, um an ihrem letzten Arbeitstag in dieser Woche vollen Einsatz zeigen zu können. Sie döste bei diesen Gedanken bereits wieder weg und schlief wenige Minuten später tief und fest. Die verbleibenden Stunden verzichtete ihr Unterbewusstsein auf weitere Botschaften und ließ sie durchschlafen, bis am Morgen der Wecker die Nacht beendete.

Nur noch knapp 24 Stunden und die Reise würde endlich losgehen. Paula war vor lauter Vorfreude schon ganz hibbelig. Jetzt musste sie nur noch den Arbeitstag überstehen, dann waren die beruflichen Verpflichtungen schon mal erledigt. Dank ihrer guten Vorarbeit während der letzten zwei Tage, waren nur noch wenige Aufgaben übrig und wenn alles klappte, könnte sie heute sogar auf weitere Überstunden verzichten. Tatsächlich lief bereits am Vormittag alles wie am Schnürchen und sie konnte zufrieden die Mittagspause antreten. Der alltägliche Besuch im Café würde an diesem Tag ausfallen. Wenn bei Clementine alles nach Plan lief, wäre sie bereits auf dem Weg zu ihrer Tante. Paula hatte sie am Vormittag ein Alternativprogramm überlegt und war auf den Weg in den ‚Keller', um Dan einen kurzen Besuch abzustatten.

„Na Mädchen, ich dachte schon, du hättest mich hier

unten vergessen“, wurde sie mit seiner rauen Seemannsstimme begrüßt.

„Dan, als ob ich dich vergessen könnte“, säuselte sie übertrieben verführerisch und zwinkerte ihm zu.

„Oh, da ist ja jemand besonders gut gelaunt. Deine Augen strahlen ja richtig. Ist da etwa ein junger Mann im Spiel?“, wagte er eine kühne Behauptung

„Na, vielleicht so ähnlich“, lächelte sie geheimnisvoll.

„Ich hoffe, der Bursche weiß, was er für ein Glück hat.“

Paula fühlte sich geschmeichelt. Sie wollte seinen unbewussten Fauxpas deshalb auch nicht korrigieren. Stattdessen erzählte sie von ihrem bevorstehenden Ausflug und erklärte, dass sie übers Wochenende im Catskill Park mit ein paar Leuten campen würde.

„Oh, das ist toll da. Hätte gar nicht gedacht, dass du so ein Naturmädel bist.“

Seine Verwunderung fand durchaus Berechtigung. Ganz selten hatten ihre Eltern mit ihr Urlaub in den Bergen gemacht, doch auch da hatten sie stets ein Hotelzimmer gebucht. Paulas Familie bevorzugte Städtereisen in den Süden, das war schon immer so. Daher kannte Paula zwar das Meer, konnte sich aber nicht erinnern, jemals mit ihnen einen klassischen Campingurlaub gemacht zu haben. Die einzige Campingerfahrung, an die sie allerdings nur noch schwache Erinnerungen hatte, war die Klassenfahrt im zehnten Schuljahr. Aber dieser Ausflug war streng durchgeplant gewesen und hatte zudem auf einem wohlbehüteten Campingplatz stattgefunden. Clementine hingegen wollte, wenn Paula es richtig verstanden hatte, mit ihren Freunden an einem See wild campen. Das war etwas völlig anderes und Paula musste zugeben, dass sie das zwar überaus spannend, aber auch etwas beängstigend fand.

„Ich habe das tatsächlich in der Form noch nicht gemacht“, gab Paula zu.

„Na dann hoffe ich, dass der Bursche gut auf dich aufpasst. Denn damals gab es da noch Schwarzbären. Ich weiß nicht, wie es heute ist.“

So langsam machte sich Paula wirklich Sorgen. Dan war nun der zweite, der sie vor den gefährlichen Raubtieren warnte. Mit ihrem Moskitospray würde sie vermutlich nicht furchtbar weit kommen.

„Aber wie sollte ich mich verhalten, wenn nun doch einer vor mir steht?"

„Also, ich selbst habe nie einen gesehen, aber mein Vater sagte immer, wenn einer kommt, dann verhalte dich ruhig, rede mit ihm, mach dich langsam so groß wie möglich und geh langsam rückwärts. Ach, und das Zelt sollte niemals direkt neben eurer Essensstätte aufgebaut werden."

„Mhm." Paula war sich nicht sicher, wie wertvoll dieser Tipp war. Sie wischte den Gedanken weg, es würde schon nichts dergleichen passieren.

„Mach dir keine Sorgen, die Bären werden dich schon nicht fressen", lachte er, „Und falls doch, werde ich es ja am Montag sehen." Dan musste über seinen makaberen Witz selbst herzlich lachen.

Nach der Pause läutete Paula den Endspurt ein. Im Grunde waren die wesentlichen Aufgaben bereits erledigt, doch wollte sie zumindest bleiben, bis auch Christoph in den Feierabend ging. Sorgfältig prüfte sie ein zweites Mal ihre Dokumente, um sicherzustellen, nicht doch noch etwas vergessen zu haben. Doch es schien alles in bester Ordnung zu sein. Sie wollte sich mit ihren Ergebnissen gerade auf den Weg zu Christoph begeben, da sah sie ihn zufällig in ihre Richtung eilen.

„Hast du alles soweit geschafft?", erkundigte er sich.

„Ich denke schon. Willst du nochmal drüber schauen?"

„Ich denke, das wird nicht nötig sein. Ich bin sicher, du hast dir deinen freien Tag redlich verdient. Direkt morgen früh gehts los, richtig?"

Paula nickte.

„Ich hoffe, du hast schon mal einen Schlafplatz in ihrem Zelt reserviert?", grinste er schelmisch.

„Das musste ich gar nicht, sie hat ihn mir angeboten",

erwiderte Paula zufrieden.

„Hach, das ist ja alles so aufregend. Die vielen Hormone, die einen ganz verrückt machen. Ein bisschen beneide ich dich ja. Und du musst mir am Montag alles erzählen.“ Er klatschte vorfreudig in die Hände, ruderte aber dann zurück: „Natürlich nur, wenn dir das recht ist.“

„Ich hoffe es gibt dann ein paar Details, die ich dir nicht erzählen möchte“, schmunzelte Paula und errötete durch ihren eigenen Kommentar.

Paulas neu erworbene Kleidung drehte gerade die letzten Runden im Trockner und Paula nutzte die Zeit, um alles Übrige zusammenzutragen und auf ihrem Bett zu stapeln. Sie seufzte. Wie sollte sie all den Kram unterbringen? Sie brauchte einen Plan. Zunächst holte sie die soeben trocken gewordene Wäsche und begann damit, ihre Utensilien in drei Stapel zu unterteilen. In wichtig, hilfreich, aber nicht lebensnotwendig und unsinniger Luxus. Damit konnte sie tatsächlich ihr Gepäck um ein Drittel reduzieren. Jetzt galt es, ihre Habseligkeiten zu verstauen. Sie kniete sich neben ihr Bett und kramte nach einem ihrer zwei Reisekoffer, die sie darunter verstaut hatte. Mühsam und mit lautem Gepolter zerrte sie den unhandlichen Koffer hervor. Der Lärm hatte sofort Mary auf den Plan gerufen, die nun fassungslos im Türrahmen stand und sich ein Kopfschütteln nicht verkneifen konnte.

„Sag mal, ist das dein Ernst?“ Paula sah sie daraufhin fragend an. „Ich meine, du willst doch nicht wirklich dieses sperrige Ding mit zu einem Campingausflug nehmen?“

„Was soll ich denn sonst nehmen? Ich habe nichts anderes“, zuckte Paula hilflos mit den Schultern.

„Na sag doch was, ich müsste irgendwo noch einen Rucksack haben.“ Mary verschwand wieder und kurz darauf hörte Paula lautes Rumpeln aus der überfüllten Abstellkammer.

„Voilà“ Mary erschien wieder in der Tür und präsentierte Paula einen schicken Trekkingrucksack, der bis auf seine Staubschicht einen guten Eindruck machte.

„Seit wann besitzt du denn sowas?“, fragte Paula überrascht.

„Das ist ein Überbleibsel meines Ex. Er hat wohl vergessen, dass er ihn bei mir gebunkert hatte. Ich wollte ihn nicht wegwerfen, denn ich dachte, man könnte ihn vielleicht irgendwann mal gebrauchen. Und siehe da...“

„Du bist echt die Beste!“ Paula fiel Mary um den Hals und gab ihr einen Schmatzer auf die Wange.

Tatsächlich reichte der Platz des Rucksacks genau aus, um alle Habseligkeiten darin zu verstauen. Zufrieden stellte sie ihn mitsamt den neuen Schuhen in den kleinen Wohnungsflur, so dass sie ihn am nächsten Morgen nur noch schultern und damit losgehen konnte.

„So, ich glaube, ich gehe jetzt mal duschen“, beschloss Paula.

„Mach das und vergiss nicht, dich schön zu machen“, rief Mary hinterher. „Der Rasierer liegt neben der Dusche.“

„Tz, du bist manchmal echt unmöglich“, schimpfte Paula und verschwand im Badezimmer.

Nach einer ausgiebigen Dusche gesellte sie sich zu Mary ins Wohnzimmer. Diese hockte im Schneidersitz auf dem Sofa und tippte mit einem Lächeln eine Nachricht in ihr Handy. Es schien gut mit ihrem neuen Kollegen zu laufen. Zumindest vermutete Paula, dass ihm das vielsagende Lächeln galt. Mary erzählte zwar nicht besonders viel über ihr Liebesleben, aber das war typisch für sie. Seitdem sie das erste Mal unglücklich in einen Jungen verliebt war, glaubte Mary, wenn sie im Vorfeld zu viel darüber sprach, würde sie das Pech heraufbeschwören. Paula hielt das für Quatsch, nahm ihren Spleen aber so hin.

Paulas Handy vibrierte auf dem Wohnzimmertisch. Wer mochte das sein? Sie sah aufs Display und wurde überrascht. Es war Jessica. Paula hob ab.

„Hi Jessica. Wie gehts?“

„Paula, hallo. Es gibt eigentlich nichts, aber…“, holte sie aus, „ok, ich gebe es zu, ich bin einfach neugierig. Wie läuft es mit CJ?“

Paula zögerte. Wollte sie Jessica tatsächlich von dem Ausflug erzählen? Immerhin war Clementine ein sehr diskreter Mensch, zumindest aus Sicht der Frauen im Nox.

„Und du versprichst mir, mit den anderen nicht darüber zu reden?“, wollte sie vorher noch sicherstellen.

„Ehrenwort.“

„Eigentlich gibt es auch noch gar nicht so viel zu berichten. Wir werden morgen übers Wochenende zusammen campen gehen und…“ Paula wurde schlagartig unterbrochen.

„Was? Ihr verbringt ein ganzes Wochenende zusammen? Ich kann das gar nicht fassen!“ Jessica war völlig aus dem Häuschen. „Du musst mir unbedingt dein Geheimnis verraten. Seit Jahren versuchen die Frauen dieser Welt ein Date mit der Frau zu ergattern und dann kommst du daher und sie lädt dich sogar für ein ganzes Wochenende ein.“

Paula fand, dass Jessica reichlich übertrieb.

„Mal ganz langsam. Erstens ist das kein richtiges Date, wir sind da mit ihren Freunden bei einer Jam Session, und zweitens ist noch nichts passiert.“

„Oh aber es wird. Hach, ich wäre so gern dabei. Tauben beim Turteln beobachten. Herrlich“, schmunzelte Jessica.

„Nix da, du bleibst schön hier“, lachte Paula.

„Na jedenfalls wünsche ich dir ganz viel Spaß.“

„Danke, den werde ich sicherlich haben.“

Paula fand es irgendwie nett, dass sich Jessica nach ihr erkundigte. Allerdings fühlte sie sich jetzt ein wenig unter Druck gesetzt. Was, wenn sie nach ihrer Reise nichts zu berichten hatte? Jessica war bereits völlig überzeugt davon, dass sich Paula und Clementine näherkommen würden, aber Paula war sich da ganz und gar nicht sicher. Jedoch sah man als Außenstehender womöglich mehr, als Paula es vermochte und vielleicht, das wünschte sich Paula sehnlichst, behielt Jessica sogar recht.

Inzwischen hatte Mary ihr Handy beiseitegelegt und

widmete sich nun wieder Paula.

„Und was machen wir heute Abend? Ich bin schon etwas aufgeregt wegen morgen. Du musst mich irgendwie ablenken“, bat Paula.

In Marys Gesicht las Paula, dass sie bereits etwas im Schilde führte.

„Oh ja, ich habe da schon was Passendes.“ Sie griff unter das Sofakissen, zog blitzartig eine DVD hervor und hielt sie vor Paulas Nase.

„Oh nein. Nein, nein, nein. Das machst du nicht mit mir“, wehrte sich Paula energisch.

„Blair. Witch. Project. Oh doch!“, freute sich Mary diebisch. Sie legte die DVD ein und startete den Film. Eigentlich machten Paula solche Filme nichts aus. Aber in Anbetracht dessen, dass sie sich morgen um die Zeit in einer vergleichbaren Umgebung befinden würde, gefror ihr stellenweise das Blut. Sie bemerkte sehr wohl, wie Mary sie aus dem Augenwinkel beobachtete und sich köstlich über sie amüsierte. Bei einigen Szenen fuhr Paula zusammen und klammerte sich an dem Kissen fest, das sie vorsorglich schon auf ihrem Schoß bereitgelegt hatte.

„Und genau das machst du mit Clementine, wenn du dich morgen Nacht im Zelt fürchtest.“

„Sehr lustig. Fang du jetzt bitte nicht auch noch mit den Bären an?“

„Was für Bären? Gibt es da etwa Bären?“, Mary riss entsetzt die Augen auf.

„Ach, ich weiß es nicht. Sie hatte da sowas erwähnt. Aber ich gehe doch mal davon aus, dass Clementine weiß, was sie tut. Sie wird sicher nicht Jahr für Jahr dort hinfahren, wenn da ernsthafte Gefahr droht.“

„Wer weiß, vielleicht ist sie gar nicht die, die sie vorgibt zu sein und nun lockt sie dich da hin, wiegt dich zunächst in Sicherheit und…“ Im selben Moment folgte eine weitere Schreckensszene auf dem Bildschirm.

„Mary“, schrie Paula, „lass das bitte! Du solltest mich ablenken und mich nicht in ein nervliches Wrack verwandeln."

Mary krümmte sich vor Lachen bis ihr die Tränen liefen. Paula warf ihr verärgert das Kissen ins Gesicht, begann dann aber selbst zu lachen. Nachdem sich beide wieder eingekriegt hatten, war Paulas Angst verflogen. Der Lachanfall hatte dem Film den Schrecken nehmen können, so dass Paula ab jetzt entspannt weiterschauen konnte.

„Meinst du, es klappt?", fragte sie plötzlich.

„Was meinst du?"

„Na du weißt schon, Clementine. Ich."

„Ich weiß es zwar nicht hundertprozentig, aber es sieht doch alles ganz gut aus. Setz dich da nicht unter Druck."

„Du hast recht", seufzte Paula. Dann fuhr sie fort: „Aber, wenn es doch dazu kommt, dass wir… naja du weißt schon. Ich meine, was, wenn ich da irgendwas falsch mache?"

„Hattest du bei deinem ersten Freund das Gefühl was falsch zu machen?"

„Nein, eigentlich nicht", überlegte sie.

„Na also. Und da hattest du auch noch keine Erfahrung."

Das klang für Paula logisch, aber mit Logik hatte das ja leider nichts zu tun.

„Und wenn sie mich nach dem Wochenende direkt wieder abserviert?"

„Ach Süße, mach dir doch nicht so viele Gedanken. Sie macht nun wirklich nicht den Anschein, als würde sie mit dir spielen."

„Mhm", brummte Paula weiterhin unzufrieden.

„Ich weiß, du liebst Pläne. Aber in der Liebe kannst du keine Pläne machen. Lass es einfach laufen."

„Du hast recht." Paula nahm sich vor, Marys Ratschlag zu beherzigen.

Der Abspann des Films begann und Paula fielen allmählich die Augen zu.

„Sehen wir uns morgen früh noch?", fragte sie, bevor sie das Wohnzimmer verließ.

„Vermutlich nicht, ich muss echt früh los."

„Dann hab ein schönes Wochenende und nutz die sturmfreie Zeit", zwinkerte Paula.

„Vielleicht mache ich das. Mal sehen, wer von uns am Sonntag mehr zu erzählen hat."

KAPITEL 12

Überpünktlich stand Paula abfahrbereit an der Straße und hielt erwartungsvoll nach Clementines Bus Ausschau. Für die Fahrt hatte sie sich für eine Jeans mit einem bequemen T-Shirt entschieden, das Camper-Outfit sollte erst vor Ort zum Einsatz kommen. Für Frühstück hatte die Zeit nicht mehr gereicht, aber sie war ohnehin viel zu aufgeregt, um einen Bissen runterzubekommen.

Dann sah, oder vielmehr hörte sie einen rostigen, gelben Bus heran knattern. Paula war hellauf begeistert von dem Anblick des heruntergekommenen Gefährts. Genau so hatte sie sich das olle Ding, wie es Clementine genannt hatte, vorgestellt. Auf dem Dach war allerhand Campingausrüstung mit Spanngurten verzurrt und schon von Weitem erkannte Paula hinter der Windschutzscheibe Clementine hinter dem Steuer sitzen. Neben ihr auf dem Beifahrersitz saß ein vollbärtiger Mann mit Rastazöpfen. Auch in der zweiten Reihe ließen sie die Silhouetten zweiter Personen erkennen und Paula freute sich darauf, die Freunde von Clementine kennenzulernen.

Clementine trat hart auf die Bremse und mit einem kreischenden Quietschen kam das träge Gefährt neben Paula zum Stehen. Die Beifahrertür öffnete sich, der Mann mit den Rastazöpfen hüpfte lässig aus dem Wagen und kam mit einem sympathischen Lächeln auf Paula zu.

„Hi Paula, ich bin Mike.“ Er kannte bereits ihren Namen, also hatte Clementine sie offensichtlich bei ihren Freunden angekündigt. Zu gern hätte Paula gewusst, was genau sie über Paula erzählt hatte.

„Hallo Mike, schön dich kennenzulernen.“ Die beiden gaben sich die Hand.

Mike überragte Paula um mindestens eine ganze Kopflänge, er wirkte sportlich, aber seine Muskeln schien er nicht aus dem Fitnessstudio zu haben. Außerdem war er am ganzen Körper tätowiert und trug Flesh Tunnels in beiden Ohren.

„Komm, ich nehme deinen Rucksack.“ Er schnappte sich ihr Gepäck, ging zum Heck des Buses und verstaute es bei den anderen Gepäckstücken.

„Guten Morgen, Paula“, wurde sie von Clementine begrüßt, die noch immer auf dem Fahrersitz saß, „Los, komm hoch. Ich stelle dich den anderen vor.“

Paula bestieg das Trittbrett der Beifahrerseite und lehnte sich in das Fahrzeuginnere.

„Leute, das ist Paula“, Clementine machte eine einladende Geste, „Und die zwei, das sind Cody und Ted.“

Cody war schwarz, trug eine Glatze und war riesig. Sein Kopf erreichte beinahe den Himmel des Fahrzeugs. Ted sah aus wie ein typischer Sonnyboy. Mit seiner sonnengebräunten Haut, den kurzen, blonden Locken und seinem drahtigen Körper, konnte ihn sich Paula gut an einem Strand mit seinem Surfbrett unter dem Arm vorstellen.

„Los, steig ein“, forderte Clementine sie auf. Paula wollte bereits einen Schritt zurück machen, um hinten bei den Jungs Platz nehmen zu können, als Clementine prompt Einspruch erhob.

„Du sitzt hier vorne bei mir. Ich lasse dich doch nicht da hinten bei den Chaoten sitzen.“

Das brachte ihr sofortigen Protest und lautes Murren aus der hinteren Reihe ein. Doch als Fahrerin gab sie in dem klapprigen Vehikel den Ton an und somit beugten sich ihre Mitreisenden schließlich. Paula war beeindruckt, wie gut sie die Jungs im Griff zu haben schien. Ihr fiel außerdem auf, dass die Runde, abgesehen von Clementine und ihrer Wenigkeit, ausschließlich aus Männern bestand. Hatte Clementine nicht auch von wesentlich mehr Leuten gesprochen?

„Sind wir denn schon vollzählig?“

Die Runde lachte.

„Nein, wir sammeln gleich noch jemanden ein und treffen uns dann mit dem Rest der Truppe auf dem Weg. Sie wohnen nicht in New York und fahren mit ihrem eigenen Pick Up“, erklärte Clementine. Mike hatte sich inzwischen hinten Platz genommen und der Bus setzte sich mit erneutem Knattern schwerfällig in Bewegung.

„Hey, hast du Hunger?“, fragte Ted von hinten. „Wir haben Donuts dabei. Kaffee gibt’s auch.“

„Einen Donut nehme ich gern. Kaffee ist nicht so mein Ding.“ Kaum hatte sie das ausgesprochen, biss sie sich auf die Zunge. Clementine wusste nicht, dass Paula für dieses Heißgetränk in Wahrheit gar nichts übrig hatte. Und wie oft hatte sie sich jetzt Kaffee bei Clementine bestellt? Es müsste mit dem Teufel zugehen, wenn Clementine dieser kleine, aber bedeutsame Widerspruch nicht aufgefallen wäre. Und tatsächlich erkannte Paula im Augenwinkel, wie sie still in sich hinein schmunzelte. Ihr war Paulas kleiner Patzer also nicht entgangen.

In der Stadt gab es kaum ein Vorankommen. Die verstopften Straßen und die permanent roten Ampeln ließen die Reisegruppe nur in Schrittgeschwindigkeit vorwärts kommen. Hinzu kam, dass der träge Bus aus dem Stand nur mühsam in die Gänge kam, was bei den Hinterherfahrenden wiederholt Unmut auslöste, den sie mit einem beherzten Griff auf die Hupe unmissverständlich zum Ausdruck brachten. Clementine ließ sich allerdings nicht aus der Ruhe bringen, sondern machte so schnell, wie es der Bus eben zuließ. Schließlich erreichten sie eine Seitenstraße, in die sie abbogen und blieben vor einem unscheinbaren Wohngebäude stehen. Paula hielt nach einer wartenden Person Ausschau, jedoch war weit und breit niemand zu sehen.

„Typisch Nora. Da kommen wir schon zehn Minuten später und sie steht immer noch nicht vor der Tür“, schimpfte Clementine kopfschüttelnd. Mike schob die Seitentür des Busses auf, sprang raus und legte seinen Daumen auf eine der unzähligen Klingeln des Wohnhauses. Es dauerte einen Moment, da sah man durch die milchgläserne Haustür jemanden die Treppe herunter eilen. Als sich die Tür öffnete, stolperte eine zerzauste

Schwarzhaarige heraus und blickte Mike schuldbewusst an. Sie war bis oben bepackt mit Rucksack und diversen Taschen, so dass sie vom Treppe runtertragen bereits außer Puste geraten war. Mike stöhnte als er zwischen Gepäck und freiem Kofferrauminhalt hin und her sah, nahm ihr aber dann das Gepäck ab und verstaute es irgendwie zwischen den anderen Taschen. Derweil sprang Nora auf die Rückbank, begrüßte die zwei anderen Jungs mit einem kurzen High five und widmete sich dann dem ihr unbekannten Gesicht.

„Hi, ich bin Nora“, strahlte sie Paula fröhlich an.

„Paula, hallo.“

„Ja richtig, Clementine hat schon von dir erzählt. Spielst du auch?“ Paula war klar, dass sie damit ein Instrument meinte.

„Nein und glaub mir, das ist besser für euch.“

Die Truppe amüsierte sich über ihren Kommentar, verstand ihre Aussage offenbar als Scherz, doch Paula meinte es bitterernst. Sie war schon immer die musikalisch Unbegabteste, egal in welcher Runde sie sich befand. Selbst in der Schule hatten es die Lehrer irgendwann aufgegeben und ihr nicht mal mehr eine Triangel anvertraut. Wahrscheinlich konnte sich ein Musiker gar nicht richtig in sie hineinversetzen. Jedenfalls ließ die Reaktion ihrer Mitreisenden das vermuten. Doch wollte sie ihr nicht vorhandenes Talent gerade nicht genauer darlegen und ließ die Erheiterungen über ihren vermeintlichen Scherz einfach über sich ergehen.

Sie waren, dank Nora und dem unterschätzten Morgenverkehr, nun ordentlich in Zeitverzug. Erst, als sie den Innenstadtbereich passiert hatten, bot sich für Clementine freie Fahrt. Paula, die sich in einer Gruppe fremder Menschen immer erstmal zurückhielt, lauschte den Gesprächen der anderen. Es wurde viel über Musik, aber auch über persönliche Dinge gesprochen. Der Art, wie sie miteinander umgingen, konnte Paula entnehmen, dass sie sich lange kannten und eng miteinander befreundet waren.

Hin und wieder beobachtete sie Clementine, die ebenfalls wenig sprach, ihr dafür aber ein gelegentliches, liebevolles Lächeln schenkte.

So tuckerte der Bus immer weiter auf dem schier endlosen Highway in Richtung Berge. Schließlich trudelten sie mit knapp einer Stunde Verspätung am verabredeten Treffpunkt ein. Der Bus rollte langsam auf den Parkplatz eines kleinen Diners und kam direkt neben dem Pick Up des anderen Trupps zum Stehen. Das Fahrzeug war verlassen, wahrscheinlich wartete die zweite Gruppe im Restaurant. Deshalb stiegen nun auch die Businsassen aus und begaben sich zum Eingang des Diners. Clementine, so Paulas Eindruck, war darauf bedacht, sich stets in ihrer Nähe aufzuhalten. Vermutlich hatte sie Sorge, dass Paula sich inmitten all der neuen Gesichter unwohl fühlte. Eine unnötige, aber überaus süße Maßnahme, wie Paula fand.

Bereits beim Betreten des Diners hatte Clementine ihre Freunde entdeckt und auch ihnen war das Auftauchen der neuen Gäste nicht entgangen. Während Clementine mit Paula an den Tisch herantrat, bestellten sich Mike und Ted am Tresen noch eine Kleinigkeit zu essen. Paula sah sich vier neuen, unbekannten Gesichtern gegenüber. Zwei davon glichen sich bis aufs Haar, offenbar waren die beiden Jungs, die Paula auf Mitte zwanzig schätzte eineiige Zwillinge. Ihnen gegenüber saßen ein Mann und eine Frau. Der junge Mann mit den zerzausten Haaren schien der Jüngste in der Runde zu sein. Vermutlich stand ihm das zwanzigste Lebensjahr noch bevor. Er wirkte auf den ersten Blick schüchtern, aber durchaus sympathisch. Die Frau wirkte wesentlich reifer. Sie trug langes, welliges Haar, hatte volle Lippen und war extrem schlank, verfügte dafür allerdings über ein großzügiges Dekolleté.

„Also Paula, das hier sind Romeo und Carlos, unsere Zwillinge“, stellte Clementine die nicht zu unterscheidenden Männer vor. Dann machte sie eine präsentierende Handbewegung zur gegenüberliegenden Tischseite: „und hier haben wir noch Rachel und

Sebastian."

Auch diesmal wurde Paula von allen herzlich in Empfang genommen. Mit Ausnahme von Rachel, die nur kurz nickte und sich sofort wieder ihrem Handy widmete. Doch daran störte sich Paula nicht. Ihr Blick blieb vielmehr immer wieder an den beiden Brüdern hängen, deren Gesichter selbst für eineiige Zwillinge verblüffend gleich aussahen. In Deutschland war Paula mit weiblichen Zwillingen befreundet, die sich im Mutterleib ebenfalls ein Ei geteilt hatten, aber dennoch ließen diese beiden sich eindeutig unterscheiden. Immerhin trugen Romeo und Carlos unterschiedliche Kleidung, das würde es Paula leichter machen.

„Braucht ihr noch einen Moment? Dann gehe ich nämlich noch mal zur Toilette", sagte Romeo. Oder war es Carlos? Na toll, es ginge wohl jetzt schon mit dem Durcheinander los. Paula pustete seufzend aus. Vor der Weiterfahrt die Toilette aufzusuchen, war keine schlechte Idee. Womöglich war hier die letzte Chance für die nächsten Tage, sich auf halbwegs zivilisierte Art zu erleichtern.

Paula drückte die Spülung der Toilette und trat aus der Kabine heraus. Zu ihrem Erstaunen stand da Clementine, ihr den Rücken zugewandt, am Spülbecken und wusch sich die Hände. War sie schon die ganze Zeit da gewesen? Paula hatte doch gar niemanden zur Tür hereinkommen hören. Clementines Spiegelbild sah auf und lächelte Paula an.

„Und, was sagst du zu dem verrückten Haufen?"

„Sie scheinen alle sehr nett zu sein." Paula wusch sich am anderen Waschbecken die Hände.

„Oh, warte es ab", lachte Clementine und winkte dann ab, „Nein, sie sind wirklich alle nett."

„Ich hoffe, bei den vielen neuen Gesichtern verwechsle ich nicht ständig die Namen. Bei den beiden Zwillingen wird das sicher besonders heikel", befürchtete Paula.

„Ach, die sehen das alle nicht so eng", versuchte Clementine sie zu beruhigen, fügte dann aber murmelnd hinzu, „Bis auf vielleicht Rachel. Aber, das ist eine andere Sache."

Rachel, das war Paula aufgefallen, hatte eben bereits recht teilnahmslos am Tisch gesessen. Und Paula wüsste zu gern, was es mit Clementines Kommentar auf sich hatte. Doch hatte sie nicht das Gefühl, als wollte Clementine sich genauer darüber äußern.

Nachdem sich die Gruppe wieder zusammengefunden hatte, setzte sich die kleine Kolonne, bestehend aus Bus und Pick Up, in Bewegung. Clementine fuhr voraus, so war es mit den anderen abgesprochen. Während die anderen vor sich hin dösten, hatte sich Paula gemütlich ans Fenster der Beifahrerseite gelehnt, blickte gedankenverloren hinaus und ließ die Umgebung auf sich wirken. Sie genoss es, das hektische Treiben New Yorks hinter sich gelassen zu haben und nun auf weite Landschaften und menschenleere Natur blicken zu können. Wenige Zeit später begann sich das Landschaftsbild erneut zu verändern. Statt flacher, weitläufiger Felder, umgaben sie nun immer dichter werdende Bäume. Ganz offensichtlich waren sie nicht mehr weit von ihrem Ziel entfernt. Mühsam kämpfte sich der Bus die immer steiler werdende Steigung hinauf, tat aber, wenn auch unter ächzendem Protest, seinen Dienst. Schließlich bogen sie in eine unscheinbare, schlecht befestigte Seitenstraße ab und fuhren nun durch ein dicht bewachsenes Waldstück, bei dem einige Äste so tief in die Straße hineinragten, dass einige die Frontscheibe touchierten und sich wie ausgefahrene Krallen am Lack des Busses zu schaffen machten. Nachdem sie die scheinbar nicht enden wollende Straße endlich passiert hatten, lichtete sich der Wald schlagartig und es bot sich ihnen der atemberaubende Blick auf einen wunderschönen Waldsee, den Paula in dieser Größe nicht erwartet hatte. Begeistert drückte sie ihre Nase nun noch dichter an die Beifahrerscheibe und brachte ihre Verzückung mit einem fassungslosen „Wow" zum Ausdruck. Als sie sich darauf wieder zu Clementine umdrehte, blickte sie in ein zufrieden schmunzelndes Gesicht.

„Ich fahre nun seit Jahren hierher, aber mir geht es auch immer noch so, wenn ich nach einem Jahr wieder herkomme.“

„Das ist wirklich der perfekte Ort zum Chillen“, meldete sich Cody aus der zweiten Reihe zu Wort.

Ihr Weg führte sie jetzt direkt um den See herum, so dass Paula ihn in den unterschiedlichsten Perspektiven präsentiert bekam. Wenn kein Wind ging, wurde seine Oberfläche spiegelglatt und es schien beinahe so, als befinde sich in ihm eine Parallelwelt, in die man hätte hineinhüpfen können. Schließlich bog Clementine ein weiteres Mal und diesmal auf einen unbefestigten, Gras-überwucherten Pfad ab. Paula hätte ihn im Vorbeifahren gar nicht als solchen wahrgenommen. Sie wurden ordentlich durchgeschüttelt, denn der Weg war durchzogen mit tiefen Löchern und herausragenden, glatt geschliffenen Steinbrocken. Man hörte, wie der Bus mit seinem Kühlergrill die hohen Grasbüschel mitnahm, als fresse er sich den Weg zu seinem Ziel frei.

Clementine stoppte den Wagen schließlich auf einem grasbewachsenden Plateau, das einen sagenhaften Blick über die gesamte Umgebung bot. Paula stieg sofort aus, drehte sich fasziniert in sämtliche Richtungen und sog die sich ihr darbietenden Bilder in sich auf. Dieser Fleck war ein wahrer Geheimtipp, völlig abgeschieden vom Rest der Zivilisation. Weit und breit gab es weder Häuser, noch waren andere Menschen zu sehen. Sie standen inmitten der unberührten Natur und Paula konnte kaum glauben, dass sie sich noch vor wenigen Stunden in einer so dicht besiedelten Stadt wie New York befunden hatten. Eigentlich würde sie sich jetzt in ihrem künstlich beleuchteten Büro befinden, in den Computer starren und nicht mal die Kollegen in der Nähe wahrnehmen. Das hier war dagegen ja so viel besser und sie beschloss, bei ihrer Rückkehr Christoph zum Dank zu einer Pizza einzuladen.

Die anderen entluden bereits eifrig die

Campingausrüstung. Paula eilte dazu, denn auch sie wollte natürlich ihren Teil beitragen. Sie sah sich einem eingespielten Team gegenüber. Alles klappte Hand in Hand, ohne große Worte über die notwendigen Handgriffe verlieren zu müssen. So war es für Paula anfangs nicht leicht, sich nahtlos in die Arbeitsabläufe einzureihen. Ted übertrug ihr die Aufgabe, mit dem Aufbau der Zelte zu beginnen, wies aber darauf hin, dass sie die Schlafunterkünfte abseits vom restlichen Camp platzieren musste. Sofort fiel Paula Dans Warnung wieder ein. Sollte es hier tatsächlich Bären geben? Unweigerlich sah sie sich mit einem mulmigen Gefühl um und kam sich im nächsten Moment blöd vor. Natürlich würde am helllichten Tag und bei dem Tumult, den die Gruppe gerade verursachte, kein Bär vorbeispazieren. Sie hätte Ted einfach nach den Bären fragen können, doch wollte sie nicht sofort als die ängstliche und ahnungslose Städterin abgestempelt werden.

Romeo und Carlos bereiteten derweil das Lagerfeuer vor. Sie hoben mit einem Spaten ein Loch aus und suchten nach Steinen für die Umrandung. Paula stellte sich vor, wie gemütlich es am Abend um das Feuer sein würde. Mike steckte den Weg zwischen Zeltplatz und Lagerfeuer mit Fackeln ab und rollte anschließend abgesägte Baumstämme als Sitzgelegenheiten rund um das Lagerfeuer heran. Scheinbar hatten diese Stämme nicht ihren ersten Einsatz, denn die Rinde war bereits abgenutzt. Ted und Cody kümmerten sich um den Aufbau eines kleinen Generators, der als Stromversorgung dienen sollte. Sie wurden sich allerdings nicht darüber einig, wie sie am sinnvollsten das Stromkabel verlegen sollten.

„Och Jungs, macht es einfach wie letztes Jahr. Da hat doch alles bestens funktioniert", kommentierte Nora den Streit in einem genervten Tonfall, woraufhin beide zuerst beleidigt brummten, aber ihr schließlich recht gaben. Nora hatte sich daran gemacht, mit Rachel einen Pavillon aufzubauen, der, wie sie Paula kurz zuvor erklärt hatte, am Ende die provisorische Küche ergeben sollte. Und

Clementine gesellte sich, nachdem der Bus vollständig entladen war, zu Paula. Paula hatte bereits gehofft, dass sie mit dem Zeltaufbau nicht gänzlich allein gelassen würde. Dass ausgerechnet Clementine ihre Unterstützung war, freute sie natürlich ganz besonders.

Mit geübten Handgriffen nahm Clementine die Einzelteile des ersten Zelts aus der Stofftasche. Das tat sie augenscheinlich nicht zum ersten Mal, vermutlich hätte sie die Stoffbehausung sogar im Schlaf aufbauen können. Paula kam sich anfangs ein wenig hilflos vor, wollte aber unter keinen Umständen vor Clementine ungeschickt, oder gar unfähig erscheinen. Fakt war aber, dass sie in ihrem ganzen Leben noch kein Zelt aufgebaut hatte. Clementine bemerkte ihre Unsicherheit sofort und gab ihr auf charmante Weise, ohne dabei belehrend zu klingen, einige hilfreiche Hinweise, so dass die Zusammenarbeit danach einwandfrei funktionierte. Spätestens ab dem dritten Zelt waren die beiden so eingespielt, dass Paula über ihre Handgriffe gar nicht mehr nachdenken musste.

„Danke, dass du mich mitgenommen hast. Es ist wirklich traumhaft schön hier."

„Ich danke, dass du mitgekommen bist. Sonst hätte ich allein in meinem Zelt schlafen müssen. Und hier wird es nachts verdammt kalt", grinste Clementine schelmisch und suchte dabei bewusst Augenkontakt. Paula musste schlucken. Hatte Clementine gerade mit ihr geflirtet? Oder bildete sie sich das ein? Sicher sollte sie nicht jedes Wort auf die Goldwaage legen, aber diesmal fand sie ihre Vermutung nicht ganz abwegig. Es waren weniger die Worte, als vielmehr dieser Blick, der Paula ganz durcheinandergebracht hatte. Sie suchte nach einer passenden Antwort, doch mehr als ein zustimmendes und äußerst dämlich klingendes „Mhm" brachte sie nicht über die Lippen.

Sie bauten insgesamt fünf Zelte auf. Das Zelt ganz außen, bei dem sie gerade die letzten Heringe im Boden versenkten, war Clementines. Damit war der Aufbau der

Schlafunterkünfte abgeschlossen. Zu guter Letzt reichte Clementine ihr eine zusammengefaltete Luftmatratze, sowie einen Blasebalg und bat Paula darum, die Matratze im Zelt schon mal aufzupumpen, während sie ihre Rucksäcke, sowie jeweils zwei Schlafsäcke und Kissen holen wollte.

Bereits während des Aufpumpens der Luftmatratze kam ihr die Gummiunterlage beunruhigend schmal vor. Das Etikett behauptete zwar, dass diese Matratze für zwei Personen geeignet war. Allerdings hatte der Hersteller bei seiner großzügigen Behauptung nicht bedacht, dass unter gewissen Umständen mit jedem fehlenden Zentimeter, zumindest bei einer Person, das Herzinfarktrisiko exponentiell stiege. Bereits jetzt spürte Paula, wie ihr Herz allein bei der Vorstellung an die heutige Nacht zu rasen begann. Clementine war mit den letzten Utensilien ans Zelt zurückgekehrt und reichte Paula die Rucksäcke, die Schlafsäcke, sowie die Kissen ins Zelt.

„Die anderen werden ihre Luftmatratzen selbst aufblasen. Leg den Blasebalg einfach rüber", erklärte Clementine, „Ich gehe schon mal rüber und schaue, wie weit die anderen mit der Küche sind."

„Ok, ich komme auch gleich nach", erwiderte Paula.

Da nun alles soweit aufgebaut war und Paula sich ohnehin noch im Zelt befand, wollte sie die Jeans gegen ihre neue kurze Hose tauschen. Nachdem sie sich das Textil übergestreift hatte und Paula die Luft auf ihren Beinen spürte, fand sie die Hose plötzlich doch ein bisschen knapp. Doch es war warm und das war ihre einzige kurze Hose, also blieb ihr keine Alternative. Auf dem ganzen Weg zum Hauptcamp zupfte sie an der Hose herum, versuchte noch einige Zentimeter rauszuschlagen. Allerdings ohne Erfolg. Paula seufzte. Die Hose war und blieb knackig kurz. Mit ihrer Figur konnte sie sich ein solches Outfit durchaus leisten. Aber sie trug derart knappe Kleidung selten, deshalb fühlte sie sich darin etwas unwohl. Als sie die Küche erreichte und Clementine sich zu ihr umdrehte, glaubte Paula ein erstauntes, aber zugleich interessiertes Aufblitzen in ihren Augen registriert zu haben. Jedoch war der Moment so kurz, dass Paula sich auch das wieder nur eingebildet haben konnte.

Damit die allgemein anstehende Arbeit nicht an einigen Wenigen hängen blieb, wurden die Aufgaben, zumindest für diesen Abend, an die Campbewohner verteilt. Paula meldete sich für den Küchendienst, zusammen mit Nora. Bis dahin blieb aber noch Zeit, so dass die Gruppe nun erstmal ihre freie Zeit genießen konnte.

„Paula“, sagte Clementine, „ein paar von uns wollen runter zum See. Kommst du mit?“

„Klar gerne.“

Zusammen mit Clementine, Cody und Ted stieg Paula den felsigen Hügel hinab, bis sie eine kleine, Strand-ähnliche Bucht mit einem flachen Zugang zum See erreichten. Paula hatte ihre Schuhe ausgezogen und tauchte ihre Füße in das sonnengewärmte, seichte Wasser. Glasklar war das Wasser, so dass Paula in der Nähe des Schilfs einen Schwarm winziger Fische erkennen konnte. Auch die anderen hatten sich ihrer Schuhe bereits entledigt. Sie sah zu ihnen auf, als Ted plötzlich lauthals dazu aufrief: „Also Leute, ab ins Wasser.“

Was? Paula sah ihn irritiert an. Sie wollten jetzt baden gehen? Sie hatte doch gar keine Badesachen mit. Noch während sie das dachte, begannen die anderen ihre Kleidung abzulegen. Einschließlich Clementine. Paula wollte wegsehen, doch Clementines Anblick zog sie magisch an. Ted und Cody blendete sie völlig aus. Wiederholt zwang sie sich, in eine andere Richtung zu sehen, doch wanderten ihre Augen ständig wieder zu diesem makellosen und überaus gut proportionierten Körper. Dabei hatte sie Clementine doch bereits in Unterwäsche gesehen. Doch da war es dunkel und sie hatte eher eine Silhouette vor Augen gehabt. Jetzt aber stand sie da, im hellen Sonnenschein. Nichts, das irgendetwas zu verstecken vermochte. Stück für Stück entblößte sich Clementine weiter und Paula konnte nichts dagegen tun. Und war es plötzlich auch wärmer geworden?

Paulas Wangen fühlten sich auf einmal unnatürlich heiß an. Heiß, das war wohl auch das Wort, womit man Clementine hätte beschreiben können. Noch trug Clementine ihren Slip und auch ihren BH, an dessen Verschluss sie allerdings bereits rumfingerte. Paulas Kehle wurde schlagartig staubtrocken und sie hielt es im Moment für absolut machbar, den gesamten See in einem Zug leertrinken zu könnten.

„Willst du nicht mit ins Wasser?“, rief Clementine zu ihr herüber. Sie wollte sogar liebend gern ins Wasser. Eine Abkühlung war wahrscheinlich das einzige Heilmittel, was sie vor dauerhaften Schäden an ihrem überhitzten Kopf bewahrte.

„Ähm, ja. Doch.“ stotterte Paula.

Gerade wollte Clementine ihren BH zu Boden fallen lassen, da drehte sich Paula in letzter Sekunde weg. Sicher wirkte ihr Verhalten auf die anderen recht verwunderlich. Deshalb versuchte sie es zu überspielen und begann damit, sich ebenfalls hastig zu entkleiden. Obwohl sie das Gefühl hatte, ihre Kleidung in Windeseile abgeworfen zu haben, waren die anderen jetzt bereits im Wasser. Paula war somit die einzige, die sich noch am Strand befand und war jetzt erst recht auf dem Präsentierteller. Sie empfand das im Vergleich zur Situation von eben jedoch als das wesentlich erträglichere Übel.

Sie schlüpfte noch schnell aus ihrem Slip und eilte nun ebenfalls ins Wasser, um endlich für einen Moment abtauchen zu können. Der flache Zugang reichte allerdings viel weiter in den See, als es Paula lieb war. Nur zentimeterweise verschwanden ihre Beine im Wasser. Sie blickte sich nach den anderen um. Die Jungs waren bereits weit rausgeschwommen und achteten nicht auf sie. Clementine jedoch hatte auf Paula gewartet und trieb etwa drei Dutzend Meter vor ihr im See. Sie hatte also einen exzellenten Ausblick auf Paulas unverhüllten Körper. Doch sie erlaubte sich nur einen flüchtigen Blick in Paulas Richtung und tauchte anschließend unvermittelt ab. Es war vielleicht kindisch, aber irgendwie war Paula über das nicht vorhandene Interesse enttäuscht. Fand Clementine ihren Anblick etwa so schrecklich? Oder konnte sie einem Frauenkörper eben doch nichts Sexuelles abgewinnen und Paula hatte sich die vorherigen Signale nur eingebildet?

Die Konturen von Cody und Ted wurden in der Ferne immer kleiner und auch von Clementine war seit ihrem Abtauchen nichts mehr zu sehen. Paula hielt nach Bewegungen im Wasser Ausschau, als plötzlich ohne jegliche Vorwarnung Clementine aus dem Wasser geschossen kam, nach ihr schnappte und sie unter Wasser tauchte. Als Paula die rettende Wasseroberfläche wieder erreichte, schnappte sie keuchend nach Luft.

„Du bist ja sowas von hinterlistig“, schimpfte sie.

„Das musste einfach sein. Ich hatte, soweit ich weiß, noch einen gut bei dir.“ Clementine bezog sich auf den Abend am Strand in New York

„So, so. Muss ich mit weiteren Überfällen rechnen, oder bin ich ab jetzt sicher vor dir?“, fragte Paula skeptisch und war sich der Doppeldeutigkeit ihrer Worte gar nicht bewusst.

„Wer weiß das schon“, antwortete Clementine verschmitzt.

Beide ließen sich jetzt still im See treiben, so dass sich die Wasseroberfläche zu beruhigen begann. Damit gab das glasklare Wasser den Blick nach unten frei, so dass sich für Paula eine ungehinderte Sicht auf Clementines Brüste ergab. Die dunklen Brustwarzen hatten sich durch das kühle Wasser zu spitzen Knospen zusammengezogen und in Paula erwachte das unaufhaltsame Bedürfnis, diese weichen Rundungen mit den verführerisch harten Spitzen berühren zu wollen. Um nicht völlig den Verstand zu verlieren, wirbelte sie die Wasseroberfläche mit einer unauffälligen Handbewegung auf, so dass der See Clementines Körper vor Paulas gierigem Blick schützen konnte. Paula kannte diese unkontrollierbare und intensive Form der Erregung nicht. In ihrem bisherigen Leben hatte sie ihre Lust viel besser steuern können und es machte sie wahnsinnig, dass es dieser Frau so mühelos gelang, sie dieser Selbstbeherrschung zu berauben. Der Drang, Clementine berühren zu wollen war stellenweise so stark, dass es sie regelrecht schmerzte, diesem Impuls zu widerstehen. Einzig die Angst vor einer Abweisung ließ sie die nötige Kraft dazu aufbringen. Was machte diese Frau bloß mit ihr? Und wie, um Himmels willen, sollte sie eine ganze Nacht neben ihr überstehen?

Im Augenwinkel sah sie, dass weitere Personen am Ufer eintrafen. Es waren Nora und Rachel, die im Begriff waren, sich auszuziehen, um ebenfalls ein Bad im See zu nehmen. Nachdem sie eine tiefere Stelle erreicht hatten, schwammen die beiden zu ihnen herüber und berichteten, dass die Küche soweit eingerichtet wäre und, dass der Rest heute nicht mehr baden wollte. Danach gerieten sie ins allgemeine Plaudern. Wieder einmal ging es um Musik, speziell um ihre letzten Gigs. Obwohl Paula nichts zum Gespräch beisteuern konnte, fand sie die Unterhaltung interessant. Clementine und auch Nora gaben sich bei ihren Erzählungen Mühe, Paula so ins Gespräch einzubinden, dass sie ihnen folgen konnte. Rachel hingegen, zumindest war das Paulas Eindruck, ignorierte sie erneut. Sie hatte bislang kein einziges Mal das Wort an Paula gerichtet. Paula wollte ihrem Verhalten allerdings nicht allzu große Bedeutung zumessen. Vielleicht verhielt sie sich generell Fremden gegenüber erstmal zurückhaltend.

Cody und Ted trafen soeben schnaufend, aber gut gelaunt am Ufer ein. Scheinbar hatten sie ihren kleinen Schwimmwettkampf beendet und waren nun auf den Weg zurück ins Camp. Die Frauen beschlossen, sich ihnen anzuschließen und schwammen ebenfalls an den Strand, wo sie sich T-Shirt und Slip überstreiften und den Rest ihrer Kleidung unter den Arm klemmten. Paula war für jedes Kleidungsstück, das Clementine am Leib trug dankbar. Und auch sie selbst fühlte sich mit diesem Mindestmaß an Stoff auf ihrer Haut wieder wesentlich wohler. Zumal sie sich der hiesigen Wildnis ohnehin schutzlos ausgeliefert fühlte. Einem hungrigen Schwarzbären zu begegnen, war bereits ohne zusätzliche Widrigkeiten beängstigend genug. Vor einem Bären nackt die Flucht ergreifen zu müssen, wollte sich Paula lieber nicht ausmalen.

Als sie das Camp erreichten, fiel Paula zuerst auf, dass das Lagerfeuer bereits für den Abend vorbereitet war. Holzscheite waren sorgfältig zu einem spitzen Turm gestapelt und darunter erkannte sie einen trockenen Ballen Stroh. Auch die Küche hatte Formen angenommen. Paula war überrascht, wie gut sie ausgestattet war. Es gab eine kleine Spüle, zwei Herdplatten und einen Wasserkocher, der gerade Dampf ausspie, weil sich Nora einen Tee zubereiten wollte. Außerdem hatten sie eine große Wanne mit Wasser aufgestellt, in der das Bier und alle anderen Getränke kühl lagerten.

„So Ted, der Grill steht bereit. Du kannst also loslegen." Einige Meter hinter dem Pavillon konnte Paula den Grill, den Mike gerade erwähnte, ausmachen.

„Hilft mir jemand, das Fleisch rüberzutragen?", fragte Ted in die Runde.

„Ich helfe dir", meldete sich Paula kurzerhand zu Wort.

Ted deutete auf eine der großen Aluminiumboxen. Paula nickte, beide schnappten sich jeweils einen Griff und transportierten das Fleisch zum Grillplatz. Ted kümmerte sich zuerst um das Entzünden des Grillfeuers, während Paula die Box öffnete und sich einen Überblick über das Grillgut verschaffte.

„Warum steht der Grill so weit abseits?", wollte Paula wissen.

„Wegen der Viecher, die werden durch die Gerüche angelockt. Tagsüber passiert da nichts, aber nachts kommen sie gelegentlich. Deshalb gibt es für die Aluminiumbox sogar ein Vorhängeschloss", erklärte er ihr.

Paula hob zweifelnd eine Augenbraue. Er wollte ihr doch jetzt nicht allen Ernstes sagen, dass die Tiere Truhen mit Schnappverschlüssen aufbekommen?

„Schau nicht so. Ich veralbere dich nicht“, lachte er. „Hast du schon mal einen Waschbären in Aktion gesehen? Die sind echt schlau.“

Waschbären? Paula seufzte erleichtert auf. An diese kleinen possierlichen Tierchen hatte sie gar nicht gedacht. Wenn es tatsächlich nur diese süßen Bärchen mit ihrer Panzerknackermaske und ihren geschickten, kleinen Händchen waren, vor denen sie sich hier schützen mussten, dann brauchte Paula wenigstens nicht um ihr Leben fürchten.

„Du und Clementine, woher kennt ihr euch eigentlich?“, wollte Ted wissen. Paula begann unweigerlich zu schmunzeln. Streng genommen hatten sie sich zuerst in Paulas Träumen kennengelernt. Doch das behielt sie besser für sich.

„Mein Büro ist gegenüber von ihrer Arbeitsstelle und ich brauchte Kaffee für ein Meeting“, antwortete sie stattdessen.

„Oh, das heißt, du hast sie noch gar nicht spielen hören?“

„Doch, ich habe sie neulich im Nox gesehen.“

„Ah, verstehe“, nickte er erkenntnisreich, als hätte sie ihm damit etwas zwischen den Zeilen mitgeteilt, „Sie ist gut, oder?“

„Sie ist fantastisch. Ihre Musik geht wirklich unter die Haut und ihre Stimme... großartig…“, lächelte sie in sich hinein. Ted blickte sie von der Seite an und grinste, erwiderte jedoch nichts.

Die Kohle glühte inzwischen tiefrot, so dass Ted nun den Rost auflegte und damit begann, das Fleisch auf ihm zu platzieren. Die marinierten Steaks zischten als sie das heiße Rost berührten und gaben in Rauchwolken ihr köstliches Aroma frei. Paula lief sofort das Wasser im Mund zusammen und ihr Magen signalisierte ihr, dass es höchste Zeit für sofortige Nahrungsaufnahme war.

„Ich glaube, ich trete mal meinen Küchendienst an. Sicher gibt es da schon was zu tun.“

„Mach das. Und sag Mike, er soll mir ein Bier und Teller für das Fleisch bringen."

Paula betrat den Pavillon und entdeckte Nora, die bereits fleißig am Werkeln war. Vor ihr lagen die Zutaten für einen Salat, die sie nacheinander in mundgerechte Stücke schnitt. Gerade kämpfte sie unter Tränen gegen eine Zwiebel, die ihren Kampf scheinbar nicht so schnell aufgeben wollte. Paula wollte Nora zur Hand gehen, suchte sich ein scharfes Messer und ein Schneidebrett und nahm auf der gegenüberliegenden Seite des kleinen Tisches Platz. Sie schob Noras Bier ein Stück zur Seite. Dabei fiel ihr wieder ein, worum Ted sie gebeten hatte.

„Mike, ich soll dir von Ted ausrichten, dass er ein paar Teller und ein Bier gebrauchen könnte", rief sie in seine Richtung.

„Alles klar, wird erledigt", erwiderte er.

Nora hatte mittlerweile die Zwiebel erfolgreich bezwungen und wischte sich mit ihrem Ärmel die Tränen aus den Augenwinkeln.

„Ich finde es übrigens gut, dass du mitgekommen bist. Wir Mädels sind eh schon immer in der Unterzahl, da können wir Verstärkung gut gebrauchen."

„Ich freue mich auch hier zu sein. Und ich wurde ja auch nett von allen empfangen."

„Bin gespannt, was du sagst, wenn nachher am Lagerfeuer gespielt wird."

„Oh, da bin ich auch gespannt. Ich bewundere Menschen mit musikalischem Talent. Wenn mir eines nicht in die Wiege gelegt wurde, dann das."

„Ach, ich bin der Meinung, niemand ist unmusikalisch. Man hat dann nur noch nicht das richtige Instrument für sich entdeckt."

Paula erinnerte sich an den Flötenunterricht nach der Schule, den ihre Mutter ihr aufgezwungen hatte. Niemand hatte Frau Zenker leiden können. Aber Paula, die sich als Kind schnell hatte einschüchtern lassen, hatte es bei ihr besonders schwer. Die überaus strenge Musiklehrerin tolerierte keine falschen Töne und stand bei jedem Ansatz eines krummen Tons sofort parat, funkelte sie von oben an und schrie „Falsch, falsch, falsch. Paula. Wie oft willst du deine Fehler noch wiederholen? Einen Schritt vorkommen. Alle anderen still. Los, Kind, und nun spiel es nochmal.“ Paula hatte den Unterricht gehasst. Doch ihre Mutter hatte darauf bestanden, dass sie wenigstens ein Instrument in ihrem Leben erlernte. Erst als Paula im Werkunterricht auf die Idee kam, ihre Blockflöte kurzerhand in zwei Teile zu zersägen, hatte ihre Mutter schließlich aufgegeben und Paula musste Frau Zenker nie wieder unter die Augen treten. Immerhin hatte der alte Besen ihr die Musik nicht generell vermiesen können. Sie hörte sie noch immer leidenschaftlich gern. Besonders liebte Paula die sanften Klänge der Gitarre, zusammen mit den weichen Tönen einer weiblichen Stimme. Besonders diese eine Stimme konnte ihr Herz zum Schmelzen bringen...

„Wir werden schon herausfinden, ob da noch irgendwas Unentdecktes in dir schlummert“, beschloss Nora und riss Paula aus ihren Gedanken.

Wo war Clementine überhaupt? Sie hatte sie seit der Rückkehr vom Schwimmen gar nicht mehr gesehen. Paulas Blick wanderte über das Camp. Clementine war weit und breit nicht zu sehen. Doch dann entdeckte Paula sie in der Ferne bei den Zelten. Sie stand da mit Rachel und unterhielt sich. Paula konnte die beiden nicht hören, erkannte jedoch, dass sie sehr gestenreich miteinander sprachen. Rachel hatte inzwischen die Arme verschränkt und war einen Schritt zurückgetreten.

„Streiten die beiden?“ Paula machte Nora auf die zwei aufmerksam.

„Das kann gut sein. Seitdem die beiden letztes Jahr…“ Doch Nora führte ihren Satz nicht zu Ende. „Ach, das soll Clementine dir selbst erzählen.“

Paula hatte Clementine noch nie so aufgebracht gesehen. Im Vergleich zu Rachel wirkte sie allerdings noch ruhig. Rachel war offensichtlich wirklich nicht gerade einfach,

Paulas Instinkt hatte sie also nicht getäuscht.

Paula und Nora hatten mit flinken Händen den Tisch gedeckt, Ted hatte die duftenden Grillteller mitgebracht und alle versammelten sich nun am reichlich gedeckten Tisch. Clementine wählte einen Platz neben Paula, worauf Paula insgeheim gehofft hatte. Sie wollte umgekehrt nicht den Eindruck bei Clementine hinterlassen, ihr den gesamten Aufenthalt am Rockzipfel zu hängen und ließ Clementine deshalb den Vortritt. Das Essen schmeckte fantastisch. Sie alle langten genüsslich zu und stießen auf das diesjährige Treffen gemeinsam an. Danach gaben sie die alten Anekdoten der vergangenen Jahre zum Besten.

„Sebastian, weißt du noch, wie du letztes Jahr die Spinne im Zelt hattest?“, erinnerte sich Mike.

Alle am Tisch fingen an zu grölen. Mike klärte Paula auf: „Er hat panisch versucht, aus seinem Zelt zu flüchten, hat aber das Fliegengitter vergessen zu öffnen. Also hat er sich mit seinem Zelt überschlagen und ist fast den gesamten Abhang runtergerollt.“

„Und warum ist das passiert? Weil der Herr ja meint, Zeltheringe seien überbewertet“, fügte Cody schulterzuckend hinzu.

„Das Beste kommt ja noch“, kicherte Nora, „Nachdem wir ihn endlich aus seinem Zelt befreit hatten, spazierte die Spinne, die übrigens winzig war, völlig unbeeindruckt und in Seelenruhe heraus.“

„Sie war gar nicht so klein“, maulte Sebastian beleidigt. „Und außerdem sind die Kleinen meist die Gefährlichsten.“

Wieder ertönte schallendes Gelächter.

„Hey Paula, hast du vor irgendwelchen Tieren Angst?“, fragte Mike.

Eigentlich war sie kein übertrieben ängstlicher Mensch. In Deutschland existierten allerdings auch kaum Tiere, die eine tatsächliche Gefahr für den Menschen darstellten. Doch jetzt, wo sich die schrecklichen Geschichten häuften und sie sich in einer ihr unbekannten Umgebung befand, war sie tatsächlich verunsichert. Doch das würde sie vor der grinsenden Meute unter gar keinen Umständen zugeben.

„Nein, eigentlich nicht“, versuchte sie es möglichst lässig klingen zu lassen.

„Na, dann ist ja gut. Mal sehen, was du nach deiner ersten Nacht hier draußen sagst“, grinste Cody.

„Jetzt übertreibt mal nicht“, ging Clementine dazwischen, „Außer ein paar Waschbären und dem bisschen Ungeziefer habt ihr doch selbst noch keine Tiere zu Gesicht bekommen.“

„Aber gehört“, bemerkte Cody.

„Ihr seid echte Spinner. Und nun räumt mal eure Teller zusammen. Wir haben heute schließlich noch was vor.“ Clementine Ansage hatte Gewicht, denn sofort folgten sie ihrer Anweisung. Die restlichen Campbewohner taten es ihnen nach und in Windeseile war der Tisch abgeräumt. Blieb noch der Abwasch für den Küchendienst, der am heutigen Abend auf Nora und Paula fiel.

„Sei froh, dass du dich direkt für heute Abend gemeldet hast. Dann kannst du danach den Rest des Wochenendes genießen“, zwinkerte Nora Paula zu.

Nora war unglaublich nett. Paula fühlte sich in ihrer Gegenwart kein Bisschen unwohl. Im Gegenteil, sie hätte gut und gerne eine langjährige Freundin sein können.

Noch während sie die letzten Teller trockneten, hörten sie bereits die ersten Instrumente erklingen. Cody hatte sich eine Djembé geschnappt und stimmte einen langsamen Rhythmus an. Auch Clementine hockte bereits mit ihrer Gitarre auf dem Boden und begann, den Rhythmus mit einigen Akkorden zu begleiten. Allmählich setzte die Dämmerung ein. Die abtauchende Sonne färbte den Himmel blutrot und die aufziehende, noch warme Brise zog durch die Bäume und versetzte die Blätter in ein gleichmäßiges Rauschen, die zusammen mit den zaghaften Klängen der Gitarre eine wohlige Behaglichkeit erzeugten. Paula schloss für einen Moment die Augen, sog dir würzige Waldluft ein und genoss den friedvollen Moment. Die Gruppe bildete nun einen Kreis um das Lagerfeuer, das soeben von Romeo entzündet wurde. Auch Nora und Paula stießen nach ihrem Abwasch dazu. Mike verteilte die Getränke, bevor er sich schließlich neben Paula niederließ. Auch er besaß eine Gitarre, die er jetzt aufnahm und ebenfalls in Clementines Melodie einstimmte. Seine Augen hielt er während seines Spiels geschlossen. Paula erkannte an seinem versonnenen Lächeln, dass er sich bereits nicht mehr an diesem Ort befand, sondern tief in die Melodie eingetaucht war. Nach und nach stimmten auch die anderen mit ihren Instrumenten ein und improvisierten das Stück gemeinsam zu einer wohlklingenden Symphonie. Die Sonne hatte inzwischen auch ihre letzten Strahlen davongetragen, so dass das lodernde Lagerfeuer sie als einzig verbleibende Lichtquelle ablöste. Mit dem Verschwinden der Sonne fand auch die Musik ihr stetiges Ende, wurde leiser, verlor ihre Dimensionen. Bis die Djembé, wie ganz zu Beginn, als Einzige ihren einsamen Rhythmus noch einen Augenblick fortsetzte, um nach einigen Takten ebenfalls zu verebben. Für einen Moment herrschte Stille. Niemand bewegte sich, niemand sprach ein Wort. Sie alle, auch Paula, ließen die letzten Töne in sich nachhallen, kehrten behutsam zurück an den Ort, der inzwischen in Dunkelheit gehüllt war und nun ganz klein und überschaubar anmutete.

„Wer will noch ein Bier?" Ted war der erste, der die Stille unterbrach.

Er nahm die Bestellung auf, verschwand in der Dunkelheit und kehrte wenige Sekunden mit Nachschub wieder zurück ans Lagerfeuer. Als Paula ihr Getränk entgegennahm und dabei zu Ted aufsah, bemerkte sie den beeindruckenden Sternenhimmel über ihren Köpfen. Paula konnte sich nicht erinnern, jemals einen so klaren Blick auf das leuchtende Firmament gehabt zu haben. Ganz fasziniert hielt sie nach den ihr bekannten Sternbildern Ausschau und war von ihrem ungetrübten Anblick ganz entzückt. Währenddessen setzten neben ihr die ersten Gespräche ein. Paula lauschte ihnen nur mit halbem Ohr, denn sie befand sich gedanklich auf einer Reise durch die Galaxien und überlegte, ob es da draußen andere Wesen gab, die jetzt ebenfalls nach oben sahen und sich an den unzähligen Himmelskörpern erfreuten. Vielleicht saß irgendwo sogar eine zweite Paula, die jetzt genau das Gleiche tat wie sie. Die inmitten der Wildnis zwischen Menschen saß, die sie im Grunde gar nicht kannte, für die im Moment aber kein besserer Ort auf dieser Welt existierte. Denn an diesem Ort befand sich die Frau, die auf Paula diese unbändige Faszination ausstrahlte. Die so perfekt war in ihrer Natürlichkeit, so perfekt wie dieser Sternenhimmel. Leuchtend und scheinbar zum Greifen nahe, aber zugleich unendlich weit entfernt.

„Geht's dir gut?", hörte Paula unvermittelt eine Stimme hinter sich. Clementine.

„Ja, sehr sogar. Dieser Ort ist magisch. Schau doch, der Sternhimmel über uns", Paula blickte wieder gen Himmel. Clementine hockte sich neben sie und folgte ihrem Blick.

„Absolut wunderschön. Was es da draußen wohl noch geben mag, von dem wir nichts wissen?", griff Clementine unbewusst Paulas Gedanken auf.

„Glaubst du, da gibt es Wesen wie uns? Die lachen, weinen oder singen können? Die, genau wie ihr, gemeinsam Musik machen an einem Ort wie diesem?", philosophierte Paula.

„Das hoffe ich doch sehr", schmunzelte Clementine, „Dann wäre zumindest sichergestellt, dass diese Aliens wissen, wie man das Leben genießt."

„Oh ja, du hast recht. Du hast übrigens wirklich tolle Freunde", fand Paula.

„Danke. Sie sind für mich wie eine Familie. Die meisten von uns kennen sich schon mehr als zehn Jahre. Auch damals war es die Musik, die uns alle zusammengebracht hatte. Wir hatten einen kleinen, runtergekommenen Proberaum im Keller der Schule. Da haben wir uns nachmittags immer getroffen. Wir waren...oh, wir waren am Anfang wirklich mies", Clementine lachte, „Wahrscheinlich sogar die mieseste Schulband aller Zeiten."

Paula war sicher, dass Clementine übertrieb. Bestimmt waren sie damals im Vergleich zu heute nicht die Besten, aber schlechter als Paula waren sie sicherlich nicht.

„Lass mich mitmachen und ich verspreche dir, ich kann das von damals toppen", scherzte Paula und erntete dafür ein herzliches Lachen.

„So schlimm kann es gar nicht sein."

„Und wen von deinen Leuten kennst du am längsten?", wollte Paula wissen.

„Oh, da muss ich wohl nicht lange überlegen. Das ist Mike. Er wohnte damals mit seinen Eltern in der Nachbarschaft. Wir waren zuerst Sandkastenfreunde und später...war er irgendwie mein erster Freund", druckste Clementine verlegen. „Na ja, wie man halt so mit dreizehn einen Freund hat. Er war es auch, der mir das Gitarrespielen beigebracht hat."

Paula waren mit einem Mal alle Gesichtszüge entglitten. Hatte Clementine gerade gesagt, dass sie mit Mike zusammen war? Sie war also nicht lesbisch? Paulas Hals fühlte sich plötzlich unangenehm eng an, sie glaubte, kaum noch Luft zu bekommen. Wahrscheinlich war ihr das Entsetzen mitten ins Gesicht geschrieben, deshalb neigte sie ihren Kopf unauffällig nach unten.

„Alles gut bei dir?" Offenbar war Clementine der prompte Stimmungswechsel nicht entgangen.

„Ja", stotterte Paula, „ich… ich glaube, ich muss mal zur Toilette." Sie stand auf und eilte zum Waldeingang, wo sie am Nachmittag ein provisorisches Klo ausgehoben hatten. Als sie außer Sichtweite war, schnappte sie erstmal nach Luft. Sie hatte, um die Tränen zurückzuhalten, bis eben die Luft angehalten. Was sollte sie jetzt tun? Am liebsten wäre sie einfach davongelaufen, hätte ihren Rucksack geschnappt und wäre einfach abgehauen. Aber ihr Verstand hielt diesem Impuls stand. Unruhig tigerte Paula auf und ab und überlegte, was sie stattdessen tun könnte. Wenn doch wenigstens Mary...ja, Mary. Sie könnte sie anrufen. Sicher würde sie ein paar tröstende Worte finden und Paula irgendwie beruhigen können. Paula griff nach ihrem Handy, tippte auf Marys Nummer...verdammt. Kein Netz. Verfluchte Wildnis.

Gut, dann musste es ohne Mary gehen. Was genau waren Clementines Worte? ‚Wie man so mit 13 einen Freund hat', hallte es in ihrem Kopf nach. Das ist lange her und sagte doch im Grunde gar nichts aus. Wenn Paula es genau nahm, hatte sie ja selbst bis vor wenigen Tagen einen Freund gehabt. Was Clementine in der Vergangenheit getan hatte, bedeutete also rein gar nichts. Es war alles gut.

Der stille Monolog hatte Paulas chaotische Gedanken halbwegs ordnen können. Es war also an der Zeit, ins Camp zurückzukehren. Clementine war mittlerweile in ein Gespräch mit Nora vertieft, so dass Paula glaubte, ohne großes Aufsehen am Lagerfeuer Platz nehmen zu können. Clementine jedoch registrierte ihre Rückkehr durchaus und warf ihr einen prüfenden Blick zu. Scheinbar wollte sie sich vergewissern, dass es Paula wirklich gut ginge. Und ja, ihr ging es wieder halbwegs gut. Je länger Paula nachdachte, desto mehr war sie davon überzeugt, überreagiert zu haben. Sie beobachtete die tanzenden Flammen des Feuers, wie sie hungrig nach Sauerstoff schnappten und jede vorüberziehende Brise mit einem erfreuten Auflodern würdigten.

„Willst du?", Mikes Hand lag auf Paulas Schulter und er hielt ihr einen Joint entgegen. Er überraschte sie damit nicht. Im Gegenteil. Paula hatte damit gerechnet, dass dieses Rauschmittel irgendwann die Runde machen würde. Es war nicht das erste Mal, dass ihr eine Tüte angeboten wurde. Gelegentlich hatte sie sogar einen Zug genommen, doch die Wirkung war bislang ausgeblieben. Vielleicht würde sie ja diesmal etwas spüren. Einen Versuch war es Wert.

Sie zog daran, bis sich ihre Lunge mit Rauch füllte und wartete einen Moment mit dem Ausatmen. So hatte man es ihr irgendwann mal erklärt. Es kratze ein wenig im Hals und sie musste das Husten unterdrücken. Dann atmete sie aus, wiederholte das Ganze ein zweites Mal und reichte den Joint an Clementine weiter. Ihr verblüffter Gesichtsausdruck verriet, dass sie Paula offenbar als unschuldiger eingeschätzt hatte.

Da Paula, wie in früheren Zeiten, noch immer keine Wirkung verspürte, griff sie auch in der zweiten Runde nach der Haschzigarette und gönnte sich zwei weitere tiefe Atemzüge. Und dann passierte etwas, womit sie nicht gerechnet hatte. Ein warmer, sanfter Schauer durchzog ihren Körper. Außerdem fühlten sich ihre Lungen plötzlich ganz pelzig an, als hätte man sie mit Zuckerwatte gefüllt. Auch ihre Arme und Beine waren auf einmal so...weich und ganz federleicht. Als ob man Helium hineingepumpt hätte. Paula fand diese Vorstellung äußerst amüsant und fragte sich, ob ihre Arme, wenn sie mit ihr sprechen könnten, in der typisch hohen Heliumtonlage antworten würden. Paula musste über ihre absurden Gedanken kichern. So fühlte es sich also an, wenn man stoned war.

„Hey Paula, ich habe dir ein Tamburin organisiert.“ Nora wedelte mit der Schellentrommel.

Clementine lachte: „Oh, dann machst du deine Drohung von vorhin wirklich wahr.“ Womöglich war es dem veränderten Geisteszustand geschuldet, aber Paula räumte die Möglichkeit, ein verborgenes musikalisches Talent zu besitzen, plötzlich durchaus ein. Allerdings glaubte sie ja auch, dass sie sich mit ihren Gliedmaßen unterhalten könnte.

„Komm Clementine, spiel mal ein paar Akkorde. Ich will Paula ein oder zwei Übungen zeigen.“

Nora rückte zu Paula auf und Clementine begann, die Saiten der Gitarre zu zupfen. Sie führte Paula die Bewegung zuerst vor und übergab das Instrument anschließend an sie. Zögernd versuchte Paula die Bewegungen mit dem Tamburin nachzuahmen und siehe da, nach einigen Takten hatte sie den Dreh raus und fand tatsächlich den richtigen Rhythmus. Und es machte ihr, zu ihrer eigenen Überraschung, richtig viel Spaß.

Je länger sie gemeinsam spielten, desto mehr glaubte Paula, mit Clementines Musik zu verschmelzen. Beinahe, als verzahnten sich Rhythmus und Melodie untrennbar ineinander und stimmten freimütig dieser gegenseitigen Abhängigkeit zu. Die beiden Frauen tauschten währenddessen verstohlene Blicke miteinander aus, schenkten sich ein liebevolles Lächeln und ermutigten sich zum Weiterspielen. Die Welt um Paula schrumpfte zu dem Notwendigsten, bestehend aus Clementine und Paula, zusammen. Nur noch Clementines Klänge existierten und diese erzählten von unerfüllter Leidenschaft, von tiefer Sehnsucht und berührten Paula zutiefst. Sie würde sich in ihr verlieren, in dieser schmerzlich süßen Melodie, die einzig und allein ihr galt. Doch da erklang ein neuer Ton, der Paula irritierte, der da nicht hingehörte und sie unsanft aus ihrer kleinen Traumwelt riss. Suchend blickte sich Paula um. Es war Rachel, die mit ihrer Geige begonnen hatte, Clementines Spiel zu begleiten. Zuerst leise und zurückhaltend, dann steigerte sie sich, bis sie nun die Gitarre völlig übertönte. Paula verstand nicht, warum sie so energisch dazwischengegangen war. Rachel beherrschte ihr Instrument, gar keine Frage. Gerade deshalb war sich Paula sicher, dass sie Clementine nicht nur versehentlich dazu zwang, sich ihr zu unterwerfen. Clementine reagierte, indem sie ihre Gitarre einfach irgendwann ablegte. Auch Paula hatte mit ihrem Rhythmus bereits aufgehört, ohne es selbst registriert zu haben. Rachel ließ das unbeeindruckt. Im Gegenteil, sie legte nun ein beeindruckendes Solo hin und erfüllte die Nacht mit ihrer eigenen, melancholischen Melodie. Nachdem sie ihre spontane Soloeinlage beendet hatte, erntete sie den begeisterten Applaus ihrer Zuhörer. Nur Clementine blickte grimmig und ohne zu klatschen in ihre Richtung. Paula empfand die Situation als sehr seltsam. Doch ihr gegenwärtiger Geisteszustand ließ keine komplexen Analysen zu, weshalb sie sich die Mühe erst gar nicht gab.

„Ärgere dich nicht. Du weißt, wie sie ist“, flüsterte Nora

Clementine zu.

Das sollte das einzige bleiben, was an dem Abend darüber gesagt wurde. Und weil sich Clementines gute Laune wenige Zeit später wieder eingestellt hatte, geriet Rachels musikalisches Scharmützel schnell wieder in Vergessenheit. Die Jam-Session ging bis in die späte Nacht hinein. Zwischendurch präsentierten die Musiker gegenseitig ihre neuesten Songs und Paula kam in den Genuss, Clementines Stimme an diesem Abend erneut zu hören. Sie hatte sie bislang nur einmal im Nox auftreten sehen. Als aber Clementine die ersten Töne anstimmte, erschien Paula die Stimme so vertraut, als hätte sie sie schon tausende Male gehört.

Paula hatte keine Idee, wie spät es war, aber ihre immer schwerer werdenden Augenlider verdeutlichten ihr unmissverständlich, dass es an der Zeit war zu schlafen. Ted und auch Romeo hatten sich bereits zurückgezogen und auch Paula würde sich ihnen jetzt anschließen. Sie verabschiedete sich, dankte für den schönen Abend und trottete müde zu den Schlafunterkünften, die, dank Mikes Fackeln, selbst schlaftrunken leicht wiederzufinden waren. Es kostete sie noch einige Anstrengungen, sich in dem engen Zelt ihrer Kleidung zu entledigen, doch schließlich konnte sie mit ihrem kurzärmligen Pyjama in den Schlafsack schlüpfen. Als sie die Augen schloss, erschienen ihr die Bilder des Tages in ihrem Kopf. Sie hatte an dem heutigen Tag viel erlebt. Wenn sie an die Abreise von heute Morgen dachte, kam ihr das unglaublich weit weg vor. Auf der anderen Seite war der Tag wie im Fluge vergangen. Sie hoffte, dass die bevorstehenden Tage nicht so schnell an ihr vorbeiziehen würden. Sie wollte doch gern die anderen besser kennenlernen, viele schöne Stunden am See verbringen, den ein oder anderen Ausflug unternehmen, vielleicht sogar mit Clementine allein sein. Clementine. Mit den Gedanken an sie und ihre Musik, die noch leise zu hören war, schlummerte sie sanft und zufrieden ein.

Mit einem Schreck wurde sie wach. Was war passiert?

Wo war sie überhaupt? Schnell begriff Paula, dass sie vom Schaukeln der Luftmatratze aufgewacht war. Sie öffnete die Augen einen Spalt. Es war stockdunkel. Doch war sie nicht mehr allein im Zelt. Clementine hockte neben ihr auf der Matratze und versuchte, sich scheinbar möglichst geräuschlos zu bewegen. Paula lag mit dem Gesicht Richtung Zeltwand, konnte aber anhand der Geräusche erkennen, dass Clementine sich gerade auszog. Wie nah sie doch war. Paula konnte ihre Körperwärme neben sich spüren. Sie merkte, wie sich ihr Puls und damit auch ihre Atmung zu beschleunigen begann. Paulas Körper drängte sie dazu, sich umzudrehen, Clementine zu sich heranzuziehen und sie einfach auf den Mund zu küssen. Paula hielt vor Aufregung die Luft an. Da sie ihren Körper nicht gewähren ließ, kanalisierte er seinen Druck jetzt, indem er zu zittern begann, was Paula wiederum zusätzlich in Aufruhr brachte. Es wurde nicht besser, als Clementine in ihren Schlafsack schlüpfte und sich näher an sie heranrollte. Nur noch der Stoff ihrer beiden Schlafsäcke trennten die zwei Frauen voneinander und Paula entschied, am besten einfach zu sterben.

Plötzlich flüsterte Clementine: „Paula, frierst du?“

Paula presste panisch die Lippen aufeinander. Was sollte sie jetzt sagen? Die Wahrheit wäre wohl keine Option. Am besten sagte sie einfach nichts und tat so, als würde sie weiterhin schlafen. Doch ihr Mund verselbständigte sich und behauptete: „Ein bisschen.“

„Verstehe. Moment“, erwiderte Clementine leise. Sie drehte sich in Paulas Richtung und legte ihren Arm um sie. Dann zog sie sich noch ein Stück näher ran, so dass sie sich nun beide dicht an dicht in Löffelchenstellung befanden. Stocksteif lag Paula mit weit aufgerissenen Augen da und wagte es nicht, sich auch nur einen Millimeter zu bewegen. Ob sie es schaffte, eine ganze Nacht lang die Luft anzuhalten? Sie würde es am nächsten Morgen wissen. Oder auch nicht, falls sie es nicht überlebte. Ihr Körper entschied sich am Ende fürs Überleben und ließ sich von Clementines gleichmäßigen Atemgeräuschen überzeugen, sich ebenfalls wieder zu entspannen und in diese Regelmäßigkeit einzustimmen. Die Müdigkeit hatte Paula wieder eingefangen und trug sie hinüber in jene Traumwelt, in der Paula diesmal nicht von Clementine träumen brauchte. Denn Clementine war bereits da, direkt neben Paula und hatte sie fest in ihre Arme geschlossen.

KAPITEL 13

Als Paula am nächsten Tag erwachte, schlief Clementine noch tief und fest. Offenbar hatte sie sich in der Nacht bewegt, denn sie lag nun auf dem Rücken und atmete gleichmäßig. Oder hatte sich Paula die heutige Nacht nur eingebildet und Clementine hatte sie gar nicht umarmt? Das war immerhin möglich. Die Erinnerung wirkte etwas verblasst, so dass Paula sich wirklich nicht ganz sicher war. Sicher war allerdings, dass sie sich gerade ganz dringend erleichtern musste. Vorsichtig faltete sie sich aus ihrem Schlafsack, darauf bedacht, Clementine nicht zu wecken. Behutsam zog sie an dem Reißverschluss des Zelteingangs und schlüpfte aus dem Zelt heraus. Draußen lag noch dichter Nebel über dem See und die Sonne lugte gerade erst hinter dem Horizont hervor. Das Gras trug feinen Morgentau, den Paula beim Durchgehen unweigerlich abstreifte. Sie schien an diesem Morgen die Erste zu sein, die auf den Beinen war und sie genoss diese friedliche Stille. Nachdem sie die Toilette aufgesucht hatte, beschloss Paula, den wunderschönen Sonnenaufgang mit ihrem Handy festzuhalten. Sie holte sich wärmere Klamotten, sowie ihr Handy und spazierte an den Rand des Plateaus, von dem sie die beste Sicht auf die emporsteigende gelbe Scheibe hatte. Sie knipste mehrere Bilder, versuchte den perfekten Ausschnitt zu finden. Da vernahm sie eine schnelle Bewegung im Augenwinkel. Hastig drehte sie sich um, in der schlimmsten Erwartung. Doch als sie sah, was ihr diesen Schrecken verpasst hatte, musste sie lachen. Ein Eichhörnchen mit dicken Backen glotzte sie aus einem Baumwipfel ganz entgeistert an. Von wegen blutrünstige Bären, das hier war viel mehr nach Paulas Geschmack. Schnell versuchte sie von dem niedlichen Tier einen Schnappschuss zu machen, doch genau in dem Moment hüpfte es auf den benachbarten Ast und war aus Paulas Sichtfeld verschwunden. Egal. Mary, diesem alten Stadtkind, könnte sie das Foto mit dem verschwommenen braunen Streifen als gelungenen Schnappschuss verkaufen.

Da sie ohnehin nicht mehr hätte schlafen können, beschloss sie, für die anderen Kaffee zu kochen. Bei ihrer Suche nach dem Kaffeepulver hatte sie auch einige Teebeutel gefunden, von denen sie sich einen nahm. Gerade waren die letzten Milliliter durch den Filter gelaufen, da kam Nora zerzaust und müde dreinblickend herbei getrottet.

„Guten Morgen“, begrüßte Paula sie.

„Oh, es gibt schon Kaffee. Du bist ein Schatz“, freute sich Nora. Sie nahm sich eine Tasse und lehnte sich an den Tisch.

„Bist also wieder fit“, merkte sie an.

„Ja, war gestern alles ganz schön viel. Aber schön.“

„Fand ich auch. Und hey, ich glaube, du bist doch musikalisch.“ Nora grinste Paula an.

„Na, ich weiß nicht.“

Gestern war Paula noch absolut von sich überzeugt gewesen, doch heute hatte sich ihre Selbsteinschätzung wieder relativiert.

„Gibt es denn Pläne für heute?“, wollte Paula wissen.

„Du meinst ein Programm, oder so? Nicht so richtig“ lachte Nora, „Letztes Jahr haben wir versucht, die Jungs zum Wandern zu überreden. Aber da war nichts zu machen.“ Dann fiel ihr noch ein: „Allerdings fahren wir nachher kurz nach Margaretville. Nachschub holen. Ich glaube, die Getränke reichen für heute nicht mehr aus.“

„Kann ich mitkommen?“

„Klar. Ich weiß zwar nicht, wer noch mit will. Aber das kriegen wir schon hin.“

Vielleicht war das eine gute Gelegenheit, einen Teil der Ausflugskosten zu übernehmen. Immerhin hatte Paula noch nichts zur Reise beigesteuert. So wie sie Clementine einschätzte, würde diese das Geld ohnehin ablehnen.

„Guten Morgen“, hörte sie eine sehr vertraute Stimme hinter sich. Sie drehte sich zu Clementine um und blickte in ein weiteres verschlafenes Gesicht. „Willst du einen Kaffee? Paula war heute Morgen schon so lieb…“, rief Nora ihr zu.

„Oh, welch ungewohnte Rollenverteilung“, schmunzelte Clementine. Daran hatte Paula gar nicht gedacht, aber gegen einen solchen Rollentausch hatte Paula nichts einzuwenden, wenn sie in diesem Fall Clementines Gedanken erfahren könnte.

Allmählich krochen auch die anderen aus ihren Zelten. Cody und Sebastian zählten eindeutig zu den Morgenmuffeln. Sie sprachen kein Wort, schnappten sich einen Kaffee und verschwanden wieder. Die anderen Jungs waren weitaus umgänglicher und machten sich direkt daran, den Tisch fürs Frühstück zu decken. Es gab Eier mit Speck, die Carlos in einer großen Pfanne zubereitet hatte und Toastbrot, was sie ebenfalls in der Pfanne anrösteten. Außerdem hatten sie mehrere Gläser Nugatcreme, Erdnussbutter und diverse Marmeladen, sowie eine Auswahl an verschiedenen Käsesorten und Wurst. Auch das kalte Grillfleisch vom Vorabend wurde aufgetischt. Eigentlich war Paula gar nicht so sehr der Typ fürs Frühstück. Aber hier draußen war das was anderes. Sie griff beherzt zu und ließ es sich ordentlich schmecken.

Nach dem Frühstück half Paula bei Clementines Küchendienst. Sie hätte das nicht machen müssen, da aber Sebastian wohl wieder in seinem Zelt eingeschlafen war, hatte sie kurzerhand seine Schicht übernommen.

„Hast du eigentlich dann noch gut geschlafen?“ Paula hatte mit der Frage nicht gerechnet, fühlte sich überrumpelt.

„Ähm, ja“, krächzte sie unsicher und befürchtete, dass Clementine auf ihr nächtliches Zittern anspielte.

„Dir war heute Nacht kalt, oder?“ Zumindest war jetzt klar, dass Paula sich Clementines Umarmung nicht nur eingebildet hatte. Aber warum fragte Clementine danach? Ahnte sie etwa den wahren Grund? Ihr durchdringender Blick ließ vermuten, dass sie nicht auf ein einfaches „Ja“ hoffte. Oder interpretierte Paula ihren Blick falsch, weil sie hoffte, dass Clementine sich eine andere Antwort wünschte. Wenn Clementine allerdings mehr für Paula empfand, warum hatte sie diese Chance heute Nacht nicht besser genutzt? Dieses unentwegte Gedankenkarussell ließ Paula beinahe wahnsinnig werden. Das machte alles keinen Sinn und weil Clementine sie bereits zweifelnd ansah und Paula feige war, antwortete sie: „Ja, ich glaube schon. Aber ich erinnere mich nicht mehr so genau daran."

Kaum hatte sie ihre Antwort ausgesprochen, fühlte sich Paula mies. Es war eine Lüge, es entsprach ganz und gar nicht der Wahrheit, aber was gesagt war, war gesagt. Clementine schien kurz was erwidern zu wollen, entschied sich aber anders und widmete sich wieder ihrem Abwasch.

Nora betrat den Pavillon und informierte die beiden, dass Mike demnächst mit dem Pick Up in die Stadt fahren wollte. Clementine entschied sich gegen den Ausflug, nannte dafür aber keinen Grund. Das kam Paula, wenn sie ehrlich war, ganz gelegen. Sie hatte Clementine angeflunkert, deshalb plagte sie das schlechte Gewissen. Ein bisschen Abstand konnte deshalb nicht schaden und vielleicht fand sie während der Fahrt ein wenig Zeit zum Nachdenken.

„Wenn ihr für mich noch einen Platz habt, komme ich gerne mit", sprach sie zu Nora.

Paula machte sich ein wenig frisch und putzte sich die Zähne an einem improvisierten Waschbecken in der Nähe der Zeltplätze. Anschließend zog sie sich in ihrem Zelt um. Weil das Thermometer bereits fleißig nach oben kletterte, entschied sich Paula, neben ihrer kurzen Hose, für das ärmellose Oberteil, das sie extra für diesen Ausflug erworben hatte. Dann nahm sie ihre neue Sonnenbrille aus dem Etui und steckte sie in ihre Haare. Anschließend begab sie sich zurück zum Camp, wo auch Nora bereits auf die anderen zu warten schien.

„Wow, heißes Outfit", merkte Nora mit einem anerkennenden Nicken an.

Fiel Paula in dieser Kleidung tatsächlich so sehr auf? Das war gar nicht ihre Absicht. Sie empfand ihre Auswahl eher als pragmatisch. Sie überlegte, sich doch noch eben ein anderes Oberteil zu holen, da tauchte Rachel auf. Als sie Paula entdeckte, entglitten ihr sämtliche Gesichtszüge. Sie musterte Paula von oben bis unten, rümpfte unverhohlen die Nase, kehrte Paula und Nora wieder den Rücken zu und verschwand. Spätestens jetzt konnte sich Paula nicht länger einreden, Rachels Abneigung ihr gegenüber überinterpretiert zu haben. Sie wartete noch, bis Rachel sie ganz sicher nicht mehr hören konnte und wendete sich an Nora: „Sag mal, kann es sein, dass Rachel ein Problem mit mir hat?"

Nora seufzte und hielt kurz inne. Schließlich gab sie sich einen Ruck: „Ja, hat sie." Diese unverblümte Antwort traf Paula härter als gedacht. Wie konnte Rachel eine derartige Abneigung gegen sie empfinden, obwohl sie Paula nicht ansatzweise kannte?

„Du kannst nichts dafür. Es hat nichts persönlich mit dir zu tun." Diese Aussage machte in Paulas Ohren absolut keinen Sinn und genauso verständnislos sah sie Nora an.

„Also gut", murmelte Nora widerwillig, „sie ist eifersüchtig auf dich."

„Eifersüchtig? Auf mich?", staunte Paula. „Ich glaube, ich verstehe nicht ganz."

„Sie ist Clementines Ex."

Nora hatte ja keine Ahnung, welch gewaltiges Gefühlsbeben sie mit diesem einen Satz in Paula lostreten würde. Paula wollte vor Freude in die Luft springen, wollte Nora vor Dankbarkeit umarmen, ja, am besten einfach alle umarmen, die ihr heute über den Weg liefen. Endlich hatte sie die Antwort, auf die sie so sehnlichst gewartet hatte. Clementine liebte tatsächlich Frauen. Die Sache mit Rachel war gerade völlig nebensächlich. Im Gegenteil. Ohne ihr Eifersuchtsgehabe wäre Paula erst wer weiß wann an die entscheidende Information gelangt. Eines interessierte sie allerdings doch noch. Worauf basierte Rachels Eifersucht? Aus Paulas Sicht gab es nichts, das Rachel einen Grund liefern würde. Worüber hatten sie und Clementine gestern so intensiv diskutiert? Gab es etwas, das Paula noch nicht wusste?

„Aber, wir sind doch gar nicht… also, ich meine Clementine und ich“, versuchte sie es Nora zu erklären.

„Das kann ja sein, aber es sieht für Rachel so aus. Erinnerst du dich an gestern? Ich glaube, die beiden haben über dich gesprochen. Das ist aber nur eine Vermutung.“

Und was hatte Clementine gesagt? Etwa, dass Rachel sich keine Sorgen machen musste? Paulas Kopf schwirrte.

„Ist denn da noch was zwischen ihnen?“, fragte Paula vorsichtig, obwohl sie die Antwort gar nicht hören wollte.

„Tja, ich würde eigentlich sagen nein. Aber das habe ich schon oft gedacht. Bis vor einem Jahr hatten die beiden eine echt anstrengende On-Off-Beziehung. Ob da jetzt noch was ist, weiß ich nicht. Clementine redet nicht darüber. Und ich werde den Teufel tun und Rachel danach fragen.“

Paulas glühende Hoffnung hatte sich soeben in einen traurigen Haufen Asche verwandelt. Kaum hatte sie die erlösende Bestätigung, dass Clementine an Frauen interessiert war, da sah sie sich einer offenbar ernstzunehmenden Konkurrentin gegenüber. Paula war sich nicht sicher, ob sie sich einer weiteren und zugleich unüberwindbar scheinenden Hürde gewachsen sah. Sie brauchte dringend Zeit und Ruhe, um über all das nachzudenken.

„Klingt ja alles ziemlich kompliziert“, erwiderte sie traurig.

„Ja, das ist es. Aber bitte tu mir den Gefallen und erzähl Clementine nicht, dass wir darüber gesprochen haben. Ja?“, bat Nora.

„Versprochen.“

„Hey, wir fahren gleich los“, rief Mike zu den beiden.

Die Ablenkung kam gerade wie gerufen. Paula wollte für diesen Augenblick einfach nur weg von hier. Clementine würde nicht mit in die Stadt kommen und Rachel war ebenfalls weit und breit nicht zu sehen. Deshalb bestieg Paula jetzt die Rückbank des blauen Pick Ups, schob sich ihre Sonnenbrille auf die Nase und ließ sich erleichtert in ihren Sitz zurückfallen. Während sie auf den Start ihrer kleinen Tour wartete, kam Paula ein banger Gedanke. War es eine gute Idee Rachel mit Clementine allein zurückzulassen? Vielleicht war es doch besser, wenn sie die beiden im Auge behalten würde. Doch da startete der Motor bereits und der Wagen fuhr mit Nora, Ted, Mike und Paula davon.

Die kleine Stadt bot ein überschaubares Angebot an Einkaufsmöglichkeiten. Im Grunde existierte nur ein einziger Supermarkt, vor dem sie soeben auf einem Parkplatz zum Stehen kamen. Paula fand diesen kleinen Ort ganz entzückend, weil er einen so enormen Kontrast zum unüberschaubaren New York darstellte. Sie war sich sicher, dass es den Menschen hier trotzdem an nichts fehlte und vielleicht lebte es sich hier sogar gesünder als in der eng besiedelten Metropole. Trotzdem wollte sie mit den hiesigen Anwohnern nicht tauschen, denn auf das Kulturangebot einer Großstadt konnte sie auf Dauer auf keinen Fall verzichten.

Nora und Ted hatten sich jeweils einen Einkaufswagen geschnappt und rollten zielgerichtet durch die Regale. Vermutlich war das dortige Sortiment seit Jahren unverändert geblieben, weshalb die beiden genau wussten, an welcher Stelle sie welchen Artikel finden würden. Auf der Einkaufliste befanden sich in erster Linie Getränkewünsche. Sie hatten den mitgebrachten Vorrat am Abend zuvor schon beinahe verbraucht, deshalb wollten sie diesmal großzügig zuschlagen. Da Ted und Mike ihren Einkaufswagen bereits vor den Getränken geparkt hatten, widmeten sich Nora und Paula den bestellten Lebensmitteln. Sie beluden ihren Wagen mit Fleisch, Brot, Soßen und jeder Menge Süßigkeiten, die Romeo bestellt hatte.

„Mädels, Rachel wollte, dass wir ihr Einwegrasierer mitbringen. Ihr kennt euch da besser aus. Holt ihr die?", rief Ted quer durch den Laden.

Paula spürte, wie sich bei dem Ertönen dieses Namens der Magen umdrehte. Rachel nicht richtig einschätzen zu können, machte Paula wohl am meisten zu schaffen. Sie wusste zu wenig von ihr, zu wenig über ihr aktuelles Verhältnis zu Clementine und vor allem wusste Paula nicht, welches Ziel sie in puncto Clementine verfolgte. Paula war sich ziemlich sicher, dass der Status ihrer On-Off-Beziehung auf off stand. Anderenfalls würde Clementine sicher nicht mit Paula in einem Zelt übernachten. Trotzdem hatte Rachel einen entscheidenden Vorteil Paula gegenüber. Sie kannte Clementine bereits seit Jahren und hatte sicher ihre Mittel und Wege, Clementines Gefühle wachzukitzeln. Paula dagegen war der absolute Grünschnabel, wenn es um das Werben um eine Frau ging. Sie brauchte also dringend einen Plan, sie musste sich bei Clementine ins Spiel bringen, bevor ihr die Frau vor der Nase weggeschnappt wurde. Und ein erster kleiner Teil dieses Plans war, Rachel genauer im Auge zu behalten und nach Gelegenheiten Ausschau zu halten, bei denen Paula mit Clementine allein Zeit verbringen konnte.

An der Kasse übernahm Paula, wie geplant, einen Teil der Rechnung. Nora bestätigte ihr im Anschluss, dass ihr Anteil für diesen Urlaub damit abgedeckt war. Auf dem Rückweg tankten sie den Pick Up und holten neuen Treibstoff für den Generator, um sich danach schon wieder auf den Weg ins Camp zu machen. Paula hatte es sich auf der Rückbank an einem Fensterplatz gemütlich gemacht und ließ die schöne Landschaft auf sich wirken. Sie hatten soeben das Waldstück verlassen und fuhren jetzt die Konturen des Sees ab, so dass sich ihnen freie Sicht auf das gesamte Panorama bot. Der kleine Ausflug hatte Paula gut getan. Mit etwas Abstand stellte sich ihre Situation zwar noch immer als verzwickt, aber weniger katastrophal dar, als Paula es im ersten Moment empfunden hatte. Und was Rachel anging, war es sicher klug, ihr weiterhin freundlich zu begegnen, ohne sich jedoch angreifbar zu machen. Nora hatte ihr geraten, Rachels Verhalten nicht persönlich zu nehmen. Doch die Sache war persönlich. Rachels Gefühl trog sie nicht, wenn sie glaubte, dass Paula ein Auge auf ihre

Exfreundin geworfen hatte. Vielleicht sollte Paula diese Eifersucht als Kompliment sehen, immerhin schien Rachel sie als eine ernsthafte Konkurrentin wahrzunehmen. Ob sie aber damit recht behielt? Hatte Paula wirklich eine Chance bei Clementine? Was, wenn Paula es nicht gelang, bis zum Ende ihres gemeinsamen Wochenendes eine Antwort darauf zu bekommen? Würde sich danach überhaupt noch eine Möglichkeit ergeben? Sie erinnerte sich an Christophs Worte kurz vor ihrer Abfahrt: „Wehe du schaffst es nicht, sie dir in den drei Tagen zu schnappen!“ Leichter gesagt als getan. Paula seufzte.

Als der Pick Up vorfuhr, fanden sie das Camp völlig verwaist vor. Vermutlich würden sie die anderen unten am See finden. Doch vorher entluden die vier Ausflügler die Einkäufe und Nora und Paula verstauten sie in den sicheren Aluminiumboxen. Ted und Mike trugen das Bier derweil runter an den See, um es dort im Wasser kühl zu stellen.

„Die anderen sind unten und bauen ein Floß“, rief Ted bereits aus der Ferne als er vom See zurückkam. „Sie sagten, sie könnten noch Unterstützung gebrauchen.“

Nora blickte zu Paula: „Willst du?“

„Klar, warum nicht“, erwiderte Paula.

„Ok, ich komme auch mit, wobei ich bei sowas eher zwei linke Hände habe. Ich will nur noch meine Badesachen anziehen. Hast du ein Badetuch mit, sonst kann ich dir eins leihen?“, wollte Nora wissen.

Daran hatte Paula gedacht und sie war sehr erfreut zu hören, dass es heute auch erlaubt war, Badesachen zu tragen. Sie hatte beim Packen in letzter Sekunde daran gedacht, ihren schwarzen Bikini mitzunehmen. Jetzt tat sie es Nora gleich und verschwand für einen Moment in ihrem Zelt, zog sich rasch um, schnappte sich Handtuch und Sonnencreme und wartete draußen auf Nora. „Hübsches Teil“, bewertete Nora Paulas Badesachen.

„Danke. Dein Bikini steht dir aber auch hervorragend“, erwiderte Paula mit einem anerkennenden Lächeln.

Unten angekommen, verschafften sich die beiden

Frauen zunächst einen Überblick. Die Jungs versuchten gerade, die Holzstämme miteinander zu verbinden. Paula fragte sich, wo um alles in der Welt sie plötzlich das ganze Material herhatten. Die Stämme waren frisch geschlagen, das konnte Paula an der Farbe des Holzes erkennen. Die Seile mussten sie vorsorglich mitgebracht haben und auch das herumliegende Werkzeug sprach dafür, dass die Idee für den Floßbau, nicht ganz so spontan aufgekommen war. Sie hatten sogar an Auftriebskörper gedacht, die, wie Paula erkannte, aus den leeren Wasserkanistern vom Camp bestanden.

„Ich glaube, ich schwimm erst mal eine Runde. Was ist mit dir?“, fragte Nora.

„Vielleicht später. Ich glaube, ich prüfe mal lieber, ob die Jungs hier alles richtig machen“, scherzte Paula.

Wo war eigentlich Clementine? Paula blickte blinzelnd aufs Wasser. Die Sonne wurde gerade so ungünstig vom Wasser reflektiert, dass Paulas Augen brannten. Trotzdem entdeckte sie schließlich zwei Personen in der Ferne. Da sich alle anderen gerade in Paulas Nähe befanden, schlussfolgerte sie, dass es sich bei den beiden nur um Clementine mit Rachel handeln konnte. Rachel. Sie war überall wo auch Clementine war. Paula war genervt. Immerhin schienen die beiden gerade aufs Ufer zuzuhalten. Bis zu ihrer Ankunft wollte Paula sich allerdings ablenken und lieber dem Floß widmen.

„Kann ich irgendwie anpacken helfen?“, fragte sie in die Runde.

„Ja, du kannst das Seil hier nehmen“, sagte Sebastian, „dann kann ich den Stamm anheben. Aber schön straff halten und bloß nicht loslassen.“ Paula übernahm, hielt das Seil, so fest sie konnte, während Sebastian mit dem schweren Stamm kämpfte. Carlos eilte ihm zur Hilfe, so dass sie nun beide das Holzstück an die richtige Stelle bugsieren konnten. Paula hatte in der Zwischenzeit die Technik, nach der die Jungs die bisherigen Stämme befestigt hatten, analysiert und zurrte jetzt das Seil nach dem gleichen

System geschickt um den neuen Stamm.

„Hey, das Mädel hat ja richtig was drauf“ Cody zeigte sich schwer beeindruckt. Er hatte das zweite Seil in der Hand und tat es ihr jetzt nach. Nun folgte der gleiche Ablauf erneut mit dem letzten Stamm. Noch während Paula das Seil im Anschlag hielt, erreichten Rachel und Clementine das Ufer. Clementine schaute schon interessiert zu ihnen, wohingegen Rachels Blick auf Clementines Rücken gerichtet war: „Süße, du musst aufpassen, sonst kriegst du noch einen Sonnenbrand“ Dabei strich sie Clementine ganz selbstverständlich über die Schulter. „Komm, ich creme dich erst mal ein.“

Paulas Puls schnellte in die Höhe. Sie spürte, wie ihre Adern im Hals wild zu pochen begannen. Diesmal war es mehr als offensichtlich, dass Rachel ihre Spielchen mit Paula spielte. Wenn sie sich nicht völlig täuschte, hatte Rachel sogar im Augenwinkel Paulas Reaktion beobachtet. Und natürlich zeigte Paula eine Reaktion. Sie konnte spüren, wie ihr die Wut das Blut ins Gesicht trieb, denn ihre Wangen brannten bereits und das war sicher nicht der Sonne geschuldet. Zu allem Unglück konnte Paula im Moment auch nicht aus dieser Situation verschwinden, ohne das Seil loszulassen. Doch völlig unerwartet entschärfte sich die Situation auf überraschende Weise.

„Mhm?“, erwiderte Clementine geistesabwesend. Sie hatte Rachel offenbar gar nicht richtig zugehört, denn sie lief weiter Richtung Floß und ließ Rachel einfach stehen. Rachels konsterniertes Gesicht hätte Paula beinahe zum Lachen gebracht, doch sie riss sich in letzter Sekunde zusammen. Der Plan war eindeutig nach hinten losgegangen. Paula müsste lügen, wenn sie behauptete, sich nicht diebisch über diesen missglückten Versuch, ihre Macht zu demonstrieren, zu freuen. Allerdings war Rachels finsterem Funkeln zu entnehmen, dass das letzte Wort noch nicht gesprochen war. Paula war also weiterhin auf der Hut.

„Wow. Sieht verdammt gut aus“, grinste Clementine verschmitzt und musterte Paula, unbeobachtet von den anderen, von oben bis unten, „ich habe hier ja richtig was verpasst."

Paula hätte vor Schreck beinahe das Seil losgelassen. Hatte Clementine nun das Floß gemeint, oder bezog sich das Kompliment vielmehr auf sie? Ein Blick zu Rachel verriet, dass Paula mit ihrer Vermutung richtig lag. Rachel kochte regelrecht vor Wut. Sie drehte sich demonstrativ um, schnappte im Gehen nach ihrem Handtuch und suchte sich weit abseits einen Platz, auf dem sie sich schließlich niederließ. Die Jungs hatten inzwischen den letzten Stamm verschnürt, so dass sich Paula endlich wieder frei bewegen konnte.

„Ich leg mich da drüben in die Sonne, kommst du?", wollte Clementine wissen.

„Ja, gerne."

Sie folgte Clementine und als sie ihren Rücken sah, musste sie zugeben, dass Rachel mit ihrer Sorge nicht übertrieben hatte. Sollte sie Clementine darauf ansprechen? Wenn Rachel das allerdings mitbekäme, wäre der Kampf für sie wohl offiziell eröffnet. Andererseits konnte Paula Clementine so nicht weiter der Sonne aussetzen. Vielleicht würde Paula noch eine elegante Lösung einfallen. Zunächst aber breiteten die beiden Frauen ihre Handtücher aus und nahmen im Schneidersitz darauf Platz.

„Oh, ich glaube, das war ein bisschen viel Sonne heute." Clementine drückte auf die roten Stellen ihre Schulter. „Kannst du mich vielleicht eincremen?"

Paula sah verstohlen zu Rachel, die das zum Glück nicht gehört zu haben schien. Sie lag mittlerweile bäuchlings auf ihrem Handtuch und war offenbar eingedöst.

„Klar, dreh dich um." Mit Clementines Exfreundin im Nacken war die Vorstellung, Clementine wieder berühren zu können, weitaus weniger anregend. Wobei sie den intimen Augenblick dennoch genoss und ihn unter keinen Umständen hergeben wollte. Auch Clementine zeigte mit gelegentlichem Schnurren, dass ihr gefiel, was Paula da tat. Es war ein bisschen wie an dem Tag im Park, wo sich die beiden zum ersten Mal verabredet hatten.

„Und jetzt du", sagte Clementine plötzlich.

„Oh, ich kann mich auch selbst...", wollte Paula gerade antworten, doch schon hatte sich Clementine die Tube geschnappt und war hinter Paula gerückt. Schon bei der ersten Berührung schloss Paula genüsslich die Augen. Clementine ließ sich ausgiebig Zeit, ihre Hände wanderten zunächst zärtlich über Paulas Rücken und gaben darauf acht, keine Stelle auszulassen. Dann ging sie dazu über, Paulas Schultern in kreisförmigen Bewegungen zu massieren und entlockte Paula nun im Gegenzug ein wohliges Brummen.

„Deine Schultern sind ganz schön verspannt. Daran ist bestimmt die billige Luftmatratze schuld", sagte Clementine. „Los, leg dich mal auf den Bauch."

Die Massage fühlte sich zu gut an, um dagegen protestieren zu können. Also folgte Paula ihrer Aufforderung. Mit einer Sache hatte Paula allerdings nicht gerechnet. Kaum lag sie bäuchlings auf ihrem Handtuch, schwang Clementine ein Bein über sie und nahm vorsichtig auf ihrem Po Platz.

„So ist es einfacher", kommentierte Clementine ihre Position.

Das fand Paula ganz und gar nicht. Wieder wurde ihr Puls in ungekannte Höhen katapultiert. Das Blut sammelte sich allerdings weniger im Kopf als vielmehr an einer weitaus brisanteren Stelle. Da war es auch nicht gerade hilfreich, wenn sich Clementines Hüfte mit jeder Massagebewegung auf Paulas Hintern mitbewegte. Die Tatsache, dass Rachel unweit von ihnen lag und jederzeit hätte wachwerden können, versetzte Paula gleichzeitig in eine Art lauernde Panik. Vermutlich gab es kein Wort für den Zustand, in dem Paula sich gerade befand. Ihr fiel jedenfalls keins ein. Clementine war Rachels Anwesenheit offenbar völlig egal. Ihre Hände glitten mal sanft, mal kräftig über Paulas Rücken und wanderten gekonnt neben der Wirbelsäule entlang, bis sie Paulas Poansatz erreichten.

Dann tasteten sie sich an den Seiten wieder hoch, streiften beinahe die Außenseite der Brust und verursachten bei Paula eine Gänsehaut, die sich auf ihrem gesamten Körper ausbreitete. Das wiederholte Clementine so lange, bis auch Paula vergaß, wo sie war und sich endlich genussvoll dem Augenblick hingeben konnte. Wenn es nach Paula gegangen wäre, hätte Clementine bis in die Unendlichkeit so weitermachen dürfen. Doch das Ende kam abrupt. Nämlich, als Codys Stimme ertönte: „Mädels, das Floß ist fertig. Kommt, es wird Zeit für die Jungfernfahrt!"

Auch Rachel hatte er mit seiner lautstarken Verkündung geweckt. Sie hatte gerade noch sehen können, wie sich Clementine von Paulas Körper schwang, bevor sie ihren Blick demonstrativ auf Cody richtete. Sie wollte sich scheinbar nichts anmerken lassen, Paula erkannte aber, dass in ihrem Blick Wut, aber vor allem Enttäuschung lag.

Da ihre Zweisamkeit sowieso dahin war, stand Paula auf und folgte Clementine zum Floß. Inzwischen war auch Nora wieder aufgetaucht und so konnten sie das neue Wassergefährt gemeinsam feierlich einweihen. Das Ergebnis war überaus beeindruckend, die Jungs hatten an alles gedacht. Das Floß besaß einen Mast, an dem sie ein Laken befestigt hatten und ein Ruder, bei dem sie noch nicht sicher waren, ob es etwas taugte. Und sie hatten sogar zwei Paddel gebaut, um das Floß aus eigener Kraft in Gang setzen zu können. Ted drückte Clementine eine kleine Actionkamera in die Hand und bat sie darum, die erste Fahrt zu filmen. Danach hoben sie das Floß vorsichtig ins Wasser und zu ihrer Begeisterung lag es sofort ruhig und stabil auf dem See.

Jetzt drückte Cody jedem eine Dose Bier in die Hand und ergriff das Wort: „Nach langer Arbeit und mit viel Schweiß und Kraft ist unsere Arbeit getan. Wir erheben feierlich unsere Bierdosen und taufen dich auf den Namen unseres Neuzugangs", er machte eine dramatische Pause, „Paulaaaa!"

Sie jubelten und klatschen und stießen gegenseitig mit

ihren Dosen an. Bloß Rachel waren bei der Nennung des Namens sämtliche Gesichtszüge entglitten. Frustriert kippte sie ihr Bier herunter, ohne mit jemandem anzustoßen. Paula wollte sich jedoch davon nicht die Stimmung vermiesen lassen. Sie fühlte sich außerordentlich geehrt darüber, dass Clementines Jungs das Floß ihr gewidmet hatten. Und als sie jetzt noch ihren Namen eingeritzt auf einem der äußeren Baumstämme entdeckte, rührte sie das sehr. Clementine hatte ihre ergriffene Reaktion mit der Kamera eingefangen und schwenkte sie nun zu Ted und Cody, die sich für die erste Fahrt bereit machten.

„Na dann wollen wir unsere Paula mal besteigen", sagte Cody mit einem verschmitzten Grinsen und es schien, als hätte er nur darauf gewartet, den Spruch endlich loswerden zu können.

„Sehr witzig", kommentiere Paula seinen doppeldeutigen Satz, musste aber zugeben, dass sie ihn wirklich ganz lustig fand.

Der schmale Ted bestieg zuerst das Floß und sorgte dafür, dass er für den großen Cody ein Gegengewicht bot, indem er zunächst auf der Außenkante hocken blieb. Als sie es beide hinauf geschafft und das Floß ins Gleichgewicht gebracht hatten, schnappten sie sich ihre Ruder und paddelten davon.

„Ich will auch gleich noch eine Runde mit dem Ding drehen", rief Nora begeistert. „Rachel, wir zwei testen es danach, ok?"

Rachel, zuckte zuerst gleichgültig mit den Schultern, nickte aber schließlich, was wohl so viel wie „meinetwegen" heißen sollte.

Als das Floß in der Ferne kaum noch zu erkennen war, stoppte Clementine die Aufnahme und übergab sie Nora.

„Du kannst die beiden ja filmen, wenn sie wieder zurück sind. Ich glaube, ich gehe jetzt mal wieder hoch ins Camp", erklärte Clementine ihr. Rachel blieb mit Nora am Strand, während sich die anderen Clementine anschlossen und zum Camp zurückkehrten. Es war inzwischen später Nachmittag und so allmählich sollten sie mit den Abendvorbereitungen starten. Clementines Küchendienst würde wohl auch diesmal ohne Ted stattfinden, aber ihr schien das nichts auszumachen. Sie suchte sich das frische Gemüse für einen Salat zusammen, nahm sich ein Messer und ein Brett und nahm am Küchentisch Platz. Das war für Paula die Gelegenheit, um sich ohne Rachels wachende Augen zu unterhalten.

„Brauchst du Hilfe?“, fragte Paula.

„Nein, aber du kannst mir gern Gesellschaft leisten“, grinste Clementine charmant. Also setzte sich Paula auf die gegenüberliegende Seite des Tischs.

„Das mit dem Floßnamen ist ein echtes Kompliment an dich, findest du nicht?“

„Ja, schon irgendwie. Wer kam eigentlich auf die Idee?“

„Das kann ich nicht sagen“, lächelte sie.

„Was muss ich den tun, damit du es mir verrätst?“ Paula setzte ihr charmantestes Lächeln auf.

„Mhm“, Clementine überlegte, dann blickte sie Paula geheimnisvoll an und flüsterte, „Das will ich lieber nicht sagen.“

Paula schluckte. Schon wieder so eine Antwort von Clementine, die alles und auch nichts bedeuten konnte.

„Vielleicht stellst du mir fürs Erste etwas einfachere Fragen“, schlug Clementine vor.

„Na schön.“ Paula überlegte kurz: „Deine Lieblingsfarbe?“

Clementine lachte: „Das ist definitiv für mich keine einfache Frage, aber gut. Das kommt bei mir immer auf die Stimmung an. Im Moment würde ich sagen blau.“

„Dein Lieblingsbuch?“

„Puh, da gibt es so viele. Ich sage spontan Der Medicus.“

„Sehr gutes Buch. Lieblingsfilm?“

„Oh ha. Ich könnte jetzt irgendwas Cooles sagen, wie Pulp Fiction oder so. Aber du willst eine ehrliche Antwort, oder?“

Paula wollte sie natürlich nicht davonkommen lassen.

„Ich will von dir immer eine ehrliche Antwort."

„Na schön. Dann gestehe ich, dass ich mindestens einmal im Jahr", Clementine machte eine Pause und grinste verlegen, „Tatsächlich Liebe ansehe."

Paula war überrascht und konnte ihr breites Grinsen kaum unterdrücken. Doch fand sie Clementines Antwort auch zum Dahinschmelzen süß.

„Echt? Du bist eine Romantikerin?"

„Wenn du das jemandem verrätst, muss ich dich leider umbringen", drohte Clementine und fuchtelte spielerisch mit ihrem Küchenmesser.

„Ich habe keine Angst vor dir", lachte Paula und verschränkte die Arme.

„Solltest du aber." In Clementines Stimme lag plötzlich ein verführerischer Ton und ihre funkelnden Augen fingen Paulas Blick ein und ließen sie nicht mehr los. Dieser einzige Blick genügte, um Paulas Innerstes erbeben zu lassen. Clementine hatte in ihr bereits viele Male eine solche Reaktion ausgelöst, doch diesmal würde sie Paula vor ihr kaum verbergen können. Paula wollte nicht schwach wirken, wollte mit Clementine auf Augenhöhe dieses Spiel spielen. Deshalb hielt sie ihrem Blick stand, beugte sich ein Stück zu Clementine vor und konterte: „Ich warte gespannt."

„Hey Clementine, weißt du, wo Mike die Grillkohle versteckt hat?", hörten sie Sebastian aus Richtung ihres Grillplatzes rufen.

„In der einen Aluminumbox", rief Paula zurück, „Er wollte nicht, dass die Kohle über Nacht feucht wird."

„Ok, hab sie. Danke", erwiderte er nach ein paar Sekunden.

Dieser überaus anregende Dialog zwischen Clementine und Paula hatte mit Sebastians Zwischenruf sein jähes Ende gefunden. Trotzdem hatten sich für Paula daraus bereits einige entscheidende Erkenntnisse ergeben. Selbst Paula war sich inzwischen sicher, dass Clementine eindeutig mit ihr flirtete. Außerdem war Paula stolz, diesmal nicht das verschüchterte Mädchen gemimt zu haben. Bliebe allerdings weiterhin die Frage, wie ernst zunehmen dieser Flirt war. Es war durchaus denkbar, dass Clementine gelegentlich ihren Charme spielen ließ, ohne dabei einen Hintergedanken zu haben. Die Avancen sämtlicher Frauen aus dem Nox waren wirkungslos an ihr abgeprallt, warum sollte sich für Paula ausgerechnet eine Ausnahme ergeben? Und wenn sie sich mit Rachel verglich, an der Clementine schließlich irgendwann mal Gefallen gefunden hatte, dann hätten die beiden Frauen kaum unterschiedlicher sein können. Paula war für eine Frau durchschnittlich groß, Rachel dagegen überragte sie um eine halbe Kopflänge und war damit etwa genauso groß wie Clementine. Außerdem besaß Rachel mit ihrem dunklen, leicht gelockten Haar eine beeindruckende Wallemähne. Paula band ihr schulterlanges, dunkelblondes Haar hatte sie meist zu einem Pferdeschwanz zusammen. Mit ihrem sportlichen Körper brauchte sich Paula sicher nicht verstecken und trotz der hellen Haare besaß Paula einen eher dunkleren Teint und wurde im Sommer schnell braun. Rachel war zwar schlank, aber die kleinen Fettpölsterchen verrieten, dass sie sich eher selten sportlich betätigte. Kaum ein Trost für Paula, denn entweder hatte Rachel sich die Fettpölsterchen erst im Laufe des letzten Jahres angefuttert, oder sie besaß sie schon länger und Clementine hatte sich nicht daran gestört.

Eigentlich hatte sich Paula vorgenommen, sich nicht permanent mit Rachel zu vergleichen. Und doch schoben sich diese unliebsamen Gedanken immer wieder in ihr Bewusstsein. All diese Überlegungen, das war Paula klar, waren albern und führten zu nichts. Daher nahm sie sich abermals vor, sich nicht länger durch Rachels Anwesenheit beeinflussen zu lassen.

Am frühen Abend hatten sich die Camper zum gemeinsamen Essen eingefunden. Die heutigen Gespräche drehten sich hauptsächlich um das Floß und die Analyse seiner Fahreigenschaften. Die Jungs tüftelten gedanklich schon an möglichen Verbesserungen, die dem Floß mehr Stabilität verleihen könnten. Nach dem Essen ging es zum gemütlichen Teil des Abends über. Als die Sonne hinter dem Horizont versunken war, wurden wie am Vorabend die Fackeln und das Lagerfeuer entzündet. Paula freute sich auf die bevorstehende Jam-Session und war gespannt, was die Musiker noch aus dem Ärmel ziehen konnten. Nach Alkohol oder sonstigen berauschenden Stoffen stand ihr heute allerdings nicht der Sinn, deshalb nahm sie sich stattdessen eine Limo.

Nachdem sich Paula am Vorabend so hervorragend mit dem Tamburin geschlagen hatte, wollte ihr Clementine heute einige einfache Griffe auf der Gitarre zeigen. Das klappte allerdings eher schlecht als recht. Als sie auch nach dem x-ten Mal danebengriff, rümpfte Paula unzufrieden die Nase und wollte die Gitarre an Clementine zurückgeben. Doch Clementine zeigte eine Engelsgeduld und war noch nicht bereit, das Handtuch zu werfen.

„Spiel einfach erstmal zwei Akkorde und wechsle zwischen beiden hin und her, bis du beim Umgreifen nicht mehr hinsehen musst. Komm, ich zeige es dir nochmal." Bei ihr sah das alles so mühelos aus. Sie war förmlich eins mit ihrer Gitarre. Mit leichter Hand tanzten ihre Finger über die Saiten und entlockten dem Instrument seine wunderbarsten Klänge. Paula war klar, dass ihre Fingerfertigkeit das Ergebnis vieler Jahre war und Paula dieses Niveau niemals im Leben erreichen könnte. Das war jedoch auch nicht Paulas Ziel. Es ging ihr vielmehr darum, Clementine als Musikerin zu verstehen, diese Leidenschaft zu begreifen und vielleicht ein Stück mit ihr teilen zu können. Deshalb nahm Paula die Gitarre wieder entgegen und wagte einen neuen Versuch. Diesmal wollte sie sich weniger krampfhaft auf die Abläufe konzentrieren, schaltete ihren Kopf ab und ließ ihr Gefühl übernehmen.

„Siehst du, es klappt doch langsam", stellte Clementine erfreut fest.

„Ja, das stimmt. Aber ich glaube, meine Fingerkuppen

werden bald wund.“ Paula rieb Daumen und Zeigefinger und die Fingerkuppen fühlte sich abgerieben und heiß an.

„Oh, das wollen wir nicht. Dann mach lieber eine Pause“, grinste Clementine. Es war ohnehin Zeit, ihre kleine Übungseinheit zu beenden, denn die anderen hatten sich bereits mit ihren Instrumenten in Position gebracht. Nach und nach setzten die Musiker mit ihrem Spiel ein und formten die anfänglich vereinzelten Töne zu einer gemeinsamen Melodie. Und obwohl Paula bereits wusste, was sie zu erwarten hatte, war sie auch diesmal von der Kunst der Improvisation beeindruckt. Auch an diesem Abend wechselte die Gruppe zwischen Musikeinlagen und Pausen, in denen sie sich unterhielten, gemeinsam anstießen oder sich über die Reste des Abendessens hermachten. Zu fortgeschrittener Stunde überraschten Ted und Cody mit einer spontanen Reggaeeinlage, für die sie im Anschluss tobenden Applaus von ihren Zuhörern ernteten. Sebastian und Nora legten direkt nach und stimmten ein Duett an, das allein durch Clementines Gitarre begleitet wurde. Ihre Stimmen harmonierten perfekt und für diesen Augenblick, so hatte man den Eindruck, waren die beiden tatsächlich ein Liebespaar. Paula war sehr berührt von ihrer Darbietung und hätte um ein Haar sogar ein Tränchen verdrückt. Auch diesmal zeigten sich die Zuhörer begeistert. Die Jungs klopften Sebastian anerkennend auf die Schulter, während sie Nora ein angedeutetes Handküsschen schenkten. Nach dem Stück nahm Nora neben Paula Platz, so dass Paula Gelegenheit fand, ebenfalls Komplimente zu verteilen.

„Deine Stimme ist der Hammer und ich will eins sagen. Ihr alle frustriert mich mit euren übertriebenen Talenten. Wieso reicht es nicht, dass ihr eure Instrumente perfekt beherrscht? Jetzt stelle ich fest, dass ihr auch noch alle so unfassbar gut singen könnt. Schon ein bisschen frech, oder?“, schimpfte sich Paula in Rage.

„Tut mir leid“, kicherte Nora, die Paulas unkonventionelle Bekundung ihrer Anerkennung sofort verstand, „Aber warte es mal ab, das ist noch nicht das Ende dieses Abends."

„Wieso? Was passiert denn noch?"

„Hab noch einen kleinen Moment Geduld. Gleich geht's los", erwiderte Nora vorfreudig.

Paula blickte sich um und sah, wie Rachel aufstand und sich mit den Jungs austauschte.

„Sie bereitet jedes Jahr etwas anderes vor."

Paula verstand zwar immer noch nicht, aber sie würde ja gleich sehen was Nora meinte.

Und dann begann das Schauspiel. Schlagartig wurde es im Camp mucksmäuschenstill. Einzig das glühende Holz des Lagerfeuers knisterte unbeeindruckt weiter. Rachel positionierte sich mit dem Rücken zu ihren Zuschauern, neigte den Kopf nach unten und stemmte ihre Hände in die Hüften. In dieser Pose verweilte sie sekundenlang. Paula musste zugeben, dass es Rachel bereits jetzt schon gelungen war, eine gespannte Erwartung zu erzeugen. Plötzlich und unerwartet durchbrach Rachels kraftvolle Stimme die Stille und schmetterte virtuos die ersten Töne heraus, mit denen sie ihr Publikum endgültig an sie fesselte. Ihre Stimme war eine Naturgewalt, sie umfasste scheinbar sämtliche Oktaven und stand den Gesangslegenden dieser Welt in nichts nach. Jetzt begann sie sich elegant, beinahe lasziv durch die Menge zu bewegen. Gleichzeitig setzte die musikalische Begleitung ein und betonte ihre Bewegungen akustisch. Anmutig und kraftvoll Schritt sie voran und hielt alle Zuschauer in ihrem Bann. Auch Paula konnte sich nicht gegen die beeindruckende Darbietung erwehren.

Leidenschaftlich trällerte sie Strophe für Strophe, gab sich voll und ganz ihrem Lied hin. Paula horchte genau auf den Text, denn sie war sich sicher, dass Rachel diesen Song nicht zufällig ausgewählt hatte. Er handelte von einer Frau, die für eine andere verlassen wurde, die sich hintergangen fühlte und nun ihrer Wut freien Lauf ließ. Nun begann Rachel, das Publikum in ihre Vorstellung einzubinden, indem sie nach Teds Kragen griff, ihn ruckartig an sich heranzog und finster anfunkelte. Auch das Schauspiel beherrschte sie gut und löste mit ihrer Einlage lautes Gegröle bei den Jungs aus. Jetzt nahm sie jeden einzelnen vor, forderte zu einer gemeinsamen Tanzeinlage auf und stieß ihre Tanzpartner im nächsten Augenblick wieder von sich weg. Jetzt steuerte der Song seinen dramatischen Höhepunkt an und wie durch Zufall blieb sie ausgerechnet vor Clementine stehen. Voller Inbrunst sang sie: „Just try all those little bitches, I don‘t care. They don’t know how you like it, they can’t do what I did.” Dabei fiel für einen winzigen Augenblick ihr Blick auf Paula, um sich anschließend wieder voll und ganz Clementine zu widmen.

Paula hielt die Luft an vor Wut. Diese kleine Anspielung war sicherlich nicht nur Teil der Show und sie war auch nicht rein zufällig vor Clementine stehengeblieben. Selbst Nora blickte etwas bedröppelt drein, ahnend, dass Rachel gerade wieder ihr Spielchen mit Clementine spielte. Und damit nicht genug. Jetzt begann sie damit, sich vor Clementine verführerisch zu räkeln, ging dabei breitbeinig in die Knie und fuhr mit den Händen erotisch am eigenen Körper entlang. Sie trällerte den finalen Ton ihres Lieds, ließ sich dabei auf Clementine sinken, zog ihren Oberkörper an sich und küsste sie leidenschaftlich. Paulas Herz kam beinahe zum Stillstand und ihr Hals schnürte sich mit einem Mal zu. Sämtliche Geräusche wurden plötzlich von einem monotonen und beinahe unerträglichen Ton in ihrem Kopf überlagert. Das war alles zu viel. Sie musste sofort weg. Mühevoll versuchte sie aufzustehen und als sie endlich auf beiden Beinen stand, taumelte sie in Richtung… ja wohin überhaupt? Egal. Sie konnte ohnehin gerade keinen klaren Gedanken fassen. Sie lief einfach. Lief geradeaus, wohin auch immer ihre Beine sie trugen. Hauptsache weg von hier. Von dem Ort, an dem sie gerade das erlebt hatte, vor dem sie sich so wahnsinnig gefürchtet hatte. Dieses hinterhältige Miststück hatte es tatsächlich geschafft. Sie hatte Clementine vor ihren Augen um den Finger gewickelt. Paula gab sich geschlagen.

Irgendwann gaben Paulas Beine nach und sie musste

sich an einem Baum abstützen. Gequält japste sie nach Luft und ihr Brustkorb hob und senkte sich angestrengt. Auch ihr Herz lief auf Hochtouren, die harten Schläge hallten bis in ihren Kopf hinein. Immer noch fehlte ihr jegliche Kontrolle über ihren Körper, ihr Verstand war völlig taub. Immerhin kam ganz allmählich ihr Puls wieder zur Ruhe und auch das Pfeifen in den Ohren ließ jetzt nach. Jetzt erst nahm sie wieder bewusst ihre Umgebung wahr. Um sie herum war es stockdunkel. Selbst der Mond, der eben noch strahlend am Himmel gestanden hatte, wurde von den dicht stehenden Bäumen ausgesperrt. Wo war sie? Und vor allem aus welcher Richtung war sie gekommen? Ihr fehlte jegliche Orientierung und je mehr ihr das bewusst wurde, desto mehr Unbehagen breitete sich in ihr aus. Sie stand auf und streifte sich die Blätter ab, die sich beim Hinhocken an sie geheftet hatten. Sie atmete durch. Jetzt durfte sie auf keinen Fall panisch werden. Angestrengt suchte sie nach einem Orientierungspunkt, fand aber nichts. Sie hätte nicht mal sagen können, in welcher Richtung sich der See befand. Stehenzubleiben war allerdings auch keine Option, also lief sie einfach los, war sich aber nicht sicher, ob sie sich im Kreis bewegte. Sie hatte das Gefühl, als würde es stetig dunkler werden. Bewegte sie sich womöglich in die falsche Richtung? Sie brauchte dringend eine Lichtquelle. Moment, ihr Handy. Es hatte doch eine Taschenlampe. Sie fühlte in ihre Hosentasche und seufzte resigniert. Weil sie hier in der Wildnis eh keinen Empfang hatte, hatte sie es gestern in ihrem Rucksack gestopft. Also tastete sie sich nahezu blind weiter durch den Wald. Und weil sie nichts sah hatte sie das Gefühl, als sei ihr Gehör durch die Dunkelheit verschärft. Jedes Knacken, dass sie durch das Auftreten auf morschen Ästen auslöste, hallte laut durch den finsteren Wald. Moment? War da gerade nicht auch ein anderes Geräusch? Paula war bange zumute. Und wieder. Knack. Paulas Herz rutschte in die Hose. Noch einmal. Knack. Die Panik drohte sie zu übermannen und auch das Pfeifen in den Ohren kehrte in doppelter Lautstärke zurück. Sie war jetzt nicht nur blind, sondern auch beinahe taub. Sie spürte nur noch, dass etwas Großes auf sie zukam. Ein Bär. Es konnte nur ein Bär sein. Gleich wäre er direkt vor ihr. Sie tat das, woran sie sich laut Dans Beschreibung noch erinnern konnte. Sie richtete sich instinktiv auf, hob langsam die Arme in die Luft und ging rückwärts. In einem tiefen ruhigen Ton sagte sie: „Du bist ein ganz lieber Bär. Beiß mich bitte nicht.“ Dann tat sie einen Schritt rückwärts, blieb an einer Wurzel hängen und kam ins Taumeln. Kurz bevor sie das Gleichgewicht verlor, packte etwas nach ihr. Sie spürte noch, dass dieses etwas mit ihr zu Boden ging und auf ihr zum Liegen kam. Danach verlor Paula das Bewusstsein.

„Paula, geht es dir gut? Bist du verletzt?“ Paula hörte Clementines besorgte Stimme unmittelbar vor ihrem Gesicht. Doch statt etwas zu antworten, schlang Paula vor lauter Erleichterung ihre Arme um sie. Auch Clementine legte ihre Arme um Paula und zog sie fest an sich heran. In dieser Position verharrten sie eine ganze Weile, bis Clementine begann, Paula ganz zaghaft auf die Stirn zu küssen, dann mit ihren Lippen zu ihrer Wange wanderte, um anschließend wenige Millimeter vor ihrem Mund Halt zu machen. Abermals wurden Paulas Herz Höchstleistungen abverlangt. Schnell und laut hämmerte es gegen ihre Brust, doch diesmal war es keine Furcht, von der es angetrieben wurde. Clementines erregter Atem kribbelte mit jedem Atemzug auf ihren Lippen und verriet ihr unmissverständliches Verlangen, dem Paula nur zu gern nachkommen wollte. Sie musste nur noch diesem kleinen Impuls nachgeben, diese kleine Distanz zwischen ihnen überwinden, dann...Doch Clementine war es, deren Geduld keinen weiteren Aufschub erlaubte. Zärtlich zog sie mit einer Hand Paulas Gesicht an sich heran und legte ihre warmen, weichen Lippen auf ihre. In Paula brach ein emotionsgeladenes Gewitter los. Blitze durchströmten ihren gesamten Körper und versetzten sie in einen atemberaubenden Rausch der Gefühle. Und es verlangte ihr nach mehr. Paula wollte jetzt, wo es ihr gestattet war, all das einfordern, wonach sich ihr Körper seit ihrer ersten Begegnung verzehrt hatte. Leidenschaftlich zog sie Clementines Kopf fester an sich heran und bat um Einlass. Clementine verstand diese Aufforderung, schien auf dieses Signal sogar gewartet zu haben und ließ dem Kuss nun endgültig freien Lauf. Gierig suchten sich ihre Zungen und als sie sich fanden, durchzuckte es Paulas gesamten Körper, ließ ihn erbeben und endgültig in diese neue, ungekannte Welt versinken. Sie vergaß wo sie war, sie vergaß, was vor diesem Kuss je existiert hatte und es war egal, was danach sein würde. Einzig dieser Moment war es, der ihr Dasein begründete, der ihm einen Sinn verlieh. Und doch wartete da noch etwas Weiteres auf sie. Eine Verlockung, die sich in Form eines pochenden Pulses zwischen ihren Beinen manifestiert hatte und ihren Händen eine neue Anweisung erteilte. Willenlos folgte sie diesem Befehl und wanderte mit ihren Händen zu Clementines Po, packte beherzt zu und presste Clementines Hüfte gegen ihre Scham. Clementine stöhnte erregt auf und auf Paulas Haut bildete sich unmittelbar eine Gänsehaut. Jetzt übernahm Clementine den Takt. Sie begann damit, sich rhythmisch auf Paula zu bewegen und nährte damit Paulas hungrigen Puls, der sich unaufhaltsam seinem Ziel näherte. Vor Lust keuchend, beschleunigten beide ihre gleichmäßige Bewegung, gaben sich zu verstehen, dass sie gleich soweit waren. Nur noch ein einziger Impuls, ein einziger Stoß fehlte und sämtliche Anspannung würde sich mit einem Schlag entladen. Paula spürte, dass es auch für Clementine kein Zurückhalten mehr gab. Und dann kam es. Mit einem einzigen, heranrollenden Donner, so gewaltig, als würde er sämtliche Blitze repräsentieren, die zuvor Paulas Körper durchzuckt hatten. Ihr Körper begann sich aufzubäumen, ihre Muskeln waren bis zum Anschlag gespannt und ihr entfuhr ein vor Erlösung seufzender, in die Nacht hallender Schrei, bevor sie anschließend erschöpft und völlig kraftlos in sich zusammensackte.

Clementine lag noch immer auf ihr. Ihr Körper

umschloss sie wie eine warme Decke die Paula in der Dunkelheit beschützte und sie behütet an diesen finsteren Ort im Wald zurückkehren ließ. Zarte Küsse fanden immer wieder Paulas Lippen und entlockten ihr ein zufriedenes Lächeln. Paulas Hände hatten den Weg unter Clementines Shirt gefunden und streichelten sanft die Wirbelsäule entlang, so dass sich die feinen Härchen ihr wohlig entgegenstreckten.

Irgendwann unterbrach Clementine die Liebkosung und sogleich auch die Stille: „Findest du, ich bin ein lieber Bär?"

Paula zog rätselnd die Stirn kraus, denn sie konnte mit der Frage nichts anfangen. Doch bei zweiter Überlegung tauchten einige Erinnerungsfetzen vor ihrem geistigen Auge auf. Sie hatte Clementine für einen Bären gehalten und getan, was Dan ihr empfohlen hatte. Clementine musste bei diesem Schauspiel einen Heidenspaß gehabt haben. Paula stellte sich die Situation aus ihrer Sicht vor und begann zuerst zu schmunzeln, dann laut zu lachen, bis sie schließlich sagte: „Ja, du bist sogar ein sehr lieber Bär. Und Dans Tipps haben bei dir wirklich gut funktioniert."

„Dan?", hörte sie Clementine fragen.

„Er ist ein Arbeitskollege. Und er hat mir gesagt, wie man sich verhalten soll, wenn man im Wald einem Bären begegnet."

„Du dachtest wirklich, ich sei ein Bär?", lachte Clementine.

„Ich habe in dem Moment wohl gar nicht mehr gedacht."

„Glaubst du wirklich, die Bären hier kennen deinen Namen?", kicherte Clementine. „Ich habe dich doch sogar gerufen."

Paula fand es beunruhigend, wie wenig sie in ihrer Panik wahrgenommen hatte. Wer weiß, was passiert wäre, wenn ihr tatsächlich ein wildes Tier begegnet wäre.

„Ich habe nichts gehört. Ich bin einfach nur ziellos im Dunkeln umhergeirrt." Paula erinnerte sich jetzt daran, weshalb sie überhaupt erst in den Wald geflüchtet war. Zwar sprach das, was soeben zwischen Paula und Clementine passiert war, sehr dafür, dass sich Paula keine Sorgen machen musste. Dennoch wollte sie eindeutige Gewissheit darüber, was zuvor zwischen Rachel und Clementine vorgefallen war.

„Clementine?"

„Ja?"

„Wegen vorhin. Ich meine… Rachel hat dich…"

Clementine seufzte. „Sie ist eifersüchtig. Und heute wollte sie wohl alles auf eine Karte setzen."

„Und?", fragte Paula ängstlich.

„Und...ich bin jetzt hier bei dir, oder nicht?", erwiderte Clementine mit sanfter Stimme und gab Paula einen zärtlichen Kuss auf den Mund.

Clementine konnte es in der Dunkelheit nicht erkennen, aber Paulas Augen hatten sich mit Freudentränen gefüllt. Ja, Clementine war bei ihr. Endlich. Paula konnte das noch gar nicht richtig glauben. Die Dunkelheit ließ diese Tatsache noch nicht vollständig real wirken. Sie würde Clementine nochmal fragen müssen, wenn sie sich dabei in die Augen sehen konnten. Doch für den Moment begnügte sich Paulas Glückseligkeit mit Clementines Worten. Die emotionalen Strapazen der letzten Tage schienen überstanden und hatten für Paula ein gutes Ende bereitgehalten. Allerdings fühlte sie sich nun erschöpft, wollte schlafen, am liebsten sofort.

„Hey, wir dürfen hier auf keinen Fall einschlafen." Auch Clementine klang müde. „Los, lass uns aufstehen." Clementine half ihr hoch und Paula war etwas wackelig auf den Beinen.

„Wie sollen wir denn zurückfinden?"

„Mein Handy hat GPS. Das funktioniert, ich habe das vorhin getestet."

Nach einigen Minuten erreichten sie den Zeltplatz neben dem Camp. Die Gruppe hatte sie noch nicht entdeckt, aber Paula und Clementine konnten von Weitem hören, worüber die Freunde sprachen.

„Wir sollten die beiden suchen", schlug Nora vor und

klang ziemlich besorgt.

„Clementine kennt sich hier bestens aus, sie sind bestimmt gleich zurück“, versuchte Mike sie zu beruhigen, schien von seinen eigenen Worten aber selbst nicht so recht überzeugt. Rachel hatte sich abseits der Gruppe an einen großen Felsen gelehnt. Paula konnte ihr Gesicht nicht richtig erkennen, aber ihre Körpersprache zeigte eindeutig, dass sie sich nicht wohlfühlte. Vermutlich plagte sie ein schlechtes Gewissen. Denn selbst wenn sich Rachel nicht über das gesamte Ausmaß ihres dreisten Vorstoßes bewusst war, so würde ihr zumindest klar sein, dass das Verschwinden von Paula und Clementine im direkten Zusammenhang damit stand.

„Wir sollten ihnen Bescheid sagen“, flüsterte Paula.

„Ja, du hast recht. Wenn du willst, kann ich das machen. Du siehst müde aus.“ Clementine strich Paula eine Strähne aus dem Gesicht und sah ihr in die Augen. „Oder willst du mitkommen?“ Paula schüttelte schläfrig den Kopf.

„Ok, dann leg dich hin. Ich komme gleich zu dir. Ich will ihnen nur sagen, dass alles in Ordnung ist.“

Paula schlüpfte ins Zelt, zog sich schlaftrunken um und zwängte sich in ihren Schlafsack. Ihre Muskeln taten weh und jetzt erst spürte sie, dass die Haut an ihren Beinen brannte. Vermutlich hatte sie sie während ihres blinden Laufs durch den Wald an herumliegenden Ästen und Baumstämmen aufgekratzt. Doch sie war zu müde, um jetzt noch danach zu sehen. Sie wollte einfach nur schlafen und die Gedanken an das, was gerade zwischen ihr und Clementine im Wald geschehen war, mit in ihre Träume nehmen. Noch immer spürte sie das nachhallende Pulsieren auf ihren Lippen, konnte fühlen, wie sich Clementine auf ihr bewegt hatte. Und erneut erwachte eine leise Erregung ganz tief in ihrem Inneren und flüsterte ihr, dass sie schon bald nach neuen Berührungen, nach weiteren Küssen verlangen würde. Als hätte auch Clementine diese Stimme vernommen, öffnete sich das Zelt.

„Schläfst du schon?“, flüsterte sie vorsichtig. Mühsam

brummte Paula ein Nein. Clementine kicherte, strich über Paulas Wange und begann damit, sich umzuziehen.

„Paula? Man kann die beiden Schlafsäcke zu einem großen umbauen. Hast du was dagegen, wenn ich...?“ Paula schmunzelte und brummte zustimmend. Behutsam und möglichst ohne Paulas Halbschlaf zu stören, öffnete sie ihren Schlafsack und fädelte den Reißverschluss in den zweiten Schlafsack ein. Danach konnte auch sie endlich in den gemeinsamen Schafsack schlüpfen, um sich dann dicht an Paula anzukuscheln. Paula registrierte noch, wie sie von Clementine ein zärtliches Küsschen auf den Mund erhielt, bevor sie endgültig selig und zufrieden in Clementines Armen wegdämmerte.

KAPITEL 14

Es war bereits taghell als Paula am folgenden Tag die Augen aufschlug. Die Sonne hatte das Zelt bereits spürbar erwärmt und schon bald würde das Thermometer die angenehme Temperatur überschreiten. Doch Paula würde die Hitze billigend in Kauf nehmen für das, was ihr im Gegenzug geboten wurde. Dicht neben ihr, mit einem Arm auf Paulas Bauch, lag eine friedlich schlummernde Clementine. Es war also kein Traum gewesen. Paula war nicht zusammengekauert in der Wildnis erwacht, sondern lag tatsächlich neben dieser wundervollen Frau, mit der sie heute Nacht geschlafen hatte. Diesen Satz so eindeutig ausformuliert in ihrem Kopf zu hören, löste prickelnden Schwindel in ihr aus. Sie hatten sich geküsst, hatten sich berührt, sich aneinander erregt. Und es war überwältigend schön gewesen. Dabei hatten sie gar nicht viel getan. Nicht einmal entkleidet hatten sie sich. Selbst die Stoffe, die die beiden getrennt hatten, waren für ihre Erregung kein Hindernis gewesen. Kaum auszumalen, was passieren würde, wenn die lästigen Textilien beim nächsten Mal ihre nackten Körper nicht mehr voneinander fernhielten. Sie musste dringend ihre Gedanken zügeln, sonst würde sie gleich ungehemmt über die nichtsahnende Frau in ihrem Arm herfallen. Womöglich würde sie gar keinen Widerstand leisten, vielleicht aber auch doch. Deshalb zog es Paula vor, ihr zunächst sanft übers Gesicht zu streicheln, ihre schönen Konturen mit ihren Fingerspitzen abzufahren, um sich zu vergewissern, dass sie wirklich echt war. Offenbar war Clementine an der Nase kitzelig, denn als Paula an ihrem Nasenrücken entlangfuhr, kniff sie grinsend ihre Augen zusammen. Jetzt schlug sie ihre Augen auf und begrüßte Paula mit dem strahlendsten Lächeln, das sie ihr bislang geschenkt hatte. Sie sprachen beide nicht, sondern betrachteten ihre Gesichter interessiert. Ganz so, als würden sie sich heute zum ersten Mal sehen, auf eine neue, ganz intime Weise. Sie ließen sich Zeit, hakten ihre Finger ineinander und genossen diese wundervolle Stille miteinander. Paula hätte diese tiefbraunen mandelförmigen Augen mit den langen dunklen Wimpern bis in alle Ewigkeit beobachten, sich von ihrem Anblick ernähren können. Clementines winzige Sommersprossen hatte sie bereits zum wiederholten Male abgezählt und strich nun mit dem Zeigefinger über ihre sinnlichen Lippen. Bei dem Gedanken daran, irgendwann ihre Zweisamkeit aufgeben zu müssen, verzog Paula das Gesicht zu einem traurigen Schmollen.

„Geht es dir gut?", flüsterte Clementine.

„Sehr gut sogar" Paula fand sofort zu ihrem Lächeln zurück. „Und dir?"

Statt eine Antwort zu geben, schob sich Clementine zu Paula herüber, legte ihre sanften Lippen auf Paulas und ließ prompt einen Schwarm Schmetterlinge in Paula tanzen. Paula erwiderte den Kuss, indem sie verspielt an Clementines Unterlippe saugte und daran zu knabbern begann. Sie entlockte Clementine damit einen hoffnungsvollen Seufzer der Erregung, bei dem sie beide aufgeschreckt zusammenzuckten. Sie kicherten stumm, denn sie wussten, dass, wenn sie nicht aufpassten, die dünnen Zeltwände ihnen Zuhörer bescheren würden. Ohne es auszusprechen waren sie sich einig, ihr gegenseitiges Verlangen auf einen günstigeren Zeitpunkt zu verschieben.

„Willst du frühstücken?", wollte Clementine wissen.

Widerstrebend nickte Paula. Warum hatte sie das Zelt auch so dicht neben die anderen gestellt? Andererseits hätten sie auch in diesem Fall irgendwann ihr Zelt verlassen müssen. Paulas großes Loch in ihrem Magen schrie bereits danach, endlich versorgt werden zu wollen. Ob die anderen schon wach waren? Was hatte sie eigentlich nach ihrer gestrigen Aktion von ihnen zu erwarten? Würden sie ihr Fragen stellen? Und falls ja, was sollte sie sagen? Vor allem der Gedanke an Rachel bereitete ihr Bauchschmerzen. Sie war nicht dumm. Sie würde es an Paulas Nasenspitze ablesen können, dass sich zwischen Clementine und ihr etwas verändert hatte. Wie genau hatte es sich eigentlich verändert? Clementines Verhalten deutete jedenfalls nicht daraufhin, dass es sich heute Nacht um eine einmalige Sache gehandelt hatte. Es war dennoch zu früh, um dazu eine eindeutige Aussage machen zu können. Deshalb hoffte Paula inständig, dass ihr jedwedes Kreuzverhör erspart blieb.

„Ok, lass uns frühstücken.“ Paula blätterte sich aus dem Schlafsack und wollte eigentlich gerade die Zelttür öffnen. Da griff Clementine von hinten nach ihrem Arm und zog sie wieder an sich heran. Stürmisch fiel sie über Paula her, küsste sie leidenschaftlich, bis ihnen beiden die Luft wegblieb. Ihre Hände tasteten gierig nach dem Körper des anderen, schoben sich unter ihre Shirts und begannen dort ihre Reise nach oben. Clementine wollte gerade Paulas Shirt über ihren Kopf streifen, da ertönte eine demonstrativ laute Stimme: „Aufwachen, ihr Schlafmützen! Das Frühstück steht bereit“ Es war Nora, die beide in ihrer Bewegung erstarren ließ. Sie mussten sich gegenseitig dazu zwingen nicht laut loszuprusten und hielten ihre Hand auf den Mund des anderen.

„Kommen“, versuchte Clementine möglichst schlaftrunken zu klingen.

„Ist ein bisschen, wie von der eigenen Mutter ertappt zu werden“, kicherte Paula leise und zog ihr Shirt wieder nach unten.

Clementine seufzte, offenbar enttäuscht so nahe vor ihrem Ziel gescheitert zu sein. Doch auch sie rückte ihre Klamotten zurecht und folgte Paula aus dem Zelt.

Sie waren die letzten, die am Frühstückstisch Platz nahmen. Paula sah sich unsicher um, war auf der Hut vor neugierigen Blicken. Doch zu ihrer Überraschung stellte niemand eine unangenehme Frage oder grinste sie vielsagend an. Das war beinahe zu auffällig. Sie wüsste doch zu gern, was Clementine ihnen nach ihrer Rückkehr erzählt hatte. Vermutlich hatte sie keine pikanten Details genannt. Paula war sich sogar sicher, dass sie nicht einmal etwas angedeutet hatte. Dafür hielt sie Clementine für zu diskret.

Letztlich sollte es egal sein. Hauptsache, es hatte funktioniert. Sie warf einen verstohlenen Blick zu Rachel. Sie saß am anderen Ende des Tisches und starrte stur auf ihr Brötchen. Ihre tiefen, dunklen Augenringe verrieten, dass ihr kein erholsamer Schlaf vergönnt gewesen war. Und ihr trauriger Blick deutete daraufhin, dass es ihr überhaupt nicht gut ging. Paula ärgerte sich, dass sie, was typisch für Paula war, Mitleid mit ihr empfand. Dabei hatte ihr Rachel allen Grund gegeben, wütend auf sie zu sein. Wenn die vorangegangene Nacht ein anderes Ende gefunden hätte, wäre das auch sicher der Fall gewesen. Doch Paula fühlte sich gerade wie das Glück in Person und hätte am liebsten die ganze Welt umarmt. Trotzdem wollte sie so taktvoll sein und es nicht laut hinausschreien, wollte jene Nachsicht zeigen, die sie von Rachel nicht hatte erwarten können. Allerdings ließ es sich Paula aber nicht nehmen, Clementine gelegentlich ein verstohlenes Lächeln zu schenken, oder ihr zufällig zärtlich am Bein entlang zu streifen.

„Wann wollen wir uns denn heute auf den Heimweg machen?“, fragte Carlos.

Paula hatte fast vergessen, dass heute bereits der letzte Tag war. Sie hatten doch gerade erst ihre gegenseitige Zuneigung offenbart und könnten diesen Ort jetzt auf eine ganz neue Weise miteinander entdecken. Außerdem hatte sie Angst, dass nach diesem Ausflug der ganze Zauber bereits wieder verflogen sein könnte. Sie selbst würde auch in New York ganz verrückt nach Clementine sein, dessen war sie sich sicher. Immerhin war sie ja bereits vor ihrer Anreise ganz vernarrt in diese Frau gewesen. Doch was fühlte Clementine? War das für sie vielleicht nur ein prickelndes Urlaubsvergnügen? Es hatte sich noch keine Gelegenheit ergeben, über all die Dinge zu sprechen. Und vorerst sah Paula auch keine Chance für ein privates Gespräch zu zweit. Deshalb schob sie die negativen Gedanken beiseite und nahm sich vor, die letzten Stunden an diesem Ort mit Clementine zu genießen.

„Ich hatte gedacht, dass wir uns am frühen Nachmittag

auf den Weg machen“, antwortete Clementine.

Das schien im Sinne aller zu sein, denn niemand widersprach ihr. Sie verabredeten, bereits nach dem Frühstück einen Teil ihrer Ausrüstung in den Autos verstauen, damit ihnen diese unliebsame Aufgabe nicht bis zum Nachmittag im Nacken saß und die letzten Stunden verdarb.

„Mike, Ted und ich wollten nachher noch zu den Wasserfällen, kommt ihr mit?“, fragte Nora die beiden. Clementine rümpfte die Nase. Irgendwas schien ihr an Noras Vorschlag nicht zu gefallen. Doch dann fasste sie sich wieder, lächelte Paula an und überließ ihr die Entscheidung: „Willst du?“

„Hier gibt es auch Wasserfälle? Klingt toll!“, rief Paula begeistert.

Nachdem Nora außer Hörweite war, flüsterte Clementine ihr ins Ohr: „Ich wollte da eigentlich allein mit dir hin.“ Das wäre natürlich fantastisch gewesen. Doch auch so freute sich Paula auf den Ausflug und vielleicht würden sich trotzdem einige Momente zu zweit ergeben. Immerhin würde Rachel nicht an dem Ausflug teilnehmen und sie bespitzeln können. Ein echter Gebirgswasserfall. Paula überlegte, ob sie ein solches Naturschauspiel überhaupt schon mal in natura gesehen hatte, doch konnte sie sich an nichts dergleichen erinnern. Das würde sicher ein gelungener Abschluss ihres Wochenendes werden.

Nach dem Frühstück ging es ans Packen. Fleißig wuselten die Urlauber durch das Camp und verstauten alles, was sie bis zur Abfahrt nicht mehr dringend benötigten. Zuerst hatten sie die Schlafunterkünfte von ihren persönlichen Habseligkeiten befreit, so dass Paula und Clementine damit beginnen konnten, die Zelte wieder abzubauen.

Da die beiden nie völlig außer Blickweite waren, hielten sie sich mit Körperkontakt zurück. Trotzdem blieben bei ihren Handgriffen gelegentliche Berührungen nicht aus, was Paula jedes Mal vor Erregung schaudern ließ. Clementine ging es nicht anders. Ihr gieriger Blick ließ Paula unmissverständlich wissen, dass Paula bei der nächsten sich bietenden Gelegenheit vor ihr nicht sicher war. Paula genoss dieses Gefühl, fand dieses Spiel, sich mit Blicken anzuheizen, höchst erregend. Sie ließ sich von Clementine mit den Augen ausziehen und sich liebkosen und stellte sich vor wie sie Clementine im Gegenzug in schwindelerregende Höhen treiben konnte. Beim Beladen und im Schutz des Busses nahm sich Clementine dann das, was ihr bereits viel zu lange vorenthalten wurde. Reflexartig schnappte sie sich Paula und drückte sie gegen die Beifahrertür des Wagens. Sie hielt Paulas Handgelenke fest umschlossen, so dass es für sie kein Entkommen gab. Paula spielte ihre Rolle nur zu gern, versuchte sich aus ihrem Griff herauszuwinden. Doch Clementines diabolisches Grinsen zeigte keine Gnade. Sie machte den entscheidenden Satz nach vorne, fiel über Paula her und bat diesmal nicht um Einlass. Paulas Erregung katapultierte sich in ungekannte Höhen, ihre Beine zitterten und drohten nachzugeben, doch Clementine hatte sie fest in ihrem Griff. Jetzt spürte sie, wie Clementine ihr Bein zwischen Paula schob, wodurch sie abermals ein lautes Stöhnen unterdrücken musste. Beinahe wäre es im Rausch ihres Treibens untergegangen, doch hörte Paula plötzlich lauter werdendes Gerumpel hinter dem Bus.

„Wir sollten aufhören, ich glaube da kommt jemand“, flüsterte Paula, heiser vor Erregung.

„Ja“, stöhnte Clementine, während sie unverändert an ihren Lippen hing.

Doch sie konnten es einfach nicht lassen. Erst im allerletzten Moment ließen sie voneinander ab, drehten sich hastig in verschiedene Richtungen und steckten verlegen ihre Hände in die Hosentaschen. Nora war es, die die beiden aufgeschreckt hatte und mit zwei Tüten leerer Bierdosen um die Ecke gepoltert kam. Die ertappten Frauen räusperten sich, griffen nach den Zelten und transportierten sie kommentarlos zum Kofferraum. Doch Noras Augen war das auffällige Verhalten der beiden nicht entgangen. Sie musterte die zwei durchdringend und als sie sicher schien, bildete sich auf ihren Lippen ein breites, wissendes Grinsen.

„Scheinen ja ganz schön schwere Zelte zu sein, euren roten Köpfen nach zu urteilen", merkte sie amüsiert und mit hochgezogener Augenbraue an. Woraufhin Paula und Clementine einen flüchtigen Blick austauschten und die Lippen zusammenpressten, um ein verräterisches Grienen zu unterdrücken. Mit einem wohlwollenden Nicken ließ sie die zwei Turteltauben wieder allein und verschwand Richtung Camp.

Nach einer knappen Stunde hatten die Camper den Großteil ihrer Ausrüstung verstaut, so dass sie die letzten Stunden ihres Urlaubs zur freien Verfügung hatten. Wehmütig blickte Paula auf die Überreste des Camps, von dem fast nichts mehr zu erkennen war. Die Zeit war so schnell verstrichen, dabei hatte sie das Gefühl, gerade erst richtig angekommen zu sein. Ob sie im nächsten Jahr an diesen Ort zurückkehren würde? Vermutlich nicht. Selbst wenn sich zwischen ihr und Clementine etwas Ernstes entwickeln würde, was Paula insgeheim natürlich wünschte, dann wäre sie dennoch aller Voraussicht nach wieder in Deutschland und würde ihrem Studium nachgehen.

„Los Mädels, wir wollen los", rief Mike zu den drei Frauen, die sich für die Fahrt zu den Wasserfällen gemeldet hatten. Da der Pick-Up über genau fünf Sitzplätze verfügte, entschieden sie sich gegen den Bus und nahmen das wendigere Fahrzeug. Nora, Clementine und Paula nahmen auf der Rückbank Platz, Mike saß am Steuer und Ted war sein Beifahrer. Paula hatte noch keine Idee, was genau sie an diesem Ort erwartete, doch Nora hatte ihr versichert, dass sich der Ausflug zu den Wasserfällen definitiv lohnen würde.

Kaum hatte sich das Fahrzeug in Bewegung gesetzt, griff Clementine nach Paulas Hand. Paula sah sie verblüfft an, denn sie hatte mit einer solchen offenkundigen Geste nicht gerechnet. Doch Clementine versicherte ihr mit einem unmissverständlichen Strahlen, dass es sich dabei um kein

Versehen handelte. Paula hätte vor Stolz platzen können. Es fühlte sich großartig an Clementines Seite an und, was Paula am meisten überraschte, es war überhaupt nicht seltsam, dass Clementine eine Frau war. Womöglich sähe das in New York, unter den Augen unzähliger Fremder, nochmal etwas anders aus. Sie hoffte inständig, dass sie die Gelegenheit bekam, das herauszufinden. Doch indem Clementine offensichtlich selbst vor ihren Freunden kein Geheimnis aus ihnen machte, wagte Paula den ersten zaghaften Gedanken, dass sie für Clementine ebenfalls mehr als nur ein Urlaubsabenteuer war.

Nach einer halbstündigen Fahrt parkte Mike den Wagen schließlich an einem unscheinbaren Straßenrand. Paula blickte sich irritiert um, denn nichts deutete daraufhin, dass sich in der Nähe ein Wasserfall befinden könnte. Da die anderen jedoch ausstiegen, folgte Paula ihnen.

„Ab jetzt geht es querfeldein“, erklärte ihr Ted, „Das wird zwar erstmal unbequem, aber es lohnt sich. Du wirst sehen.“

Ted hatte nicht übertrieben. Sie schlugen sich durch dichte Büsche, kraxelten unbefestigte Hänge hinauf und wieder herunter und gelangten so immer tiefer in den Wald hinein. Paula war froh, sich für das richtige Schuhwerk entschieden zu haben, denn mit ihren Straßenschuhen hätte sie das unwegsame Gelände kaum bezwingen können.

„Gleich sind wir da“, schnaufte Nora. Doch Paula sah noch immer weit und breit nichts, was auf Wasser, geschweige denn auf einen Wasserfall hindeutete. Doch hörte sie in der Ferne ein monotones Rauschen, das, je weiter sie voranschritten, allmählich lauter wurde. Und nun entdeckte sie auch den passenden Fluss dazu. Eilig drückte sich das Wasser über das natürliche Flussbett, als könnte es gar nicht abwarten, endlich über die bevorstehende Klippe nach unten gerissen zu werden. Das Rauschen war mittlerweile zu einem ohrenbetäubenden Getöse herangewachsen.

„Sag mal, sind wir etwa am oberen Ende des

Wasserfalls?“, dämmerte es Paula langsam.

Clementine grinste. „Könnte schon möglich sein.“

Sie erreichten die Kante des Flusses und befanden sich jetzt auf einem danebenliegenden Felsvorsprung, von dem aus man in die Tiefe blicken konnte. Mike und Ted wagten sich ohne Zögern bis zur Kante, gingen in die Knie und beugten sich vor, um den unteren Teil des Wasserfalls in Augenschein zu nehmen. Nur wenige Zentimeter neben ihnen donnerten naturgewaltig die unaufhaltsamen Wassermassen an ihnen vorbei und Paula traute sich kaum, den beiden bei ihrem wagemutigen Manöver zuzuschauen. Wo sie vorhin noch glaubte, keine Vorstellung von dem Ausflug gehabt zu haben, stellte sie jetzt fest, dass sie nicht erwartet hatte, am oberen Teil des Wasserfalls stehen zu müssen. Vielmehr war sie davon ausgegangen, im gemütlichen Auffangbecken des Flusses einige Bahnen zu ziehen.

„Und wo führt jetzt der Weg nach unten?“, Paula sah sich suchend nach einem Pfad neben dem Fluss um. Als sich ihre Augen wieder auf die Gruppe richteten, blickte sie in vier überaus amüsierte Gesichter, die in Paula eine böse Vorahnung aufkommen ließen.

„Ihr wollt doch nicht wirklich… ich meine, ich werde auf keinen Fall… das ist Wahnsinn!“, stammelte Paula mit panisch aufgerissenen Augen und wedelte abwehrend mit den Händen. Clementine bekam sich vor Lachen kaum noch ein, hob aber immer wieder entschuldigend die Hände.

„Süße, du musst das nicht machen.“ Sie griff nach Paulas Hand, zog sie zu sich heran und streichelte ihr mit dem Handrücken über die Wange. „Das ist nicht schlimm. Mir ging es beim ersten Mal auch so.“ Auch Nora gab zu, dass sie erst im letzten Jahr ihren ersten Sprung gewagt hatte und, dass Paula nichts tun müsste, womit sie sich unwohl fühlte. Noch während die beiden beruhigend auf Paula einzureden versuchten, flitzte Ted in vollem Tempo an ihnen vorbei und sprang mit ganzer Kraft und einem lauten Tarzanschrei in die Tiefe.

„Sehr hilfreich, Ted", brummte Nora genervt.

Paula ärgerte sich über ihre Feigheit. Sie wusste, sie musste hier niemandem etwas beweisen. Aber ihr war auch klar, dass sich eine solche Gelegenheit so schnell kein zweites Mal bieten würde. Außerdem würde sie sich später nur noch an ihr Versagen erinnern und das kam so überhaupt nicht für Paula infrage. Sie schnaufte einmal durch.

„Ich mach‘s", sagte sie trotzig und verschränkte die Arme.

Clementine riss überrascht die Augen auf.

„Wirklich?"

Paula verdeutlichte ihre Entscheidung, indem sie begann, ihre Klamotten auszuziehen. Ihren Blick hatte sie stur nach innen gerichtet, blendete ihre gesamte Umgebung völlig aus. Jetzt marschierte sie langsam zur Felskante. Noch knapp zwei Meter, dann würde sie direkt in die Tiefe blicken können und…hastig drehte sie wieder ab. Sie ging in die Hocke, stützte sich mit einer Hand am Boden ab und atmete kontrolliert ein und aus.

„Ich glaube, ich kann das nicht", keuchte sie.

Clementine eilte zu ihr und strich ihr sanft über den Rücken.

„Wie gesagt, du musst das nicht machen. Wir können auch runter laufen und einfach von dort ins Wasser gehen."

Paula fand den Vorschlag ausgesprochen zuvorkommend, konnte ihn aber auf keinen Fall annehmen. Sie wollte unter keinen Umständen, dass Clementine ihretwegen auf den Sprung verzichtete. Zumal Clementine ja wahrscheinlich genau wegen des Kicks hergekommen war. Im Augenwinkel sah sie nun Mike Anlauf nehmen. Auch ihm schien die Höhe wenig auszumachen. Er rannte los, sprang ab und verschwand geräuschlos in der Tiefe.

„Vielleicht können wir das zusammen machen? Also ich meine den Sprung", schlug Paula zögernd vor.

Clementine strahlte sie bei dem Vorschlag erfreut an.

„Das wäre großartig."

Schnell entledigte Clementine sich ihrer Hose und streifte ihr Shirt über den Kopf. Nun stand sie neben Paula in ihren Badesachen und signalisierte, dass sie bereit war, wenn Paula es war. Paula versuchte sich aufzurichten, merkte jedoch, dass ihre Knie noch etwas nachgaben. Deshalb griff sie nach Clementines Hand, die ihr den nötigen Halt gab, um sich aufrichten zu können.

„Wir müssen keinen Anlauf nehmen. Und du allein bestimmst das Tempo, ok?“, sagte Clementine.

Paula konnte lediglich nicken, ihre Angst ließ im Moment keine Worte zu. Sie hielten sich an den Händen und näherten sich der bedrohlichen Kante. Mit Clementine an ihrer Seite, wagte sich Paula so weit vor, bis sie diesmal tatsächlich in den Abgrund blicken konnte. Trotzdem begann ihr ganzer Körper zu schlottern, woraufhin Clementine ihre Hand noch fester hielt.

„Bei drei?“, fragte Clementine.

Wieder nickte Paula nur, schloss die Augen und atmete tief durch.

„Eins…“

„Zwei…“

„Drei!“

Unter Aufbringung allen Mutes traute sich Paula tatsächlich zum entscheidenden Satz und stürzte Hand in Hand mit Clementine und mit geschlossenen Augen in die Tiefe. Schneller als Paula einen Gedanken fassen konnte, tauchten sie ein in die weiße Gischt des Wasserfalls und wurden dabei unsanft auseinandergetrieben. Für einen Moment verlor Paula unter Wasser die Orientierung. Doch sie zwang sich, Ruhe zu bewahren, ließ sich von der Strömung in ruhigeres Gewässer treiben, bis sie die Oberfläche erkannte und ihr mit wenigen Schwimmbewegungen entgegenschwamm. Hastig holte sie Luft, atmete mehrere Male ein und aus. Und jetzt, als sie begriff, dass sie es tatsächlich geschafft hatte, dass sie wirklich gesprungen war, durchflutete ein Meer von Glückshormonen ihren gesamten Körper und ließen sie von der einen bis zur anderen Backe grinsen. Clementine tauchte jetzt unmittelbar vor ihr auf. Auch in ihrem Gesicht zeigte sich dieses unvermeidbare Lächeln, gegen das niemand nach einem solchen Nervenkitzel ankam.

Noch immer völlig überwältigt, schlang Paula ihre Arme um Clementine, zog sie an sich heran und küsste sie leidenschaftlich. Ihr war egal, ob sie von den anderen beobachtet wurden. Sie musste es jetzt einfach tun. Clementine leistete keinerlei Widerstand, im Gegenteil. Sie erwiderte ihre Liebkosungen auf gleiche Weise, umarmte Paula ihrerseits und wanderte mit ihren Händen geradewegs zu Paulas Pobacken. Noch während sie ganz ineinander vertieft im Wasser trieben, ertönte lautes Gebrüll am Zulauf des Wasserfalls. Millisekunden später sahen sie im Augenwinkel eine herabstürzende Nora, die sogleich in der sprühenden Gischt verschwand. Als sie wenig später ihren Kopf aus dem Wasser streckte, zeigte auch sie den hochzufriedenen Gesichtsausdruck, den auch sie eben noch ihr Eigen nannte. Paula konnte jetzt nachvollziehen, warum einige nach diesem Adrenalinkick süchtig waren. Sie überlegte sogar, ob sie es ein zweites Mal wagen sollte.

„Hey, wir gehen noch mal hoch. Kommt ihr mit?“, fragte Mike, der inzwischen neben Ted am Ufer stand.

Clementine überließ Paula die Antwort, indem sie sie fragend ansah.

„Auf jeden Fall!“, rief Paula begeistert.

Da Nora nicht als einzige unten bleiben wollte, ging die Gruppe nun geschlossen wieder nach oben. Der Aufstieg erforderte etwas Geschick, sie mussten aufpassen, nicht auf den glatten Felsen auszurutschen. Oben angekommen, gönnten sich die Frauen zunächst eine kurze Verschnaufpause, wohingegen die Jungs direkt durchstarteten.

Die Sonne hatte das Felsplateau erwärmt und lud dazu ein, sich auf ihm aufzuwärmen. Sie hatten ihre Handtücher ausgebreitet und es sich darauf bequem gemacht. Clementine lag auf ihrem Rücken, hatte ihre Beine angewinkelt und streckte ihr Gesicht mit geschlossenen Augen der Sonne entgegen. Nora lag rechts daneben und auch sie schien mit geschlossenen Augen vor sich hin zu dösen. Paula nutze die Gelegenheit, um den Anblick ihrer Angebeteten heimlich zu genießen. Sie hatte sich auf die Seite gedreht, ihren Kopf mit der Hand abgestützt und konnte Clementines Körper auf diese Weise ausgezeichnet studieren. Wie wunderschön diese Frau doch war. Ihr brauner Teint war in den vergangenen zwei Tagen um mindestens eine weitere Nuance dunkler geworden und erinnerte Paula an köstliche Caramelcreme. Mindestens so appetitlich schmeckte Clementine auch. Ihre Bodylotion roch nach Kokos und selbst nach dem Bad im Fluss nahm Paula diesen feinen Duft neben ihr noch wahr. Es war sinnlos, an Clementines Körper nach Makeln zu suchen. Sie war schlicht perfekt. Das hatte Paula anfangs eingeschüchtert, doch hatte sie inzwischen aufgehört, sich selbst mit ihr zu vergleichen. Paulas Blick wanderten von ihrer schmalen, sommersprossen-besprenkelten Nase, über ihre erdbeerfarbenen Lippen, hin zu ihrer Halsbeuge, in die sich Paula so herrlich mit ihrem Kopf reinkuscheln konnte. Ihre Augen verweilten dort aber nicht lange, denn sie wurden bereits von einem noch reizvolleren Körperteil in seinen Bann gezogen. Paula hätte es nie für möglich gehalten, dass weibliche Brüste je eine derartige Anziehungskraft auslösen könnten. Bislang waren Brüste für sie eben Brüste. Sie empfand diesen Körperteil an Frauen als durchaus schön, hatte aber nie das Bedürfnis gehabt, eine Frau an dieser Stelle berühren zu wollen. Clementines kleine, feste Wölbungen trieben Paula dagegen beinahe in den erotischen Wahnsinn. Ihr war das bisher gar nicht bewusst gewesen. Doch gerade in diesem Moment, als sie Clementines überaus verlockendes Dekolleté unverhohlen anstarrte und sich unter dem nassen Bikini ihre festen Brustwarzen abzeichneten, durchfuhr Paulas Unterleib ein lustvolles Kribbeln und verlangte von ihr, ihrem Trieb, über Clementine herzufallen, unverzüglich nachzukommen. Doch da lag auch noch Nora, deshalb riss sie sich zusammen und streichelte stattdessen, einigermaßen unverfänglich, Clementines Arm.

„So ihr zwei. Nächste Runde", durchbrach Nora irgendwann die Stille.

Clementine blinzelte hinter ihrer Sonnenbrille. Sie richtete sich auf und nickte Nora zu. Dann sah sie Paula fragend an.

„Ja, aber diesmal möchte ich es allein versuchen", erwiderte Paula.

Paula stand auf und tastete sich langsam bis zur Felskante vor. Noch immer hatte sie einen Heidenrespekt vor dem Abgrund, aber diesmal würde sie es ohne Clementines Hilfe schaffen. Jetzt lagen zwischen ihr und der Tiefe nur noch zwei Meter, die Paula aus einem Impuls heraus nutzte, um Anlauf zu nehmen. Sie sprintete los und stieß sich mit ihrem letzten Schritt weit von der Kante ab, so dass sie im hohen Bogen über die Klippe flog und diesmal mit geöffneten Augen der sich rasant nähernden Wasseroberfläche entgegenblickte. Sie streckte ihren Körper zu einer Kerze und tauchte im rechten Winkel ins kalte Wasser ein.

Auch diesmal spürte sie, wie sich das Adrenalin in ihrem Körper ausbreitete und ihr das Gefühl gab, sämtlichen Naturgewalten trotzen zu können. Sie war stolz. Stolz, dass sie es diesmal ganz allein geschafft hatte und, dass sie nicht mal mehr ihre Augen hatte schließen müssen. Sie wartete jetzt auf die beiden anderen, die kurz darauf am Himmel erschienen und von der Schwerkraft gnadenlos nach unten gerissen wurden. Das Wasser war kühl, deshalb konnten sie nicht lange darin verweilen.

„Wollen wir uns langsam auf den Rückweg machen?", schlug Clementine deshalb vor.

„Ja, sonst wird es doch etwas spät", antwortete Ted und blickte auf seine Armbanduhr.

Paula wurde abermals bewusst, dass der Wochenendurlaub schon bald sein jähes Ende finden würde. Am liebsten würde sie die Uhr nochmal zurückdrehen. Diesmal würde sie allerdings keine Zeit verschwenden und sich Clementine schon am ersten Tag schnappen. Doch Paula konnte die Uhr nicht zurückdrehen, geschweige denn sie anhalten. Schon morgen um diese Zeit würde sie bereits wieder im Büro sitzen. Sie fand diese Vorstellung gerade völlig absurd. Wieso taten sich Menschen sowas an, wenn sie stattdessen mit ihren Liebsten draußen in der Natur ihre Zeit genießen konnten? Nicht, dass ihr das Praktikum keinen Spaß bereiten würde, aber die Alternative schien doch so viel verlockender. Immerhin erwartete sie im Büro Christoph, dem sie liebend gern Bericht erstatten wollte. Wenngleich sie sich noch immer darum sorgte, wie es mit Clementine und ihr in New York weitergehen würden.

Als der Pick Up neben dem Bus zu stehen kam, war weit und breit niemand zu sehen. Sie vermuteten die anderen unten am Strand und tatsächlich fanden sie dort Sebastian, Rachel, und Cody, wie sie sich gegenüber saßen und eine Runde Karten spielten.

„Die anderen sind mit dem Floß unterwegs." Carlos deutete in die Ferne und Paula konnte einen winzigen Punkt auf der gegenüberliegenden Seite des Sees ausmachen.

„Was passiert eigentlich mit dem Floß?", wollte Paula wissen.

„Na, ich hoffe doch, es findet würdige Nachfolger. Und wenn nicht, dann überlebt es hoffentlich bis nächstes Jahr", antwortete Sebastian.

Nächstes Jahr. Wo Paula sich genau einem Jahr befinden würde? Vermutlich steckte sie mit der Nase in ihren Büchern, denn ihre Prüfungen würden dann bevorstehen. Sie seufzte. Sie war kaum drei Wochen hier und fand es bereits jetzt ganz schrecklich, wieder nach Deutschland zurückkehren zu müssen. Sie mochte Deutschland, aber im Moment bot Amerika das deutlich attraktivere Angebot. Sie blickte wehmütig auf Clementine, die sich mit Sebastian über die Rückfahrt unterhielt. Doch es war zu früh, um bereits Trübsal zu blasen. Sie nahm sich vor, jeden einzelnen Tag, den sie mit Clementine verbringen durfte, zu genießen. Was danach kommen würde, das würde sich früh genug zeigen.

Als das Floß wieder einlief, erinnerte Cody an das obligatorische Gruppenabschiedsfoto. Nora erklärte Paula, dass sie das bereits seit ihrem ersten Ausflug so machten.

„Leute, was haltet ihr davon, wenn ihr alle mit aufs Floß kommt?“, schlug Romeo vor.

Paula war nicht sicher, ob das Floß zehn Personen verkraften würde. Doch äußerte sie ihre Bedenken nicht.

„Ihr Mädels zuerst rauf zu uns“, befahl er.

Bis dahin klappte alles mühelos, doch die Schwergewichte würden jetzt erst folgen. Als Cody schließlich aufsteigen wollte, bekam das Floß bedenklich Schlagseite, was Nora kurz aufkreischen ließ. Doch nachdem sich das flache Boot wieder eingependelt hatte, hielt es auch ihm stand. Fehlte nur noch Mike, der bereits die Kamera auf einem Felsen am Ufer platziert hatte. Nachdem er den Selbstauslöser aktiviert hatte, blieben ihm noch zehn Sekunden, um rechtzeitig aufzuspringen. Er watete hastig durchs Wasser und schwang sich behände hoch. Mit einem gemeinsamen „Cheese“ grinsten sie breit in die Kamera, die mit ihrem rot flackernden Licht bestätigte, dass sie ihre Arbeit erledigt hatte. Mike sprang ins Wasser und prüfte die Aufnahme. Mit einem Nicken bestätigte er, dass das Bild im Kasten war, so dass auch die anderen vom Floß absteigen konnten. Nur Clementine blieb, hielt Paula am Arm fest und hinderte sie daran, der Gruppe zu folgen.

„Mike, machst du bitte noch ein weiteres Bild?“, rief sie rüber.

Paula warf einen heimlichen Blick auf Rachel, denn sie hatte Angst, dass Clementine sie damit erneut aufbrachte. Doch sie reagierte nicht auf Clementines Zuruf, sondern verließ ohne Zurückzublicken mit Nora den Strand. Entweder hatte sie sich inzwischen mit der neuen Situation abgefunden, oder sie konnte ihren Ärger diesmal gut verbergen.

Clementine setzte sich in die Mitte des Floßes und bat Paula, sich vor sie zu setzen. Dann umschlang sie Paula von hinten und legte ihren Kopf auf Paulas Schulter ab. Diesmal fiel Paula das Grinsen nicht schwer, sie hatte eher Mühe, es wieder abzustellen. Auch diesmal kontrollierte Mike die Aufnahme, war aber mit dem Ergebnis nicht ganz einverstanden.

„Mhm, das Bild ist ganz nett, aber das geht bestimmt noch ein bisschen enger“, grinste er.

Clementine lachte und noch rückte dichter an Paula heran. Kurz bevor Mike erneut knipste, drückte sie Paula einen Schmatzer auf die Wange.

„Ja, das ist es“, sagte er zufrieden.

„Schick mir das Bild bitte“, bat ihn Clementine.

„Aber klar.“

Die letzten Gegenstände waren in den Autos verstaut, so dass sie die Heimfahrt antreten konnten. Sie fuhren in alter Besetzung, also durfte auch diesmal Paula neben Clementine Platz nehmen. Mit der Pick Up Truppe hatten sie vereinbart, auf dem Rückweg erneut einen kleinen Abstecher im Diner zu machen. Dort könnten sie gemeinsam eine Kleinigkeit essen und sich anschließend voneinander verabschieden.

Der Rückweg erschien Paula erheblich kürzer als die Hinfahrt. In Windeseile hatten sie das Diner erreicht. Auch diesmal führte Paulas erster Weg zur Toilette. Nachdem sie sich erleichtert hatte, wusch sie sich am Waschbecken die Hände. Paula betrachtete sich im Spiegel. Komisch, zwischen jetzt und ihrem letzten Spiegelbild lagen gerade mal 48 Stunden und dennoch hatte sie den Eindruck, einer anderen Paula entgegenzublicken. Sie sah genauer hin. Da gab es dieses spezielle Lächeln auf ihren Lippen, das vorher nicht da war. Es war nicht besonders schwer, eine Begründung für ihren zufriedenen Gesichtsausdruck zu finden. Sie war mit einer Menge Fragen im Gepäck angereist. Fragen, die gleichzeitig Hoffnungen und Ängste in sich getragen hatten. Die entsprechenden Antworten, die sie in den vergangenen zwei Tagen erhalten hatte, waren überaus erfreulich gewesen und hatten ihre Hoffnungen bestätigt und die Ängste begraben. Die Erkenntnis, dass Clementine ihre Zuneigung tatsächlich erwiderte, war ein Prozess, der noch lange nicht abgeschlossen war. Paula ertappte sich immer wieder bei dem Gedanken, dass sie sich in Wahrheit alles nur einbildete, dass sie eigentlich in ihrem Bett lag und träumte. Dann aber berief sie sich darauf, dass ihr Gehirn zu solch einer perfekten Illusion sicher nicht imstande war. Perfekt. Das war das entscheidende Wort. Genauso fühlte es sich mit Clementine an. Sie verkörperte alles, was Paula sich wünschte. Sie war klug, ohne es nach außen zu kehren, sie war besonnen und strahlte auf Paula diese angenehme Ruhe aus, die sie sich manchmal für sich selbst wünschte. Außerdem war Clementine unglaublich zärtlich, ihre Berührungen waren eine Offenbarung, ihre Küsse übernatürlich und atemberaubend. Paulas Spiegelbild errötete. Verlegen von ihrem eigenen Anblick, richtete sie ihren Blick auf ihre Hände. Doch da hatte die Frau im Spiegel ihr bereits das Eingeständnis abgerungen, um das sich Paula bislang noch gewunden hatte. Sie hatte sich verliebt. Es war zwecklos, sich etwas anderes einreden zu wollen. Spätestens nach diesem Wochenende war sie dieser wundervollen Frau mit Haut und Haaren verfallen.

Wie weit Clementines Gefühle für sie reichten, das wusste Paula nicht mit Sicherheit, wollte es aber herausfinden. Doch die Zuversicht, die ihr Herz versprühte, ließ sie hoffnungsvoll auf die nächsten Tage blicken.

Die beiden Gruppen hatten gemeinsam einen kleinen Snack eingenommen und sich anschließend vor ihren Wagen eingefunden, um sich voneinander zu verabschieden. Kreuz und quer wuselten sie durcheinander. Die Frauen gaben den Männern einen freundschaftlichen Schmatzer auf die Wange, während sich die Männer gegenseitig brüderlich auf die Schultern klopften. Auch

Paula wurde von der Pick Up Gruppe herzlich verabschiedet. Sie betonten mehrfach, wie schön sie es mit ihr gewesen war und luden sie für das kommende Jahr herzlich ein. Das rührte Paula sehr und sie hätte beinahe ein Tränchen verdrückt, denn sie wusste, dass sie im nächsten Jahr nicht dabei sein könnte. Während der Umarmungen wurde sie unweigerlich zum jeweils nächsten weitergereicht, bis sie plötzlich und unerwartet vor Rachel stand. Paula wusste nicht recht, wie sie sich ihr gegenüber verhalten sollte. Auch Rachel sah sie unschlüssig an. Doch dann geschah etwas, womit Paula ganz und gar nicht gerechnet hatte. Rachel schloss sie völlig unvermittelt in die Arme, drückte sie fest und flüsterte ihr ins Ohr: „Tut mir leid wegen gestern. Bitte tu ihr nicht weh, ja?“

Paula war so perplex, dass sie zunächst gar nichts antworten konnte. Erst, als sich beide wieder aus der Umarmung lösten, sagte sie: „Versprochen.“

Auch Clementine hatte das soeben Geschehene bemerkt und schien davon sichtlich irritiert. Doch sie sagte nichts.

Nach ihrem ausgiebigen Abschiedsritual bestiegen sie ihre jeweiligen Fahrzeuge und setzten ihren Heimweg fort. Einige Kilometer fuhren die beiden Autos noch hintereinander, bis sich an einer Gabelung die Wege trennten und sie sich mit einem kurzen Hupen einen letzten Gruß sendeten. Jetzt knatterte der alte Bus allein die endlosen Straßen entlang und brachte Clementine und ihre Freunde zurück in die Zivilisation.

Paula fiel auf, dass Nora auf ihrer Rückbank etwas unruhig wirkte. Sie hatte sich schon mehrfach nach vorne gebeugt und wollte offenbar irgendwas sagen. Doch zögerte sie immer wieder und lehnte sich anschließend wieder zurück. Beim dritten Mal schien sie es nicht mehr auszuhalten.

„Sag mal, was hat Rachel gerade zu dir gesagt?“

Sofort hatte Paula auch Clementines Aufmerksamkeit, die scheinbar nicht minder an einer Antwort auf diese Frage interessiert war. Doch Paula konnte unmöglich preisgeben, was Rachel ihr zugeflüstert hatte. Es war eine Vereinbarung zwischen der Frau, die Clementine einst geliebt hatte und der Frau, die von nun an Clementine ihr Herz schenken wollte. Doch es war noch viel zu früh, um mit anderen darüber zu sprechen. Paula und Clementine hatten sich noch nicht einmal offiziell ihre Gefühle gestanden. Rachel hatte da offenbar bereits einen Schritt weitergedacht. Selbst Paula würde es noch nicht wagen, Clementine und sie als ein Paar zu bezeichnen.

„Ich glaube, Rachel würde nicht wollen, dass ich das verrate", bemühte sich Paula um eine diplomatische Antwort. Nora brummte unzufrieden, gab sich aber wohl oder übel mit dieser Antwort zufrieden. Clementines musternder Blick deutete jedoch an, dass für sie dazu noch nicht das letzte Wort gesprochen war. Doch für den Moment ließ auch sie das Thema vorerst auf sich beruhen.

Sie hatten die Stadtgrenze erreicht und bereits jetzt war Paula vom Lärm und dem hektischen Treiben der Großstadt genervt. Sie wollte wieder zurück, wollte Clementine vorschlagen, einfach wieder umzukehren, um noch ein paar Tage an dem schönen See zu verbringen. Nora und die drei Jungs durfte sie natürlich gern vorher zuhause absetzen. Wie schön die Vorstellung war, Clementine ganz für sich allein zu haben. Ohne Stress, ohne andere Menschen und ohne den lästigen Alltag. Dabei liebte Paula doch die Großstadt, liebte es, am Puls der Zeit zu leben. Doch gerade war dieser Ort nicht der richtige. Weil es hier vor dem Wochenende noch kein 'Clementine und Paula' gegeben hatte und sie Angst hatte, dass zurück in New York wieder alles beim Alten war. Ihr stiller Monolog hinderte den Bus nicht daran, sich stur seinem Ziel zu nähern. Zuerst erreichten sie das Haus, vor dem sie zwei Tage zuvor Nora eingesammelt hatten.

„So, da wären wir", seufzte Nora, „die Zeit geht immer viel zu schnell rum."

„Da sagst du was Wahres", antwortete Clementine.

„Aber wir sehen uns doch die nächsten Tage direkt wieder.“

„Ja, spätestens Donnerstag“, erwiderte Nora.

„Paula“, Nora beugte sich nach vorne und umarmte sie, „Es war so schön mit dir. Clementine hat da eine gute Wahl getroffen. Aber wollen wir jetzt mal nicht rührselig werden. Vielleicht sehen wir uns ja auch am Donnerstag.“

Paula blickte fragend zu Clementine, die ihr ein rätselhaftes Schmunzeln entgegnete.

„Ich fands ebenfalls sehr schön. Und ich hoffe auch, dass wir uns schon bald wiedersehen.“ Paula hatte Nora wirklich ins Herz geschlossen. Sie war ihr im Camp eine gute Freundin und Gesprächspartnerin gewesen und Paula würde sich wirklich freuen, wenn sie auch in Zukunft den Kontakt nicht verlieren würden. Da auch die drei Jungs regelmäßigen Kontakt mit Nora zu haben schienen, fiel die Verabschiedung diesmal knapper aus. Mike half Nora noch, ihre Habseligkeiten aus dem Kofferraum zu kramen. Mit einem lauten Rums schloss er danach die Kofferraumtüren und sprang wieder auf die Rückbank des Busses, so dass dieser seinen Weg weiter fortsetzen konnte. Als Nächstes würden sie wohl Paulas Adresse ansteuern. Paula seufzte schwer. Jeder weitere Meter, den sie zurücklegten, drückte spürbar auf ihre Stimmung, sogar ihr krampfender Magen rebellierte gegen den bevorstehenden Abschied. Doch dann schlug Clementine plötzlich eine ganz andere Route ein. Paula sah sie irritiert an.

„Ich bringe zuerst die drei Jungs nachhause. Ich hoffe, das ist für dich ok?“, zwinkerte sie Paula an.

Paulas Herz machte einen erfreuten Satz und ihre Magenkrämpfe waren fürs Erste wie weggeblasen.

„Sie will uns anscheinend dringend loswerden“, meldete sich Cody von hinten. Paula lugte in den Rückspiegel und sah, dass sich die drei vielsagende Blicke austauschten.

„Ja, drei Tage mit euch sind mehr als genug“, konterte Clementine.

Nach wenigen Minuten hielt Clementine vor einem alten Stadthaus. Sowohl Cody als auch Ted und sogar Mike sprangen aus dem Bus und begannen, den Kofferraum zu entladen.

„Wieso sind denn jetzt alle drei auf einmal ausgestiegen?“, wollte Paula wissen.

„Ach, das weißt du ja gar nicht. Sie wohnen zusammen in einer WG.“

„Hey, noch sind wir da. Wollt ihr euch nicht verabschieden?“, maulte Mike.

Natürlich wollten sie das. Deshalb hüpften nun auch Paula und Clementine aus dem Bus und verabschiedeten sich gebührend von den Freunden.

„Sehen wir dich?“, wollte Ted wissen.

Wieder sah sie Clementine fragend an, denn nur sie kannte die Antwort darauf.

„Ja, ich gehe mal davon aus“, schmunzelte Clementine.

Völlig unbeabsichtigt hatte Ted, wie Nora zuvor, Clementine damit eine Antwort entlockt, auf die Paula so sehr gehofft hatte. Das hier war vielleicht das Ende ihres Wochenendurlaubs, aber scheinbar nicht das Ende ihrer gemeinsamen Zeit. Zumindest hatte Clementines Antwort diese Hoffnung um ein weiteres Stück verstärkt.

Trotzdem zupfte Paulas Magen nun erneut. Spätestens jetzt würde Clementine nämlich ihre Heimatadresse ansteuern, was bedeutete, dass sie sich von Clementine fürs Erste verabschieden müsste. Ihre Gedanken waren übertrieben und albern, vermutlich würden sie sich bereits morgen im Café wiedersehen. Dort aber wären sie nicht allein, dort könnte Paula sie nicht einfach berühren, geschweige denn küssen. Und wer wusste schon, wann sie die Gelegenheit fanden, sich das nächste Mal zu verabreden. Der Bus kam mit einem Quietschen vor ihrem Haus zum Stehen. Paula sagte nichts, auch rührte sie sich nicht, sondern starrte gedankenverloren nach draußen.

„Ist alles gut mit dir?“, Clementine legte ihre Hand vorsichtig auf Paulas Bein. Paula sah zu ihr auf.

„Ja, schon“, sie klang wenig überzeugend, weshalb Clementine skeptisch eine Augenbraue hob.

„Nun sag schon."

Paula seufzte.

„Es ist nur… es ging alles so schnell vorbei."

Clementine sah sie sanft und voller Zuversicht an.

„Es ist doch nichts vorbei. Oder denkst du das etwa?"

Jetzt nahm Paula Clementines Hand, umschloss sie mit ihren beiden Händen und blickte Clementine eindringlich an.

„Nein, ich hoffe doch nicht. Im Gegenteil… ich meine... wir sehen uns doch morgen, oder?"

„Das würde ich gerne. Allerdings muss ich ja noch den Bus zurück zu meiner Tante bringen. Und ich hatte ihr bereits vor der Reise versprochen, danach mit ihr einige Wege zu erledigen. Der Plan ist, dass ich am Dienstagmorgen zurückfahre."

Paula ließ enttäuscht den Kopf hängen. Wie sollte sie es bis Dienstag ohne Clementine aushalten?

„Hey", sagte Clementine aufmunternd, „mir gefällt das auch nicht. Aber ich verspreche dir, dass ich dir am Dienstag zur vollen Verfügung stehe." Paulas Gesicht hellte sich wieder ein wenig auf.

„Also schön, dann haben wir am Dienstag ein richtiges Date?", wollte Paula nochmal sichergehen.

Clementine grinste. „Ja, so hatte ich mir das gedacht."

Diese Worte waren Balsam auf Paulas Seele. Sie hatten sich zu einem richtigen Date verabredet und Clementine hatte, wenn auch nur zaghaft, durchblicken lassen, dass Paula wirklich mehr erwarten durfte. Wenn sie sich daran erinnerte, was Jessica über Clementine wusste, dann war klar, dass für Clementine ein Date vermutlich wirklich etwas bedeutete.

Noch immer parkte der Bus am Straßenrand und blockierte die zweite Spur, doch weder Paula noch Clementine machten Anstalten auszusteigen. Paula wusste, was sie jetzt am liebsten machen würde, doch sie traute sich nicht zu diesem Schritt. Zum Glück brachte Clementine mehr Mut auf. Sie zog Paula zu sich, glitt mit ihrem

Handrücken sanft über ihre Wange und legte ihre Lippen auf Paulas Lippen. Was als zärtlicher Kuss begann, entwickelte sich binnen Sekunden zu einem leidenschaftlichen Tanz, bei dem ihre Zungen wild miteinander rangen, sich gegenseitig antrieben und sie dieses Spiels nicht überdrüssig zu werden schienen. Die wartenden Autofahrer hinter dem Bus zeigten für das hemmungsloses Geknutsche wenig Verständnis. Ein wiederholtes und überaus aggressives Hupen überzeugte ihre Zungen schließlich, voneinander abzulassen.

„Ich glaube, ich sollte dann mal“ grinste Paula mit erhitztem Gesicht und deutete mit einer Geste auf das wartende Auto hinter dem Bus.

Nichts widerstrebte Paula so sehr, wie jetzt aus diesem Bus aussteigen zu müssen. Und Clementines Miene bestätigte, dass auch sie diesen Moment nur äußerst ungern beendete. Nachdem Paula ihren Rucksack geschultert hatte, umarmten sie sich ein letztes Mal und Clementine gab Paula ein flüchtiges Küsschen auf den Mund.

„So, ich fahre jetzt, sonst will ich hier nicht mehr weg.“ Impulsartig löste sie sich von Paula, eilte zur Fahrerseite und fuhr mit einem lauten Knattern davon. Noch etwas benebelt von ihrem letzten Kuss, blieb Paula am Straßenrand stehen und blickte dem Bus hinterher, der immer kleiner wurde, bis er am Ende der Straße um eine Ecke abbog und aus ihrem Sichtfeld verschwand.

KAPITEL 15

„Ich bin wieder zurück“, flötete Paula in die Wohnung hinein ohne zu wissen, wo sich Mary befand. Sie legte ihren Rucksack ab und lehnte ihn neben den Schuhschrank an die Wand.

Prompt eilte Mary herbei, blieb vor Paula stehen und musterte sie akribisch von oben bis unten. Sie wollte sicherstellen, bei den Fragen, die ihr auf den Lippen brannten, in kein Fettnäpfchen zu treten. Doch Paulas Honigkuchenpferdgrinsen schloss sämtliche Missverständnisse aus.

„Und? Und? Und? Wie war es?“, fragte sie ungeduldig.

„Lass mich erst mal ankommen.“ Paula gönnte sich den Spaß, Marys Ungeduld ein wenig zu strapazieren. Sie ging gemütlich ins Wohnzimmer und Mary folgte ihr auf dem Fuße. Genüsslich ließ sich Paula aufs Sofa fallen und streckte alle Viere von sich.

„So, und nun rede!“ Demonstrativ verschränkte ihre beste Freundin die Arme und signalisierte damit, keinen weiteren Aufschub zu dulden.

„Also“, holte Paula aus, „Es war wirklich wunderschön da. Die Gegend, ich sage dir, ist überwältigend. Wir waren an einem riesigen Waldsee, der so glasklar war, dass man die Fische mit bloßem Auge erkennen konnte. Natürlich konnte man auch darin baden. Übrigens, Clementines Freunde waren richtig nett. Sie alle sind unfassbar gute Musiker. Du müsstest sie wirklich mal spielen hören.“

Mary ließ ihre Finger auf den Unterarmen trommeln und ihre Lippen wurden ganz schmal. „Ja, ja, ja, das ist alles ganz toll. Nun komm langsam mal auf den Punkt. Fang da an, wo es interessant wird.“

Paula lachte schelmisch.

„Bist du sicher?“

Mary knurrte.

„Na schön“, sagte Paula resigniert, „wie du willst.“

Mary klatschte freudig in die Hände.

„Als ich mich nachts im Wald verlaufen hatte und schon dachte, der prophezeite Bär würde mich jetzt mit Haut und Haaren verspeisen…“

„Was? Du hast dich im Wald verlaufen?“, rief Mary entsetzt.

„Ja, lange Geschichte. Jedenfalls bin ich gestolpert und dann lag plötzlich Clementine auf mir und hat mich geküsst“, erzählte Paula freudestrahlend.

Mary sah sie skeptisch an.

„Und du bist sicher, dass sie dir nicht irgendwas verabreicht haben?“

„Ja, das auch“, kicherte Paula.

Nun war Mary endgültig verwirrt.

„Ok, ich sehe es ein. Vielleicht fängst du doch mal besser vorne an.“

Paula erzählte, wie Rachel ihr anfangs das Leben schwergemacht hatte, berichtete von Nora, die Paula zum Glück mit einigen Hinweisen versorgt hatte und natürlich davon, wie es letztendlich zu ihrem ersten Kuss mit Clementine gekommen war. Über die Einzelheiten im Wald schwieg sich Paula allerdings aus. Diese intimen Details waren nicht für andere Ohren bestimmt, sondern gehörten nur ihr und Clementine.

„Aber, ich meine, habt ihr jetzt… und vor allem seid ihr jetzt…?“

Paula musste nachdenken. Hatten sie schon richtig miteinander geschlafen? Es ging alles so schnell und sie hatten sich ja nicht mal ausgezogen. Da gab es definitiv noch Steigerungsmöglichkeiten, auf die sich Paula jetzt schon freute. Und waren sie nun schon ein Paar? Nein, das sicher nicht. Dafür war es doch noch zu früh. Natürlich wünschte sich Paula das, aber sowas brauchte eben Zeit und die wollte sie sich nehmen.

„Also, so ganz richtigen Sex hatten wir noch nicht. Glaube ich.“, beantwortete Paula schließlich Marys erste Frage.

Wieder blickte Paula in ein ungläubiges Gesicht.

„Wie kann man sich denn da bitte nicht sicher sein?"

Paula versuchte, ihre Antwort vage zu halten. „Der Wald war nun nicht der passende Ort, um… na du weißt schon. Und danach kam es halt einfach nicht dazu. Aber das macht nichts. Es werden da sicher noch bessere Gelegenheiten kommen." In Paulas Kopf tauchten unweigerlich die Bilder von Clementine und ihren wunderschönen Köper auf, wie sie auf dem Felsvorsprung neben ihr gelegen und ihre kleinen, festen Brustwarzen sich so verlockend nach Paula ausgestreckt hatten. Paula räusperte sich verlegen als sie merkte, wohin sie gedanklich abgedriftet war. Mary grinste sie schief an, als hätte Paula ihre Gedanken laut ausgesprochen.

„Das heißt aber, ihr werdet euch weiterhin treffen", kam Mary zurück zum Thema.

„Ja, das werden wir. Wir haben am Dienstag unser erstes offizielles Date", erwiderte Paula stolz.

„Ach Süße, ich freue mich so für dich. Und ich habe dich noch nie so strahlen sehen."

Mary war ganz gerührt vor Freude und nahm Paula in den Arm. Sie hatte mit ihrer Aussage den Nagel auf den Kopf getroffen. Die Gefühle, die Clementine in Paula auslöste, stellten alles Bisherige in den Schatten. Neu war für Paula auch, dass ihre Sehnsucht körperliche Schmerzen verursachte. Obwohl sie sich noch vor einigen Minuten gesehen hatten, spürte sie, wie sich wieder ihr Magen bei dem Gedanken an Clementine verkrampfte.

„Ach, da fällt mir ein", Mary griff sich mit der flachen Hand auf die Stirn, „deine Mutter hat unaufhörlich hier angerufen. Ich wusste nicht, ob ich sagen durfte, wo du bist. Daher habe ich beim ersten Mal gesagt, dass du in der Stadt unterwegs bist. Danach bin ich nicht mehr ran gegangen."

Paulas Handy. Sie hatte seit Samstag gar nicht mehr draufgeschaut. Paula eilte zu ihrem Rucksack und kramte es heraus. Es war ausgeschaltet, weil es oben in den Bergen ohnehin keinen Empfang gehabt hatte. Als sie es nun wieder einschaltete, erschien im Display die Anzeige 11 entgangene

Anrufe. Kurz darauf trudelte außerdem noch einige Nachrichten von ihrer Mutter ein.

„Paula, ruf mich mal bitte zurück", lautete die älteste Nachricht.

„Hast du meine Nachricht nicht bekommen?", folgte darauf.

Paula scrollte zur letzten Nachricht.

„Ich mach mir ernsthaft Sorgen. Bitte melde dich, sobald du das liest. Ich muss mit dir was besprechen."

Jetzt hatte Paula ein schlechtes Gewissen. Was mochte es so Dringendes geben? Sie sah auf die Uhr und rechnete aus, wie spät es gerade in Deutschland war. Es war mitten in der Nacht und sie überlegte, ob es wirklich so wichtig war, dass sie um diese Uhrzeit anrufen sollte. Sie entschied sich für eine Nachricht. Wenn ihre Mutter wach wäre, könnte sie ja sofort anrufen.

„Hallo Mama, mir geht es gut. Kein Grund zur Sorge. Wenn es ganz wichtig ist, dann ruf mich jederzeit an. Ansonsten melde ich mich, wenn es bei euch Tag ist", schrieb sie.

„Hat sie denn irgendwas angedeutet?", fragte sie Mary, nachdem sie ihr die Nachrichten vorgelesen hatte. Mary überlegte.

„Bei ihrem Anruf klang sie tatsächlich ein wenig aufgebracht, aber wenn irgendwas Schlimmes passiert wäre, hätte sie mir das sicher gesagt."

Das klang auch für Paula plausibel. Mary war praktisch ein Familienmitglied. Als sie Kinder gewesen waren, war Mary sogar zweimal mit den Beckers in den Urlaub gefahren. Wenn also irgendjemand krank wäre, dann hätte Paulas Mutter auch Mary davon erzählt. Der Gedanke beruhigte Paula. Dennoch interessierte es sie, was es so Wichtiges zu besprechen gäbe? Sie würde es wohl erst am nächsten Tag erfahren. Nun aber brannte Paula noch eine wichtige Frage an Mary unter den Nägeln.

„Hast du denn dein freies Wochenende gut nutzen können?", grinste sie vielsagend.

Mary verstand die Anspielung sofort und bekam einen hochroten Kopf.

„Na sagen wir es mal so, du hast ihn knapp verpasst."

Paula riss fassungslos die Augen auf.

„Mary", rief sie ermahnend, „ihr hattet doch noch nicht mal ein richtiges Date!"

„Doch, eins", grinste sie.

„Ja, aber… du willst doch keine One-Night-Stands mehr", erinnerte Paula sie.

Mary blickte sie schuldbewusst an.

„Ja, ich weiß. Es hat sich halt so ergeben. Wir waren essen, und er war so wahnsinnig charmant. Und wir haben Wein getrunken. Naja, und wenn ich ehrlich bin…", sie zögerte kurz, „ich war halt einfach total scharf auf Bob."

Marys Augen flehten bei Paula um Verzeihung, worauf Paula sich das Lachen nicht mehr verkneifen konnte.

„Ach ja, die Triebe. Davon kann ich gerade auch ein Lied singen."

Geduldig hörte sich Paula Marys Schwärmereien an. Ihr fiel auf, dass sie ihn das erste Mal beim Namen genannt hatte. Und obwohl Mary gegen ihre eigene Regel verstoßen hatte, war Paula zuversichtlich, dass es zwischen den beiden nicht bei einem One-Night-Stand bleiben würde. Irgendwann konnte sich Paula das Gähnen nicht mehr verkneifen und sie entschuldigte sich bei ihrer besten Freundin. „Ich würde dir am liebsten noch stundenlang zuhören. Aber es war ein langer Tag und morgen muss ich wieder frisch und ausgeruht im Büro erscheinen."

Mary kam das sogar ganz gelegen. Sie selbst hatte die halbe Nacht kein Auge zugetan, wie sie Paula zwinkernd verriet. Paula gönnte Mary ihre erotischen Freuden mit diesem Mann von Herzen. Seltsam war jedoch, dass ihr die Vorstellung, selbst mit einem Mann intim zu sein, inzwischen ganz absurd vorkam.

Weiter darüber grübelnd ging Paula ins Bett. Was machte den Unterschied? Was löste Clementine in ihr aus, wozu ein Mann nicht imstande war? Es kostete sie alle

Mühe, für dieses Gefühl die passenden Worte zu finden. Clementines Berührungen lösten etwas in ihr aus, was Paula vorher nicht gekannt hatte, sie drangen vor bis in Paulas Innerstes, berührten ihr Herz. Es schien beinahe so, als hätte Paulas Körper schon lange auf sie gewartet. Dabei war sie sich sicher, dass es da noch viel mehr zu entdecken gab und freute sich bereits auf den nächsten gemeinsamen, intimen Moment. Doch vorerst wollte sie sich an den schönen Erinnerungen der letzten Tage erfreuen, sie mit in ihre Träume nehmen. Es brauchte nicht lange, da übermannte sie der Schlaf und sie schlummerte mit einem seligen Grinsen ein.

Am nächsten Morgen riss der Wecker Paula erbarmungslos aus dem Schlaf. Ohne hinzusehen, tastete sie nach ihm und stieß dabei das Handy vom Nachttisch. Nachdem sie das dröhnende Ungetüm erlegt hatte, angelte sie das Handy vom Boden und sah zu ihrer Freude, dass sie eine Nachricht von Clementine erhalten hatte.

Guten Morgen, ich hoffe du hattest eine erholsame Nacht, jetzt da du wieder in einem richtigen Bett schlafen konntest.

Sie antwortete sofort.

Ja, so ein Bett ist schon was Schönes, wobei ich die Luftmatratze unter gewissen Umständen jederzeit bevorzugen würde. ;)

Obwohl es sie betrübte, Clementine heute nicht sehen zu können, so hatte ihre Nachricht Paula ein wenig aufheitern können. Auch ihre Mutter hatte auf ihre letzte Nachricht geantwortet. Sie war wohl beruhigt zu wissen, dass es Paula gut ging, aber sie sollte sich doch am besten nach der Arbeit melden. Das bestätigte ihre Spekulation vom Vorabend. Die Welt in Deutschland war nicht untergegangen und ihre Mutter hatte wieder einmal etwas übertrieben.

Gut gelaunt machte sich Paula auf den Weg zur Arbeit und traf, wie immer, pünktlich zu Dienstbeginn ein. Auch

Melissa schien wieder gesund zu sein, denn Paula entdeckte sie beim Vorbeigehen in ihrem Büro. Paula entschloss, kurz Halt zu machen, wollte sich bei der Gelegenheit nach ihrem Wohlbefinden erkundigen.

„Hi Melissa, schön, dass du wieder da bist. Ich hoffe, es geht dir wieder gut."

Melissa schien sich über Paulas aufrichtiges Interesse zu freuen.

„Ja, danke. Es geht wieder. Mich hat wohl die Sommergrippe erwischt", sie sprach noch ein wenig nasal. „Bist du letzte Woche gut ohne mich zurechtgekommen?"

Um die Wahrheit zu sagen, hatte Paula die Arbeit mit Christoph sogar deutlich besser gefallen. Aber so taktlos wollte Paula nicht sein, immerhin würde sie womöglich bald wieder mit ihr zusammenarbeiten.

„Es hat alles reibungslos funktioniert. Christoph hat mich gut eingearbeitet", war ihre diplomatische Antwort.

Melissa nickte zufrieden und entließ Paula wieder aus ihrem Büro. Christoph, auf den Paula heute Morgen viel mehr gehofft hatte, war noch nirgends zu sehen. Sie war sicher, dass er sich brennend für ihre Neuigkeiten interessierte und Paula konnte es kaum abwarten, ihm von ihrem tollen Wochenende zu erzählen. Nur ihm hatte sie es zu verdanken, dass sie an der Reise hatte teilnehmen können. Sicher würde sich im Laufe des Tages die Möglichkeit für ein kurzes Gespräch ergeben. In der Zwischenzeit begann Paula damit, den Stapel, der sich seit Freitag neu auf ihrem Schreibtisch angesammelt hatte, durchzuarbeiten.

Mit reichlich Verspätung sah sie Christoph schließlich ins Büro eilen. Er schien im Stress zu sein. Als er allerdings Paula sah, machte er einen kleinen Schlenker, so dass sein Weg an ihrem Schreibtisch vorbeiführte. Er lächelte sie verschwörerisch an, beugte sich zu ihr herunter und flüsterte ihr zu: „Nachher musst du mir alles erzählen! Mittagspause?"

Paula nickte.

Gegen eins sammelte Christoph Paula ein. Er hatte vorgeschlagen, gemeinsam bei einem kleinen Thai unweit der Agentur Mittag zu essen. Paula hatte keine Einwände und sowieso hätte sie keinen alternativen Vorschlag machen können. Dafür kannte sie sich in der Stadt noch immer zu wenig aus. Schnell fanden sie einen freien Tisch, gaben kurz darauf die Bestellung auf und fanden jetzt, während sie auf ihr Essen warteten, die Gelegenheit für ein Gespräch.

„Wie wars?“

Eigentlich fand es Paula amüsant, dass sich neuerdings so viele für ihr Liebesleben interessierten. Allerdings war Christoph trotzdem in erster Linie ein Arbeitskollege, dem sie zwar vertraute, bei dem sie aber dennoch einen gewissen Abstand wahren wollte. Sie überlegte, wie sie über den Urlaub berichten konnte, ohne allzu sehr ins Detail zu gehen.

„Es war sehr schön. Und ich habe zwischendurch sogar an dich gedacht. Denn ohne den freien Tag wäre mir da wirklich was entgangen. Und…“, sie machte eine kurze Pause, „ja, wir sind uns nähergekommen.“

„Oh, das ist ja wunderbar.“ Er wedelte aufgeregt mit den Händen. „Und geht es denn jetzt mit euch noch weiter?“

Paula war froh, dass er so viel Anstand hatte, zu ihrer körperlichen Annäherung nicht genauer nachzuhaken, sondern direkt zum nächsten Thema überzugehen.

„Ja, ich denke schon. Wir sind auf jeden Fall verabredet.“

„Ich beneide dich ja schon ein wenig. Das erste Mal richtig verliebt zu sein, ist mit nichts in der Welt zu vergleichen.“

War sie das erste Mal verliebt? Sie hatte doch aber schon Beziehungen mit Männern gehabt. Aber ja, er hatte irgendwie recht, es fühlte sich wie das erste Mal an.

Christoph schwelgte in eigenen Erinnerungen, erzählte von seiner ersten Liebe und er klang so begeistert, als sei das gerade erst gestern passiert. Leider hielt diese erste Liebe bei ihm nicht, sie lebten sich die zwei auseinander und sein

Freund hatte sich zu guter Letzt gegen die Liebe und für den Beruf entschieden. Paula wollte da lieber nicht über ihre eigene Situation nachdenken. Denn auch bei ihr würden sich womöglich unüberwindbare Hürden auftun. Doch sie hatte sich bereits am See vorgenommen, noch nicht über ihre Rückreise nach Deutschland nachzudenken.

Paulas restlicher Arbeitstag verging wie im Flug. Sie hatte so gut zu tun, dass es ihr tatsächlich gelang, ihre Gedanken einen Moment von Clementine loszueisen. Doch mit dem Verlassen des Büros und dem Blick auf das Café, das sich ohne Clementine völlig glanzlos in die graue Häuserfassade einreihte, signalisierte das flaue Gefühl das soeben in ihrem Magen aufflackerte, wie sehr sie Clementine bereits vermisste. Sie zückte ihr Handy. Vielleicht hatte Clementine in der Zwischenzeit eine neue Nachricht geschickt. Enttäuscht blickte sie aufs Display, das ihr lediglich die Uhrzeit und das heutige Datum bereit war mitzuteilen. Dann musste halt Paula diesmal die Initiative übernehmen und zuerst eine Nachricht schreiben.

Stell dir vor, die hübsche Bedienung von dem Café nebenan war heute gar nicht da.

Sie hoffte direkt eine Antwort zu bekommen, aber es kam nichts. Vermutlich war Clementine noch mit ihrer Tante unterwegs. Paula musste sich ohnehin ein wenig beeilen, denn das Telefonat mit ihrer Mutter stand noch aus und sie wollte sie nicht unnötig warten lassen.

Paula betrat die Wohnung und stellte fest, dass Mary noch nicht zuhause war. Da sie ohnehin anderweitig beschäftigt wäre, störte sie die Abwesenheit ihrer Mitbewohnerin gerade nicht. Sie ging in die Küche, um sich einen kleinen Snack zuzubereiten, den sie anschließend mit einer Tasse Tee in ihr Zimmer nahm. Dann machte sie es sich auf ihrem Bett gemütlich, griff zu ihrem Telefon und wählte die Nummer ihrer Eltern.

„Kind, endlich. Gut, dass wir endlich sprechen. Wo, um Himmels willen, warst du denn das ganze Wochenende?“, fiel ihre Mutter direkt mit der Tür ins Haus.

Paula überlegte kurz ob sie ihr von dem Campingausflug erzählen sollte. Aber warum sollte sie nicht? Sie sah keinen Grund, es ihr gegenüber zu verschweigen.

„Ich war mit Freunden campen."

„In New York?", fragte ihre Mutter verwundert.

„Nein, jedenfalls nicht in New York City. Es gibt einige Stunden von hier einen State Park."

„Und was sind das plötzlich für Freunde? Mary war ja anscheinend nicht mit." Paula presste unwirsch die Lippen aufeinander. Da lieferte ihre Mutter prompt die Gründe, weshalb Paula ihr besser nichts von ihrem Ausflug verraten hätte. Sie hätte es besser wissen müssen. Wenn ihre Mutter erstmal skeptisch war, würde sie so schnell nicht lockerlassen. Und Paula musste ihrer Mutter sogar recht geben. Es war durchaus naheliegend zu fragen, woher Paula so plötzlich neue Freunde hatte, die zudem nichts mit Mary zu tun hatten. Doch war Paula noch nicht bereit, mit ihrer Mutter über alle Einzelheiten und vor allem über Clementine zu sprechen. Es war einfach noch zu früh dafür.

„Warum hast du eigentlich versucht mich zu erreichen?", entschied sich Paula deshalb für einen Themenwechsel.

„Ach ja, genau. Kind, was hast du mit dem armen Mark gemacht?", tönte die klagende Stimme ihrer Mutter durch den Hörer.

Er hatte es also wirklich getan. Er war tatsächlich bei ihrer Mutter aufgekreuzt. So ein armseliger Vollidiot. Paula war stinkwütend. Aber was hatte er genau gesagt? Etwa das mit Clementine? Ihr war plötzlich ganz mulmig zumute, doch sollte sie allmählich auf die Frage ihrer Mutter reagieren.

„Mama, es funktioniert halt nicht zwischen ihm und mir."

„Aber es lief doch so gut mit ihm. Und er vermisst dich sehr", versuchte Paulas Mutter sich für ihn ins Zeug zu legen.

„Ich ihn aber nicht. Die Distanz hat das ganz deutlich

gezeigt."

„Also liegt es an der Distanz. Siehst du, das habe ich ihm auch gesagt."

Langsam verlor Paula die Geduld. Ihre Mutter wollte es einfach nicht kapieren. Am liebsten hätte Paula jetzt doch die Karten auf den Tisch gelegt, hätte ihrer Mutter schonungslos an den Kopf geknallt, dass sie sich in eine Frau verliebt hatte. Allerdings befürchtete sie, dass ihre Mutter auf ähnliche Weise wie Mark reagieren würde. Und kaum war dieser Gedanke in ihrem Kopf erschienen, folgte prompt der Beweis.

„Mark hat mir übrigens auch erzählt, dass du ihm einen Bären aufbinden wolltest. Irgendwas von einer Frau. Schatz, ich finde das nicht besonders nett, ihm solche Lügenmärchen aufzutischen."

Das war Paula zu viel. Sie hatte ihren Finger bereits auf der Auflegentaste, bremste sich aber im letzten Moment. Mit einem tiefen Seufzer drückte sie ihre Wut beiseite, sammelte sich und zwang sich zu einem Lächeln.

„Mama, hör zu. Es ist total lieb, dass du dir da so viele Gedanken machst. Aber ich denke Mark und ich können das untereinander klären."

„Gut, dann mach das." Paula blickte ungläubig in den Hörer. Wie meinte sie das nun wieder? Glaubte sie, Paula würde jetzt auf ihr anraten bei Mark anrufen und alles wäre danach wieder in Butter? Das würde Paula ganz sicher nicht tun. Doch es war die Mühe nicht wert, weiter mit ihrer Mutter darüber zu diskutieren. Vielmehr wollte sie versuchen, das Thema einfach im Sande verlaufen zu lassen. Ihre Mutter würde es irgendwann akzeptieren.

„Wie geht es Papa?", versuchte es Paula mit einem weiteren Themenwechsel.

„Der ist im Keller am Werkeln. Eigentlich habe ich ihm gesagt, dass er noch warten soll. Dann hätte er auch noch mit dir sprechen können. Aber du weißt ja, er telefoniert nicht gern."

„Ist schon ok, grüß ihn lieb von mir, ja?"

„Natürlich Kind. Bei der Arbeit ist alles ok?“

„Ja Mama, alles ist bestens.“

„Na dann ist gut. Pass auf Schatz, ich sehe gerade, deine Tante ruft auf der anderen Leitung an. Wir telefonieren, ja?“

Paula war das gerade mehr als recht. Sie konnte es gar nicht abwarten, dieses anstrengende Telefonat endlich zu beenden. Als sie aufgelegt hatte, schüttelte sie enttäuscht den Kopf. Es war genau wie Paula befürchtet hatte. Ihre Mutter klammerte sich an die Vorstellung, Mark würde sie irgendwann zum Traualtar führen. Dabei war Mark für sie emotional bereits so weit weg, dass es ihr vorkam, als wären sie nie zusammen gewesen. Die Vorstellung, ihn nochmal zu küssen war völlig absurd. Er hatte sie tatsächlich bei ihrer Mutter angeschwärzt, was letztlich über seinen Charakter viel aussagte und Paulas Entscheidung damit zusätzlich untermauerte. Sie konnte ihm das nur verzeihen, weil er es nicht geschafft hatte, größeren Schaden in ihrer Familie anzurichten, was wiederum auf die Ignoranz ihrer Mutter zurückzuführen war. Kaum auszumalen, wenn sie ihm die sogenannten "Lügenmärchen" tatsächlich abgekauft hätte. Paulas Mutter war kein grundlegend intoleranter Mensch. Sie hatte weder etwas gegen Schwule, noch gegen Lesben. Doch sie hatte etwas dagegen, wenn sich die Realität nicht mit ihrer Wunschvorstellung deckte. Und ihr sehnlichster Wunsch war es eben, dass ihre einzige Tochter in einem weißen Kleid und mit viel Tamtam von ihrem Vater zum Traualtar geführt würde. Die Enkel dürften danach natürlich auch nicht lange auf sich warten lassen. Diese Wunschvorstellung hatte sich bereits vor Clementine nicht mit Paulas Plänen gedeckt. Sie hatte nicht vor, in den nächsten Jahren zu heiraten und über Kinder machte sie sich erst recht keine Gedanken. Doch mit einem Mann an ihrer Seite blieb für ihre Mutter dieser Traum in greifbarer Nähe. Paula hatte eine vage Vorstellung, wie dieses Kartenhaus für ihre Mutter zusammenbrechen würde, wenn sie die Wahrheit erführe. Für ihren Vater, so vermutete Paula, wäre diese Neuigkeit weitaus weniger dramatisch.

Ihm waren Harmonie und Ruhe wichtig. Hauptsache, es ginge allen gut. Er hatte sich nicht viel aus Paulas Freunden gemacht, er wollte von Paula höchstens wissen, ob sie mit ihnen glücklich war. Sie war gespannt, ob sie mit ihrer Einschätzung richtig liegen würde. Doch noch war es nicht an der Zeit, die Bombe platzen zu lassen.

Paulas Handy vibrierte kurz und sie blickte unwillkürlich auf die Anzeige. Clementine hatte ihr geantwortet. Unfassbar, wie selbst eine banale Textnachricht Paulas Schmetterlinge sofort zum Tanzen brachte. Hastig entsperrte sie das Display.

Sie muss jetzt nicht mehr jeden Tag im Café sein. Sie hat ja jetzt deine Nummer.

Paula schmolz bei diesen Worten dahin. Sie fand es unglaublich süß, dass Clementine es klingen ließ, als ob sie allein ihretwegen dort arbeiten würde.

Wer versüßt mir aber dann in Zukunft die Mittagspause?

Sekunden später erschien die Antwort.

Für jede verloren gegangene Mittagspause bekommst du einen ganzen Abend. Ist das ein Deal?

Ein sehr guter sogar und ganz sicher würde sie Clementine da beim Wort nehmen.

Deal!

Paula hörte, wie sich die Haustür öffnete und jemand den Flur betrat. Sie wollte Mary gerade begrüßen, als sie eine Männerstimme vernahm. Irritiert betrat sie den Flur und stand vor Mary und einem unbekannten dunkelhaarigen Mann.

„Paula, das ist Bob“, stellte Mary ihn freudestrahlend vor.

Paula hatte keinen Besuch erwartet und erst recht nicht Marys neue Eroberung. Sie begrüßten sich mit Handschlag.

„Freut mich, ich bin Paula.“

„Freut mich auch. Mary hat mir schon von dir erzählt.“

Er war groß, hatte kurze Haare und wirkte sehr sportlich. Seine Armmuskeln brachten seine Hemdärmel auf Spannung als er Paulas Hand schüttelte und sein Vförmiges Kreuz erinnerte an die Figur eines Schwimmers. Mary hatte nicht übertrieben, als sie ihn in ihren Erzählungen als ein Sahneschnittchen bezeichnet hatte.

„Ja, also wir wollten dich fragen, ob wir vielleicht zu dritt was kochen?“, druckste Mary in ungewohnt schüchterner Manier. So kannte Paula sie gar nicht. Normalerweise gab sie auch bei ihren Männern stets den Ton an. Offenbar brachte Bob eine bisher ungekannte Seite in Mary zum Vorschein. Natürlich stimmte Paula ihrem Vorschlag sofort zu, denn sie wollte sich Marys unterwürfiges Verhalten auf keinen Fall entgehen lassen. Sie folgte den beiden in die Küche, wo sie die eingekauften Zutaten auf dem Küchentisch ausbreiteten. Mary verriet Paula, dass sie damit einen Auflauf zubereiten wollten. Paula war überrascht, wie selbstverständlich sich Bob in ihrer Küche bewegte. Ohne danach fragen zu müssen, hatte er zielsicher die richtige Schublade mit den Messern geöffnet und machte sich nun daran, die Kartoffeln zu schälen. Paula nahm gegenüber Platz und half ihm dabei.

„Und du kochst gern?“, fragte Paula interessiert.

„Ja, wenn ich die Zeit dafür finde, mache ich das ganz gern. Und natürlich macht es doppelt so viel Spaß in netter Gesellschaft zu kochen“ Verschmitzt blickte er in Marys Richtung, deren Wangen spontan erröteten.

Während der Zubereitung stellte sich heraus, dass Bob nicht nur ein gelegentlicher Hobbykoch war. Kochen war, neben seinem Sport, eine wahre Passion für ihn. Sein Wissen über Zubereitungsarten, Gewürze und Kräuter schien nahezu unbegrenzt. Paula war ganz beeindruckt, hing förmlich an seinen Lippen und saugte alles, was er erklärte in sich auf. Umso erstaunlicher, dass sie sich für ein so einfaches Gericht wie einen Kartoffelauflauf entschieden hatten. Doch das Geheimnis lag in den Gewürzen, wie Bob ihr verriet und ließ damit die Spannung auf das Ergebnis steigen. Kurz darauf brodelte das Essen im Ofen und verströmte in der Küche einen köstlichen Duft, der Paula das Wasser im Mund zusammenlaufen ließ. Sie deckten den

Tisch, stellten eine Flasche Rotwein bereit und warteten, bis die Eieruhr endlich Alarm schlug.

Bereits nach dem ersten Bissen waren Mary und Paula hin und weg.

„Das schmeckt wahnsinnig lecker", lobte Paula den Koch.

„Ja, ich bin echt überrascht", ergänzte Mary.

Bob hob eine Augenbraue und sah sie kritisch an.

„Soll das heißen, du hast mir das nicht zugetraut?"

Mary kicherte.

„Doch schon, aber nun kenne ich schon zwei Talente." Sie zwinkerte ihm verstohlen zu. „Bin gespannt, was du noch auf Lager hast?"

Ach du meine Güte. Paula seufzte. Benahm sie sich in Clementines Gegenwart etwa auch so? Sie hoffte nicht, denn sie fand ihre beste Freundin gerade extrem peinlich. Jedoch hütete sie sich vor jeglichen Kommentaren, denn Bob schien Marys Schmeicheleien zu gefallen und sie wollte ihnen nicht dazwischenfunken.

Nach dem Essen begaben sich die drei mit Wein und Gläsern ins Wohnzimmer und machten es sich auf Sofa und Sessel gemütlich. Paula wählte heute ausnahmsweise einen der Sessel, denn sie wollte die beiden Turteltäubchen nicht voneinander trennen.

Es war süß, wie sie miteinander umgingen. Man sah ihnen an, dass sie sich in Paulas Gegenwart zurückhielten und ihren Körperkontakt auf unschuldiges Händchenhalten beschränkten. Wehmütig dachte sie an Clementine und wünschte sich, dass sie beide jetzt auf diesem Sofa säßen und miteinander Zärtlichkeiten austauschen würden. Aber natürlich gönnte sie Mary ebenso dieses Glück und das schien sie mit Bob auch tatsächlich gefunden zu haben. Er war eher der ruhige Typ, hatte aber die nötige Persönlichkeit, um es mit einer Frau wie Mary aufzunehmen. Und das hieße schon was, denn dieses Temperamentbündel konnten nur wenige im Zaum halten. Und er brachte Mary zum Lachen, was, wie Paula wusste,

Mary bei einem Mann sehr wichtig war. Bob strich Mary sanft über das Kinn und gab ihr einen flüchtigen Kuss auf den Mund als er glaubte, dass Paula einen Augenblick nicht hinsehen würde. Doch sie hatte es gesehen und sie spürte, wie sie bei diesem Anblick die Sehnsucht nach Clementine geradezu übermannte. Noch eine ganze Nacht und einen ganzen Arbeitstag musste Paula ohne sie aushalten und Paula hatte keine Idee, wie sie das überstehen sollte. Unvermittelt klingelte es an der Tür. Paula sah Mary fragend an, doch die zuckte ebenfalls ahnungslos mit den Schultern. Paula sprang aus ihrem Sessel und eilte zur Tür, denn inzwischen hatte es ein zweites Mal geschellt. Als sie die Tür öffnete, konnte sie kaum glauben, wen sie da vor sich hatte. Paulas Mundwinkel hatten sich vor Freude bis zu ihren Ohren gezogen und ihr Herz veranstaltete in ihrer Brust einen kleinen Freudentanz. Vor ihr stand tatsächlich Clementine mit einem Strauß Blumen in der Hand. Doch sah der Strauß nicht danach aus, als wäre er aus dem nächsten Blumengeschäft, sondern als hätte sie ihn soeben von einer bunten Blumenwiese gepflückt.

„Hallo“, grinste Clementine sie verlegen an.

Paula konnte ihre Freude nicht länger zurückhalten und fiel ihr stürmisch um den Hals. Dabei hätte Clementine um ein Haar das Gleichgewicht verloren, hätte sie sich mit ihrer freien Hand nicht im Türrahmen abgestützt.

„Langsam, langsam“, lachte Clementine und drückte Paula gleichzeitig fest an sich heran.

„Wieso bist du denn schon wieder da? Du wolltest doch erst morgen kommen.“

„Naja, meine Tante hat mich dazu verdonnert, diese Blumen hier in ihrem Garten zu pflücken und wenn ich bis morgen gewartet hätte, wären sie doch längst verwelkt.“

Paula war sehr gerührt von dieser süßen Geste und bedankte sich mit einem spontanen Kuss auf den Mund.

„Komm doch rein“, bat Paula sie und nahm ihr dabei die Blumen ab.

„Aber nur kurz. Ich wollte eigentlich bei meiner Tante

waschen, aber durch die kurzfristige Planänderung muss ich das gleich zu Hause erledigen."

Erst jetzt sah Paula den Rucksack und Clementines Gitarrentasche, die beide an der Wand des Treppenhauses lehnten. Sie half ihr, die Sachen in die Wohnung zu stellen und führte sie anschließend ins Wohnzimmer.

„Oh, ihr habt ja bereits Besuch", bemerkte Clementine.

„Ja, ich möchte euch gern vorstellen. Das ist Bob. Bob ist …", Paula überlegte kurz und grinste dann schelmisch, „Marys Freund."

Mary riss erschrocken die Augen auf und funkelte Paula anschließend böse an. Bob hingegen schien darüber köstlich amüsiert und protestierte nicht. Allerdings hatte Paula nicht bedacht, dass Mary direkt zum Gegenschlag ausholen könnte. Noch bevor Paula in der Lage war ein weiteres Wort zu sagen, übernahm Mary nun.

„Ja, und das ist Clementine, Paulas Freundin", konterte sie und verschränkte zufrieden die Arme.

Was hatte Paula auch anderes erwartet? Verstohlen blickte sie auf Clementine und fürchtete bereits das Schlimmste. Sie aber schmunzelte nur und nahm auf einem der Sessel Platz. Paula wollte dringend die Situation klären, Clementine klar machen, dass Mary das nur gesagt hatte, weil sie Paula eins auswischen wollte. Doch bot sich im Moment keine Gelegenheit dafür.

„Willst du ein Glas Wein?", fragte Mary.

„Nein danke, aber Wasser wäre gut."

„Ich gehe", sagte Paula, die ohnehin noch den Strauß Blumen versorgen musste.

„Warte, ich komme mit. Du weißt doch gar nicht, wo die Vasen stehen", rief Mary.

Paula wusste sehr wohl, wo sich die Vasen befanden, und dass Mary nur einen Vorwand suchte, Paula in die Küche folgen zu können. Kaum waren beide außer Hörweite, ging es los.

„Sag mal spinnst du, was wird Bob nun über mich denken?", schimpfte sie los.

„Ich glaube nicht, dass er was Schlechtes denkt. Ihm scheint die Aussage gefallen zu haben. Und du hast dich wohl gerade gebührend revanchiert."

Mary lehnte an der Küchenzeile, ihre Arme hielt sie verschränkt.

„Selbst schuld", sie war noch immer eingeschnappt.

„Du hast recht, es war eine blöde Aktion, es tut mir leid", entschuldigte sich Paula.

„Na schön, für den Moment verzeihe ich dir. Sollte es mit Bob allerdings jetzt schiefgehen, bist du schuld." Mary meinte das natürlich nicht völlig ernst und auf ihren Lippen zeichnete sich bereits wieder ein Lächeln ab. „Immerhin ist er nicht panisch geflüchtet."

Paula war sich sicher, bei den beiden keinen Schaden angerichtet zu haben. Ob das Gleiche für Clementine galt, darüber konnte sie gerade nur spekulieren. Clementine hatte sich nicht in die Karten schauen lassen. Das Schmunzeln ließe sich auf verschiedenste Weisen interpretieren. Auch Clementine hatte nicht die Flucht ergriffen, was immerhin ein kleiner Trost war.

Gemeinsam kehrten sie zurück ins Wohnzimmer. Mary reichte Clementine das Glas Wasser und Paula stellte die Vase mit den Blumen auf den Wohnzimmertisch. Die beiden Gäste waren bereits in einem Gespräch vertieft.

„Ja, sie ist eine spannende Künstlerin. Besonders die letzte Ausstellung hat mir gut gefallen", hörten sie Bob zu Clementine sagen. Unterhielten die zwei sich etwa über Kunst? Paula war ein totaler Kunstbanause. Was wohl der Tatsache geschuldet war, dass sie in einem kleinen Nest aufgewachsen war, bei dem es höchstens eine Kunst war, in ihm nicht bis in alle Ewigkeit zu versauern. Mitreden konnte sie jedenfalls nicht, stellte dann aber erleichtert fest, dass die Künstlerin wohl eher in New Yorker Kreisen bekannt war. Sie war begeistert, wie vielseitig Clementine interessiert war und fragte sich, was sie außerdem noch nicht über diese wundervolle Frau wusste. Weil sie mit dem Thema ohnehin nicht recht etwas anfangen konnte, hörte Paula irgendwann gar nicht mehr richtig hin und vergnügte sie stattdessen damit, Clementine aus der Ferne anzuschmachten. Ihr fielen tausend Dinge ein, die sie mit Clementine jetzt lieber täte, statt mit einem anderen liebestollen Pärchen hier rumzusitzen und ihre Zeit zu verschwenden. Doch Clementine hatte bereits angedeutet, nur einen kleinen Abstecher gemacht zu haben und der schien jetzt bereits vorüber zu sein.

„So langsam muss ich mich auf den Heimweg machen." Clementine blickte auf die Uhr neben dem Fernseher. Obwohl Paula wusste, dass Clementine nur kurz bleiben wollte, war sie enttäuscht. Es hätte nichts dagegengesprochen, ihre Klamotten hier zu waschen und einfach über Nacht zu bleiben. Aber vielleicht wäre das doch alles ein wenig überhastet gewesen. Sie sollte sich lieber darüber freuen, Clementine überhaupt heute gesehen zu haben. Paula begleitete sie zur Haustür.

„Ich fand es sehr schön, dass du so spontan vorbeigekommen bist", flüsterte Paula und griff nach Clementines Hand.

„Es hat sich auf jeden Fall gelohnt", sie sah Paula tief in die Augen. „Und morgen wirst du mir verraten, was du Mary über uns erzählt hast, ja?"

Paula wurde puterrot und wusste nicht, was sie erwidern sollte.

„Also ich… ich…"

Doch bevor Paula weitersprechen konnte, zog Clementine sie zu sich und küsste sie innig, so dass sich in Paulas Kopf alles zu drehen begann. Ein wohliges Kribbeln breitete sich von ihrem Nacken über den gesamten Körper aus. Dieser Kuss war diesmal nicht wild und triebhaft, sondern zärtlich, vertraut und ganz intim. Paula ließ sich hingebungsvoll in ihre Armen fallen, versank in diesem süßen Kuss, der hoffentlich niemals enden würde. Widerwillig ließen sie irgendwann voneinander ab und verabschiedeten sich schweren Herzens. Mit einem letzten Schmatzer auf Paulas Lippen, schnappte sie sich ihr

Reisegepäck und eilte zur Treppe. Sie hatte bereits einige Stufen genommen, da drehte sie sich noch einmal zu Paula um.

„Treffen wir uns morgen direkt nach der Arbeit?“, wollte sie wissen. Paula grinste sie, noch ganz benommen von dem Kuss, an und nickte. Clementine schmunzelte zufrieden, setzte ihren Weg fort und verschwand sogleich in der unteren Etage.

Bob und Mary waren derweil auf dem Sofa näher aneinander gerückt, was Paula veranlasste, sich mit einem kurzen „Gute Nacht“ zu verabschieden, um ihnen noch ein wenig Zweisamkeit zu gönnen. Sie wollte ohnehin so früh wie möglich schlafen gehen, denn schlafend würde die Zeit bis zu ihrem Date viel schneller verstreichen. Was die beiden wohl morgen miteinander unternehmen würden? Sicher hatte Clementine bereits eine gute Idee, daran hatte Paula keinen Zweifel. Doch tauchte Paula erst einmal in das Reich der Träume ein und hoffte, dass Clementine ihr dort ebenfalls einen kleinen Besuch abstatten würde.

KAPITEL 16

Munter und gut gelaunt sprang Paula am nächsten Morgen aus dem Bett. Selbst dem Wecker hatte sie diesmal keine Chance gelassen, denn sie war ohne seine Hilfe einige Minuten vor seinem Startschuss aufgewacht. Sie gönnte sich zu Madonnas „La Isla Bonita“, das durch die Lautsprecher des Duschradios dröhnte, eine ausgiebige Dusche und ließ dazu inbrünstig ihre Stimme durch das Badezimmer hallen.

„Man, bist du ekelhaft gut gelaunt.“

Mary war unerwartet in der Badezimmertür aufgetaucht und hatte Paula einen fürchterlichen Schrecken eingejagt. Um ein Haar wäre sie sogar in der Duschwanne ausgerutscht.

„Wieso erschreckst du mich so? Ist Bob auch noch da?“, hörte Mary Paulas Stimme durch den Duschvorhang.

„Nein, wir wollen es ja nicht sofort übertreiben. Und übrigens, du hast Glück, ich werde dich wohl doch nicht aus dem Fenster werfen müssen.“

Paula hatte ihre Dusche beendet, öffnete den Vorhang und legte sich ein Handtuch um.

„Verstehe ich nicht.“ Sie sah Mary fragend an.

„Na wegen gestern. Bob hat mich noch mal darauf angesprochen. Er findet die Sache mit uns wohl auch ganz gut.“ Mary strahlte übers ganze Gesicht.

„Ha, also habe ich dir wohl noch einen Gefallen damit getan“, sagte Paula triumphierend.

„Scheint so. Und du und Clementine“, sie machte eine kurze Pause, „ihr seht ja so zuckersüß zusammen aus. Und wie sie dich zwischendurch ansieht, herrlich…“

„Ist das so?“ Paula war nie aufgefallen, dass auch Clementine sie heimlich beobachtete. Sie glaubte, dass nur sie es war, die Clementine anschmachtete.

„Du meine Güte, du bist ja hormonell völlig benebelt. Kann das sein?“, kicherte Mary.

Paula war sehr dankbar für Marys Beobachtung, gab sie ihr damit doch wieder ein Stückchen mehr Sicherheit. Noch immer fiel es ihr schwer, Clementines Gefühlsleben zu erfassen. Zwar schenkte sie Paula körperliche Zuneigung, aber mit Worten war sie bislang sehr sparsam umgegangen. Paula wusste nicht, ob Clementine einfach nicht der Typ für verbale Liebesbekundungen war, oder es dafür schlicht zu früh war. Sie hatten noch kein einziges Gespräch über einander geführt, was in Paula noch immer eine gewisse Verunsicherung hinterließ. Andererseits erwartete sie damit etwas von ihr, dass auch Clementine bei ihr hätte beanstanden können. Vielleicht sollte Paula einfach mehr Ruhe und weniger Ungeduld an den Tag legen, der Rest würde sich dann sicher von allein ergeben.

Gewohnt pünktlich machte sie sich auf den Weg zur Agentur. Heute würde sich, wie Paula sicher wusste, ein kurzer Blick ins Café lohnen. Paula steckte die Nase durch die Tür und spähte in Richtung Theke, wo sie Clementine an der Kaffeemaschine herumhantieren sah. Paula hatte Glück, denn im richtigen Moment blickte Clementine auf und bemerkte sie an der Eingangstür. Sie schenkte ihr ein Lächeln und erhielt im Gegenzug ein liebevolles Zwinkern, was ihr genügte um mit einem zufriedenen Grinsen ihren Arbeitstag im Büro zu beginnen.

Es erwartete Paula heute ein weitestgehend ereignisloser, aber durchaus arbeitsreicher Vormittag. Sie hatte sich so sehr in ihre Arbeit vertieft, dass sie beim nächsten Blick mit Erschrecken feststellte, dass es bereits zwanzig nach eins war. Sie hatten sich zwar nicht für die Pause verabredet, weil Paula es aber nicht bis zum Feierabend abwarten konnte, wollte sie Clementine einen kurzen Besuch im Café abstatten. Leider hatten sich wieder unzählige Kaffeesüchtige vor Clementines Tresen versammelt und hielten Clementine und ihren Kollegen auf Trab, so dass Paula keine Chance sah, Clementine für einen kurzen Moment zu entführen.

„Du, im Moment kann ich keine Pause machen. Tut mir leid. Kommst du nach Feierabend her und holst mich ab?“, bestätigte Clementine diese Vermutung, nachdem sich

Paula klammheimlich an die Theke herangeschlichen hatte. Einzig das Versprechen, das Clementine ihr in Bezug auf verpasste gemeinsame Mittagspausen gemacht hatte, war ihr da ein Trost.

„Du weißt schon, dass du mir jetzt schon zwei Abende schuldest?“, grinste sie Clementine spitzbübisch an.

„Das weiß ich durchaus“, schmunzelte Clementine, „vielleicht habe ich die heutige Mittagspause ja sogar mit Absicht gestrichen.“

Im Gegensatz zum Vormittag verstrich der Nachmittag quälend langsam. Paula ertappte sich dabei, wie sie unentwegt auf die Uhr sah, um dann festzustellen, dass wieder nur einige Minuten vergangen waren. Sie malte sich aus, wie die beiden ihren Nachmittag miteinander verbringen würden. Bestimmt würde Clementine ihr New York zeigen, jedenfalls hoffte sie das. Andererseits war es eigentlich auch ganz egal, was sie unternahmen. Hauptsache, sie würde die Zeit mit Clementine verbringen. Weil sie das ständige auf die Uhr Starren wahnsinnig machte, verbot sie sich schließlich auf die Uhr zu sehen. Von da an konnte sie sich wieder besser auf ihre Arbeit konzentrieren und die Zeit für einen Moment vergessen.

Dann war es endlich soweit. Sie stand bereits in den Startlöchern, wollte aber nicht die erste sein, die fluchtartig das Büro verließ. Sie schloss sich unauffällig den ersten Kollegen, die vor dem Aufzug warteten an und gab sich Mühe, nicht allzu ungeduldig zu wirken. Doch der Aufzug ließ wieder einmal unendlich lange auf sich warten. Endlich öffnete er seine Pforten. Sie ließ den Kollegen den Vortritt, damit sie beim Aussteigen als Erste die Kabine verlassen konnte. Leicht überhastet verabschiedete sie sich von ihren Kollegen und trat auf die Straße, die es zuletzt noch zu überqueren galt. Sie sah Clementine, die an einem Fensterplatz im Café bereits auf sie wartete. Ihre Nase hatte sie in ein Buch vertieft, so dass sie Paula nicht herankommen sah. Erst als Paula vor ihr stand, sah Clementine auf. Ihr konzentrierter Blick wich sofort einem

Strahlen als sie Begriff, wen sie da vor sich hatte. Diese offenkundige Freude über Paulas Erscheinen ließ Paula erneut dahinschmelzen und sie wäre Clementine am liebsten sofort um den Hals gefallen Doch sie hielt sich zurück, denn sie wusste nicht, inwieweit Clementine ihr Privatleben an ihrem Arbeitsplatz zur Schau stellen wollte.

„Ah, da bist du ja endlich. Wollen wir gleich los?“

„Wo gehen wir denn hin?“ Wie Paula es vermutet hatte, hatte Clementine offenbar schon einen festen Plan für den heutigen Abend.

„Das ist eine Überraschung. Ich verrate nur so viel. Heute sind wir richtige Touristen“, murmelte Clementine geheimnisvoll.

Nachdem sie einige Meter gegangen waren, griff Clementine überraschend nach Paulas Hand und brachte Paula zum Stoppen.

„Wir haben uns noch gar nicht richtig begrüßt.“ Sie zog Paula an sich heran, nahm jetzt auch ihre andere Hand und blickte ihr in die Augen. Ohne Worte bat sie Paula um Erlaubnis, sie küssen zu dürfen, was Paula sofort über Clementine herfallen ließ. Wie eine Süchtige auf Entzug hatte sie bereits den ganzen Tag auf diesen erlösenden Moment gewartet. Und es war Paula völlig egal wo sie waren und wie vielen Blicken sie ausgesetzt waren. Im Gegenteil, sie war stolz sich mit einer so wunderschönen Frau in der Öffentlichkeit zeigen zu können und deshalb ließ sie Clementines Hand beim Weitergehen auch nicht los.

„Das ist schön“, merkte Clementine an, während sie durch die Straßen schlenderten.

„Was genau meinst du?“

„Na, mit dir hier so entlang zu laufen.“ Sie drückte dabei Paulas Hand etwas fester und lächelte sie an.

„Das finde ich auch. Das hätte ich noch vor drei Wochen kaum zu hoffen gewagt.“

Clementine sah sie überrascht an.

„Drei Wochen? Kannten wir uns da überhaupt schon?“

Verdammt, Clementine hatte natürlich recht. Ob Paula

ihr von ihren Träumen erzählen sollte? Vielleicht hielt sie Paula dann für verrückt. Selbst Paula verstand bis heute nicht, wie das überhaupt möglich war.

„Hast du schon mal von etwas geträumt, was dann tatsächlich eingetreten ist?“, tastete sich Paula vorsichtig heran.

„Du meinst wie ein Déjà-vu?“

„Ja, sowas in der Art.“

„Ja, ich denke schon. Warum fragst du?“

„Versprichst du mir, mich nicht für verrückt zu erklären?“

Clementine sah sie skeptisch an, lachte aber dann.

„Versprochen.“

„Naja, also... ich habe dich schon vorher gesehen. Ich meine, bevor wir uns im Café getroffen haben.“

„Du hast also tatsächlich von mir geträumt? Ich habe gehört, was du neulich im Nox gesagt hast. Ich dachte, ich hätte da irgendwas falsch verstanden“, sagte Clementine überrascht.

„Das ist verrückt, oder?“ Paula sah sie ein wenig gequält an, „Bin ich verrückt?“

„Ein bisschen vielleicht“, grinste Clementine und erntete einen empörten Blick.

Clementine gab Paula zur Beruhigung einen liebevollen Schmatzer auf die Wange. „Aber ich mag es ein wenig verrückt.“

Paula war irgendwie erleichtert, es Clementine erzählt zu haben.

„Was habe ich denn in deinem Traum gemacht? Irgendwas Unanständiges?“

Paula riss entsetzt die Augen auf.

„Nein. Überhaupt nicht!“ Clementine sah sie noch immer prüfend an. Scheinbar glaubte sie Paula nicht ganz.

„Wirklich nicht. Ich habe meistens nur dein Gesicht angesehen“, versicherte Paula ihr eindringlich.

„Schade. Ich dachte, du erzählst mir jetzt von deinen heimlichen Fantasien.“ Grinste Clementine herausfordernd, was ihr allerdings lediglich einen kleinen Schubser von Paula einbrachte.

„Ich weiß ja nicht, was du so träumst. Meine Träume sind durch und durch anständig“, betonte Paula mit Ironie in der Stimme.

„Noch...“, murmelte Clementine in einem betörenden Ton, der Paula erregt erschaudern ließ.

„Komm, wir müssen runter zur U-Bahn“, sagte sie und deutete auf das U-Bahn-Schild auf der anderen Straßenseite.

„Wo fahren wir denn nun hin?“, fragte Paula gespannt.

„Sei mal nicht so ungeduldig.“

Clementine zog Paula kurzerhand hinter sich her und ließ keine weitere Nachfrage zu.

Sie rollten durch den Untergrund und Paula versuchte anhand der Stationen herauszufinden, wohin ihr Weg führte. Doch sie kannte sich in New York zu wenig aus, um anhand der Stationsnamen zu wissen, wo sie waren.

„An der nächsten Station müssen wir raus.“

Beim Einlaufen in die Zielhaltestelle konnte Paula auf einem Schild „Canal Street“ ablesen. Da klingelte irgendwas, doch ihr fiel partout nicht ein, was sie mit diesem Namen verband. Erst, als sie die überwiegend asiatisch aussehenden Menschen an der Haltestelle wahrnahm, wusste sie, wo sie waren.

„Chinatown. Wir sehen uns Chinatown an?“, jubelte Paula begeistert. Clementine nickte und schien erleichtert, mit dieser Idee ins Schwarze getroffen zu haben.

Sie betraten die belebten Straßen Chinatowns und Paula kam aus dem Staunen gar nicht mehr raus. Die unzähligen, bunten Schilder mit ihren asiatischen Schriftzügen ragten weit in die Straßen hinein und versuchten, das Interesse auf sich zu locken. Es war genau so, wie Paula es sich immer vorgestellt hatte. Wie oft hatte sie diesen Teil New Yorks in irgendwelchen Filmen gesehen. Doch jetzt hier zu stehen, diesen Ort zu hören, ihn zu riechen und ihn mit sämtlichen Sinnen wahrzunehmen, war etwas völlig anderes. Sie schlenderten gemächlich an zahlreichen Geschäften vorbei, entdeckten Obst und Gemüse, das Paula noch nie zuvor gesehen hatte und machten an jenen Schaufenstern Halt, die besonders interessant erschienen. Paula war völlig fasziniert von den vielen Eindrücken, zog Clementine hinter sich her, jedes Mal, wenn sie etwas Neues entdeckte. Clementine folgte ihr geduldig und schien ihre wahre Freude daran zu haben, Paula so begeistert zu sehen. Ein Geschäft verkaufte traditionelle chinesische Lampions, wie man sie hier überall rot leuchtend in den Straßen finden konnte. Paula fand, dass ein solcher Lampenschirm ein schönes Souvenir war, das ihrem Zimmer, aus dessen Decke bislang eine trostlose, nackte Glühbirne hing, ein gemütliches Flair verleihen könnte.

„Welche soll ich nehmen?", rätselte sie und hielt Clementine verschieden große Lampions vor die Nase.

„Kommt darauf an wie groß das Zimmer ist."

Stimmt, Clementine kannte ihr Zimmer ja noch gar nicht.

„Ach, ich schätze so zwischen zehn und achtzehn Quadratmeter."

Clementine hob eine Augenbraue.

„Du hast schon eine Idee, wie groß der Unterschied zwischen zehn und achtzehn Quadratmeter ist?", amüsierte sie sich.

„Ja. Nein.", nölte Paula, „Ich weiß doch sowas immer nicht. Wie wäre es damit?" Sie griff nach dem größten Lampenschirm, der in ihrer Reichweite war.

Clementine lachte: „Das Ding hat in etwa die Größe einer Abrissbirne. Damit kannst du auf jeden Fall Miley Cyrus Video nachstellen. Insofern bin ich schon mal dafür."

„Ha, ha", Paula rümpfte unzufrieden die Nase. Bei genauerer Überlegung sah sie ein, dass dieses Teil vielleicht ein wenig überdimensioniert war. Also entschied sie sich am Ende für ein deutlich kleineres Modell.

„Was machen wir nun?", wollte Paula wissen.

„Magst du chinesisches Essen?"

„Ich liebe es."

„Sehr gut, dann komm. Ich kenne da einen guten Laden."

Sie erreichten ein Restaurant, über dem die Aufschrift Dim Sum prangte. Von außen wirkte das Lokal eher schlicht. Von innen entpuppte sich der Laden als edles Restaurant mit einer überschaubaren Anzahl an Tischen, von denen bereits einige belegt waren. Sofort tauchte eine Bedienung auf, begrüßte sie freundlich und begleitete die beiden an einen freien Tisch.

„Weißt du, wie das hier funktioniert?", erkundigte sich Clementine. Paula schüttelte den Kopf.

„Siehst du da hinten diesen kleinen Wagen?" Clementine deutete auf einen Servierwagen, auf dem verschiedene Gerichte aufgereiht waren. „Die Bedienung kommt immer Mal wieder an unserem Tisch vorbei und wenn uns was zusagt, nehmen wir uns einen dieser Teller."

„Ok, verstehe. Aber wie wissen wir am Ende, was wir alles gegessen haben?"

„Für jeden Teller bekommen wir einen Stempel auf diesem Kärtchen hier", Clementine deutete auf das kleine Papier auf ihrem Tisch

„Das klingt total interessant", freute sich Paula, „sowas hab ich noch nie gemacht."

Und da rollte die Bedienung auch schon den Servierwagen heran. Einige Gerichte ließen sich leicht identifizieren, wie etwa gebratene Garnelen am Spieß oder die klassischen chinesische Nudelgerichte, wie Paula von anderen chinesischen Restaurants kannte. Die anderen Speisen hatte Paula dagegen noch nie gesehen. Jedoch war sie, wenn es um Essen ging, durchaus experimentierfreudig. So wählte sie unter anderem einen Teller, dessen Zutaten interessant aussahen, sie aber nicht wusste, was sie da vor sich hatte. Ihr entging nicht, dass Clementine bei ihrer Auswahl bereits verdächtig schmunzelte.

„Du weißt, was das ist. Hab ich recht?", Paula hob mit ihren Stäbchen ein dunkles, an ein Fleischbällchen erinnerndes Etwas hoch.

„Probier zuerst“, forderte Clementine sie auf.

„Nun sag schon, sonst esse ich es nicht.“

„Na schön, ich esse es zuerst, einverstanden?“ Noch bevor Paula hätte antworten können, hatte sich Clementine eins ihrer vermeintlichen Fleischbällchen geklaut und in den Mund gesteckt. Paula war immer noch skeptisch, wollte sich aber keinesfalls als feige bezeichnen lassen. Vorsichtig schob sie sich das undefinierbare Etwas in den Mund und begann zu kauen. Seine Konsistenz erinnerte an ein Radiergummi, aber der Geschmack war durchaus interessant.

„Also? Was esse ich da gerade?“, sprach sie mit vollem Mund.

„Wenn mich nicht alles täuscht, dann sind das Schnecken.“

Einen kurzen Moment entglitten Paula die Gesichtszüge, womit sie Clementine sichtbar belustigte. Dann aber nahm sie sich ein zweites Stück, steckte es sich in den Mund und zerkaute es demonstrativ und genüsslich.

„Es ist etwas ungewöhnlich, aber es schmeckt“, entschied Paula, nachdem sie auch die letzte Schnecke vertilgt hatte. Trotzdem wollte sie sich danach auf keine weiteren Experimente einlassen und wählte ihre nächsten Teller mit Bedacht. Nach der dritten Runde waren sie sich einig, dass ihre Mägen keinen weiteren Teller mehr vertrugen und sie baten um die Rechnung.

„Ich lad dich ein“, erklärte Clementine.

„Kommt gar nicht in Frage. Ich übernehme das“, protestierte Paula und ignorierte Clementines Kopfschütteln, „Ich habe mich noch nicht an den Fahrtkosten vom Wochenende beteiligt.“

Clementine seufzte, gab sich aber schließlich geschlagen.

„Na meinetwegen. Das nächste Mal übernehme ich aber dann“, murrte Clementine unzufrieden.

Die eintretende Dunkelheit hüllte diesen farbenfrohen Stadtteil soeben in ein neues Gewand. Ihnen präsentierten sich blinkende Schilder und bunte Lichter, soweit das Auge reichte. Sämtliche Nebensächlichkeiten waren ausgeblendet, es zeigte sich einzig das, was gesehen werden sollte und den urbanen Charakter einer Stadt repräsentierte. Paula ließ die neuen Eindrücke auf sich wirken, nahm die Bilder in sich auf, um sie sich für später aufzubewahren.

Im Schutz der Nacht schlenderten sie durch die Straßen, hielten sich an den Händen und folgten einem Weg, den sie nicht festgelegt hatten, um sich von seinem Ziel überraschen zu lassen. Für Paula spielte es ohnehin keine Rolle wo sie war. Vielmehr entscheidend war, wer sie begleitete. Sie konnte mit Fug und Recht behaupten, noch nie ein schöneres Date erlebt zu haben, dabei war der Abend noch nicht mal zu Ende. Immer wieder musste Paula einen kurzen Blick auf ihre Begleitung erhaschen, um sich zu versichern, dass es tatsächlich Clementine war, die mit ihr Hand in Hand durch New York spazierte. Jedes Mal dann, wenn Clementine ihren Blick bemerkte, zog sie Paula zu ihr und gab ihr ein kleines Küsschen auf den Mund. In der Ferne erkannte Paula eine in den Himmel ragenden Torbogen, den sie bei ihrer Ankunft schon einmal gesehen hatte.

„Ist das da hinten die Brooklyn Bridge?“, fragte sie Clementine.

„Ja, das ist sie. Warst du schon mal da?“

„Ich bin daran vorbeigefahren, aber ich stand noch nicht drauf.“

„Willst du?“

„Ja klar“, antwortete sie begeistert.

Je weiter sie sich der Brücke näherten, desto beeindruckender erschienen die unglaublichen Dimensionen dieses Bauwerks. Aus der Ferne glaubte Paula noch, dass es sich bei der Überquerung um einen kleinen Spaziergang handeln würde. Doch jetzt, wo sie sich gerade auf Höhe des ersten Ufers befanden, begriff sie, dass die andere Seite ein erhebliches Stück entfernt war.

„Oh man, die Brücke ist doch größer, als ich dachte.“

„Naja, in New York ist irgendwie alles groß. Willst du

lieber hierbleiben?“

„Auf keinen Fall, wir haben beim Essen so gut zugeschlagen, da kann ein kleiner Marsch nicht schaden“, fand Paula.

Clementine erhob keine Einwände, also marschierten sie los. Trotz der späten Stunde tummelten sich noch etliche Touristen auf dem Fußgängerweg und jagten nach dem perfekten Panorama für ihr Selfie.

„Welch glückselige Zeiten es doch waren, als es noch keine Smartphones gab“, kommentierte Clementine das Treiben der Touristen mit einem wehmütigen Seufzer.

„Hast du nicht vorhin gesagt, dass wir heute ebenfalls Touristen sind?“ Paulas schelmisches Grinsen ließ Clementines Augenbrauen ungläubig nach oben schnellen. Sie begriff natürlich sofort, worauf Paula hinauswollte. Mit einem mürrischen Brummen gab sie zu, genau das behauptet zu haben. Also versuchte sie erst gar nicht, Paula auszureden, was gleich folgen sollte, sondern brachte sich neben Paula in Position und wartete auf genauere Anweisungen.

„Noch ein bisschen nach links“, dirigierte Paula sie. „Nein, doch wieder ein Stück zurück.“

Nachdem das Bild im Kasten gewesen war, wollte Paula das Ergebnis sicherheitshalber nochmal checken und rümpfte die Nase als sie sah, dass Clementine gar nicht in die Kamera geschaut hatte.

„Nee, so nicht“, maulte Paula, „das kannst du besser.“ Also brachten sie sich erneut in Position. Und da Clementine noch immer nicht zu Paulas Zufriedenheit in die Kamera sah, packte sie Clementine kurzerhand am Kragen, überfiel sie mit einem Kuss und drückte gleichzeitig ab. Das Ergebnis war perfekt. Sie hatten genau den richtigen Moment eingefangen, in dem Clementine überrascht die Augen aufgerissen hatte und Paula bereits an ihren Lippen hing. Beide fanden den Schnappschuss witzig und überaus gelungen, weshalb sie ihren Spaziergang jetzt fortsetzen konnten. Sie erreichten das andere Ufer und befanden sich jetzt im westlichen Teil Brooklyns.

„Wo lang nun?“, wollte Paula wissen.

„Was hältst du davon, eine kleine Verschnaufpause zu machen? Ich weiß auch schon wo“, schlug Clementine vor.

Sie hatte Paula neugierig gemacht, deshalb folgte Paula ihr bereitwillig und gespannt darauf, wohin Clementine sie führen würde. Sie betraten einen kleinen Park, der sich unweit der Brücke am Ufer des East River befand. Um diese Zeit war hier wenig los, so dass sie schnell ein ungestörtes Plätzchen ausfindig gemacht hatten. Wie von Zauberhand breitete Clementine nun eine dünne Picknickdecke vor ihnen aus und bedeutete Paula, sich darauf niederzulassen. Paula war ganz verblüfft, sie hatte bis gerade eben gar nicht richtig registriert, dass Clementine die ganze Zeit einen Rucksack mit sich herumgetragen hatte.

„Hast du das hier etwa geplant?“, wunderte sich Paula.

„Möglicherweise“, murmelte Clementine geheimnisvoll und zückte unvermittelt eine Weinflasche. Paula war ganz entzückt über diese süße Idee und allmählich dämmerte es ihr, dass Clementine offenbar mehr vorausgeplant hatte, als sie es zugeben würde.

„Ich hoffe, du bestehst nicht auf Gläser, denn die habe ich nicht mitgenommen.“

„Ganz und gar nicht. Das erinnert mich sofort an früher, als man sich heimlich nachts im Park getroffen hat.“

„Oh ja, schlimme Zeit. Ich versichere dir aber, dass dieser Wein nicht aus dem untersten Regal im Supermarkt ist“, lachte Clementine.

Die beiden Frauen hatten sich nebeneinander auf die Decke gelegt und blickten gen Himmel. Eine sanfte Brise spendete ihnen angenehme Frische in dieser warmen Sommernacht, die sich still über New York gelegt hatte und ihnen den Schutz der Dunkelheit bot. Wie schön es doch war, einfach neben Clementine zu liegen, völlig unaufgeregt den Moment genießend. Paula rückte näher an Clementine heran, die sogleich ihren Arm anbot und in deren Armbeuge Paulas Kopf einen idealen Platz fand. Natürlich hätten sie auch wie Teenager wild knutschen können und vielleicht würden sie das später auch noch tun. Aber gerade war es perfekt wie es war. Ein perfekter Augenblick, wie man ihn selten erlebte. Paula jedenfalls erinnerte sich an nur wenige Momente wie diesen. Hatte sie überhaupt jemals etwas Vergleichbares erlebt? Sie wusste es nicht. Was sie jedoch genau wusste war, dass sie diesen Abend immer in Erinnerung behalten würde. Das Vibrieren des Handys, das plötzlich in Paulas Hosentasche dröhnte, unterbrach den perfekten Moment. Wer würde ihr um diese Uhrzeit eine Nachricht schicken? Ob nun doch irgendwas mit ihrer Mutter war? Niemand sonst würde sie um diese Zeit anschreiben, wenn es nicht irgendwie wichtig war.

„Willst du nachsehen?“, fragte Clementine, die Paulas plötzliche Unruhe registriert hatte.

„Ich will nur kurz schauen, ob es meine Mutter ist.“

Sie holte das Handy hervor und schaute auf das Display. Es war Jessica, die sich nach dem Stand der Dinge erkundigte. Paula hatte sie nicht vergessen, wusste aber nicht recht, ob sie ihr tatsächlich Bericht erstatten sollte. Immerhin hatte Clementine ihr Privatleben weitestgehend aus der Szene herausgehalten.

„Alles gut?“, erkundigte sich Clementine.

„Ja, es war nur Jessica“, antwortete sie.

„Kenne ich sie?“, hakte Clementine nach, vermutlich weil Paula den Namen so betont hatte, als müsste Clementine Bescheid wissen.

„Ja, nein. Ich weiß nicht. Ich habe sie mit ein paar anderen Mädels neulich im Nox kennengelernt.“

„Ach, mir ist gar nicht aufgefallen, dass ihr an dem Abend noch mit anderen gesprochen hattet.“

Mist. Von ihrem zweiten Ausflug ins Nox wusste Clementine ja gar nichts.

„Ja, um ehrlich zu sein“, sie machte eine kurze Pause, „ich war kurz darauf noch mal da.“

Clementine schien nicht zu verstehen, warum Paula so rumdruckste.

„Na schön", seufzte Paula, „Ich war noch mal da, weil ich gehofft hatte, dich da wieder zu sehen." Verlegen blickte sie aufs Gras und zupfte an einzelnen Grashalmen.

„Echt? Du bist meinetwegen noch mal hingegangen?" Clementine hob mit einer Hand Paulas Kinn, so dass Paula ihr nun doch ins Gesicht sehen musste. „Das ist echt süß von dir!"

„Na, wenn du wüsstest, wie der Abend letztlich ausging, fändest du das sicher nicht mehr so süß", murmelte Paula.

Nun wurde Clementine hellhörig.

„Wieso?"

„Zuerst ein Schluck Wein."

Clementine öffnete die Flasche und reichte sie Paula.

„Als ich dich an dem zweiten Abend im Nox nicht gefunden hatte, bin ich mit Alex ins Gespräch gekommen. Und dann kamen nach und nach die drei Mädels dazu. Jackie, Mira und eben Jessica."

„Moment, Jackie sagt mir irgendwas." Clementine grübelte kurz. „Ich glaube, sie wollte mich mal auf einen Drink einladen." Paula grinste, denn sie erinnerte sich daran, dass Mira etwas in der Richtung angedeutet hatte. Offenbar entsprach es auch der Wahrheit, dass Jackie von Clementine eine Abfuhr kassiert hatte.

„Naja", setzte Paula ihre Erzählung fort, „Jedenfalls kamen wir ins Gespräch und es floss dabei reichlich Alkohol. Irgendwann hatte ich einen Filmriss. Aber Jessica hat mir später erzählt, dass ich wohl, betrunken wie ich war, unaufhörlich Fragen über dich gestellt habe. Oh man, es ist mir gerade total peinlich, dir das zu erzählen." Paula war heilfroh, dass wenigstens ihre roten Wangen von der Dunkelheit kaschiert wurden.

„Du bist mir eine. Da nimmst du den ganzen Weg auf dich, betrinkst dich, obwohl du doch weißt, wo du mich finden kannst."

Ja, jetzt klang das alles so logisch und einfach. Aber zu dem Zeitpunkt war Paula noch völlig verunsichert und gefangen in einem heillosen Gefühlschaos.

„Und was hat Jessica über mich gesagt?“

Jetzt musste Paula lachen.

„Dass du der Traum aller Frauen bist.“

Auch Clementine musste lachen.

„Das glaube ich eher nicht. Aber ich weiß auch, warum sie das denkt. Ich mach mich, abgesehen von meinen Auftritten, in der Szene etwas rar. Habe da schon viel Mist erlebt, lange Geschichte. Wahrscheinlich macht mich das irgendwie interessant für die Damenwelt.“

Paula fand es süß, dass sie so bescheiden war. Natürlich stimmte ihre Aussage, aber darüber hinaus war Clementine außerordentlich attraktiv. Und Paula war sich sicher, dass nicht nur ihre rosarote Brille sie das denken ließ.

„Jessica will nun wissen, wie der Stand der Dinge ist“, stammelte Paula zögerlich. Das war ein heikles Thema, denn über genau diese Sache hatten Clementine und sie noch nicht gesprochen. Paula war bewusst, dass ihr letzter Satz gleichzeitig eine stille Frage in sich barg, die plötzlich offen im Raum stand. Clementine sprach eine quälend lange Zeit nichts und löste in Paula eine heranwachsende Unsicherheit aus, die in Panik überzugehen drohte. Hätte Paula das besser nicht sagen sollen? Sie hielt die Luft an.

„Der Stand ist, dass sich bislang doch alles verdammt gut zwischen uns anfühlt, findest du nicht?“, fand Clementine endlich erlösende Worte. Paula atmete erleichtert auf. Das war noch immer keine eindeutige Liebeserklärung, aber dafür war es auch noch reichlich früh. Zu mehr Aussage hätte sich Paula sehr wahrscheinlich auch nicht hinreißen lassen. Zumal Clementine gerade mehr oder weniger zu ihrem Geständnis gezwungen wurde, was Paula bereits ein bisschen bereute.

„Das finde ich auch“, erwiderte Paula und besiegelte ihre Antwort mit einem zärtlichen Küsschen auf Clementines Mund.

„Sag mal, die Mädels scheinen ja echt neugierig zu sein, oder?“, kam Clementine auf das ursprüngliche Thema zurück.

Paula nickte.

„Denkst du, du kannst dich mit ihnen morgen im Nox verabreden?"

„Das weiß ich nicht, ich müsste fragen. Warum?"

„Ach, ich habe da so eine Idee. Aber erzähl ihnen noch nichts von uns, ok?"

Paula ahnte schon, was Clementine vorhatte. Also zückte Paula das Handy und schrieb Jessica eine entsprechende Nachricht. Prompt erhielt sie Antwort, in der Jessica ihre Zusage mitteilte.

„Da fällt mir ein, du wolltest mir noch verraten, was du Mary genau erzählt hast", erinnerte Clementine sie. Das nächste heikle Thema. Paula blies ihre Backen auf und presste die Luft anschließend durch ihre Lippen. Clementine hatte sich gegen die Behauptung Paulas Freundin zu sein nicht gewehrt, allerdings hatte sie auch nicht explizit zugestimmt. Deshalb wollte Paula dieses Thema jetzt nicht unnötig aufbauschen.

„Ach, wir wollten uns nur gegenseitig ein bisschen ärgern", erklärte sie mit einer abtuenden Geste und hielt sich damit weitestgehend an die Wahrheit. Clementine nahm das nickend mit einem vielsagenden Schmunzeln zur Kenntnis, bevor sie sich wieder hinlegte und Paula dazu einlud, es ihr nachzutun. Diesmal ruhte Clementines Hand nicht lange auf Paulas Schultern, sondern ging neugierig auf Wanderschaft. Sie fuhr mit ihren Fingerspitzen Paulas Arm hinauf und verursachte bei Paula ein wohliges Schaudern. Clementine entfuhr ein zufriedenes Brummen als sie Paulas sich aufstellende Härchen spürte.

„Ist dir etwa kalt?", wollte sie wissen, obwohl sie die eigentliche Erklärung längst hatte.

„Du weißt genau, dass du daran Schuld hast, dass ich überall Gänsehaut habe", wisperte Paula mit gedämpfter Stimme.

„Überall?", Clementine hatte ihr Gesicht in Paulas Sichtfeld geschoben und musterte sie mit raubtiergleichem Blick. Vor lauter Grinsen konnte Paula kaum antworten.

„Vielleicht“, kicherte sie heiser.

Dies schien für Clementine Aufforderung genug, um ihre rechte Hand unter Paulas T-Shirt verschwinden zu lassen. Genussvoll schloss Paula die Augen und kostete jede ihrer Berührungen in vollen Zügen aus. Sie spürte, wie Clementines warme Lippen an ihrem Hals zu knabbern begannen, unweigerlich entwich ihr ein erwartungsvolles Seufzen. Dadurch angespornt, wagten sich Clementines Fingerspitzen unter ihren BH und begannen damit, ihre feste Brustwarze zunächst vorsichtig zu umkreisen, um sie dann mit Daumen und Zeigefinger spielerisch zu knebeln und ihnen einen süßen Schmerz zu entlocken. Paulas gesamter Körper begann zu beben und sie schob sich genussvoll Clementines Liebkosungen entgegen. Ihr innerer Trieb, der wie ein Raubtier in seiner Höhle gelauert hatte, war jetzt hellwach, würde erst wieder Ruhe geben, wenn er bekäme, wonach es ihm gelüstete. Hastig zog Paula Clementine zu sich hoch, fiel über ihre Lippen her wie ein Wolf im Blutrausch. Gierig kostete sie Clementine, konnte von ihrem Zungenspiel nicht genug bekommen und begann nun ihrerseits, Clementines Haut mit ihren Händen zu erkunden. Sie hatten viel zu lange gewartet, hatten ihre Lust viel zu lange angestaut. Paula würde jetzt auf keinen Fall mehr stoppen können, wollte Clementines Haut auf ihrer spüren, wollte sie jetzt und sofort mit Haut und Haaren. Doch war da hinten nicht irgendwas? Eine Bewegung? Eine Silhouette, die sich ihnen näherte? Schlimmer noch, es waren sogar zwei Personen, die gemütlich durch den Park schlenderten. Ein Pärchen, das, wie die beiden Frauen, ihre Zeit ungestört in dieser Sommernacht draußen genießen wollten. Im Gegensatz zu Paula und Clementine liefen diese beiden jedoch ganz züchtig nebeneinander her und hielten harmlos Händchen.

„Da...da kommt jemand“, krächzte Paula Clementine ins Ohr. Offenbar zu leise, denn Clementines Hand war genau in diesem Moment in Paulas Höschen verschwunden und hatte ohne Umwege Paulas empfindsamste Stelle erreicht.

Lustvoll keuchte Paula auf, versuchte sich aber sofort wieder zu zügeln, denn womöglich konnte das Pärchen sie bereits hören.

„Da kommen zwei Leute“, japste Paula ein zweites Mal. Diesmal reagierte Clementine und drehte ihren Kopf in die Richtung, in die Paula blickte. Es war zu spät. Wenn sie sich jetzt regen würden, dann hätten sie die Aufmerksamkeit der beiden sicher. Nur, wenn sie sich keinen Millimeter mehr rührten, blieben sie möglicherweise unentdeckt. Paula hatte sicherheitshalber die Luft angehalten, doch jedes Mal, wenn Clementines Hand auch nur im Geringsten zuckte, drängte sich ein lustvoller Seufzer durch Paulas Kehle, den sie in ihrem geschlossenen Mund versuchte zu ersticken. Flehend blickte sie Clementine an, doch die genoss ihre Machtposition sichtlich. Mit sachten, kreisenden Bewegungen glitten ihre Finger vorsichtig über Paulas prallen Kitzler und trieben Paula damit schier in den Wahnsinn. Sie musste nur noch wenige Sekunden still durchhalten, gleich hätte das Pärchen die beiden passiert und sie könnte ihrer Ekstase freien Lauf lassen. Doch was passierte jetzt? Paula musste mit Entsetzen zusehen, wie sich das Paar auf einer Parkbank unweit von ihnen niederließ und in aller Ruhe Manhattans Panorama genoss. Zwar hatten sie damit Paula und Clementine den Rücken zugewandt, dennoch wäre es nur eine Frage der Zeit, bis sie auf die eindeutigen Geräusche aufmerksam werden würden. Paula musste Clementine bremsen. Sie griff nach ihrem Arm, hielt ihn fest, so dass sie Clementines Bewegung zum Stoppen brachte.

„Bitte“, flüsterte sie ihr leise ins Ohr, „Ich kann nicht mehr.“

Clementines verschmitztes Grinsen verriet, dass sie von Paulas Bitte noch nicht überzeugt war, entschied sich aber am Ende doch zu Paulas Erleichterung für ihren Wunsch. Unendliche Minuten verharrten sie in ihrer dunklen Ecke, bis das Pärchen endlich entschied, ihren Spaziergang fortzusetzen.

„Oh mein Gott. Das war...knapp“, grinste Paula, nachdem sie wieder unter sich waren.

„Ja, aber das nächste Mal werde ich nicht mehr unterbrechen.“ Clementines Augen funkelten verheißungsvoll, so dass Paula diese anregende Drohung durchaus ernst nahm. Sie musste zugeben, dass die Situation durchaus ihren Reiz hatte und vielleicht würde sie es später bereuen, um diesen Abbruch gebeten zu haben. Jetzt allerdings war der Moment verpufft und würde sich nicht wiederherstellen lassen. Ein Blick auf die Uhr verriet, dass es inzwischen bereits halb eins war.

„Ich muss langsam ins Bett. Morgen muss ich wieder fit sein.“ Bedauern lag in Paulas Stimme, die nur widerwillig diesen Satz über die Lippen brachte. Clementine seufzte, nickte aber dann verständnisvoll.

„Ja, wir sollten wohl mal los. Hier in der Nähe ist direkt eine U-Bahn-Station.“

Nach vier Haltestellen würden sich ihre Wege trennen. Paula hatte überlegt, Clementine einfach mit zu sich einzuladen, aber dann würden sie mit Sicherheit keinerlei Schlaf mehr finden. Die U-Bahn rollte gerade die letzte gemeinsame Haltestelle an, da zog Clementine Paula an sich heran und küsste sie sanft auf den Mund.

„Das war ein wunderschöner und vor allem aufregender Abend“, flüsterte Clementine ihr ins Ohr.

„Den werde ich sicher nicht mehr vergessen. Und das nächste Mal lasse ich dich hier nicht mehr aussteigen.“

„Das nächste Mal nehme ich dich mit zu mir“, protestierte Clementine leise.

„Sehr gerne.“ Die Idee fand Paula sogar noch viel besser.

Die U-Bahn kam zum Stehen. Zischend öffneten sich die Türen und kurz bevor Clementine ausstieg, drückte sie Paula ein letztes Küsschen auf den Mund. Glückselig ließ sich Paula rücklings auf einen leeren Sitzplatz fallen und versuchte das Gefühl von Clementines Lippen für den verbleibenden Fahrtweg in ihren Gedanken zu konservieren.

Später in ihrem Bett, als sie einzuschlafen versuchte, blitzten die Bilder vom Park vor ihrem geistigen Auge auf. Und nicht nur an dieser Körperstelle erinnerten ihre Gedanken an das soeben Erlebte. Ihr Körper hatte die Erregung aufbewahrt, ließ Paula nun spüren, dass das Begonnene zu keinem Abschluss gekommen war.

„Ich bereue es bereits bitterlich, dich vorhin unterbrochen zu haben. ;)“, lautete die Textnachricht, die sie jetzt an Clementine absendete.

Kurz darauf erhielt sie Clementines knappe, aber eindeutig zu verstehende Antwort: „Sehr gut :P“

KAPITEL 17

Wenig Schaf, viel Arbeit. Eine Kombination, die Paula ganz und gar nicht behagte, der sie sich aber heute gegenübersah. Bereits das Aufstehen bereitete ihr Mühe, doch sie zwang sich und schlurfte jetzt lustlos Richtung Bad. Vielleicht würde eine kalte Dusche es halbwegs richten und ihren trägen Gliedern zu etwas Schwung verhelfen. Die Augen auf halbmast, öffnete sie die Badezimmertür und fuhr erschrocken zusammen, denn sie hatte dort mit niemandem gerechnet. Vor allem nicht mit Bob, der mit bloßem Handtuch um die Hüften ihr Zähne-bürstend entgehen strahlte. Wenngleich sie von der Art und Weise nicht begeistert war, musste Paula zugeben, spätestens jetzt hellwach zu sein.

„Guten Morgen“, nuschelte er gut gelaunt.

„Du meine Güte, du und Mary plant meinen Tod. Gib es zu“, japste sie verschreckt und griff sich ans Herz. Bob zuckte nur grinsend mit den Schultern, erwiderte aber nichts. Da Paula ihm nicht unbedingt beim morgendlichen Badritual zusehen wollte, ging sie zurück in ihr Zimmer und suchte derweil nach geeigneten Klamotten fürs Büro.

Die unvorhersehbare Verzögerung hatte Paula in leichte Zeitnot gebracht. Damit sie noch rechtzeitig im Büro erschien, musste sie auf ihren üblichen Abstecher im Café an diesem Morgen verzichten.

Am Vormittag wühlte sie sich angestrengt durch ihre Aufgaben. Sie hatte sich inzwischen eine kleine Routine angeeignet, durch die sie die fehlenden Stunden Schlaf einigermaßen kompensieren konnte. Nachmittags stand mal wieder ein Besuch bei Dan auf dem Programm. Melissa hatte sie darum gebeten, für sie einige Plakate ausdrucken zu lassen, obwohl Paula im Moment nur Christoph zuarbeitete. Doch Paula machte das gern, sie freute sich, dem alten Dan zu erzählen, dass die Bären sie auf ihrer Reise nicht zu fassen gekriegt hatten. Jetzt jedoch stand erst einmal die Mittagspause bevor, zu der sie sich mit

Clementine nicht verabredet hatte. Um im Café keine Enttäuschung zu erleben, fragte sie Clementine diesmal vorher mit einer Sprachnachricht.

Kannst du heute Mittag machen?

Die Antwort folgte wenige Minuten später.

Viel Zeit habe ich nicht. Aber magst du gerade zum Hintereingang kommen?

Es gab einen Hintereingang? Paula war nicht aufgefallen, dass eine entsprechende Seitenstraße existierte. Da Clementine keine Wegbeschreibung mitgesendet hatte, sollte sich dieser Hintereingang aber sicher leicht finden lassen.

Gib mir fünf Minuten.

Bereits von der gegenüberliegenden Straßenseite entdeckte Paula die schmale Seitenstraße, die ihr nie aufgefallen war und die gerade so viel Platz bot, dass eine einzelne Person halbwegs bequem durchpasste. Im Hinterhof erwartete Paula eine kurze Treppe, die zu einer braun gestrichenen Metalltür führte. Sie war unscheinbar, was wohl dem Charakter einer Hintertür entsprach und verriet nicht, was sich hinter ihr verbarg. Sie besaß einen runden Knauf, keine Klinge. Es war also ein Schlüssel nötig, um die Tür von außen zu öffnen. Paula überlegte zu klopfen, doch in diesem Moment schob sich die Tür bereits einen Spalt auf und das entzückende Gesicht einer ihr inzwischen sehr vertrauten Kaffeeverkäuferin lugte hervor.

„Los, komm rein." Sie zog Paula hastig in den kleinen Flur hinein, dann griff sie nach Paulas Hand und führte sie an einigen Türen vorbei, bis sie an einer Halt machte, sie öffnete und Paula mit einer Geste bedeutete, ihr hinein zu folgen. Bei diesem Raum handelte es sich offenbar um eine kleine Umkleide. Paula erkannte mehrere Spinde, an deren Türen Kleiderbügel eingeklemmt waren. Außerdem befand sich in der Mitte des Raums ein großer Tisch mit einer kleinen Bank, sowie einige Stühle, auf denen sich Klamotten stapelten. Sie hatten noch kein Wort zueinander gesagt und Paula wusste noch nicht genau, weshalb Clementine sie ausgerechnet hierhergeführt hatte. Doch dann sah sie wie Clementine die Tür von innen verriegelte und sie sich zu ihr umdrehte. Langsam und mit hungrigem Blick schritt sie auf Paula zu und bot Paula damit die Antwort auf ihre Frage. Unweigerlich schnellte Paulas Puls in die Höhe und ließ Paulas Kopf schwindeln. Es fühlte sich an, als wäre Paula schlagartig wieder an dem Punkt, an dem sie gestern Nacht unterbrochen wurden. Sie spürte, wie das harte Pochen zwischen ihren Beinen sie feucht werden ließ. Clementine stand jetzt direkt vor ihr, funkelte sie mit lüsternen Augen an. Dann schnappte sie ohne Vorankündigung zu, presste Paula geräuschvoll gegen die Spinde und fiel über sie her. Paula konnte sich kaum wehren und es wäre ihr auch gar nicht in den Sinn gekommen, Clementine Einhalt zu gebieten. Im Gegenteil. Ihr Körper verlangte nichts sehnlicher, als dass Clementine das beendete, was ihr in der Nacht nicht vergönnt gewesen war. Leidenschaftlich küssten sich die Frauen, raubten sich gegenseitig den Atem und ließen dennoch nicht voneinander ab. Clementine ließ diesmal keine Zeit verstreichen, sondern knöpfte hastig und geschickt Paulas Bluse Knopf für Knopf auf. Kaum war auch der letzte Knopf losgehakt, streifte sie das störende Textil von Paulas Schultern und wanderte mit ihren Lippen an Paulas Hals entlang, bis sie ihr Gesicht in Paulas Dekolleté vergrub und sich mit ihren Händen an dem Verschluss des BHs zu schaffen machten. Schneller als Paula hätte reagieren können, hatte Clementine die zwei Häkchen gelöst und befreite Paulas Brüste von dem BH, so dass Paulas volle Rundungen sich unverhüllt präsentierten. Clementine stöhnte bei ihrem Anblick erregt auf, ihre Pupillen funkelten pechschwarz und gaben unmissverständlich zu verstehen, wie sehr sie Paula wollte. Allein dieser lüsterne Blick trieb Paulas Erregung in neue ungekannte Sphären. Sie konnte keinen Aufschub mehr gewähren und streckte sich Clementine hingebungsvoll entgegen. Der Einladung folgend, stülpten sich ihre heißen Lippen auf Paulas linke Brustwarze, sie streichelte mit ihrer

Hand die andere Brust und entlockte Paula abermals ein heiseres Raunen, das sie diesmal ungehemmt ausstieß, weil sie längst vergessen hatte, wo sie überhaupt war. Am Rande der Willenlosigkeit ließ sich Paula jetzt zu dem Tisch dirigieren. Clementine hob sie an den Schenkeln auf die Tischplatte, so dass Paula jetzt zum Sitzen kam. Sie ahnte, was Clementine im Sinn hatte, musste aufpassen, dass nicht bereits der Gedanke an das Bevorstehende sie vorschnell zum Abschluss brachte. Erneut tauschten sie gierige Küsse aus, während Clementine mit ihren Händen nach Paulas Hosenknopf suchte. Als sie ihn fand, flüsterte sie heiser: „Darf ich?"

Paula konnte nichts sagen, nickte ihr stattdessen zu mit einem erwartungsvollen Lächeln auf dem Gesicht, das Clementine sogleich erwiderte, bevor sie mit einem Handgriff den Knopf aufspringen ließ und anschließend blitzschnell den Reißverschluss öffnete. Paula half ihr, sich von ihrer Hose zu befreien, saß jetzt nackt vor Clementine und war überrascht, dass ihr die ungleiche Situation überhaupt nichts ausmachte. Clementines Küsse wanderten jetzt an Paulas Körper entlang, liebkosten ihre Brüste, setzten ihren Weg aber schon bald fort. Ihre Zunge umkreiste Paulas Bauchnabel, wodurch sie kichern musste, denn sie war an dieser Stelle extrem kitzelig. Sie hielt Clementines Kopf fest, weil sie es nicht aushielt und bat mit einem Lächeln darum, von ihrem Bauch abzulassen. Clementine schien das sogar mehr als recht zu sein, denn so konnte sie den Weg zu ihrem eigentlichen Ziel fortsetzen. Sanft drückte sie Paulas Schenkel auseinander, fuhr zärtlich mit ihren Fingerspitzen über ihre Innenseiten, auf denen sich augenblicklich eine Gänsehaut bildete. Sie ging in die Hocke, hielt Paulas Schenkel mit ihren beiden Händen fest, während ihre Lippen Stück für Stück auf Paulas Mitte zusteuerten. Paula zitterte, ihr Atmen überschlug sich beinahe vor Erregung, deshalb hielt sie besser die Luft an. Gleich würden Clementines weiche Lippen sie an ihrer empfindsamsten Stelle berühren. Paula krallte sich an den

Außenkanten des Tisches fest und schloss ihre Augen. Sie spürte bereits Clementines heißen Atem, der mit jedem Ausatmen Paulas Körper zucken und ihn nach mehr lechzen ließ. Lange würde sie es nicht mehr aushalten, womöglich würde sie sogar ohnmächtig werden. Doch Paulas flehendes Wimmern fand schließlich Gehör.

„Oh. Mein. Gott“, keuchte Paula, als Clementines Zunge zwischen ihre feuchten Lippen eintauchte, die sich ihr bereitwillig und fordernd entgegenstreckten. Der Sturm, der sich in Paula soeben entfesselt hatte, tobte durch sämtliche Gliedmaßen, ließ kein Atom an seiner Stelle und versetzte Paula in einen Rausch, der keine Gedanken mehr ermöglichte, der sie nur noch fühlen ließ. Clementines erregtes Stöhnen befeuerte diesen Rausch zusätzlich, katapultierte Paula schlagartig an die Spitze ihrer Ekstase. Mit einem letzten Aufbäumen kam es ihr, entlud sich sämtliche Anspannung in Paulas Körper, der jetzt vor Erschöpfung zu zittern begann.

„Was hast du mit mir gemacht?“, krächzte Paula heiser. Clementine hatte sich wieder aufgerichtet und Paula in ihren Arm gezogen. Auch sie schien erschöpft, auf ihren Mundwinkeln deutete sich allerdings bereits ein überaus zufriedenes Grinsen an.

„Ich konnte nicht anders. Wir wurden gestern unterbrochen und das hat mich die ganze Nacht verrückt gemacht“, grinste Clementine unanständig.

„Wenn das dabei rauskommt, dann hat sich die Unterbrechung allerdings gelohnt“, kicherte Paula, deren Wangen sich noch immer erhitzt anfühlten.

Clementine lachte verschmitzt, sah dann aber etwas verlegen zu Boden. Paula umschloss mit ihren Händen Clementines Kopf, schob ihn sanft zu sich und küsste sie liebevoll. Erneut verloren sie sich ineinander, diesmal weniger stürmisch, sondern zärtlich und ohne ernanntes Ziel. Geräusche ertönten plötzlich an der Tür, jemand drückte die Türklinke herunter. Paula zuckte unwillkürlich zusammen, hielt sich ihre Hände schützend vor den Körper.

Sie hatte in der Schrecksekunde vergessen, dass Clementine die Tür vorsorglich verriegelt hatte.

„Clementine? Bist du da drin“, erklang eine dumpfe, männliche Stimme.

„Ich komme gleich. Muss mir was anderes anziehen“, log sie spontan. Daraufhin hörten die beiden, wie sich die Schritte wieder von der Tür entfernten. Paula atmete erleichtert auf.

„Ich würde zu gern mit dir hier drin bleiben, aber ich fürchte, ich muss jetzt weiterarbeiten.“ Clementine warf Paula einen traurigen Blick zu. Trotz des Zeitdrucks ließen es sich die zwei Frauen nicht nehmen, sich ein weiteres Mal zu küssen, bevor Clementine Paula im Anschluss half, ihre Kleidung aufzusammeln.

„Ich könnte mich ja schon an diesen Anblick gewöhnen.“ Clementine lehnte an einem Spind, hatte die Arme verschränkt und betrachtete vergnügt und ohne sich Mühe zu geben, es zu verbergen, auf Paulas entblößten Körper.

„Ach ja?“, grinste Paula, „Findest du nicht, dass du als Nächste an der Reihe bist?“ Clementine hatte bereits zum zweiten Mal die Führung in ihrem Liebesspiel übernommen. Ein weiteres Mal wollte das Paula nicht durchgehen lassen.

„Mag sein, dass ich mich bislang wenig gezügelt habe. Aber schau dich an, wie soll ich denn meine Finger von dir lassen?“ Clementine drückte sich vom Spind ab, überwand die Distanz zwischen sich und Paula und suchte erneut seufzend Paulas Lippen.

„Du machst es mir wirklich nicht leicht zu gehen, aber ich glaube, meine Pause ist auch beinahe rum“, Paula warf einen Blick auf ihre Armbanduhr und tatsächlich musste sie sich allmählich sputen. Flink hatte sie ihre Klamotten übergestreift, ihre Haare grob gerichtet und wurde nun von Clementine wieder nach draußen geschleust.

„Wir sehen uns heute Abend?“, vergewisserte sie sich bei Clementine.

„Auf jeden Fall." Clementine strahlte sie freudig an und drückte ihr einen letzten Schmatzer auf den Mund.

Schmunzelnd und aufgewühlt von dem, was ihr soeben widerfahren war, begab sich Paula wieder zurück ins Büro. Immer wieder prüfte sie ihre Kleidung und fuhr sich unruhig durch die Haare, weil sie das Gefühl nicht loswurde, dass man ihr das prickelndes Stelldichein an der Nasenspitze ansehen konnte. Auf dem Weg zum Aufzug traf sie auf zwei Kollegen, die sie freundlich begrüßten und sie, Paulas Meinung nach, seltsam musterten. Dadurch verunsichert hätte sie es um ein Haar versäumt, den Knopf für die dritte Etage zu drücken. Sie musste bei Dan einige Plakate für Melissa in Auftrag geben und hatte den USB-Stick bereits vor der Mittagspause eingesteckt. Die Fahrstuhltür öffnete sich und Paula trat heraus. Wie schon zuvor, war zuerst weit und breit keine Menschenseele zu sehen. Sie schritt durch die langen Gänge, vorbei an Papierstapeln und Regalen, die zum Bersten mit allerhand Kram gefüllt waren. Hier gäbe es sicher auch genügend verborgene Ecken, die sich prima eigneten, um mit Clementine...was überlegte sie denn da? Paula ermahnte sich für ihre Gedanken. Doch spürte sie noch am ganzen Körper Clementines Berührungen, besonders an einer Stelle hallten das Gefühl von Clementines Zunge deutlich nach. Paula grinste in sich hinein. Dieser Orgasmus war tatsächlich der Wahnsinn gewesen. Clementine wusste sehr gut, was sie da tat und Paula war sicher, dass Clementine noch weitaus mehr auf Lager hatte. Eigentlich war ihr Sex nie besonders wichtig gewesen. Er hatte ihr Spaß bereitet, sie war auch regelmäßig auf ihre Kosten gekommen. Trotzdem hatte sie bislang geglaubt, locker darauf verzichten zu können. Jetzt allerdings müsste sie ihre Meinung wohl noch einmal überdenken. Sie sah bereits die Tür zum Druckerraum und entschied, Clementine noch schnell eine Nachricht zu senden.

Was hast du bloß mit mir gemacht? Wie soll ich jetzt noch vernünftig arbeiten?

Das Rattern der Maschine war bereits durch die verschlossene Tür zu hören. Da Dan ihr Klopfen ohnehin nicht hören würde, öffnete sie die Tür und trat herein.

Sie fand Dan an einer Maschine, mit der sich offenbar die Druckbogen auf das richtige Endformat schneiden ließen. Als er zu Paula aufsah, hellte sich sein Blick auf.

„Mädchen, da bist du ja wieder. Haben dich die Bären wohl doch nicht erwischt.“ Dabei lachte er mit rauer Stimme.

„Nein, ich bin wohlauf“, grinste sie.

„Na, dann hat der Junge ja gut auf dich aufgepasst.“

„Mädchen“, korrigierte sie taff.

Er sah sie irritiert an, überging Paulas Hinweis aber dann.

„Was hast du denn heute schönes für mich?“ Sie gab ihm den Datenträger und er sah sich die Grafiken auf dem Computer an. Auf dem beigefügten Zettel waren die Mengenangaben aufgeführt.

„Bis wann habe ich Zeit?“, wollte er wissen.

„Bis Freitag früh.“

„Ach, das schaffe ich locker. Du kannst die Sachen meinetwegen morgen Vormittag holen.“

„Wunderbar. Brauchst du im Gegenzug wieder einen Kaffee?“, fragte sie.

„Ein Kaffee kann ja nie schaden“, dabei lachte er über seine eigene Aussage.

„Gut, dann sehen wir uns morgen.“

Der Nachmittag verlief weitestgehend ereignislos. Wie hätte er auch mit dieser spektakulären Mittagspause mithalten sollen? Sie ertappte sich ständig dabei, wie ihre Gedanken in den Umkleideraum zurückkehrten, in dem Clementine ihr diese aufregenden Minuten geschenkt hatte. Und immer, wenn ein Kollege an ihrem Schreibtisch vorbeimarschierte, zuckte sie erschreckt auf und kämpfte erfolglos gegen einen sich errötenden Kopf an. An keinem Tag war sie so froh über ihren Feierabend gewesen wie heute. Der Schlafmangel gepaart mit der körperlich fordernden Mittagspause, hatten ihren Tribut gefordert und Paula war nun völlig erschöpft. Dabei stand heute Abend ein Ausflug ins Nox an. Sie beschloss, sich bis dahin ins Bett zu verkrümeln, um noch ein paar Stunden Schlaf nachzuholen.

Auf dem Heimweg erreichte sie eine neue Nachricht von Clementine.

Es war mir eine außerordentliche Freude und ich werde nicht davor scheuen, das bei nächster Gelegenheit zu wiederholen. Wer weiß, vielleicht schon heute Abend? :D

Paula konnte sich Clementines schelmischen Gesichtsausdruck beim Schreiben dieser Nachricht gut vorstellen. Sie hatte ihr kleines Abenteuer offenbar genauso genossen wie Paula. Und sie plante bereits ein nächstes Mal, was Paulas müden Geist für einen Moment freudig aufleben ließ. Sie erreichte die Wohnung. Mary war bereits daheim und hatte es sich auf dem Sofa gemütlich gemacht. Eine gute Gelegenheit, um sie auf den neuesten Stand zu bringen.

„Da bist du ja. Ist Bob auch da?", wollte Paula zunächst sicherstellen.

„Nein, der ist beim Sport. Er muss doch seinen Adoniskörper in Schuss halten. " Mary grinste. „Allein für mich, versteht sich."

„Zugegeben, er ist schon ein ziemlich hübsches Kerlchen."

„Tja, du hast ja der Männerwelt abgeschworen. Apropos, wie war dein Date?"

Paulas Mundwinkel zuckten bei der Frage, obwohl sie sie um einen neutralen Gesichtsausdruck bemühte.

„Ach, ich sehe schon. Deine Traumfrau hat wohl gestern alles richtig gemacht."

„Gestern und heute" Paulas Augenbrauen hoben sich und sie schnalzte demonstrativ mit der Zunge. Mary riss überrascht die Augen auf.

„Ihr habt...also ich meine...diesmal so richtig?", suchte Mary nach passenden Worten.

Paula hüstelte verlegen: „Ja, könnte man so sagen..."

„Und? Wie war es?“ Mary hielt es kaum noch auf ihrem Sitz.

„Es war...heiß“, schwärmte Paula. Auf Mary Mund formte sich ein breites Grinsen, dann aber überlegte sie.

„Aber wann, wo? Gestern wart ihr doch in der Stadt. Und heute? Wieso heute?“, überschlug sie sich förmlich.

„Ja, wir waren in der Stadt und waren zum Schluss in einem Park am East River“, erklärte Paula.

„Was? Ihr habt es in der Öffentlichkeit getan?“, Mary wollte entsetzt klingen, doch schwang in ihren Worten eine gewisse Anerkennung mit.

„Nicht ganz.“ Die gespielte Bestürzung amüsierte Paula. „Wir wurden unterbrochen. Deshalb mussten wir ja heute in der Mittagspause weitermachen.“

„Du hast es mit ihr im Büro getrieben?“ Mary glotzte sie fassungslos an.

Paula kringelte sich vor Lachen. „Nein, ich stehe nicht sehr so auf Zuschauer. Unsere Büros sind durch große Glasfronten getrennt, da würde uns wirklich jeder sehen, der…“

„Ja, ja, ja. Ehrlich gesagt, interessiert mich die Raumbeschaffenheit eurer Büros eher weniger. Kommen wir doch lieber wieder zurück zum Thema“, unterbrach Mary sie ungeduldig.

„Ist ja schon gut. Clementine hat mich zum Hintereingang des Cafés gebeten. Von dort hat sie mich in den Umkleideraum geschmuggelt und da haben wir…na ja, du weißt schon“ Das Dauergrinsen tat Paula schon beinahe weh.

„Wow, du kleines Luder“, Mary nickte beeindruckt, „ich glaube, ich muss Bob mal verklickern, dass er auch mal kreativ wird. Und war es anders, als mit…du weißt schon, als mit einem Mann?“

Paula hatte mit dieser Frage gerechnet. Sie selbst hätte im umgekehrten Falle wohl ebenfalls gefragt. War es denn anders? Ja, irgendwie schon. War es besser? Absolut, aber Paula war nicht der Meinung, dass die Aussage pauschal auf die Frauenwelt zutraf. Vielmehr glaubte sie, dass es speziell an Clementine lag, dass sie der Grund war, warum Paula plötzlich so losgelöst ihre Sexualität genoss. Clementines Hände waren magisch, ihre Zungenfertigkeiten begnadet und ihr erregter Blick genügte, um Paula in den Wahnsinn zu treiben. Selbst jetzt, als Paula an Clementines feurige Augen dachte, machte sich ihre Libido wieder bemerkbar.

„Es war besser, als sämtlicher Sex, den ich bislang hatte“, schmunzelte Paula mit erröteten Wagen.

„Paula, das ist großartig. Ich freue mich so sehr für dich. Guter Sex ist ja so wundervoll. Ich hatte das schon fast vergessen.“ Mary erinnerte an ihr langes Singledasein. „Aber Bob zeigt mir auch gerade, worauf ich so lange verzichtet habe.“

Paula konnte nicht behaupten, dass sie lange hatte verzichten müssen. Schließlich war sie bis vor kurzem noch mit Markus zusammen gewesen. Komischerweise konnte sie Marys Gedanken trotzdem gerade sehr gut nachempfinden.

„Aber dir geht es bei Bob nicht nur um Sex, oder?“, wollte sich Paula versichern.

„Nein.“ Mary riss entrüstet die Augen auf, dann aber wurde ihr Blick ganz sanft. „Bob ist…also ich…ich bin schon ziemlich in ihn verschossen.“

„Verrückt, oder? Wir beide. Beinahe zur gleichen Zeit“, sinnierte Paula erfreut.

„Ja, total verrückt. Aber verdient haben wir das beide“, fand Mary, „Wann siehst du denn deine Liebste wieder?“

„Ich bin heute Abend mit ihr im Nox verabredet. Außerdem treffe ich dort die Mädels von neulich. Willst du mit?“

„Nein, Bob kommt später noch vorbei. Es sei denn, ich kann ihn mitnehmen?“, grinste Mary.

„Äh, ich glaube das ist keine gute Idee“, erwiderte Paula verunsichert. Mary lachte.

„Das denke ich auch. Aber wir wollten eh einen gemütlichen Abend zuhause verbringen.“

Paula gähnte. „Ja, das würde ich eigentlich auch eher bevorzugen…zusammen mit Clementine natürlich. Ich bin hundemüde, deshalb haue ich mich jetzt noch einen Moment aufs Ohr."

Kurz vor acht Uhr abends klingelte Paulas Wecker. Der Schlaf hatte ihr gutgetan und sie fühlte sich wieder einigermaßen erholt. Sie nahm eine kurze Dusche und überlegte derweil, was sie anziehen wollte. Da sollte sich noch eine schwarze Jeans und dunkle Seidenbluse in ihrem Schrank befinden, die sie zusammen ausprobieren wollte. „Mary, was sagst du zu dem Outfit?", präsentierte sie sich kurz darauf im Wohnzimmer. Bob war inzwischen auch eingetroffen und sah ebenfalls zu Paula hoch.

„Die Bluse ist super, warum trägst du die nicht häufiger? Bloß dein Hals sieht damit so nackt aus. Warte, ich glaube, ich habe irgendwo eine passende Kette." Mary sprang auf und verschwand in ihrem Zimmer.

„Ah, hab sie", hörte Paula sie nach kurzer Zeit rufen.

Mary hatte wirklich ein Händchen für Mode. Das Accessoire passte perfekt zu Paulas Bluse und rundete das Outfit perfekt ab. Zufrieden betrachtete sie sich im Spiegel.

„Danke, sieht gut aus. Ach übrigens, ich hab mir wieder deine Schuhe geklaut." Sie streckte Mary einen Fuß entgegen.

„Das ist mir wohl schon aufgefallen", zwinkerte Mary, „und jetzt auf. Du bist spät dran."

Für einen Wochentag war das Nox auch heute wieder gut besucht. Paula hielt nach den Mädels Ausschau und fand sie schließlich an einem Tisch in der Nähe der Theke. Sie bewegte sich auf die Gruppe zu und wurde zuerst von Jessica entdeckt.

„Da bist du ja. Schön!" Sie umarmte Paula herzlich.

Alle waren sie an diesem Abend gekommen. Jackie, Mira mit ihrer Freundin Simone und auch Maja, die Paula bei ihrem letzten Treffen im Cubbyhole kennengelernt hatte.

„Und wie ist es bei deinem Ausflug gelaufen?" Jessica hatte sich zu Paula vorgebeugt und bemühte sich so leise zu sprechen, dass die anderen sie nicht hören konnten. Offensichtlich hatte sie ihr Versprechen gehalten und den anderen nichts von Paulas Verabredung mit Clementine verraten.

„Ach, es war ganz schön“, versuchte Paula es unspektakulär klingen zu lassen. Sie hatte mit Clementine vereinbart, dass sie gegenüber Jessica und den anderen noch nicht mit der ganzen Wahrheit rausrücken sollte. Zwar hatte Clementine nicht verraten, wozu die Geheimniskrämerei gut sein sollte, doch Paula vermutete, dass sie sich mit den Mädels einen kleinen Spaß erlauben wollte. Wo war sie überhaupt? Unauffällig ließ Paula ihren Blick durch den Raum schweifen. Doch von ihrer Liebsten war bislang nichts zu sehen. Stattdessen landeten ihre Augen wieder auf Jessica, die wegen Paulas Antwort enttäuscht die Lippen schürzte.

„Na, das klingt ja nicht so berauschend.“

„Hey, was tuschelt ihr denn da? Das ist nicht besonders höflich“, ging Mira dazwischen.

„Ja, entschuldige, du hast recht“, erwiderte Jessica einsichtig und flüsterte Paula kurz darauf zu: „Wir sprechen später weiter.“

Topthema zwischen den Mädels war am heutigen Abend eine Serie, von der Paula zum ersten Mal hörte und entsprechend wenig beizutragen hatte. Doch sie störte das nicht, sondern sie hörte interessiert zu. Offenbar ging es in der Serie um Gefängnisinsassinnen und deren Leben im Knast. Besondere Faszination schienen die lesbischen Charaktere auf die Mädels auszuüben. Paula konnte das nachvollziehen, waren homosexuelle Filme und Serien ihrer Meinung nach doch eher rar gesät. Paula jedenfalls fiel zu dem Thema gerade mal ein Film ein und das war Brokeback Mountain.

„Brokeback Mountain ist ein toller Film. Genau diese Story mit zwei Frauen und der Film wäre perfekt“, witzelte Jackie.

Paula dachte an ihren Ausflug an den See. Die Kulisse

dort war durchaus vergleichbar und wenn man Clementines Freunde gedanklich ausblendete, dann konnte man ihre Geschichte zumindest ein bisschen mit der des Films vergleichen. Paula schmunzelte in sich hinein. Sie hatte Mühe, ihre Klappe zu halten. Zu gern hätte sie von Clementine und ihrem gemeinsamen Wochenende vorgeschwärmt. Als hätte sie Clementine mit diesen Gedanken herbeigerufen, sah sie im Augenwinkel, wie soeben ihre Herzdame den Raum betrat. Paula biss sich auf die Lippe, damit ihre Mundwinkel nicht im Alleingang zu ihren Ohren wanderten und sie war gespannt, was gleich passieren würde. Clementine hielt unbemerkt auf die Gruppe zu. Erst als sie den Tisch erreicht hatte, blickten die Frauen irritiert zu ihr auf. Vielleicht bildete Paula es sich nur ein, aber sie glaubte Jackies Wangen erröten zu sehen. Spätestens jetzt breitete sich auf ihrem Gesicht ein amüsiertes Grinsen aus. Doch die Frauen hatten ihre Aufmerksamkeit längst auf Clementine gerichtet und bekamen von Paulas verräterischem Blick nichts mit.

„Guten Abend die Damen. Darf ich kurz stören?“, fragte Clementine höflich.

Verlegen grinsten die Frauen zurück. Nur Jessica hatte die Lippen grüblerisch gekräuselt und beäugte die Situation eher skeptisch.

„Ich muss eurer Freundin nur kurz eine Frage stellen.“ Sie beugte sich zu Paula herunter, legte den Zeigefinger an ihr Kinn und gab ihr einen zärtlichen Kuss auf den Mund. Dann flüsterte sie so, dass die anderen sie gerade noch verstehen konnten: „Was hältst du davon, wenn du nachher mit zu mir kommst?“

Paula konnte sich kaum noch zusammenreißen, hätte am liebsten laut losgelacht, doch sie riss sich weiterhin zusammen und erwiderte gelassen: „Aber gern. Wir sehen uns dann später.“

Clementine nickte zufrieden, drehte sich rum und steuerte Richtung Theke, wo Alex sie sogleich begrüßte und in ein Gespräch verwickelte. Clementine kam demnach nicht mehr in den Genuss, in die mehr als verdutzten Gesichter zu blicken, die noch immer zwischen ihr und Paula hin und her wanderten.

„Ich weiß gar nicht, was ihr habt? So schwer ist es doch gar nicht, an ein Date mit CJ ranzukommen“, triumphierte Paula grinsend. Jackie konnte es scheinbar noch immer nicht glauben und selbst die coole Mira war von Paulas Gelassenheit schwer beeindruckt. Bloß Jessica, die ihren Freundinnen gegenüber einen entscheidenden Wissensvorsprung besaß, hatte den Braten längst gerochen.

„Mädels, die zwei haben uns gerade auf den Arm genommen“, verkündete sie ihre Erkenntnis mit hochgezogener Augenbraue und verschränkten Armen. Spätestens jetzt konnte Paula nicht mehr an sich halten und prustete los. Doch noch immer tauschten Mira und Jackie ratlose Blicke aus. Paula erinnerte sich an ihren letzten Kenntnisstand, der sich darum drehte, ob Clementine überhaupt an Frauen interessiert war.

„Entschuldigt den kleinen Spaß“, sagte Paula, „war übrigens nicht meine Idee. Da dürft ihr euch bei Clementine bedanken.“

„Bei wem?“, nun kam auch Jessica wieder nicht mit.

„Ach stimmt. CJ meine ich. Sie heißt eigentlich Clementine.“

„Also ich komme jetzt überhaupt nicht mehr mit. Seid ihr jetzt...ein Paar?“, hakte Jackie verwirrt nach. „Und falls ja, wann um Himmels willen ist das alles passiert?“, fügte sie fassungslos hinzu.

„Also noch nicht so richtig“, druckste Paula, denn so richtig wusste sie es selbst nicht.

„Aha, aber so gut wie“, schlussfolgerte Mira.

Paula musste schmunzeln. Sie konnte nicht behaupten, dass Clementine versuchte, aus ihnen ein Geheimnis zu machen. Und wie Paula sie einschätzte, hätte Clementine sich diesen kleinen Scherz niemals erlaubt, wenn sie es mit Paula nicht ernst meinen würde. Selbst den Frauen am Nebentisch, die Clementine sicher von ihren Auftritten kannten, war der Kuss zwischen Paula und ihr nicht entgangen. Paula meinte, im Anschluss daran sogar Getuschel und interessierte Blicke wahrgenommen zu haben.

„Dann hast du sie tatsächlich bei eurem Campingausflug rumgekriegt?". strahlte Jessica sie begeistert an, schüttelte aber gleichzeitig ungläubig den Kopf.

„Camping?", fragte Mira. „Sag mal Jessica, wusstest du da etwa wieder mehr als wir?"

Jessica presste ertappt die Lippen aufeinander. Doch konnte sie ihre Freundinnen nicht täuschen.

„Na toll, wir sind mal wieder die letzten, die hier irgendwas erfahren", maulte Jackie.

„Vielleicht ist das so, weil ihr nie die Klappe halten könnt", stichelte Jessica.

„Das stimmt doch gar nicht!", protestierte Mira erbost.

Während die Frauen miteinander diskutierten, beobachtete Paula Clementine, die sich angeregt mit Alex unterhielt. Wie schön sie doch war. Selbst ohne rosarote Brille, da war sich Paula sicher, war Clementine mit Abstand die attraktivste Frau in diesem Raum. Ach was, in ganz New York. Wenn das denn reichte. Ihr Anschmachten blieb nicht lange unentdeckt. Clementines Blick traf sie zufällig mit ihrem, so dass Clementine sie aufforderte, zu ihr an die Theke zu kommen.

„Ich dachte schon, du lässt mich hier den ganzen Abend allein sitzen." Clementine griff um Paulas Hüfte und zog sie etwas dichter an sich heran.

„Hallo Paula, schön dich wiederzusehen", grüßte sie Alex. „Auch, wenn du wohl heute die halbe Damenwelt in große Trauer gestürzt hast." Sie lachte und zeigte mit ihrem Blick in den Raum, während sie gerade mit einem Tuch über die Theke wischte.

„Nun fang du nicht auch noch damit an", antwortete Clementine. Offenbar war sich Clementine, bescheiden wie sie war, ihrer Wirkung tatsächlich nicht bewusst. Stolz legte Paula ihren Arm um sie.

„Damit kann ich gut leben“, gab Paula an Alex zurück.

„Haben wir die anderen denn drangekriegt?“, erkundigte sich Clementine.

„Auf jeden Fall. Ihre Gesichter werde ich nie vergessen“, kicherte Paula, wurde aber dann wieder ernst, „Und ist es wirklich ok, wenn das hier alle mitbekommen?“

„Na ja, es war doch meine Idee, oder nicht?“ Sie zog Paula noch ein Stück näher und gab ihr einen Kuss auf den Hals.

„Das ich das noch erleben darf“, schmachtete Alex die beiden an.

„Sag mal, war das vorhin eigentlich ernst gemeint? Also das mit dem zu dir kommen?“, flüsterte Paula Clementine ins Ohr.

„Ja, das war es. Willst du das denn?“

Paula strahlte. Was war das für eine Frage?

„Na klar will ich das. Wobei“, nun überlegte sie, „ich will in diesen Klamotten morgen nicht unbedingt zur Arbeit erscheinen.“

„Wieso? Was stimmt denn nicht damit. Ich finde du siehst...ziemlich heiß darin aus“, grinste Clementine verschmitzt und schielte in den tiefen Ausschnitt der Bluse. Paula gab ihr einen ermahnenden Klaps, fühlte sich in Wahrheit aber überaus geschmeichelt.

„Oder du kommst mit zu mir“, schlug Paula schließlich vor.

„Mhm, meine Arbeitsklamotten habe ich ja ohnehin im Café. Das würde also schon gehen“, grübelte Clementine.

„Sehr gut, dann nehme ich dich einfach mit zu mir“, beschloss Paula und besiegelte ihre Entscheidung mit einem Kuss auf ihren Mund.

Alex, die gerade einen Cocktail mixte, hatte bei ihrem Gespräch offenbar gelauscht, denn sie schmunzelte und schenkte Paula einen anerkennenden Blick.

„Du zerstörst hier gerade mein ganzes Image“, schimpfte Clementine mit gespielter Ernsthaftigkeit.

„Dann lass uns lieber gehen, bevor ich es noch

schlimmer mache“, säuselte Paula in einem verführerischen Ton. Das musste sich Clementine nicht zweimal sagen lassen. Sie verabschiedeten sich zuerst bei Alex und anschließend bei Paulas Mädels, die sich allmählich mit der neuen Situation angefreundet zu haben schienen und den beiden einen schönen Abend wünschten.

Als die zwei Frauen den dunklen Flur der Wohnung betraten, sahen sie durch die Tür das Flackern des Fernsehers scheinen.

„Mary und Bob“, erklärte Paula, „Sie wollten heute Abend einen Film sehen, oder so.“ Doch als Paula und Clementine das Wohnzimmer betraten, fanden sie die beiden Arm in Arm und fest schlafen auf dem Sofa liegend vor. Leise schlichen sie sich an ihnen vorbei und betraten Paulas Zimmer. Sie hatte nicht damit gerechnet, dass Clementine tatsächlich heute Abend mit zu ihr kommen würde. Deshalb hatte sie nicht aufgeräumt und versuchte nun hektisch, ihre Klamotten zusammenzuraffen und in eine Ecke zu bugsieren. Clementine hatte es sich auf ihrem Bett, als einzige Sitzgelegenheit, bequem gemacht und schaute Paula bei ihrem Treiben amüsiert zu. Nebenbei ließ sie ihren Blick über die übrigen Dinge in Paulas Zimmer schweifen.

„Das Zimmer ist nichts Besonderes. Für die kurze Zeit würde es sich nicht lohnen, sich häuslich einzurichten“, erklärte Paula, ohne über ihre Aussage nachzudenken. Clementines Miene wurde bei diesen Worten jedoch schlagartig ernst. Als Paula ihren Blick bemerkte, drängte sich auch ihr der unweigerliche Gedanke auf, der wohl gerade in Clementines Kopf rumspukte. Ihre gemeinsame Zeit war begrenzt. Sehr begrenzt sogar. In etwa vier Wochen würde Paula ihre Heimreise antreten müssen. Was bis dahin zwischen ihnen passieren würde, stand völlig offen. Was nach diesen vier Wochen sein würde? Unvorstellbar. Sie kamen wortlos überein, dieses unliebsame Thema am heutigen Abend vorerst beiseite zu schieben. Ihre Blicke lösten sich und Clementine lehnte sich nach hinten, bis sie mit dem Rücken auf dem Bett lag und ihren Blick zur Decke richtete.

„Hey, du hast deinen Lampenschirm noch gar nicht aufgehängt.“ Sie deutete mit einer Kopfbewegung in Richtung der Glühbirne, die trostlos von der Decke baumelte. „Wollen wir ihn vielleicht aufhängen?“

Der spontane Themenwechsel kam genau zur rechten Zeit und Paula fand diesen Vorschlag großartig. Sie holte den Lampion aus der Tüte, befreite ihn von seiner Verpackung und zog ihn wie eine Ziehharmonika auseinander.

„Willst du, oder soll ich?“, fragte Paula.

„Ich kann das gerne machen.“ Clementine zuckte mit den Schultern.

Sie zog ihre Schuhe aus und stieg auf die Matratze. Die Glühbirne befand sich ein Stück vor dem Bett, so dass sich Clementine weit nach vorne strecken musste, um an sie heranzukommen. Dabei geriet sie kurz aus dem Gleichgewicht und drohte, vom Bett zu kippen. Im letzten Moment hatte Paula nach ihrer Hüfte gepackt und so ihren Absturz verhindert. Die beiden Frauen kicherten wie Kinder über Clementines unglückliches Malheur.

„Pscht“, ermahnte Paula sich selbst und auch Clementine, denn sie wollte die zwei Schlafenden im Nebenzimmer nicht wecken. Clementine räusperte sich daraufhin und versprach, sich ab jetzt besser zu konzentrieren, während Paula im Gegenzug versprach, sie besser zu stützen. Doch weil sich Clementine jetzt nun noch weiter streckte, rutschte ihr T-Shirt nach oben und entblößte ihren flachen, sonnengebräunten Bauch, der sich zufällig genau auf Paulas Augenhöhe befand. Ihr entfuhr ein lustvolles Brummen bei diesem Anblick und sie konnte dieser Verlockung nicht lange standhalten. Zärtlich begann sie, ihn mit Küssen zu bedecken und mit ihren Händen an Clementines Hüften entlangzufahren.

„Paula, was machst du da?“ Clementine seufzte verheißungsvoll und geriet völlig aus dem Konzept. „Es ist nicht gerade hilfreich, was du da machst." Doch damit rang sie Paula höchstens ein freches Schmunzeln ab. Unbeirrt arbeiteten sich Paulas Hände weiter nach oben und fuhren die Konturen von Clementines BH ab. Als sie zu Clementine aufblickte, stellte sie zufrieden fest, dass sie genießend die Augen geschlossen hatte. Vorher war es ihr aber gelungen, die Lampe, wenn auch schief, an der Decke zu befestigen, was Paula reichte, um Clementine jetzt aus ihrer Lage zu befreien. Die Atmosphäre hatte sich mit dem roten Licht des Lampenschirms verändert, wirkte anregend auf Paula. Also genau richtig für das wonach ihr ohnehin der Sinn gestanden hatte. Kurzerhand griff Paula an Clementines Hosenbund und zog sie zu sich herunter. Sie verharrten einen Augenblick voreinander, wussten aber beide, dass sie viel zu verrückt aufeinander waren, um es lange in dieser Position auszuhalten. Doch sie ließen sich auf dieses Spiel ein. Wer könnte länger widerstehen, wer hielt den feurigen Blicken des anderen länger stand? Das Knistern zwischen ihnen war regelrecht spürbar. Doch noch gönnte sich keine von beiden die entscheidende Erlösung, bis sie am Ende gleichzeitig übereinander herfielen, sämtliche Zügel lösten und gierig aufholten, was sie an Tempo aufgespart hatten. Ihre Zungen liebkosten sich mal zärtlich, dann fordernd, lockten sich und fanden sodann leidenschaftlich zueinander. Paula glaubte, Clementines Hände auf ihrem gesamten Körper zu spüren. Sie hatten sich bereits von ihren Hosen und Oberteilen befreit, bloß ihre Unterwäsche trennte ihre beiden Körper voneinander. Paula lag auf Clementine, hatte ein Bein zwischen Clementines Schenkel eingeklemmt und spürte die feuchte Hitze, die sich ihren Weg bahnte.

Clementines Erregung so eindeutig zu fühlen, spornte Paulas Libido erneut an und sie drängte Paula dazu, Clementine auch von den letzten verbleibenden Textilien zu befreien. Sie richtete ihren Oberkörper auf, zog Clementine hinter sich her, so dass Paula jetzt auf ihrem Schoß saß. Mit jeder kleinsten Bewegung ihrer Hüfte rückte ihre Scham dichter an Clementines, so dass Paula heiser aufkeuchte. Clementine erstickte ihre Geräusche, indem sie sofort wieder Paulas Lippen suchte und ihrerseits in raues Stöhnen verfiel. Sie tasteten beide nach den Verschlüssen ihrer BHs, Paula war mit dem Öffnen sogar ein kleines bisschen schneller. Sie streifte Clementines BHs von ihren Schultern und blickte jetzt zum ersten Mal unverhohlen und ohne sich zu genieren auf ihre unbedeckten Brüste.

„Du bist so wunderschön“, hauchte Paula und fuhr mit ihren Fingerspitzen Clementines Rundungen ab. Clementines Brustwarzen hatten sich zu dunklen, kleinen Knospen zusammengezogen und streckten sich ihren Berührungen neugierig entgegen. Paulas Hände umschlossen zaghaft Clementines wohlgeformte Brüste, während ihre Daumen begannen, mit den festen Nippeln zu spielen. Es war das erste Mal, dass sie eine weibliche Brust auf diese Weise berührte und es fühlte sich unglaublich an. Sie hatte ja keine Ahnung, wie sehr sie dieser Körperteil anmachen könnte, wie sehr sie Clementines weibliche Formen begehrte. Auch Paulas Brüste wippten inzwischen unverhüllt vor Clementines und als diese Paula jetzt wieder an sich heranzog, berührten sich ihre Brustwarzen und lösten in Paula ein erregtes Schaudern aus.

„Ich will, dass du das ausziehst“, flüsterte Clementine, die den Saum von Paulas Slip zwischen Daumen und Zeigefinger geklemmt hatte und jetzt daran zupfte.

„Nur, wenn du mitziehst“, verlangte Paula.

„Na schön.“

Paula rückte neben Clementine und half ihr, ihren Slip über die Beine abzustreifen. Sie hatte Clementine bereits nackt gesehen, doch natürlich hatte sie bislang keinen so genauen Blick riskiert. Die Feuchte, die sie eben nur hatte spüren können, war eindeutig zu erkennen und demonstrierte Clementines Ausmaß ihrer Erregung überdeutlich. Paula stand, wie sie es merkte, als sie ihren eigenen Slip abstreifte, dem in nichts nach. Auch sie fühlte, wie sich die Nässe durch ihren Spalt drückte.

„Komm her“, bat Clementine sie. Paula folgte dieser Aufforderung liebend gern und nahm nun wieder auf Clementines Schoß Platz. Doch jetzt, ohne ihre störenden Barrieren fühlte sich alles weitaus intensiver an. Paula japste nach Luft, als Clementine ihre Hüfte begann zu kreisen.

„Oh mein Gott“, entfuhr es ihr unwillkürlich und sie begann automatisch, ihre Hüften langsam im gleichen Rhythmus zu bewegen. Sie presste sich dabei immer dichter an Clementines Scham, Clementine half außerdem, indem sie Paulas Pobacken fest umschlossen hielt. Dieses wahnsinnige Gefühl war mit nichts zu vergleichen. Paula wäre für einen Vergleich auch gar nicht mehr imstande gewesen. Ihre Triebe hatten längst das Kommando übernommen, ließen ihre Muskeln zucken, ihre Klitoris pulsieren. Sie hatte im Eifer des Gefechts Clementines Lippen wieder gefunden und keuchte ihr jetzt stöhnend entgegen, so wie auch Clementine ihrer Lust nun freien Lauf ließ. Sie trieben sich immer höher, in schwindelerregende Höhen, bis sich, beinahe zu schnell, das gewaltige Ende ankündigte. Clementines flehendes Stöhnen wurde abgehackter, atemloser, Paula spürte, wie sich jeder ihrer Muskeln anspannte, wie sie sich unter ihr mit einem letzten tiefen Schrei aufbäumte und Paula dabei fest umklammerte. Zu sehen, zu spüren wie Clementine unter ihr kam, löste auch bei ihr einen gewaltigen Orgasmus aus, dem sie kaum standhielt, der sie übermannte, der kein Ende zu nehmen schien. Lange hallte das Glücksgefühl in ihr nach, durchzuckte Paulas Körper impulsartig. Sie hockte noch immer auf Clementines Schoß, hielt sie fest umklammert. Ein feiner Schweißfilm hatte sich auf ihren Körpern gebildet und kühlte ihre erhitzten Körper. Sie waren beide erschöpft, doch wollte Paula ihre intime Position noch nicht aufgeben.

„Geht es dir gut?“, flüsterte Clementine und klemmte ihr eine Strähne hinters Ohr.

„Ich weiß nicht, ob ich je wieder klar denken kann. Aber ja“, seufzte Paula müde, doch überaus zufrieden.

Paulas Fingerspitzen fuhren über Clementines Rücken. Ihnen folgte eine Gänsehaut, die Clementines feine Härchen aufrichtete. Es war doch ganz anders mit einer Frau, gestand sich Paula ein. Sie versuchte Worte für ihre Empfindungen zu finden. Sex mit einer Frau war zärtlicher, ein Frauenkörper fühlte sich weicher, ja, viel zerbrechlicher an. Und sie vermisste den kleinen Unterschied definitiv kein Stück. Paula schmunzelte. Die Art, wie sie sich gerade mit Clementine geliebt hatte, war ihr vorher gar nicht in den Sinn gekommen. Sie hatte es nicht für möglich gehalten, dass sie auf diese Weise Lust empfinden könnte. Doch hatte sie sich Clementine gerade näher gefühlt, als sie es mit einem Mann je getan hatte. Vielleicht war ihr Körper doch viel besser für eine Frau geeignet und sie hatte das, mangels Gelegenheit, einfach vorher nicht in Erfahrung gebracht. Sie war froh, dass es Clementine war, die sie als Erste in diese neue, aufregende Welt entführt hatte und sie wollte noch viel mehr von ihr kennenlernen.

„Das war gerade unfassbar schön mit dir“, wisperte Paula.

„Das fand ich auch. Und ich glaube, ich will noch viel mehr davon. Noch mehr von dir.“

Der letzte Satz rührte Paulas Herz und bedeutete ihr viel, erfüllte er doch ihre heimlichsten Wünsche und bestätigte ihre leisen Hoffnungen, dass auch Clementine inzwischen starke Gefühle für sie hegte. Unzweifelhaft musste sich Paula eingestehen, dass ihre Gefühle für Clementine schon weitaus tiefer gingen, als sie es hätte zugeben wollen. Sie hatten sich inzwischen nebeneinander unter ihre Bettdecke gekuschelt. Diesmal hatte sich Clementine in ihren Arm geschmiegt, was etwas ungewohnt für Paula war, was ihr aber überaus gut gefiel. Sie gab Clementine einen letzten Schmatzer auf die Stirn, bevor sie die Augen schloss und zufrieden in die Welt der Träume abtauchte.

KAPITEL 18

Paula wurde durch ein ungewohntes Geräusch aus dem Schlaf gerissen. Benommen versuchte sie, das gleichmäßige Piepen zuzuordnen, doch ihre müden Augen wollten sich nicht öffnen. Noch immer lag Clementine in ihrem Arm, sie hatten sich beide in der Nacht offenbar keinen Zentimeter bewegt. Erst jetzt, da Paula sich rührte, erwachte auch Clementine, die sofort etwas mit dem Signal anzufangen wusste.

„Das ist mein Handywecker. Warte, ich stelle ihn ab."

Sie beugte sich über Paula, denn ihre Tasche lag neben Paulas Bettseite, und angelte nach dem lautstarken Mobiltelefon. Kurz darauf verstummte das Signal. Weil auch sie offenbar noch müde war, blieb sie einfach in dieser Position, so dass sie quer auf Paula lag und ihren reizvollen Rücken präsentierte. Zwischen ihren Schulterblättern zeichnete sich ihre Wirbelsäule unter der Haut ab und Paula konnte dem Drang, sie berühren zu wollen, einfach nicht widerstehen. Liebevoll fuhr sie mit ihrem Zeigefinger den Umriss der einzelnen Wirbel ab, bis sie ihren Po erreicht hatte, um von dort wieder nach oben zu wandern. Clementine schnurrte wie ein Kätzchen.

„Deine Hände sind einfach magisch", murmelte sie und ließ Paula kurz stutzen. Das waren doch die gleichen Worte, mit denen sie bereits Clementines Hände umschrieben hatte. Scheinbar teilten sie bereits die gleichen Gedanken.

Jetzt war es Paulas Wecker, der unsanft daran erinnerte, dass sich ihr intimes Miteinander schon bald dem Ende zuneigte.

„Ich will nicht aufstehen. Ich will heute mit dir hier im Bett bleiben", brummte Clementine und bewegte sich keinen Millimeter.

Nichts täte Paula lieber als das. Aber natürlich würde das nicht gehen. Sie war im Büro bereits die letzten Tage nicht hundertprozentig bei der Sache gewesen. Es hatte zwar von ihren Kollegen keinerlei Beschwerden gegeben, doch wurde sie ihren eigenen Ansprüchen allmählich nicht mehr gerecht. Peter hatte ihr einen Job in Aussicht gestellt und inzwischen gab es einen weiteren, alles überragenden Grund, weshalb sie diese Chance auf keinen Fall in den Sand setzen wollte.

„Los Schlafmütze, wir stehen jetzt auf."

Sie kniff Clementine in die Seite und zu ihrer Überraschung war wohl auch Clementine ziemlich kitzelig. Sie zuckte und maulte jedes Mal, wenn Paula an einer anderen Stelle ihre Finger in ihre Haut bohrte.

„Boar, bist du gemein", schimpfte sie. Und mit einem Schwups hatte sie sich aufgerichtet, Paulas Hände geschnappt und ihre Handgelenke über ihrem Kopf fixiert.

„Überlege dir gut, ob du mich noch länger ärgerst…", drohte sie spielerisch.

„Sonst was?" Paula zeigte sich kampflustig.

„Sonst…", Clementine vergrub ihren Kopf in Paulas Halsbeuge, blies stoßartig Luft aus ihrem Mund, so dass Clementines Lippen wie eine Membran auf ihr flatterten und Paula sich vor Lachen kaum einkriegte.

„Aufhören, bitte aufhören" quiekte und flehte sie.

„Paula, ist alles ok bei dir?", hörten sie die dumpfe Stimme von Mary durch die Tür.

„Wieso werden wir eigentlich ständig ertappt? Ich fühle mich wie ein Teenager, der das erste Mal heimlich bei seiner Freundin übernachtet hat", kicherte Clementine.

Ihre Freundin? Hatte sie Paula als ihre Freundin bezeichnet? Nicht direkt, aber irgendwie auch schon. Paulas Herz jedenfalls hatte es genau so verstanden, denn es veranstaltete in ihrer Brust gerade einen kleinen Freudentanz. Sie ließ sich ein schnelles Küsschen nicht nehmen, wollte dann aber erst einmal Mary Entwarnung geben.

„Ja"„ flötete sie heiter, „bei uns ist alles bestens".

„Oh", klang es durch die Tür, „ich verstehe."

Alle drei hörten sich jetzt lachen.

„Ok, ich muss mich wirklich mal fertig machen. Kann

ich hier duschen?“, wollte Clementine wissen.

„Aber klar, Handtücher findest du im Bad.“

„Kommst du mit?“, Clementine sah sie verschmitzt an.

Die Vorstellung war durchaus verlockend, wenngleich unvernünftig, worauf Paula sie schweren Herzens hinwies.

„Willst du heute einigermaßen pünktlich da sein? Wenn ja, dann sollten wir das besser lassen“, grinste Paula.

„Mhm, du hast sicher recht“, brummte Clementine missmutig und küsste Paula, bevor sie sich ein Shirt und ein Höschen überstreifte und sich zum Bad begab.

Paula blieb noch einen Moment lang liegen und schmiegte sich an das Kopfkissen, das nach Clementine roch. Ihr Blick fiel auf den roten Lampenschirm, der tatsächlich mehr schlecht als recht am Kabel der Glühbirne hing. Sie würde das Ding auf keinen Fall zurechtrücken, es sollte exakt so dort hängen bleiben. Denn so würde dieser Lampion sie jeden Abend an diese fantastische Nacht erinnern.

Kaum hatte sie diesen Entschluss gefasst, tauchte bereits Clementine wieder auf. Sie hatte sich ein knappes Handtuch umgebunden, das gerade bis unter den Poansatz reichte. Ihre tropfnassen, schwarzen Haare hatte sie sich hinter die Ohren geklemmt, so dass sich ihr bildhübsches Gesicht offen präsentierte. Paula konnte ihren Blick kaum von ihr lösen. Es gab keine Frau, die mehr Sexappeal in einem schlichten Handtuch hätte ausstrahlen können, davon war Paula überzeugt. Clementine entging ihr offensichtlicher Blick nicht, tat aber so als würde sie es nicht bemerken. Ganz zufällig rutschte ihr beim Greifen nach ihren am Boden liegenden Klamotten das Handtuch nach oben, so dass sie Paula ihren kleinen, prallen Hintern entgegenstreckte. Paula schnappte nach Luft. Clementine legte es wirklich gerade darauf an, Paula aus der Fassung zu bringen und es gelang ihr so leicht wie ein Fingerschnippen. Mit einem Satz hatte sich Paula aufgerichtet und saß jetzt auf der Bettkante. Blitzschnell und ohne, dass Clementine noch hätte reagieren können, griff sie nach ihren Hüften, drehte Clementine und zog sie zu sich auf ihren Schoß. Das Handtuch war währenddessen an Clementines Körper heruntergeglitten, so dass sich ihre Brüste genau auf Paulas Augenhöhe befanden. Paula zögerte nicht und begann damit, sie mit ihrem Mund zu liebkosen, sie sanft zu beißen, so dass Clementine den Kopf in den Nacken warf und ihrer Kehle ein genüsslicher Ton entwich. Diesmal waren es Paulas Hände, die auf Clementines Po lagen, die ihn streichelten und ihn fest in Paulas Schoß drückten. Clementine zu berühren, erregte Paula mindestens genauso, als würde Clementine ihre Künste an ihr vollführen. Zur Abwechslung die Oberhand zu haben, Clementine sprichwörtlich in der Hand zu haben, war aufregend, neu und animierte Paula, mutiger zu werden. Sie ließ mit ihrer rechten Hand von ihren Pobacken ab und glitt mit ihren Fingerspitzen um Clementines Hüfte, erreichte ihren Bauch und war nun auf dem Weg gen Süden. Doch kurz bevor sie ihr Ziel erreichte, griff Clementine nach ihrer Hand und stoppte sie.

„Nicht“, sagte Clementine heiser, „sonst kommen wir gar nicht mehr hier weg.“ Sie rang nach Atem und ihr leidender Blick zeigte deutlich, dass dieser Abbruch sie alle Mühe gekostet hatte. Paula schmunzelte zufrieden. Denn wenngleich sie ihr eigentliches Ziel nicht erreicht hatte, dann war die Erkenntnis, dass auch sie imstande war Clementine heißzumachen, äußert befriedigend.

„Das ist aber nur aufgeschoben“, gab ihr Paula deutlich zu verstehen. Mit einem letzten Kuss ließ sie schließlich von ihrer Liebsten ab.

„Ich bin gerne bereit, heute Abend an diesem Punkt weiterzumachen.“ Clementine blickte sie auffordernd an

„Also sehen wir uns heute Abend? Diesmal bei dir? Wir könnten zusammen was kochen.“, Paula strahlte vor Freude.

„Ja, das ist eine prima Idee. Allerdings wollte ich dich vorher noch mit zu den anderen nehmen. Also Nora, Cody, Ted und Mike. Wir treffen uns ja donnerstags immer bei den Jungs. Hast du Lust?“

„Ja klar. Ich freue mich, die vier wiederzusehen.“

Ihr kurzer erotischer Ausflug hatte sie erheblich Zeit gekostet, so dass sich vor allem Paula jetzt überaus sputen musste, um mit Clementine zusammen den Weg zur Arbeit antreten zu können. Etwa eine Viertelstunde später befanden sie sich bereits in der U-Bahn, die sie direkt zu ihren Arbeitsplätzen transportieren würde. Es war ein ungewohntes, aber wahnsinnig schönes Gefühl zusammen mit Clementine zur Arbeit zu fahren. Beinahe so, als würden die beiden als Paar ihren ersten gemeinsamen Alltag erleben. In Wahrheit würde es diesen Alltag wohl niemals geben, denn Paula konnte bereits die Tage bis zu ihrer Abreise zählen. Genervt über ihre eigenen Gedanken, wischte sie sie weg, blickte zu Clementine, die neben ihr saß und verschränkte ihre Hand in Clementines.

Mit eiligen Schritten näherten sie sich ihren Arbeitsstätten. Doch bevor sie zu nahe vor ihnen stünden, stoppte Paula Clementine.

„Bekomme ich noch eine Verabschiedung?“, wollte sie wissen. Clementine lachte erfreut.

„Aber liebend gern.“ Sanft legte sie eine Hand auf Paulas Wange und gab ihr den eingeforderten Kuss, der Paulas Schmetterlinge, wie erhofft, aufscheuchte und sie hoffentlich bis zu ihrem Feierabend flattern ließ. Als sich ihre Lippen voneinander entfernten und Paula ihre Augen aufschlug, sah sie, wie direkt hinter Clementine ein weißer Cayenne anhielt und sich seine Beifahrerscheibe geräuschlos nach unten schob. Paula riss erschrocken die Augen auf.

„Peter?“

Auch Clementine drehte sich reflexartig um, blickte aber genauso schnell wieder in eine andere Richtung. In ihren Augen spiegelte sich Feindseligkeit, wenn nicht gar Abscheu.

„Clementine?“, hörte Paula jetzt aus dem Wagen rufen.

Paula lugte von Weitem durch die Beifahrerseite und erkannte Peters verzweifelten Gesichtsausdruck, aus dem sie sich allerdings keinen Reim machen konnte. Woher kannte er Clementine? Und für Clementine war Peter ganz offensichtlich auch kein Unbekannter? Wieso aber hatte Clementine das nie erwähnt, wenn sie doch wusste für wen Paula arbeitete? Überfordert mit dieser verwirrenden Situation, blieb Paula wie angewurzelt stehen und musste zusehen, wie Clementine ohne Vorankündigung losmarschierte und sich nicht noch ein einziges Mal zu Paula umdrehte. Hilflos blickte Paula zwischen Clementine und Peter hin und her. Sollte sie Clementine hinterherlaufen? Was würde das bei Peter auslösen?

Als Clementine in der Menge der Passanten verschwunden war, senkte Peter resigniert seinen Kopf. Paulas Starre hatte sich noch immer nicht gelöst und sie wartete auf eine weitere Reaktion ihres Chefs. Doch der blickte nur gedankenverloren und kopfschüttelnd durch die Windschutzscheibe. Dann aber schien er sich zu sammeln, hob seinen Kopf und sah Paula mit sanften Augen an.

„Nun los, Paula. Worauf wartest du? Geh ihr schon hinterher.“ Sein Tonfall klang gutmütig, woraus sich Paula zwar wieder keinen Reim machen konnte, doch sprach Peter aus, was Paula sich mehr als alles andere wünschte. Sie eilte davon in der Hoffnung, Clementine noch vor dem Betreten des Cafés zu erreichen. Sie sah bereits das Café, doch Clementine entdeckte sie nirgends. Dann fiel Paula ein, dass sie womöglich durch den Hintereingang ginge, also raste Paula weiter, bog in die schmale Seitenstraße ein und passte Clementine gerade dabei ab, wie sie durch die Hintertür eintreten wollte.

„Clementine, warte“, keuchte sie atemlos.

Clementine drehte sich überrascht um. Ihr Gesichtsausdruck wirkte verschlossen und signalisierte unmissverständlich, dass Clementine jetzt gerade nicht gesprächsbereit war. Trotzdem wagte Paula eine zögerliche Nachfrage.

„Darf ich wissen, was da gerade passiert ist?“, fragte sie ruhig.

„Ja, das darfst du. Aber jetzt gerade ist es ganz schlecht. Ich erzähle dir alles nachher, ok?“

Paula fand ihre Antwort unbefriedigend, aber nachvollziehbar. Offenbar ließe sich die Situation nicht mit einem Satz erklären und zu mehr hätten sie keine Zeit gehabt. Sie wollte gerade gehen, da hielt Clementine sie zurück.

„Warte, noch eine Umarmung.“ Clementines zaghaftes Lächeln wirkte ein wenig erzwungen. Vermutlich wollte sie Paula nicht mit einem schlechten Gefühl davonziehen lassen und ihr zeigen, dass nicht sie der Grund für ihren Unmut war. Paula nahm sie in den Arm, drückte Clementine fest an sich und versuchte wortlos zu vermitteln, dass zwischen ihnen alles gut war.

Als Paula den Hinterhof verließ, kreisten natürlich trotzdem sämtliche Gedanken um den verwirrenden Zwischenfall von eben. Und je länger sie über ihn nachdachte, desto mehr Fragen türmten sich in ihrem Kopf. Woher kannten sich Peter und Clementine? Er hatte ihren Namen auf eine sehr vertraute Weise ausgesprochen, wie Paula sich glaubte zu erinnern. Womöglich kannten sie sich schon länger? Oder, und diesmal wurde Paula übel bei ihrem Gedanken, vielleicht waren die beiden ja mal liiert? In ihren jungen Jahren hatte sie definitiv mal was mit einem Mann, genauer gesagt mit Mike, gehabt. Und wenn Paula genauer nachdachte, wusste sie nicht, ob Clementines Vorlieben inzwischen auf Frauen beschränkt waren. Der Altersunterschied zwischen ihnen war zwar enorm, doch Peter war ein äußerst attraktiver und vor allem charmanter Mann. Zugegeben, die Vorstellung war vielleicht abwegig, doch konnte sie diese Möglichkeit nicht hundertprozentig ausschließen. Egal wie am Ende die Wahrheit aussehen würde, ihr graute bei dem Gedanken, Peter gleich im Büro anzutreffen. Er hatte sie dabei beobachtet, wie sie Clementine geküsst hatte und hatte somit weitaus mehr

Einblick in ihr Privatleben erhalten, als es Paula recht war. Warum musste Peter auch ausgerechnet in dem Moment an ihnen vorbeifahren? In Wahrheit gab Paula sich selbst die Schuld. Sie war es schließlich, die diesen Verabschiedungskuss eingefordert und sich der Gefahr ausgesetzt hatte. Das hatte sie nun davon, wenn sie ihre Gier nicht im Zaum hielt. Schlecht gelaunt betrat sie die Agentur, checkte zuerst die Lage, um nicht ein zweites Mal unvorbereitet in Peters Arme zu laufen und als sie sah, dass seine Bürotür verschlossen und der Raum dunkel war, atmete sie erleichtert auf. Er war noch nicht da, was komisch war, denn er sollte mit seinem zeitlichen Vorsprung längst angekommen sein. Vielleicht, so hoffte Paula, hatte er heute wieder einige Termine bei seinen Kunden vor Ort. Das kam recht häufig vor und manchmal sah man ihn dann den ganzen Tag nicht im Büro.

Das unbehagliche Gefühl, jederzeit Peter über den Weg laufen zu können, konnte Paula den gesamten Vormittag nicht loswerden. Jedes Mal, wenn sich die Fahrstuhltür öffnete, zuckte Paula aufgeregt zusammen, jedes Mal, wenn sie eine tiefe Männerstimme hörte, zog sie unwillkürlich den Kopf ein. Doch Peter zeigte sich den gesamten Vormittag nicht. Vielleicht ergab sich in ihrer Mittagspause die Chance für ein erstes, kurzes Gespräch mit Clementine, damit Paula wenigstens einschätzen konnte, womit sie bei einer Begegnung mit Peter zu rechnen hatte. Zu ihrer Überraschung wartete Clementine bereits vor dem Café auf sie. Sie hatten sich nicht verabredet, aber scheinbar hatte Clementine fest mit Paulas Erscheinen gerechnet.

„Nanu, verabredet hatten wir uns nicht, oder?“

„Nein, aber ich wollte mich wegen heute Morgen bei dir entschuldigen.“ Clementines Stimmung hatte sich wieder gebessert, doch war ihr anzumerken, dass sie etwas belastete.

„Wollen wir in den Park?“, schlug Paula vor. Clementine nickte.

Sie sprachen wenig, während sie liefen, aber Clementine

schnappte im Gehen nach Paulas Hand und hielt sie fest umschlossen. Diesmal fanden sie ein gemütliches Fleckchen in der Nähe des Brunnens. Als würde das Wetter ihre Verfassung widerspiegeln, hielt sich die Sonne hinter grauen Wolken versteckt und schob ihre Sonnenstrahlen nur gelegentlich zwischen die aufreißenden Lücken.

„Ich will nicht, dass du dich gezwungen siehst, mir wegen heute Morgen Rede und Antwort zu stehen. Natürlich interessiert mich, was da genau passiert ist, aber du entscheidest, ob und was du sagen willst“, startete Paula das Gespräch. Clementine nickte, schien dankbar über Paulas verständnisvollen Vorschlag.

„Ich hätte es dir sowieso erzählt. Ich denke, es ist langsam an der Zeit.“

Diese Worte beunruhigten Paula. Hatte sie mit ihrer Theorie womöglich doch nicht falsch gelegen? Die Vorstellung, dass ihr Chef und Clementine...Ihr Magen zog sich schmerzhaft zusammen und in ihr rührte sich der Drang, diesem Gespräch möglichst schnell entfliehen zu wollen. Solange Clementine die Wahrheit nicht ausspräche, existierte sie für Paula auch nicht.

„Peter ist...“, Clementine geriet ins Stocken und trieb Paula damit fast in den Wahnsinn, „Er ist mein Vater.“

Hatte Paula richtig gehört? Behauptete Clementine tatsächlich, dass Peter ihr Vater war? Sprachlos hockte sie vor Clementine und überlegte, ob sie irgendwelche Hinweise darauf übersehen hatte. Und tatsächlich. Es gab welche. Das zufällige Aufeinandertreffen vor dem Salatrestaurant, das ihr sogar einen Albtraum beschert hatte, war überhaupt kein Zufall. Peter hatte sie scheinbar ganz gezielt dorthin gelotst, weil Clementine vermutlich irgendwo in der Nähe wohnte. Dann fiel ihr noch eine weitere Situation ein. Als Clementine sie neulich mit Peter vor der Agentur gesehen hatte, hatte sie ihnen ganz überhastet den Rücken zugekehrt und war in Windeseile wieder im Café verschwunden. Sie hatte Clementine nie darauf angesprochen, weil sie es schlicht vergessen oder nicht für wichtig erachtet hatte.

„Ok, jetzt bin ich baff“, sagte Paula schließlich fassungslos.

Clementine lachte ironisch.

„Ja, das glaube ich dir. Sicher hast du jetzt einige Fragen. Ich will sie dir alle beantworten. Also mach dir keine Gedanken und frag einfach.“

Paula wusste gar nicht, wo sie anfangen sollte, also legte sie einfach los.

„Was ist zwischen euch passiert?“

Clementine nickte, als hätte sie mit dieser Frage zuerst gerechnet.

„Das ist eine lange Geschichte. Ich nehme an, dass du Peter bislang als zuvorkommenden, freundlichen Chef erlebt hast. Doch er ist nicht nur der liebe nette Kerl, für den ihn alle halten.“ Die Verbitterung in Clementines Stimme war nicht zu überhören. „Er kann auch ziemlich gefühllos und egoistisch sein.“

Die Wut, die sich in Clementines Gesicht abzeichnete, zeugte von etwas, dass sich tief in Clementines Kopf eingebrannt hatte. Wie ein Urteil, das in der Vergangenheit besiegelt wurde und dessen Schmerz bis in die Gegenwart nachhallte.

„Was hat er getan?“

„Vielleicht ist dir aufgefallen, dass ich selten über meine Familie rede. Deshalb kannst du dir wohl bereits denken, dass da nicht gerade eitel Sonnenschein herrscht. Meine Eltern sind schon seit vielen Jahren getrennt. Um genauer zu sein, hat uns mein Vater damals im Stich gelassen. Alles begann, als meine Mutter herausfand, dass er eine Affäre mit einer seiner Angestellten hatte. Statt ihm eine Szene zu machen, hatte meine Mutter das stillschweigend geduldet. Sie ging wohl davon aus, dass ihn dieses kleine Abenteuer irgendwann langweilen würde. Doch mein Vater blieb abends immer häufiger und länger weg, schob alles auf seine ach so wichtige Arbeit. Um das ertragen zu können, trank meine Mutter abends ein Glas Wein, später zwei und danach...ich weiß nicht genau, wie viel es war. Ich erinnere mich aber an den einen Abend, als ich plötzlich krank wurde. Ich denke, ich hatte Fieber, oder so. Ich ging zu meiner Mutter ins Schlafzimmer, versuchte sie zu wecken, doch klappte das nicht. Ich bekam Panik, ich dachte, sie würde nie wieder aufwachen. Ich versuchte, meinen Vater auf seinem Handy anzurufen, doch er ging nicht ran. Dann bei meiner Tante, doch bevor jemand abnahm, stand mein Vater in der Tür. Er schickte mich in mein Zimmer. Was dann passierte, weiß ich nicht, aber irgendwie musste er es geschafft haben, meine Mutter wach zu bekommen. Mich hat er in der Nacht noch zu meiner Tante gebracht und als ich am nächsten Tag wieder nachhause kam, war er bereits ausgezogen."

Clementine fiel das Kramen in diesen alten Erinnerungen sichtlich schwer. Paula legte tröstend ihre Hand auf Clementines Bein.

„Wie alt warst du da?"

„Ich glaube, da war ich zehn. Vielleicht elf."

„Ich kann wirklich kaum glauben, dass du da über Peter sprichst. Und danach hat er sich nicht mehr bei dir gemeldet?"

„Doch, das hat er versucht. Du siehst ja, er versucht es sogar heute noch. Aber man kann sich kaum vorstellen, wie es ist, wenn man plötzlich als Kind mit seiner alkoholkranken Mutter allein dasteht. Und sie war sehr krank. Nachdem er weg war, wurde es noch schlimmer."

„Wie geht es deiner Mutter heute?"

„Besser." Clementines Gesicht hellte sich das erste Mal wieder auf. „Dank meiner Tante. Sie wusste von all dem lange Zeit nichts, weil meine Mutter es vor uns allen verheimlicht hat. Sie hat ihre Schwester glauben lassen, dass mein Vater weiterhin bei uns wohnt. Sie war sehr erfinderisch, wenn es darum ging zu erklären, warum mein Vater mal wieder nicht bei einem Familientreffen dabei sein konnte. Und ich war schlicht zu jung, um zu verstehen, dass es falsch war, sie bei ihren Lügen zu decken. Vielleicht hatte ich auch darauf gehofft, dass mein Vater einfach irgendwann wieder auftauchen würde. Doch das hat er nicht. Und ich war ganz allein als sie an dem einen Abend..." Clementine stockte und entschied, ihren Satz nicht zu Ende zu führen. „Jedenfalls wusste ich mir nicht anders zu helfen und habe meine Tante angerufen. Sie kam sofort zu uns und von da an hat sie sich um meine Mutter gekümmert. Ich habe einige Zeit bei ihr und meinem Onkel gewohnt. Meine Mutter hat eine Therapie gemacht und seitdem geht es ihr wieder ganz gut. Sie hat später einen lieben Mann kennengelernt und seither hat sie keinen Tropfen mehr angerührt."

Paula musste diese schwere Kost erst einmal verdauen. Es schmerzte sie zu hören, dass Clementine eine solch harte Kindheit hatte durchleben müssen. Jedoch glaubte sie nicht, dass Clementine Mitleid wollte. Immerhin hatte die Geschichte ein einigermaßen glückliches Ende gefunden. Nur die Sache mit ihrem Vater war ihr wunder Punkt, war ihre Achillesferse geblieben. Nachvollziehbar, warum sie Paula nicht sofort davon erzählt hatte. Und es könnte auch erklären, warum sie sich Fremden gegenüber zunächst zurückhaltend zeigte, warum sie sich womöglich selten auf zwischenmenschliche Beziehungen einließ. Dass sie Paula so offen in ihr Leben hatte eintreten lassen, bekam mit diesen neuen Erkenntnissen einen völlig neuen Stellenwert. Aber es war nicht der Moment, um darüber nachzudenken. Gerade ging es allein um Clementine.

„Hast du dich jemals mit deinem Vater ausgesprochen?"

„Ich würde nicht sagen, dass wir uns ausgesprochen haben. Er hat immer den Kontakt zu mir gesucht. Er wollte sogar, dass ich bei ihm wohne, während meine Mutter in der Klinik war. Aber das kam für mich überhaupt nicht in Frage. Ich weiß bis heute nicht, woher er das mit der Therapie überhaupt wusste. Später hat er mir angeboten, bei ihm in der Agentur zu arbeiten. Sein größter Wunsch war es wohl, dass ich den Laden irgendwann mal übernehme. Aber ich wollte schon immer Musik machen und das konnte er nicht nachvollziehen."

Von dem Bild, das Paula bislang von Peter hatte, war höchstens eine verzerrte Fratze übriggeblieben. War ihre Menschenkenntnis tatsächlich so schlecht? Ohne Frage glaubte sie Clementine natürlich jedes Wort, doch zeigte es wieder deutlich, dass man nicht alle Facetten eines Menschen sofort erkennen kann.

„Wie soll ich mich denn jetzt ihm gegenüber verhalten? Ich meine, er wird mich womöglich auf dich ansprechen?"

„Ich überlasse natürlich dir, was du sagen willst." Sie sah in Paulas unglückliche Augen und seufzte. „Ich weiß, ich habe gerade kein gutes Haar an ihm gelassen. Aber ich möchte fair bleiben. Peter hat nicht nur schlechte Seiten. Ich weiß, dass er unsere Situation nicht auf deinem Rücken austragen wird. Insofern brauchst du dir nicht allzu große Sorgen machen, ok?"

„Ok, aber er hat uns gesehen, wie wir uns geküsst haben. Was wird er darüber denken?"

„Er weiß, dass ich auf Frauen stehe. Das war für ihn nie ein Problem, da ist er sehr tolerant."

Das war jetzt nicht das Entscheidendste, aber zumindest gab es damit ein Thema weniger. Vielmehr war die große Frage, wie sehr sich Peter daran störte, welche Frau sie da vor seinen Augen geküsst hatte. Aber das würde sie sicher noch früh genug erfahren.

„Eine Frage habe ich noch. Wenn du ihn so unbedingt meiden möchtest, warum arbeitest du ausgerechnet in dem Café gegenüber?"

Das erste Mal seit Beginn des Gesprächs lachte Clementine wieder.

„Ja, das ist eine gute Frage. Ich brauchte dringend einen Job und habe da sofort eine Zusage bekommen. Wer weiß, vielleicht spielt mir das Schicksal üble Streiche. Andererseits hätten wir uns ja sonst auch nicht kennengelernt." Paula war froh zu sehen, wie sich Clementines Miene allmählich wieder aufhellte. Es hatte sogar den Anschein, als hätte sie sich mit diesem Gespräch von einer Last befreit.

Gleichzeitig hatte sie Paula damit gezeigt, wie sehr sie ihr mittlerweile vertraute.

„Wie viel Uhr haben wir eigentlich?“, fiel es Paula mit Schrecken ein.

„Keine Panik, ich hatte die Uhrzeit im Auge. Wir haben noch eine gute Viertelstunde.“

„Darf ich das Thema in Zukunft wieder ansprechen? Ich meine, falls ich noch eine Frage habe. Oder willst du es damit abschließen?“

„Deine Vorsicht ist süß“, fand Clementine und gab ihr einen Kuss auf die Wange, „Du darfst mich natürlich immer alles fragen, ok? Mir ist bloß wichtig, dass wir ehrlich zueinander sind. Und ich ärgere mich, dass ich dir das mit meinem Vater nicht schon viel früher gesagt habe.“

So traurig Clementines Geschichte war, aber Paula fühlte sich ihr nach diesem Gespräch um so vieles näher. Ihre Offenbarung hatte ihre Beziehung zueinander auf eine völlig andere Ebene gehoben und bestätigte Paulas Eindruck, dass das zwischen ihnen kein Strohfeuer war.

„Es hat gutgetan, es dir endlich erzählt zu haben. Ich rede nicht oft darüber. Außer Mike und Nora weiß das niemand“, schloss Clementine das Thema für den Moment ab und blickte erneut auf die Uhr, „So, aber jetzt müssen wir wieder zurück.“

Während des Rückwegs besprachen die beiden ihre Abendplanung. Clementine musste noch ihre Gitarre von zu Hause holen und da Paula in der morgendlichen Eile nicht daran gedacht hatte, für die anstehende Übernachtung ein paar Klamotten einzupacken, beschloss sie ebenfalls kurz nachhause zu fahren, um sich mit Clementine danach direkt in der WG der Jungs zu treffen.

Zwar war Paula über Peter jetzt so gut im Bilde, dass sie sich einem Gespräch mit ihm gewachsen sah, doch erleichterte es sie, als sie in der Küche die Information aufschnappte, dass Peter heute wohl nicht mehr im Büro erscheinen würde. Trotzdem war ihr natürlich bewusst, dass das nächste Aufeinandertreffen damit nur verschoben wäre.

Doch für den heutigen Tag konnte sie auf weiteren Stress gerne verzichten. Apropos Stress. Irgendwie bekam sie das Gefühl nicht los, irgendwas in dem ganzen Trubel vergessen zu haben. Dan und die Plakate, kam es ihr mit Schrecken in den Sinn. Sie hatte ihm doch auch einen Kaffee versprochen. Eilig machte sie sich auf den Weg.

Er nahm ihr die Verspätung nicht übel, beschwerte sich aber über den dünnen Kaffee, den sie kurzerhand vom inzwischen reparierten Kaffeeautomat gezapft hatte. Selbst, wenn Dan miesepetrig daherkam, mochte Paula ihn. Sie würde zwar nicht den ganzen Nachmittag bei ihm verbringen können, aber es tat ihr gut hier unten zur Abwechslung auf ein paar andere Gedanken zu kommen. Kurz war sie versucht, Dans Meinung über Peter in Erfahrung zu bringen. Sicher hätte er nicht davor gescheut, einige ehrliche Worte zu finden. Doch eigentlich hatte die Sache mit ihr, Clementine und Peter nichts mit der Agentur zu tun. Selbst Christoph sollte sie besser nichts von dem Streit zwischen Clementine und ihrem Vater erzählen, wenn sie sich in ihrem Praktikum weiterhin professionell verhalten wollte. Sicher würde sich irgendwie alles regeln, bis dahin gedachte Paula ihre Füße still zu halten.

KAPITEL 19

Paula hatte einen Satz Kleidung und ihren Kulturbeutel in eine kleine Tasche gestopft und befand sich auf dem Weg zur WG. Als sie vor dem alten Stadthaus eintrudelte und ratlos auf die unzähligen Klingelschilder blickte, fiel ihr auf, dass die Nachnamen der Jungs überhaupt nicht kannte. Doch wie es der Zufall wollte, kam soeben Nora um die Ecke geschlendert.

„Paula!“, rief sie erfreut.

Die Freude lag ganz auf Paulas Seite. Mit einer herzlichen Umarmung begrüßten sich die beiden Frauen. Jetzt warteten sie, nachdem Nora mit ihrem Daumen auf eine der Klingeln gedrückt hatte, auf das Summen der Haustür. Der Summer ertönte und mit einem beherzten Schubsen öffnete Nora die schwergängige Tür. Paula folgte ihr in den vierten Stock, wo sie von Cody in Empfang genommen wurden.

„Wollt ihr ein Bier?“, fragte Cody, nachdem Paula auf dem braunen Ledersofa Platz genommen hatte.

„Nein danke, heute lieber nicht.“ Nora dagegen nickte.

Irgendwie stand Paula heute, nach der schlimmen Geschichte mit Clementines Mutter, nicht der Sinn nach Alkohol. Sie fragte sich, wo die anderen beiden steckten, woraufhin Cody verriet, dass sie noch unterwegs wären, aber jeden Moment ankommen müssten. Paula blickte sich im Raum um. Für eine Männer-WG fand Paula die Wohnung ausgesprochen aufgeräumt und sauber. Sie suhlte sich ungern in Klischees, aber wenn sie an Marks WG dachte, dann kamen ihr sofort Chipskrümel in den Sofaritzen, schmutziges Geschirr im Spülbecken und stapelweise leere Pizzakartons im Flur in den Sinn. Hier aber hatte alles seine Ordnung. Sie würde sogar fast sagen, dass diese Bude richtig stilvoll eingerichtet war. An den Wänden hingen gerahmte Plakate von großen, hauptsächlich bereits verstorbenen Künstlern, wie Jimi Hendrix, David Bowie und Jim Morrision. Ihre Instrumente befanden sich in jeweils passenden Ständern und in einer Ecke befand sich ein altes, schwarzes Klavier. Einen Fernseher suchte Paula vergeblich, entdeckte über sich aber einen großen Beamer. Geräusche ertönten im Flur und Paula vernahm, wie sich die Haustür öffnete und zwei bekannte Männerstimmen und eine noch viel bekanntere Frauenstimme erklangen.

„Wir wollten heute eh nicht so lange bleiben“, hörte sie Clementine sagen.

„Ist schon klar, was du gerade lieber machst, als mit uns deiner Zeit zu vergeuden“, stichelte Ted.

„Halt doch die Klappe, Ted“, schimpfte Nora, die gerade aus der Küche kam und den letzten Teil des Gesprächs mitgeschnitten hatte. Die Jungs grinsten nur, mischten sich in dieses Thema aber nicht weiter ein.

„Ach lass ihn doch, er hat ja recht.“ Clementine hatte sich mit Elan neben Paula aufs Sofa geschwungen, einen Arm um sie gelegt und sie mit einem demonstrativen Knutscher auf den Mund begrüßt. Paula sah sie verdattert an, woraufhin erneut allseitiges Gelächter ausbrach.

„Ach da fällt mir ein, du sollst dringend mal Tom anrufen. Es ist irgendwas mit seinem Gitarristen“, sagte Mike zu Clementine.

„Wie dringend ist es denn?“, wollte sie von ihm wissen.

„Wohl ziemlich.“

„Na gut, dann gehe ich mal kurz nach nebenan und rufe ihn an.“

In der Zwischenzeit hatte sich Mike eine Gitarre geschnappt und auf einen kleinen Hocker vor Paula Platz genommen.

„Du bist jetzt mein Testpublikum. Ich habe vorgestern Nacht einen neuen Song geschrieben und Ted findet ihn zu lahm und Cody meint, der Refrain sei zu wenig eingängig“, erklärte er Paula.

„Dann lass mal hören“, erwiderte sie.

Gespannt lauschte sie dem minimalistischen Intro, das sie bereits wunderschön fand, gefolgt von Mikes weicher Bassstimme, die kurz darauf die erste Zeile anstimmte. Er sang ein Liebeslied an die personifizierte Welt, deren Güte bereits zu lang überstrapaziert wurde und der er Besserung gelobte. Ein Thema, das aktueller nicht hätte sein können. Verpackt in eine leicht melancholische Melodie, die die Ernsthaftigkeit seiner Botschaft unterstrich. Genauso wie der Anfang endete das Lied leise und unaufgeregt. Paula war hin und weg und hätte das Lied am liebsten sofort ein zweites Mal gehört.

„Und, was sagst du?" Mike wirkte ungewohnt aufgeregt.

„Ich finde den Song großartig. Und der Text ist genial", fand Paula. Mike fuhr sich verlegen über den Nacken, freute sich aber sichtbar über ihren Zuspruch.

„Ja, ok. Jetzt, wo ich den Song zum dritten Mal höre, finde ich ihn auch ziemlich gut", meldete sich Ted zu Wort.

Clementine kehrte ins Wohnzimmer zurück und nahm ihren angestammten Platz neben Paula wieder ein. „Ich habe eine gute und eine schlechte Nachricht", sagte sie zu ihr. „Die gute Nachricht ist, dass ich bei einem kleinen Festival auftreten kann. Der Gitarrist eines Freundes ist ausgefallen und sie brauchen einen Ersatz. Die schlechte Nachricht ist allerdings, dass ich dann Freitagabend und Samstag nicht da sein werde."

Sie biss sich auf die Unterlippe und blickte Paula schuldbewusst an. Sie hatten zwar noch keine feste Verabredung fürs Wochenende getroffen, doch waren wohl beide davon ausgegangen, dass sie die Zeit gemeinsam verbringen wollten. Tatsächlich war Paula über die Neuigkeiten enttäuscht, denn ihnen standen nicht unbegrenzt viele freie Tage zur Verfügung. Auf der anderen Seite war Paula bewusst, wie viel Clementine die Musik bedeutete und sie wollte ihr keinesfalls Steine in den Weg legen.

„Klar hatte ich mich auf ein Wochenende mit dir gefreut. Aber wir haben ja noch den Sonntag. Da beanspruche ich aber dann die gesamten 24 Stunden", erhob Paula mahnend die Augenbrauen.

Clementine atmete erleichtert aus.

„24 Stunden. Versprochen. Ich habe da auch schon eine Idee für den Tag“, murmelte Clementine geheimnisvoll. Mit diesem Vorschlag war Paula vollends versöhnt und sie war schon gespannt, was Clementine geplant hatte.

Das übliche Musizieren ging an diesem Abend durch ihre Plauderei unter. Clementines Freunde gaben ihr das Gefühl, bereits ein Teil ihrer Gruppe zu sein. Sie schienen Paula außerdem an Clementines Seite voll und ganz zu akzeptieren. Besonders Nora freute sich mit den beiden.

„Ich bin ja so froh, dass sie dich gefunden hat. Clementine hat wirklich ein bisschen Glück verdient“, hatte sie Paula zwischendurch zugeflüstert. Paula fühlte sich geschmeichelt, dachte allerdings traurig an die Zeit nach ihrem Praktikum.

„So“, verkündete Clementine zu vorgerückter Stunde, „Wir werden uns jetzt mal auf den Weg machen.“

Paula hatte den Abend mit Clementines Freunden sehr genossen, doch auf die nächsten Stunden hatte sie sich, wie sie zugeben musste, noch weitaus mehr gefreut. Sie würde heute zum ersten Mal Clementines Wohnung betreten, sehen, wie ihre Liebste lebte, wo sie aß, wo sie schlief. Und sie waren zudem ganz für sich. Niemand konnte sie stören, sie musste keine Rücksicht auf irgendjemanden nehmen. Und sie wollten gemeinsam kochen, was bedeutete, dass ihr erster Weg in ein Lebensmittelgeschäft führte.

„Was wollen wir kochen?“ Sie schlenderten durch die Regale, um sich inspirieren zu lassen.

„Ich dachte vielleicht...an eine Pasta?“, schlug Clementine vor.

„Nudeln?“, Paula rümpfte die Nase, „dann sind wir ja nach fünf Minuten fertig mit Kochen.“

„Och, ich glaube, mir fällt da ein gutes Alternativprogramm ein“, grinste Clementine schelmisch, schob Paula in einen kleinen Seiteneingang, in dem sie unbeobachtet waren und küsste Paula leidenschaftlich. Doch Paula hatte sich dieses gemeinsame Kochen in den Kopf gesetzt, wollte es nicht zur Nebensache erklären.

Deshalb versuchte sie, sich gegen Clementines Reize zu wehren und duckte sie schließlich unter ihr weg.

„Nix da. Du kannst nicht einfach den Hauptgang überspringen und direkt zum Dessert übergehen", japste sie atemlos und mit einem Schmunzeln im Gesicht. Clementine lachte.

„Oh, und ob ich das kann." Mit raubtierhaftem Blick musterte sie Paula von oben bis unten und versuchte, die Distanz zwischen ihnen wieder zu verringern. Paula hielt ihr kurzerhand mit einer Hand die Augen zu, die andere nutzte sie als Abstandshalter.

„Ich mache meine Hände erst wieder weg, wenn du mir jetzt einen guten Vorschlag fürs Essen machst."

„Na schön, lass mich nachdenken." Sie grübelte kurz „Wie wäre es mit Pizza? Also selbstgemacht."

Paula dachte über diesen Vorschlag nach, befand ihn für gut, weshalb sie Clementine ein versöhnliches Küsschen auf den Mund gab und ihre Hände wieder herunternahm.

Pilze, Salami, Thunfisch, Käse und alles, was es sonst für eine gute Pizza brauchte, hatten sie bereits in ihren Einkaufskorb gelegt. Jetzt fehlte noch ein guter Wein und schon konnten sie ihren Weg zu Clementines Wohnung fortsetzen. Von der U-Bahn-Station waren es noch ein paar Schritte, wie Clementine verriet. Paula erkannte die Gegend. Hier war sie Clementine begegnet, als sie mit Peter in der Salatbar die Mittagspause verbracht hatte.

„Hier war ich schon mal", sprach sie ihren Gedanken laut aus.

„Ich weiß, du warst mit Peter hier. Das war kein Zufall. Er ist häufiger hier in der Ecke und hofft, mir zufällig zu begegnen. Er weiß, dass ich hier in der Nähe wohne, aber die genaue Adresse kennt er nicht. Und das soll so auch bleiben."

Paula erinnerte sie gut an diesen Tag, der ihr so viele Kopfschmerzen bereitet hatte.

„Du hast mich an dem Tag ziemlich verunsichert", seufzte Paula.

„Tut mir leid. Das wollte ich nicht. Ich hatte gehofft, dass du mich gar nicht gesehen hast. Apropos, hat er dich auf heute Morgen angesprochen?"

„Nein, er war nicht im Büro. Ich war ehrlich gesagt auch froh darüber."

Clementine schien ein schlechtes Gewissen zu haben, denn sie presste bedauernd die Lippen aufeinander. Paula war da in eine Familienangelegenheit hineingerutscht, mit der sie eigentlich gar nichts zu tun hatte.

„Du musst ihm keine Fragen beantworten, die nichts mit deiner Arbeit zu tun haben. Und sollte er doch darauf pochen, dann…", sie atmete einmal schwer durch, „dann soll er lieber zu mir kommen."

Paula verstand die Bedeutung ihrer Geste, doch wollte sie es, wenn möglich, nicht soweit kommen lassen. Peter hatte sich bisher immer fair gezeigt und Paula glaubte nicht, dass er die Tatsache, dass Paula Kontakt zu seiner Tochter hatte, schamlos ausnutzen würde.

„Hier ist es." Sie standen vor einer unscheinbaren Eingangstür, die zu einem alten Gebäude mit Klinkersteinfassade gehörte. Das Haus verfügte über mehrere Etagen und die Anzahl der Klingelschilder verriet, dass sich in ihm zwölf Wohnungen befanden.

„Ich wohne ganz oben."

Paula hob eine Augenbraue.

„Irgendwie hatte ich damit gerechnet. Ich nehme an, es gibt keinen Aufzug?"

„Selbstverständlich nicht", lachte Clementine.

Als sie nach unzähligen Stufen endlich vor einer massiven Metalltür zum Stehen kamen, japste Paula angestrengt nach Luft. Zu ihrem Unmut musste sie feststellen, dass Clementine die vielen Treppen kein Stück zugesetzt hatten. Seit wann war Paula eigentlich so unsportlich geworden? Normalerweise war sie mit einigen Studienkollegen regelmäßig joggen gegangen. Doch seit ihrer Ankunft in New York hatte sie sich allein nicht dazu aufraffen können. Mary, die Sport hasste, war ebenfalls kein guter Motivator. Stattdessen hatten sie sich mit Süßigkeiten vor dem Fernseher rumgedrückt, was jetzt gnadenlos von ihrem Körper abgestraft wurde. Immerhin hatte sie durch ihre Faulheit bislang nur Kondition eingebüßt und keine augenscheinlichen Fettpölsterchen angesammelt. Doch das wäre sicher nur eine Frage der Zeit, worauf es Paula aber sicher nicht ankommen lassen wollte. Gleich nächste Woche, das nahm sie sich fest vor, würde sie mit ein paar leichten Einheiten nach Feierabend starten.

Clementine schob die Tür zu ihrer Wohnung auf und gab einen ersten Blick in ihr Reich frei. Paula war von der Großzügigkeit der Räume beeindruckt. Sie war keine Expertin, aber die Möbelstücke, mit ihren pragmatischen, klaren Formen, würde sie unter Bauhausstil einsortieren. Sie wusste nicht, welche Vorstellung unterbewusst in ihrem Kopf rumgegeistert war, aber sie hätte Clementines Wohnung für nicht ganz so durchgestylt eingeschätzt. Aber ihr gefiel diese Wohnung, sie fühlte sich auf Anhieb wohl und hatte keine Scheu, alles genau zu inspizieren.

„Wie findest du es? “, wollte Clementine wissen.

„Die Wohnung ist total schön. Ich hatte irgendwie nur gedacht, dass du unordentlicher bist“, grinste Paula.

„Echt? Du denkst, ich bin eine Chaotin?“, rief Clementine entsetzt.

„Nein“, ruderte Paula erschrocken zurück, „Ich dachte nur...ach...ich weiß gar nicht, was ich dachte.“

Clementine lachte amüsiert auf: „Du hast total recht. Ich bin sogar sehr chaotisch. Aber ich konnte dich auf keinen Fall in meine unaufgeräumte Wohnung einladen.“

„Du hast meinetwegen extra aufgeräumt?“, staunte Paula, „Das hättest du nicht tun müssen.“

„Oh doch, glaub mir. Es war mal wieder bitter nötig. Ich hatte schon lange keinen...Frauenbesuch mehr“ Sie schnappte sich Paula, schlang ihre Arme um sie und vergrub ihren Kopf in Paulas Halsbeuge.

„Dann wird es ja mal wieder Zeit“, hauchte Paula ihr ins Ohr und knabberte an ihrem Ohrläppchen.

„Oh, wenn du noch Kochen willst, dann solltest du aufpassen, was du tust", schnurrte Clementine hingebungsvoll. Diesmal war es Paula, die ihre wahre Mühe hatte, sich von Clementine zu lösen. Zu verlockend fühlte es sich an, sie in ihren Armen dahinschmelzen zu sehen. Doch wollte sie ihre Triebe vorerst nicht gewähren lassen, wollte sie sich für den letzten Teil des Abends aufsparen.

„Du hast recht. Zuerst wird gekocht und genascht wird später", kicherte sie.

„Magst du beim Kochen Musik hören?" Clementine stand bereits vor ihrer Musikanlage und wartete auf Paulas Antwort. Die nickte beiläufig, war aber bereits wieder auf Erkundungstour. Diesmal blickte sie aus dem großen Panoramafenster im Wohnzimmer und staunte über die weitreichende Aussicht. Zu ihrer Linken blickte sie auf die gegenüberliegenden Wohnhäuser, doch auf der anderen Seite zeigte sich ein kleiner Park, der Paula vorhin gar nicht so richtig aufgefallen war.

„Wow, deine Aussicht ist nicht gerade übel, so große Fenster sind schon ein netter Luxus", zeigte sich Paula beeindruckt und drückte sich die Nase an der Scheibe platt.

„Ja, das stimmt. Allerdings sehen uns die Nachbarn mindestens genauso gut wie wir sie." Paula hatte gar nicht bemerkt, dass sich Clementine von hinten an sie herangeschlichen hatte. Sie legte ihre Hände an Paulas Hüften und begann damit, ihren Hals zu liebkosen. Diesmal war es Paula, die genüsslich ihren Kopf in den Nacken warf und sich Clementines Zärtlichkeiten hingab.

„Und die Nachbarn können uns zusehen?", hauchte Paula dahin.

„Sie könnten, wenn sie wüssten, dass es da etwas zu sehen gibt", murmelte Clementine spitzbübisch und ließ ihre Hände unter Paulas Shirt gleiten. Dann aber drehte sich Paula abrupt um, denn ein unliebsamer Gedanke keimte in ihr auf. Sie wollte ihn nicht aussprechen, doch da ging er bereits über ihre Lippen

„Haben sie denn schon oft etwas zu sehen gekriegt?", im

nächsten Moment ärgerte sie sich bereits über ihre dumme Frage. Sie neigte eigentlich nicht zur Eifersucht, irgendwie missfiel ihr gerade die Vorstellung, nicht die erste Frau in Clementines Wohnung zu sein.

Clementine zeigte sich von der Frage unbeeindruckt, schmunzelte nur und hob ihr T-Shirt an, um jetzt Paulas Bauch mit Küssen zu bedecken.

„Nein, ich sorge eher selten für das Abendprogramm meiner Nachbarn.“, gab sie ihr schließlich die erhoffte Antwort und schloss damit das Thema für Paula ab.

„Diesmal willst du uns aber vom Kochen abhalten, habe ich recht?“, keuchte Paula heiser.

„Ich sehe, du hast meinen Plan durchschaut“, erwiderte Clementine mit einem verwegenen Grinsen auf den Lippen. Clementines rechte Hand war inzwischen zu ihrer Hose gewandert und machte sie gerade am Reißverschluss zu schaffen.

„Stopp. Zuerst die Pizza.“ Paula hatte blitzschnell nach ihrer Hand gegriffen, denn sonst würde auch sie den Absprung nicht mehr schaffen. Clementine brummte unzufrieden, gab sich aber geschlagen. Es hatte durchaus seinen Reiz, sich gegenseitig immer wieder anzuheizen, um sich kurz darauf zu zwingen, die Finger wieder voneinander zu lassen. Dieses erotische Spiel setzten sie auch in der Küche weiter fort. Immer, wenn Paula sich nicht wehren konnte, sie etwa den Teig ausrollte, oder den Käse rieb, versuchte Clementine sie aus der Fassung zu bringen. Und jedes Mal, wenn sie sich Paulas pikanteren Zonen näherte, bekam sie dafür einen Klaps auf ihre Finger.

„Je mehr du mich ablenkst, desto länger dauert es bis zum Nachtisch“, ermahnte Paula sie amüsiert.

„Du bist aber heute streng“, grinste Clementine.

„Ja, das bin ich. Ich werde mir die Zügel heute nicht so einfach aus der Hand nehmen lassen.“

Clementine gab sich für den Moment geschlagen und öffnete die Flasche Wein. Sie schenkte zwei Gläser ein und nachdem Paula die Pizza in den Ofen geschoben hatte, stießen sie auf den gemeinsamen Abend an. Der Abend könnte kaum perfekter sein und er war ja noch lange nicht zu Ende.

Sie sahen der Pizza zu, wie der Teigrand Blasen schlug und der Käse sich bereits zu einer einheitlichen Masse vereint hatte. Köstlicher Duft verteilte sich in der ganzen Wohnung und regte ihren Appetit an.

„Ich denke, es dauert höchstens noch drei Minuten", schätzte Paula. Die goldbraune Käsekruste signalisierte, dass die Pizza jetzt den richtigen Garpunkt hatte, so dass Clementine das heiße Blech aus dem Ofen nahm.

„Ich muss zugeben, das mit der Pizza war eine gute Idee", nuschelte Clementine kurz darauf mit vollem Mund.

„Ja, das haben wir ziemlich gut hinbekommen", fand auch Paula.

„Ich glaube, ich könnte mich daran gewöhnen." Diesmal sah Clementine Paula tief und ernst in die Augen. Die Botschaft zwischen den Zeilen ließ Paula ganz warm ums Herz werden. Sie war sich der tief greifenden, wenngleich wenig wortreichen Gefühlsbekundung sehr bewusst. Clementine ging sehr zurückhaltend mit ihren Worten um, doch ihre Augen ergänzten das nicht Ausgesprochene.

„Ich auch", hauchte Paula ergriffen mit dünner Stimme. Diesmal wollte sie sich nicht mehr zügeln, sie wollte Clementine berühren, sie in die Arme schließen, sie ganz dicht bei sich haben. Ihre Lippen trafen sich, ihre Zungen neckten sich liebevoll, ließen ihre Körper erschaudern. Sie vergaßen alles um sich herum, gaben sich ihren Emotionen, ihrer Leidenschaft hin.

„Was machst du bloß mit mir?" Clementine schien sich sammeln zu müssen. Paula erging es nicht anders.

Entschlossen griff Clementine nach Paulas Hand und zog sie wortlos hinter sich her. Sie führte sie ins Schlafzimmer.

„Ich will mit dir schlafen", wisperte sie Paula ins Ohr. Paulas Erregung schoss bei diesen einfachen, aber unmissverständlichen Worten sofort in die Höhe. Ab dem

Moment sollte es keine Zurückhaltung mehr geben. Stürmisch befreiten sie sich gegenseitig von ihren Klamotten, suchten währenddessen immer wieder ihre Lippen. Clementine hatte sich rücklings aufs Bett fallen lassen und Paula hinter sich hergezogen, so dass Paula jetzt auf ihr lag. Ihre Brüste hatten sich wie sanfte Kissen auf Clementines gelegt, was Clementine mit einem „Du fühlst dich so gut an“ kommentierte und damit Paulas Gedanken geraubt zu haben schien. Paula musste aufpassen, dass sie sich nicht wieder Clementines Berührungen hingab und darüber vergaß, die Oberhand zu behalten. Sie wollte diesmal diejenige sein, die Clementine aus der Fassung bringen, die ihren Körper erbeben lassen wollte. Sie knabberte erneut an Clementines Ohrläppchen, das hatte Clementine eben schon so herrlich verrückt gemacht. Der Effekt hatte sich noch nicht abgenutzt, wieder schossen Clementines Härchen am gesamten Körper empor und es entfuhr ihr ein leidenschaftlicher Seufzer. Ihre Liebkosungen wanderten allmählich Clementines Körper hinab, galten für eine Weile ihren Brüsten, was Clementine ebenfalls sichtlich genoss. Doch Paula war noch nicht dort, wo sie eigentlich hin wollte, tat noch nicht, was sie sich vorgenommen hatte. Diesmal würde sie sich auf unbekanntes Terrain begeben. Eine gewisse Verunsicherung hatte bei diesem Gedanken immer mitgeschwungen, doch hatte sie diese unterschwellige Angst bis jetzt erfolgreich beiseitegeschoben. Doch je weiter sie Clementines Körper mit ihren Lippen beschritt, desto mehr drängten sich ihre Bedenken auf. Sie war nur noch wenige Zentimeter von der Stelle entfernt, die Clementine bei ihr am Tag zuvor so reichlich mit ihrer Zunge beschenkt hatte. Jetzt wäre es an Paula, es ihr nachzutun. Doch was, wenn sie etwas falsch machte? Sie stockte in ihrer Bewegung, was Clementine nicht entging. Panisch sah Paula sie an.

„Süße, ist alles in Ordnung?“, fragte Clementine besorgt.

Doch Paulas Klos im Hals ließ sie nicht antworten und ihre Augen füllten sich mit Tränenflüssigkeit.

„Los, komm hoch zu mir." Clementine griff behutsam nach ihren Handgelenken und dirigierte Paula zu sich nach oben. Vor Scham begrub Paula ihr Gesicht in Clementines Armbeuge und hatte nicht vor, sich an diesem Abend noch mal blicken zu lassen.

„Hey, beruhige dich", sagte Clementine sanft, „es ist doch gar nichts Schlimmes passiert."

„Doch", schluchzte Paula, ihr Gesicht noch immer vergraben, „ich wollte das. Unbedingt. Aber ich weiß nicht wie."

Clementine war so gerührt von Paulas unbeholfenen Art, dass sie Paula noch näher an sich heranzog und schmunzelte.

„Du bist gerade unglaublich süß, weißt du das?"

Paula fand sich ganz und gar nicht süß. Diesmal richtete sie ihren Kopf wieder auf und funkelte Clementine böse an.

„Du findest das süß? Es ist süß, wenn ich versage?", brummte Paula, hauptsächlich verärgert über sich selbst.

„Du hast überhaupt nicht versagt. Wir haben noch nie darüber gesprochen, aber bin ich deine erste Frau?"

Paula nickte.

„Siehst du, dann ist das doch alles neu für dich", beruhigte Clementine sie, „Mir ging das anfangs ganz genauso."

„Tatsächlich?" Paula war noch skeptisch.

„Ja, ich war ähnlich unbeholfen wie du", schwor Clementine.

Unbeholfen. Das traf es, aber das Urteil klang dennoch vernichtend.

„Ich ärgere mich trotzdem, denn ich wollte das unbedingt."

„Dafür werden sich sicher noch ganz viele Gelegenheiten bieten. Was denkst du?", grinste Clementine. Diese versöhnlichen Worte brachten Paula wieder ein zaghaftes Lächeln aufs Gesicht. Paula lag nun in Clementines Arm und streichelte über ihren Bauch, während Clementine mit ihrer Hand über Paulas Rücken wanderte.

„Und du hattest noch nie etwas mit einer Frau? Auch keinen Kuss?“, wollte es Clementine nun noch mal genauer wissen.

„Nein, du bist meine erste“, gab Paula verlegen zu.

„Das finde ich schön“, flüsterte Clementine und küsste Paula auf die Stirn.

Sie schenkten sich Zärtlichkeiten, bis die Müdigkeit sie übermannte. Sie merkten gar nicht, dass ihnen bereits die Augen zugefallen waren. Aneinander gekuschelt schliefen sie ein und würden durchschlafen bis zum nächsten Morgen.

KAPITEL 20

Etwas kitzelte Paula an der Nase und sie schlug die Augen auf. Clementines große braune Augen strahlten sie an und ihre schönen Lippen formten bei Paulas Anblick ein verzücktes Lächeln. Es waren Clementines vereinzelte Haarsträhnen, die auf Paulas Gesicht fielen und jedes Mal, wenn sie ihre Nase berührten, zog sie unweigerlich ihre Nase kraus.

„Guten Morgen, Süße", begrüßte Clementine sie fröhlich, „du musst aufstehen."

Paula sah an Clementine herunter und musste feststellen, dass sie bereits vollständig angezogen war.

„Wann bist du denn aufgestanden? Ich habe gar nichts bemerkt", gähnte Paula verschlafen.

„Ich war ziemlich früh wach. Und ich wollte schon mal meine Sachen für die nächsten zwei Tage packen." Sie deutete auf ihren schwarzen Rucksack, der gepackt am Bettrahmen lehnte.

„Ach ja, stimmt. Die Konzerte", erinnerte sich Paula und verzog die Lippen zu einem Schmollmund.

„Die zwei Tage gehen ganz schnell rum. Und weil ich meine Sachen ja nun schon gepackt habe, muss ich nachher nicht nochmal nachhause und mir bleiben zwischen Feierabend und Abreise noch etwa zwei Stunden Zeit. Ich dachte, dann komme ich noch kurz mit zu dir?"

Bei diesen Worten hellte sich Paulas Gesicht schlagartig auf. Freudig umschlang sie Clementine und verpasste ihr einen dicken Schmatzer auf den Mund. Danach sprang Paula aus dem Bett, ging zu ihrer Tasche und kramte nach frischen Klamotten. Im Gegensatz zu Clementine war sie noch immer völlig nackt und sie spürte, wie Clementines Augen ihr neugierig gefolgt waren.

„Mhm, wunderschön", kommentierte sie Paulas Allerwertesten.

„Den nehme ich jetzt mit unter die Dusche. Ich hätte ja auch dich mitgenommen, aber du bist ja schon fertig." Sie klemmte ihre Klamotten unter ihren Arm und stolzierte Hintern-wackelnd aus dem Schlafzimmer.

Ihre kleine Unsicherheit von gestern Abend hatte Paula längst wieder überwunden. Clementine war sehr einfühlsam und verständnisvoll mit ihr und der Situation umgegangen und hatte damit den Druck rausgenommen. Paula würde natürlich einen weiteren Versuch wagen, denn eigentlich reizte sie die Vorstellung, Clementine auf diese Weise zu beglücken. Doch darüber wollte sie erst wieder nachdenken, wenn sich die nächste Gelegenheit ergab. Jetzt stand erst mal der letzte Arbeitstag der Woche an. Für heute hatte sich der Schokoladenhersteller zu einer weiteren Abstimmung angekündigt und dafür mussten am Vormittag die letzten Vorbereitungen getroffen werden. Sie fragte sich, ob auch Peter an diesem Meeting teilnehmen würde. Noch immer fühlte sie sich bei der Vorstellung, ihm unter die Augen zu treten, unbehaglich. Andererseits hatte sie während des Meetings wohl nichts zu befürchten. Höchstens konnte er sie im Anschluss daran abfangen. Was er wohl fragen würde? Sie nahm sich vor, ihn höflich darauf hinzuweisen, dass sie keine Fragen zu Clementine beantworten würde. Paula war davon überzeugt, dass er professionell genug war, um das zu akzeptieren.

Nach dem Duschen fand sie Clementine in der Küche. Sie hatte ihnen Tee gemacht.

„Noch haben wir ein paar Minuten Zeit. Magst du noch eine Tasse trinken?“

„Ja, gerne.“

Sie setzen sich aufs Sofa und Clementine nahm Paulas Beine auf ihren Schoß.

„Gibst du mir einen Tipp was wir Sonntag vorhaben?“, versuchte Paula ihr einen Hinweis zu entlocken.

„Mhm, na schön. Es ist nicht direkt um die Ecke.“

Das brachte Paula nicht unbedingt weiter, aber immerhin wusste sie jetzt, dass sie sich auf einen größeren Ausflug mit Clementine freuen konnte.

„Muss ich irgendwas mitbringen?“, löcherte Paula

weiter.

„Nein, ich kümmere mich um alles. Und nun werde ich kein Wort mehr sagen."

„Na schön, die Hauptsache ist ja auch, dass ich dich am Sonntag für mich habe."

„Das ist fest versprochen."

Die Zeit schritt gnadenlos voran und drängte die beiden, ihren Weg zur Arbeit anzutreten. Wie am Tag zuvor nahmen sie die U-Bahn, diesmal aus einer anderen Richtung. Paula begleitete Clementine noch bis zur kleinen Seitenstraße, wo sie sich mit flüchtigen Küsschen verabschiedeten.

„Sehen wir uns in der Pause?", rief Paula Clementine noch nach.

„Da ich heute früher Feierabend machen will, wollte ich die Mittagspause ausfallen lassen."

Paula nickte. Sie sah Clementine noch nach, bis sie um die Ecke zum Innenhof abgebogen war und eilte anschließend Richtung Agentur. Ihr erster Blick als sie den langen Flur der Agentur betrat, fiel auf Peters Bürotür, die heute wieder angelehnt war. Er war also da. Das war absehbar gewesen, trotzdem hatte sie gehofft, sich ohne eine Begegnung über das Wochenende hinweg retten zu können. Sie brachte ihre Tasche zu ihrem Schreibtisch und wollte sich, bevor ihre Kollegen eintrudelten, noch schnell einen Tee in der Küche zubereiten. Der Wasserkocher dampfte bereits und das ansteigende Brodeln kündigte die hundert Grad Marke an. Also nahm Paula sich derweil eine Tasse aus dem Hängeschrank und als sie die Schranktür wieder schloss, fuhr sie vor Schreck zusammen, denn direkt neben ihr stand plötzlich Peter. Er lächelte sie freundlich an.

„Guten Morgen Paula."

Paula war sauer, dass er sich so heimtückisch an sie herangeschlichen hatte. Doch als brave Angestellte zwang sie sich, gute Miene zum bösen Spiel zu machen.

„Guten Morgen", antwortete sie zögerlich, „willst du auch einen Tee?"

„Nein danke, morgens muss es dann doch ein Kaffee sein.“

Es schien so, als würde Peter die gestrige Begegnung nicht thematisieren wollen, bis er sich auffällig räusperte. „Paula, wegen gestern…“, holte er aus und Paula wurde sofort flau im Magen. Sie wollte ihm ins Wort fallen, das Gespräch sofort unterbinden, aber Peter war schneller.

„Du sollst nur wissen, dass das gestern nichts mit dir zu tun hatte“, fügte er ernst und mit gütiger Miene hinzu, „Ich weiß nicht, was dir Clementine gesagt hat und ich werde dir dazu auch keine Fragen stellen, ok?“

„Danke Peter.“ Sie atmete erleichtert auf. Paula konnte noch immer kaum glauben, dass dieser vernünftige und herzliche Mann seiner Familie auf so üble Weise den Rücken gekehrt hatte. Paula gegenüber verhielt er sich bislang überaus korrekt, war ihr immer mit väterlicher Fürsorge begegnet. Womöglich hatte er sich in all den Jahren verändert, immerhin lag das Ereignis beinahe zehn Jahre zurück. Die Tatsache, dass er immer noch den Kontakt zu seiner Tochter suchte, sprach jedenfalls dafür. Dass Clementine diese Versuche rigoros abblockte, konnte Paula allerdings gleichermaßen nachvollziehen. Er hatte ihr Urvertrauen zerstört, hatte sie in einer für ein Kind hilflosen Situation zurückgelassen. Dafür gab es keinerlei Entschuldigung. Trotzdem glaubte Paula, dass eine Aussprache beiden helfen könnte, um dieses Thema besser abschließen zu können. Doch lag es ihr fern, sich in diese Familienangelegenheit einzumischen. Weder von der einen, noch von der anderen Seite.

„Ich bin sehr auf das heutige Meeting gespannt“, schlug er ein anderes Thema an.

„Ja, ich auch. Ich werde gleich den Konferenzraum vorbereiten.“

„Bestens. Dann sehen wir uns gleich.“ Peter schnappte sich seine Kaffeetasse und verließ die Küche.

Mit zufriedenem Gesicht verabschiedete sich der

Marketingleiter der Schokoladenfabrik bei Peter und Christoph, gefolgt von seiner Entourage. Sie hatten das Werbekonzept ohne nennenswerte Änderungswünsche abgesegnet, so dass Christophs Team nun mit der Umsetzung starten konnte. Peter hatte darum gebeten, dass die Mannschaft im Anschluss an den Termin noch im Konferenzraum verbleiben sollte. Paula ahnte schon, warum er das tat. Er hatte es sich zur Gewohnheit gemacht, nach einem erfolgreichen Meeting ein ausdrückliches Lob an seine Angestellten zu verteilen. Auf Paula wirkte diese Herangehensweise sehr amerikanisch, aber sie musste zugeben, dass sie ihre Wirkung auch bei ihr nicht verfehlte. Danach wollte sie mit den anderen den Raum verlassen, hatte gerade die Tür erreicht, da rief Peter sie zurück.

„Paula, wartest du noch einen Moment?"

Widerwillig stoppte sie und drehte sich zu Peter um.

„Die nächsten Schritte in diesem Projekt werden größtenteils länger dauern als dein Praktikum. Ich hatte überlegt, dass du vielleicht besser noch in einen anderen Bereich reinschaust, bevor du uns wieder verlässt."

Sein Anliegen war rein beruflicher Natur. Sie war erleichtert. Allerdings würde dieser Vorschlag bedeuten, dass sie ab jetzt nicht mehr in Christophs Team wäre und das bedauerte sie doch sehr.

„Hast du da was Genaues im Sinn?"

„Tatsächlich gibt es da was, ja. Natalie arbeitet sich gerade in den Social-Media-Bereich ein. Das ist eine Art internes Projekt, bei dem sie noch Unterstützung brauchen könnte."

Paula hatte insgeheim gehofft, bis zum Ende ihres Praktikums in Christophs Team bleiben zu können. Dass Peter sie ausgerechnet mit Natalie, mit der sie einen so schlechten Einstand hatte und die in gewisser Weise in Konkurrenz zu Paula stand, zusammenstecken wollte, begeisterte Paula nicht gerade. Aber vielleicht wollte er sehen, wie sie sich mit jemandem arrangierte, mit dem die Zusammenarbeit eine echte Herausforderung war. Sie wollte sich der Aufgabe stellen und Peter beweisen, dass sie professionell genug war, um persönliche Diskrepanzen außen vor zu lassen. Gedankenversunken ihren Schreibtisch ansteuernd, lief Paula über den Flur, als ihr Christoph über den Weg lief.

„Hey Paula, wir gehen heute alle zusammen Mittagessen, magst du mitkommen oder bist du mit deiner Liebsten verabredet?“, fragte er gut gelaunt, aber vor allem lautstark, so dass sich Paula unweigerlich nach Zuhörern umsah. Entweder hatte er bei diesem Satz nicht nachgedacht, oder er hatte Paulas Vorliebe für Frauen ab sofort für offiziell erklärt. Jetzt jedoch fiel auch ihm auf, was er da gesagt hatte.

„Oh, tut mir leid. Ich sollte nachdenken, bevor ich rede“, entschuldigte sich Christoph.

„Schon ok. Ist ja nicht so, als hätte die entscheidendste Person nicht sowieso schon davon Wind bekommen“, murmelte Paula, was Christoph direkt aufhorchen ließ.

„Meinst du etwa Peter?“, rief er überrascht.

Paula nickte gequält. Er war ihr bis zu ihrem Schreibtisch gefolgt und hatte auf einem freien Stuhl neben ihr Platz genommen.

„Aber wie hat er das erfahren?“

„Dummer Zufall. Er hat uns auf der Straße gesehen“, erklärte sie, „Zugegeben, wenige Meter vor der Agentur ist es auch reichlich dumm, miteinander rumzumachen.“

„Oh“, sagte er nur.

„Ich glaube, für Peter ist das kein Problem“, fügte er schließlich hinzu.

Paula nickte. Damit bestätigte er, was sie längst wusste. Um die Sache besser beurteilen zu können, fehlte Christoph allerdings eine entscheidende Information. Nämlich, dass ihre Liebste gleichzeitig die Tochter seines Chefs war. Vermutlich war ihm nicht einmal bekannt, dass Peter überhaupt eine Tochter hatte. Paula hatte bereits vorher entschieden, dieses Thema nicht in die Agentur zu tragen. Deshalb beließ sie es bei Christophs aktuellem Kenntnisstand.

„Kommst du also mit?", wollte er erneut wissen.

„Klar, warum nicht." Sie hatte keine anderen Pläne, also sagte sie gern zu.

Christoph hatte für die Mittagspause sein gesamtes Projektteam zusammengetrommelt und kurzerhand entschieden, dass er sie alle zu einer Pizza einladen würde. Sie sollten die Einladung als kleines Dankeschön für die bisherige, gute Arbeit verstehen. Für Paula war es gleichzeitig eine Art Abschied vom Team, denn ab nächster Woche würde sie mit Natalie zusammenarbeiten. Sie stießen auf Paula an und beteuerten, dass ihnen die Zusammenarbeit mit ihr außerordentlich gut gefallen hätten. Der heutige Nachmittag verging so schnell wie die Mittagspause. Paula arbeitete noch die Kleinigkeiten, die das Projekt betrafen, ab, so dass bis zum Feierabend einen leeren Schreibtisch vorfand. Pünktlich startete sie in ihr Wochenende, um von den zwei Stunden mit Clementine keine Minute zu verpassen.

„Paula, da bist du ja schon", rief Clementine erfreut. „Ich muss nur noch meine Sachen hinten holen. Magst du gerade mitkommen? Dann gehen wir zum Hintereingang raus."

Wollte sie Paula etwa wieder in den Personalraum entführen? Die Vorstellung war durchaus verlockend. Dort trafen sie allerdings auf einen Arbeitskollegen, der sich gerade vor seinem Spind umzog und ihnen einen Strich durch die Rechnung machte.

„So, ich haue dann ab. Wir sehen uns nächste Woche", sagte Clementine zu ihm.

„Ich wünsche dir ein schönes Wochenende, Jane", verabschiedete er sie.

Nachdem sie das Café durch die Hintertür verlassen hatten, musste Paula nochmal nachfragen.

„Sag mal, wieso nennt er dich immer Jane?"

Clementine lachte.

„Ach, als ich hier anfing zu arbeiten, hat einer der Kollegen wohl meinen Nachnamen falsch verstanden. Eben statt James Jane. Da er nicht aufhörte mich so zu nennen und es mir auch zu mühsam war, ihn ständig zu korrigieren, blieb es dabei. Soweit ich weiß, kennen die anderen Kollegen meinen richtigen Namen gar nicht."

Nun fiel es auch Paula wie Schuppen von den Augen. CJ stand natürlich nicht für Clementine Jane, wie es Mary anfangs vermutet hatte. Es stand selbstverständlich für ihren Nachnamen James. Wer aber hätte das ahnen können?

„Clementine James", murmelte sie vor sich hin.

„Ja, an der Stelle komme ich meinem Vater leider nicht davon."

Als sie nach etwa einer halben Stunde Paulas Zuhause erreichten, fanden sie die Wohnung verwaist vor. Paula hatte sich mit Mary nicht besprochen, daher wusste sie nicht, ob und wann Mary daheim aufschlagen würde. Gerade war Paula ihre Abwesenheit ganz recht, so hatte sie die Wohnung ganz für sich und Clementine.

„Hast du Hunger?" Paula hatte ihren Kopf bereits in den Kühlschrank gesteckt.

„Ja, schon ein wenig. Aber eine Kleinigkeit reicht mir. Hast du Sandwiches da?"

„Ja, mit Sicherheit. Ihr Amerikaner hab doch immer alle Zutaten für Sandwiches im Haus", grinste Paula, „Wenn ich eines aus Deutschland vermisse, dann ist es anständiges Brot. Sowas gibt es hier gar nicht."

„Dann musst du mir wohl mal eins backen", schmunzelte Clementine.

„Och, das ist eigentlich eine gute Idee. Überhaupt könnten wir mal was Deutsches kochen, wenn du willst."

„Zum Beispiel Bratwurst?", schlug Clementine vor.

„Bratwurst?", Paula hob eine Augenbraue, „Ich dachte eher an Rouladen mit Spätzle und Rotkraut."

Clementine musste lachen: „Du klingst so anders, wenn du Deutsch sprichst."

Paula war nicht sicher, wie sie Clementines Aussage verstehen musste, schmollte aber sicherheitshalber, indem sie ihre Arme verschränkte und die Unterlippe schürzte. Clementine aber ging auf sie zu, umarmte sie, liebkoste ihren Hals und brachte Paulas Eis sofort wieder zum Schmelzen.

„Ich finde, deine Stimme klingt auf Deutsch sehr sexy“, wisperte sie Paula ins Ohr.

„Du magst es also, wenn ich Deutsch spreche?“, grinste Paula.

Clementine nickte, ihre Augen funkelten sie verlangend an. Also fuhr Paula nun auf Deutsch fort.

„Und was ist, wenn ich dir sage, dass ich mich unsterblich in dich verliebt habe?“ Paula war über ihre eigenen Worte überrascht und riss erschrocken die Augen auf. Als sie nun noch in Clementines verblüfftes Gesicht sah, begann sie vor lauter Aufregung zu zittern. Hatte Clementine sie etwa verstanden? Das konnte unmöglich sein.

„Was hast du gesagt?“ Paulas erster Schreck legte sich bei dieser Frage wieder, denn ganz offenbar war Clementine ahnungslos. Doch was sollte Paula nun antworten? Sie würde sich nicht trauen, ihren Satz wahrheitsgemäß zu übersetzen, obwohl jedes einzelne Wort davon stimmte. Es war zu früh. Sie wollte Clementine nicht verschrecken und vor allem wollte Paula sie nicht zu einer Reaktion zwingen.

„Ich werde es dir verraten, aber noch nicht heute“, flüsterte Paula und suchte schnell Clementines Lippen, damit sie jeglichen Protest vorsorglich unterband. Clementines lachende Augen signalisierten, dass sie sich dieses kleinen Ablenkungsmanövers durchaus bewusst war, doch sie ließ Paula gewähren und erwiderte ihre einladenden Zärtlichkeiten. Plötzlich klingelte Paulas Telefon.

„Verdammt. Wer stört denn jetzt?“, brummte Paula verärgert. Sie sah aufs Display, ihre Mutter. „Ich muss da wohl mal ran.“

„Ich kümmere mich dann weiter ums Essen“, schlug Clementine vor.

Paula ging zum Telefonieren ins Wohnzimmer.

„Hallo Mama“, begann sie das Gespräch fröhlich.

„Ach Kind, bist ja schon zu Hause, das ist gut. Gibt es was Neues bei dir?“

Paulas Bauchgefühl sagte ihr, dass diese Frage nicht von ungefähr kam. Aber worauf wollte sie hinaus? Spielte sie etwa auf Clementine an? Nein. Sie hatte Mark die Geschichte nicht abgekauft. Da kam Paula plötzlich ein beängstigender Gedanke. Vielleicht hatte Peter bei ihrem Vater angerufen und über sie und Clementine gesprochen. Immerhin kannten sich die beiden gut.

„Wieso? Sollte es denn etwas geben?“, hakte Paula vorsichtig nach.

Ihre Mutter räusperte sich.

„Nein, nein“, säuselte sie verdächtig, „Hätte ja sein können, wir haben ja einige Tage nichts voneinander gehört.“ Sie machte eine kurze Pause. „Sag mal, hast du denn noch mal was von Mark gehört?“

Daher wehte also der Wind. Paula rollte genervt die Augen. Sie hatte keine Lust, ihre kostbare Zeit mit Clementine an ein Gespräch über ihren Verflossenen zu verschwenden.

„Mama, sag mal, kann ich dich vielleicht nachher noch mal anrufen? Um ehrlich zu sein habe ich gerade Besuch“, versuchte sie ihre Mutter abzuwürgen.

„Ja, wer ist denn da? Eine Freundin?“

Paula schmunzelte. Ihre Mutter dachte bei „einer Freundin“ sicher an etwas anderes, aber irgendwie traf sie es auf den Punkt.

„Ja genau“, antwortete sie daher.

„Na gut, dann sprechen wir später noch mal. Wenn es allerdings sehr spät wird, dann melde dich einfach morgen. Aber melde dich auf jeden Fall, ja?“

Paula fand das Gerede ihrer Mutter reichlich seltsam. Sie wurde das Gefühl nicht los, dass sie irgendwas im Schilde führte. Oder aber Paula wurde allmählich paranoid. Wie dem auch sei, Paula wurde nicht schlau daraus, hatte aber gerade nicht die Muse, sich mit den wirren Gedanken ihrer

Mutter auseinanderzusetzen. Stattdessen wollte sie die letzten Minuten mit Clementine genießen. Sie kehrte zurück in die Küche, wo Clementine bereits einen Teller mit Sandwiches vorbereitet hatte.

„Lass uns im Wohnzimmer essen. Da ist es gemütlicher“, schlug Paula vor.

Sie lümmelten sich aufs Sofa und bissen genüsslich in ihre Sandwiches.

„War das eben deine Familie?“, erkundigte sich Clementine.

„Ja, meine Mutter. Sie neigt in letzter Zeit dazu, ein wenig zu nerven.“ Paula blies die Backen auf und verdrehte die Augen, was Clementine amüsierte.

„Mütter sind halt so. Willst du drüber reden?“

Paula überlegte kurz. Eigentlich wollte sie Clementine schon die ganze Zeit von Mark erzählen. Doch es hatte sich nie eine geeignete Gelegenheit ergeben. Und so wichtig war es dann auch wieder nicht, denn das Thema Mark war für sie komplett abgeschlossen. So kurz vor Clementines Abreise wollte Paula nun auch nicht damit anfangen.

„Ach, so wichtig ist es nicht. Sie will einfach sicher sein, dass es mir gut geht.“

„Geht es dir denn gut?“, blickte Clementine neugierig auf.

Paula hatte gerade den letzten Bissen ihres Sandwiches verdrückt und warf sich mit ihrem Kopf auf Clementines Schoß.

„Mehr als gut.“ Sie griff nach Clementines freier Hand und verschränkte ihre Finger in Clementines. „Auch, wenn ich dich gleich furchtbar vermissen werde.“

„Geht mir auch so.“ Clementines wehmütiger Blick unterstrich ihre Aussage.

„Aber es sind ja nur zwei Tage“, sprachen sie wie aus einem Mund, sahen sich verdutzt an und verfielen in heiteres Gelächter.

Dann blieben sie stumm, sahen sich verliebt an, während Clementine Paula liebevoll über den Kopf streichelte. Paula merkte gar nicht, wie ihr die Augen zufielen und sie langsam wegdöste. Auch das Flüstern, das jetzt sanft in ihr Ohr drang, nahm sie nur unterbewusst wahr.

„Süße, ich werde jetzt abgeholt. Der Wagen wartet schon unten. Bleib einfach liegen, ich finde ja allein raus."

Paula war zu schläfrig, um protestieren zu können. Sie spürte kurz Clementines weiche Lippen auf ihren Lippen und hörte anschließend, wie sich ihre Schritte aus dem Wohnzimmer entfernten. Dann ertönte das Knarzen der Wohnungstür und Paula wartete auf den ruckartigen Laut, mit dem die Tür wieder ins Schloss fallen würde. Stattdessen glaubte sie, eine Männerstimme zu hören. Ihr Unterbewusstsein schlug Alarm, holte sie aus ihrem Schlaf, doch ihr Körper brauchte noch einen Moment, so dass sie reglos dem Dialog zuhören musste, der nun folgte.

„Oh hallo, du musst wohl Mary sein. Ich bin Mark, Paulas Freund. Ist Paula denn zu Hause?"

Auf diesen Satz folgte sekundenlange Stille. Panisch sprang Paula vom Sofa, rutschte auf dem Teppich aus, fiel auf die Knie, berappelte sich aber schnell wieder. Doch nicht schnell genug.

„Ist im Wohnzimmer" vernahm sie Clementines tonlose Stimme.

Paula hetzte Richtung Flur, wo sie ein freudestrahlender Mark angrinste, der offenbar glaubte, dass Paula seinetwegen angerast kam. Er öffnete begeistert seine Arme, wohl in dem Glauben, dass sie ihm vor Begeisterung um den Hals fallen würde. Doch ihre Augen suchten ausschließlich nach Clementine, die bereits nicht mehr in Sicht war. Unsanft rammte sie Mark zur Seite, der ins Taumeln geriet und sich am Türrahmen festhalten musste. Doch das war Paula gerade völlig egal. Sie hechtete die Treppe herunter, nahm mehrere Stufen gleichzeitig und kam mehrere Male bedrohlich ins Straucheln. Doch egal wie sehr sie sich beeilte, sie holte Clementine einfach nicht ein. Völlig atemlos riss sie die Haustür auf, befand sich nun auf dem Gehsteig und blickte sich vergeblich suchend um. Ihr

Herz hämmerte in ihrer Brust und ein monotones Pfeifen breitete sich in ihrem Kopf aus. Gleich würde der Schwindel einsetzen. Wie immer, wenn ihr bewusst wurde, dass etwas Schlimmes passiert war, an dem sie gerade nichts ändern konnte. Clementine war verschwunden, war bereits über alle Berge.

KAPITEL 21

Resigniert trat Paula den Rückweg nach oben an. Erst jetzt wurde ihr bewusst, dass sie gar keine Schuhe trug, sondern bis gerade eben in Socken auf dem Bürgersteig auf und abgelaufen war. Doch sie hatte umsonst die Blicke der Passanten auf sich gezogen. Gerne hätte sie ihnen das Hollywood-reife Happyend gegönnt, bei dem Clementine unverhofft am Horizont aufgetaucht und Paula verliebt in die Arme gefallen wäre. Doch das hier war nicht Hollywood. Clementine war nicht zurückgekommen. Warum auch? Paula hatte ihr einen wesentlichen Teil ihres Lebens verschwiegen, der zwar eigentlich Vergangenheit war, der jedoch gerade in personifizierter Form in Paulas Wohnung stand. Sie hätte es wissen müssen. Paula kam das Telefonat mit ihrer Mutter wieder in den Sinn. Ihre Mutter hatte es gewusst, sie wusste, dass Mark Paula hinterhergeflogen war. Vielleicht war es sogar ihre eigene Idee gewesen. Mit jeder weiteren Treppenstufe wuchs in Paula die Wut. Die Wut auf Mark, der so verflucht ignorant gewesen war und sie bei ihrem letzten Telefonat offenbar überhaupt nicht ernst genommen hatte. Und auf ihre Mutter, die sich ständig in ihr Liebesleben einmischte und sich nie die Frage stellte, wie es Paula ging, sondern stur ihre eigene Idee vom Glück ihrer Tochter verfolgte. Dabei hatte Paula das Glück längst gefunden, hatte es in den Händen gehalten, sich angeschmiegt und nie mehr loslassen wollen. Und mit einem Schlag war alles anders. Sie hatte Clementine in die Flucht geschlagen. Paula hoffte, dass sich das Missverständnis noch rechtzeitig aufklären ließe. Als sie die Wohnung betrat, fand sie Mark auf seinem Koffer im Flur hockend, wie er bedröppelt und sichtlich irritiert dreinblickte. Mitleid hätte er von Paula gerade nicht erwarten können, stattdessen schenkte sie ihm einen abfälligen Blick, dann ging sie wortlos an ihm vorbei und schnappte sich ihr Handy, das sie vorhin auf dem Wohnzimmertisch abgelegt hatte. Damit verschwand sie in ihrem Zimmer und wählte Clementines Nummer. Es klingelte. Dann nochmal. Und immer wieder. Sie versuchte es, bis der Rufaufbau abbrach. Es war sinnlos, es ein zweites Mal zu wiederholen. Clementine wollte nicht ran gehen, da war sich Paula sicher. Sie wollte es stattdessen mit einer Nachricht versuchen.

Mark ist nicht mein Freund. Jedenfalls nicht mehr. Bitte glaub mir, ich habe dich nicht belogen. Schrieb sie eilig und drückte anschließend auf Absenden. Ungeduldig beobachtete sie die Häkchen neben ihrer Nachricht. Es waren zwei, was bedeutete, dass die Nachricht immerhin angekommen war. Jedoch waren sie grau, was so viel hieß, dass Clementine die Nachricht noch nicht geöffnet hatte. Und sie blieben grau, egal wie lange sie auf ihr Display starrte. Sie wagte einen letzten verzweifelten Versuch, indem sie Clementines Nummer ein zweites Mal wählte. Diesmal erhielt sie kein Freizeichen, sondern vernahm die allseits bekannte, weibliche Computerstimme, die ihr sagte, dass die angerufene Nummer gerade nicht verfügbar war. Clementine hatte ihr Telefon ausgeschaltet. Tränen stiegen Paula unweigerlich empor. Soeben hatte sich bewahrheitet, was Paula befürchtet hatte. Clementine hatte dicht gemacht, sich in ihr Schneckenhaus zurückgezogen. Paula hatte gewusst, dass es Clementine schwerfiel, sich einem anderen Menschen gegenüber zu öffnen. Doch für Paula hatte sie es getan, hatte sie ihr Herz offengelegt. Und nun? Paula hatte sie verletzt, indem sie ihr nicht alles erzählt hatte, indem sie ihre nahe Vergangenheit verschwiegen hatte. Ihre Reaktion war nachvollziehbar, Paula hätte wohl ähnlich reagiert. Aber was konnte Paula jetzt tun? Sie wusste nicht einmal, wo Clementine ihren Auftritt hatte. Vielleicht hätte Mary eine Idee, sicher wäre sie auch bald zuhause. Doch vorher sollte sie sich wohl um ihren ungebetenen Gast kümmern. Sie öffnete ihre Zimmertür. Mark hatte inzwischen auf dem Sofa Platz genommen und als er sie kommen sah, blickte er auf.

„Paula, was ist denn da gerade passiert?“ Sein ratloser

Gesichtsausdruck verriet, dass er tatsächlich keinen Schimmer hatte, warum Paula auf diese Weise auf ihn reagiert hatte.

„Was willst du hier?“, schrie sie wütend und überging damit seine Frage.

„Na, ich will wieder alles in Ordnung bringen. Ich dachte, du freust dich mich zu sehen?“

Alles wieder in Ordnung bringen? Paula schnaubte vor Wut. Am liebsten hätte sie ihn einfach wieder vor die Tür gesetzt. Paulas Handy vibrierte in ihrer Gesäßtasche. Eilig griff sie danach. Eine Nachricht von Clementine. Hastig öffnete sie die Mitteilung.

Mark scheint da wohl anderer Meinung zu sein. Und er hat für dich einen verdammt langen Weg auf sich genommen. Ich wollte so einen Mist nie wieder haben, tut mir leid.

Nun brachen bei Paula alle Dämme und heiße Tränen liefen unaufhaltsam ihre Wangen herunter. Sie wollte eine weitere Nachricht schicken, doch ihre Hände zitterten und sie traf kaum die Buchstaben.

Ich habe mit ihm Schluss gemacht, bevor wir was miteinander hatten. Noch vor dem Ausflug. Er will das nur nicht wahrhaben.

Sie drückte auf Absenden und starrte auf ihren Dialog, wartete auf die blauen Häkchen. Doch der eine Haken blieb grau, Clementine musste ihr wieder Telefon ausgeschaltet haben. Sie blinzelte Mark finster an. Er war es, er hatte mit seinem Auftauchen alles kaputt gemacht. Wütend presste sie ihre rechte Hand, in der noch ihr Handy lag, zusammen. Sie hatte nicht übel Lust, es in seine Richtung zu schleudern.

„Was zum Teufel hast du dir dabei gedacht, hier einfach aufzutauchen?“, platzte es aus ihr heraus.

Mark zuckte zusammen, hatte offenbar nicht mit diesem verbalen Angriff gerechnet

„Na, es sollte eine Überraschung sein.“ Er kratzte sich verlegen am Hinterkopf, was er immer dann tat, wenn er sich gerade unwohl fühlte. „Deine Mutter hat gesagt…“

„Meine Mutter?", rief sie erbost. „Ich wusste es!"
Sie stampfte voller Zorn einmal auf den Boden.

„Was hat sie gesagt?"

„Sie sagte, dass du mit der Distanz zwischen uns nicht zurechtgekommen bist. Und mir ging das auch so." Er sah sie versöhnlich an. „Paula, ich hab dich vermisst."

Paula starrte ihn sowohl regungslos, als auch ungläubig an. Sie konnte nicht fassen, dass sie einen solch empathielosen Idioten als Ex-Freund hatte. Wollte er es nicht kapieren? Wenn schon nicht ihre Worte zu ihm durchdrangen, so sollte er doch zumindest ihre Körpersprache zu deuten wissen. Doch das Gegenteil war der Fall. Mark verstand ihre Erstarrung offenbar als die Aufforderung, ihr entgegenzukommen, denn er erhob sich aus dem Sessel und machte Anstalten, sie in den Arm nehmen zu wollen. Bevor er soweit kam, hob Paula abwehrend die Hände und signalisierte mit einem vehementen Kopfschütteln, dass er keinen Schritt näherkommen sollte.

„Hast du eigentlich bei unserem Gespräch neulich zugehört?"

Paula versuchte ihre Stimme zu zügeln, trotzdem war ihre Verbitterung noch deutlich zu hören.

„Was genau meinst du?" Es schien, als wüsste er tatsächlich nicht, worauf Paula anspielte.

„Die Frau, die du eben als Mary begrüßt hast, das war nicht Mary!", schrie sie nun, als wäre er schwer von Begriff. Doch noch immer blieb sein Aha-Effekt aus.

„Habe ich dir nicht gesagt, dass ich jemanden kennengelernt habe? Habe ich nicht erwähnt, dass dieser jemand eine Frau ist?", versuchte sie ihm auf die Sprünge zu helfen.

Paula sah, wie es in Marks Kopf arbeitete. Allmählich schien auch bei ihm der Groschen zu fallen.

„Du hast das ernst gemeint?", fragte er fassungslos.

„Ja, Mark. Warum denkst du, habe ich das sonst gesagt?" Sie seufzte, denn sie war Marks Ignoranz langsam leid.

„Aber…“, murmelte er, „du bist doch nicht. Ich meine, wir hatten doch…“

Er ließ sich wieder auf den Sessel fallen und griff sich mit beiden Händen an die Stirn. Jetzt war er es, der wiederholt mit dem Kopf schüttelte, als wollte er diese neue Erkenntnis besser wieder loswerden.

„Aber, ich...ich liebe dich doch“, stammelte er hilflos, behielt seinen Kopf aber zwischen seinen Händen verschränkt. Paula sah ihn nachdenklich an. So wie er dasaß, wie ein kleiner Junge, bekam sie nun doch einen leichten Anflug von Mitleid. Wenn er sich tatsächlich von ihrer Mutter hatte bequatschen lassen, dann war seine Aktion zwar noch immer total bescheuert, aber ihn traf nicht die alleinige Schuld. Mit ihrer Mutter würde sie das Hühnchen definitiv noch rupfen, das stand fest. Aber zuerst musste sie sich um ihren kreuzunglücklichen Ex-Freund kümmern, auf dessen Wange sie eine Träne glaubte zu erkennen. Auch, wenn sie ihre Wut noch immer spürte, auch wenn sie diejenige war, dessen Liebe womöglich gerade zerstört wurde, fasste sie sich ein Herz.

„Ich kann dir nicht sagen, warum es passiert ist. Aber es ist passiert. Ich habe mich in eine Frau verliebt, Mark.“

Er blickte zu ihr auf, wischte sich mit dem Handrücken die Träne weg.

„Aber ist es denn etwas Ernstes? Ich meine, ich kann es nachvollziehen, wenn man mal was Neues ausprobieren will.“

Paula verzog verärgert den Mund. Ihr Mitleid hatte sich mit seiner Antwort unmittelbar in Luft aufgelöst. Sie haderte noch mit sich, ob sie darauf reagieren, oder es einfach gut sein lassen sollte, als Mary zur Tür hereinkam.

„Hallo?“ Sie musterte Mark, wechselte dann zwischen ihm und Paula hin und her. Sie hatte das Gesicht schon mal irgendwo gesehen, da war sie sich sicher.

„Hi, ich bin Mark, Paulas…“, er blickte kurz Paula an, um dann wieder Mary anzusehen, „Paulas Ex-Freund.“

Immerhin schien zumindest das endlich bei ihm

angekommen zu sein. Leider kam diese Einsicht eine Begrüßung zu spät. Jetzt, wo Mary sicher war, wen sie da vor sich hatte, riss sie erstaunt die Augen auf. Danach wanderte ihr fragender Blick zu Paula.

„Ja Mary, das ist Mark." Sie machte eine präsentierende Handbewegung und rollte dabei die Augen.

„Und, warum?", fragte Mary, dann sah sie Mark an. „Also, ich meine, wie kommt es, dass du hier bist?"

„Tja, das weiß ich gerade ehrlich gesagt auch nicht", sagte er ratlos und wischte sich angestrengt über seinen Dreitagebart.

Mary ahnte bereits, dass noch mehr vorgefallen war.

„Möchtest du vielleicht was trinken?", richtete sie die Frage an ihn.

Er nickte.

„Gut, dann bring ich dir was. Paula, kommst du eben mit in die Küche?", lotste sie Paula hinter sich her.

Sobald die beiden außer Hörweite waren, drehte sich Mary zu Paula um und packte nach ihren Schultern.

„Was ist passiert? Du siehst ja völlig fertig aus."

„Er stand einfach vor der Tür. Dummerweise war es Clementine, die die Tür geöffnet hatte, weil sie gerade im Begriff war zu gehen. Er dachte wohl, sie wäre du und hat sich ihr als mein Freund vorgestellt. Clementine ist daraufhin geflüchtet. Ich hatte keine Chance, es wieder richtig zu stellen."

„Verdammt. Das ist ja mehr als blöd gelaufen. Aber du hast sie doch sicher angerufen?"

„Das habe ich versucht, aber sie ist nicht dran gegangen." Erneut war Paula den Tränen nahe. „Sie hat noch auf eine Nachricht geantwortet. Sie sagt, sie fühlt sich belogen und, dass sie auf so einen Mist keine Lust mehr hätte. Danach hat sie das Handy ausgeschaltet."

Paula schluchzte bitterlich.

„Aber sie muss doch wissen, dass Mark dein Ex ist, oder nicht?"

Paula schüttelte den Kopf und sah Mary schuldbewusst

an.

„Ich habe Mark ihr gegenüber noch nie erwähnt", gab sie widerwillig zu, „Es hatte sich nie eine gute Gelegenheit gefunden. Und Mark war für mich ja auch schon so weit weg, weißt du. Er spielte für mich einfach überhaupt keine Rolle mehr. Und wer konnte bitte ahnen, dass er...", wieder überkam Paula eine Welle der Tränen.

„Beruhig dich erst mal. Das kann man alles aufklären." Mary legte beruhigend den Arm um Paula.

„Da bin ich nicht so sicher. Ihre Nachricht lässt nichts Gutes hoffen. Sie ist bis Sonntag unterwegs und ich habe keine Ahnung, wo genau sie überhaupt ist."

Paula informierte Mary darüber, dass Clementine kurzfristig für einen Musikerkollegen eingesprungen war.

„Ok, wir werden da schon eine Lösung finden. So spontan habe ich noch keine Idee, aber lass uns morgen mal einen Plan schmieden. Aber nun müssen wir überlegen, was wir mit Mark anstellen."

Mit drei Flaschen Bier kehrten die zwei Frauen zurück ins Wohnzimmer. Mark fühlte sich sichtbar fehl am Platz, weichte Paulas Blick aus und wischte sich ständig unruhig über seine Hose.

„Ähem", räusperte er sich, „Das ist jetzt alles ziemlich blöd gelaufen"

„Das kann man wohl sagen", erwiderte Mary, nachdem Paula nicht reagierte.

„Ich hatte mich auf das verlassen, was Paulas Mutter mir gesagt hat", argumentierte er, richtete das Wort nach dieser Aussage aber schnell an Paula. „Versteh mich nicht falsch. Ich will jetzt nicht alles auf deine Mutter schieben. Sie hat es sicher nur gut gemeint."

Paula stimmte ihm durchaus zu, sagte das aber nicht laut, sondern verschränkte die Arme. Vermutlich hätte Paula während des Telefonats mit ihrer Mutter der ein oder andere Hinweis auffallen können. Andererseits hätte sie nie im Leben damit gerechnet, dass Mark einen so großen Aufwand für sie betreiben würde. Er hatte sich von ihrer

Mutter bequatschen lassen, war sicher ein dankbarer Zuhörer ihrer fixen Ideen gewesen. Wenn ihre Mutter wüsste, was sie damit angerichtet hatte. Vielleicht wäre es eine gute Idee, genau jetzt zum Hörer zu greifen und ihr die Wahrheit gnadenlos ins Gesicht zu schmettern. Allerdings würde das Clementine auch nicht zurückbringen.

„Mir ist es ziemlich egal, wer von euch beiden Schuld hat“, brummte sie. „Es wäre aber vielleicht besser gewesen, vorher noch mal mit mir zu telefonieren. Wie lange hattest du eigentlich vor zu bleiben?“

„Mein Rückflug geht in zwei Wochen“, sagte er knapp.

„Oh, das ist… lang“, erwiderte Mary baff.

„Zu lang, wie es aussieht. Ich werde wohl schauen, ob ich einen früheren Rückflug bekomme“, seufzte er geknickt. So ungern Paula es zugeben wollte, auch Mark litt augenscheinlich unter der Situation. Wenn sie ihm zugutehielt, dass er noch Gefühle für sie hatte und er deshalb die Wahrheit ignoriert hatte, dann war ein gewisses Mitgefühl durchaus angebracht.

„Du kannst bis dahin hier schlafen“, bot sie ihm daher an, „auf dem Sofa.“

Er zögerte einen Moment, nickte aber dann.

„So, liebe Leute. Auch ein kurioser Abend hat irgendwann mal ein Ende. Jedenfalls für mich. Ich bin hundemüde und sage jetzt gute Nacht. Vielleicht wollt ihr ja auch noch mal in Ruhe reden“, verabschiedete sich Mary und verließ die beiden. So ganz recht war das Paula nicht. Sie wollte kein weiteres Gespräch mit Mark, doch er sah das wohl ganz anders.

„Paula, es tut mir leid, wie alles gelaufen ist.“

„Ich werfe dir nicht vor, dass du hergekommen bist. Das hat wohl eher meine Mutter verbockt. Aber was da mit Clementine passiert ist, werde ich dir nie verzeihen.“

„Clementine heißt sie also.“ Zerknirscht presste er den Namen heraus.

Clementines Namen zu verraten, war nicht Paulas Absicht gewesen. Sie ärgerte sich über ihre Unachtsamkeit.

„Ja, so heißt sie."

„Und?", er klärte seine Stimme, „Seid ihr zwei jetzt… also, ich meine, du weißt schon?"

Alles, was sie bis vorhin gewesen waren, waren sie jetzt wohl nicht mehr. Nicht einmal das hatte Paula in Erfahrung bringen können, bevor es wieder vorbei war. Sie wusste nicht, ob sich Clementine mit Paula als Paar gesehen hatte. Paula wollte allerdings alles dafür tun, um diese Frage vielleicht doch noch mit ja beantworten zu können. Sie warf einen Blick auf ihr Handy, doch nach einer neuen Nachricht suchte sie vergebens.

„Das werde ich womöglich jetzt nicht mehr herausfinden", antwortete sie verbittert.

„Aber das kannst du doch richtigstellen. Sie weiß doch sicher, dass du mit mir Schluss gemacht hast."

„Sie wusste bis vorhin nicht mal, dass es dich gibt." Entgegnete sie erbost und merkte dann, dass ihre Worte Mark verletzt hatten.

„Verstehe." Er presste die Lippen aufeinander.

„Tut mir leid. Ich hätte dir das nicht sagen sollen" Paula bereute ihre Aussage, denn sie war unnötig gewesen. „Ich wollte dich damit nicht verletzen. Ich wollte dich generell nie verletzen, aber es hat zwischen uns einfach nicht sollen sein."

Mark fiel es sichtlich schwer, diese Worte zu verdauen. Doch dann lachte er ironisch.

„Dass ich ausgerechnet von einer Frau ausgestochen werde, hätte ich auch nicht gedacht."

„Wäre ein Mann etwa besser gewesen?"

„Nein, sicher nicht. Aber natürlich frage ich mich nun, was dir das mit uns bedeutet hat?"

Eine berechtigte Frage, die sich Paula selbst bereits gestellt hatte. Sie hatte ihn geliebt, das stand für sie fest. Aber das mit Clementine...war einfach mehr. Intensiver, leidenschaftlicher, einfach berührender. Diese Gedanken schmerzten in Paulas Brust.

„Das mit uns war gut, Mark. Wir hatten eine schöne

Zeit." Mehr konnte sie dazu nicht sagen.

„Ja, kann sein", sagte er nachdenklich. „Danke, dass ich hier schlafen kann. Ich werde morgen sofort schauen, dass ich schnell einen Rückflug bekomme. Und falls nötig, nehme ich mir bis dahin ein Hotelzimmer."

„Das musst du nicht. Du kannst bis dahin auch hier schlafen." Paula verstand selbst nicht, warum sie das sagte, denn eigentlich wollte sie ihn nicht länger als nötig bei sich beherbergen.

„Doch, ich glaube, das ist für uns beide besser. Und du hast ja wohl morgen noch was mit…", er musste sich überwinden den Namen auszusprechen, „Clementine zu klären." Damit hatte er recht. Morgen würde sie versuchen herauszufinden, wo genau Clementine steckte und notfalls hinterher reisen. Erschöpft seufzte sie. Dieses ganze Chaos hatte sie Kraft gekostet und Paula merkte, wie sich die Schwere auf ihre Augenlider legte.

„Ich bin müde und gehe jetzt ins Bett. Ich hole dir schnell eine Decke und ein Kissen, ok?"

Mark nickte.Nachdem sie ihn versorgt hatte, putzte sie sich noch ihre Zähne und verschwand anschließend in ihrem Zimmer. Kraftlos ließ sie sich aufs Bett fallen und lag eine Weile einfach nur da. Was ein beschissener Tag. Mit einem kurzen Blick prüfte sie, ob sich etwas auf ihrem Handy getan hatte. Doch noch immer hatte ihre letzte Nachricht Clementine nicht erreicht. Sie war ziemlich konsequent in ihrer Reaktion, aber nichts anderes hatte Paula erwartet. Ob es mit ihrer familiären Vorgeschichte zusammenhing, oder ob sich ihr Verhalten durch eine vergangene Beziehung erklären ließ, vermochte Paula nicht zu beurteilen. Und es spielte letztlich auch keine Rolle. Sie war abgetaucht und Paula waren vorerst die Hände gebunden. Trotzdem wollte sie die Hoffnung erst aufgeben, wenn sie die Chance auf ein klärendes Gespräch mit Clementine bekommen hätte. Morgen würde sich alles klären, ganz sicher. Falls nicht, würde Paula spätestens Sonntag bei ihrer Wohnung aufschlagen.

KAPITEL 22

Paula erwachte am nächsten Morgen völlig gerädert. Sie hatte nicht gut geschlafen, war immer wieder aufgewacht und hatte sich unruhig im Bett hin und her gewälzt. Gerade bemühte sie sich, ihre Augen zu öffnen, doch der Schlaf hatte ihre Lider verklebt und sie sah ihre Umgebung verschwommen. Allmählich sickerten die Ereignisse vom Vortag wieder in ihr Bewusstsein und ließen ihren Magen schmerzhaft verkrampfen. Ein bisschen hatte sie gehofft, nur einen bösen Traum gehabt zu haben. Doch es war kein Traum gewesen. Clementine war tatsächlich abgehauen, stattdessen lag nebenan Paulas Ex auf dem Sofa. Unwillkürlich schüttelte sie den Kopf, weil das alles so absurd war. Dann aktivierte Paula das Display ihres Handys. Keine neue Nachricht. Das hatte sie erwartet. Sie quälte sich aus dem Bett, denn sie brauchte dringend einen Kaffee. Was, einen Kaffee? Paula zweifelte an ihren eigenen Gedanken. Aber ja, entgegen ihrer üblichen Vorlieben wollte sie gerade tatsächlich einen Kaffee. Sie öffnete ihre Zimmertür und hoffte, Mark schlafend vorzufinden, damit sie noch einen Moment ihre Ruhe hatte. Stattdessen entdeckte sie ihn bereits angekleidet auf einem der Sessel, während er konzentriert die Anzeige seines Tablets betrachtete.

„Guten Morgen“, brummte Paula matt. Sie wollte gar nicht so übellaunig klingen, doch eine andere Tonlage kam ihr nicht über die Lippen.

„Ja, ich bin noch da“, entgegnete Mark genervt, „Aber ich habe schon ein Hotelzimmer gebucht.“

„Ach Mark, ich habe doch gesagt, dass du solange hierbleiben kannst.“ Diesmal klang ihre Stimme etwas freundlicher.

„Ja, aber ich möchte das nicht. Außerdem habe ich noch keinen Termin für den Rückflug. Und solange möchte ich unabhängig sein.“

„Ja, verstehe“, sah es auch Paula ein. Und im Grunde

war ihr diese Lösung ganz recht.

„Übrigens, du solltest vielleicht mal deine Mutter anrufen. Heute Morgen hat es schon ein paar Mal auf dem Festnetz geklingelt. Ich glaube, es war ihre Nummer." Er deutete auf das Telefon, das auf einem kleinen Tisch neben dem Sofa stand.

Paula blies genervt Luft aus ihren Backen. Ihre Mutter. Dieses Thema musste erstmal warten. Zunächst einmal ging sie in die Küche und machte Kaffee.

„Willst du auch einen Kaffee? Und bleibst du zum Frühstück?", rief Paula ins Wohnzimmer.

„Nein danke, ich werde mich jetzt auf den Weg machen", antwortete er. Sie hörte die klackernden Räder seines Koffers im Flur und schob ihren Kopf durch die Küchentür. Er würde jetzt gehen und genau das wollte Paula. Doch es fühlte sich auch seltsam an, sich jetzt von Mark verabschieden zu müssen. Beinahe, als würde sie ein zweites Mal mit ihm Schluss machen. Auch Mark fühlte sich augenscheinlich unwohl, wusste nicht recht, wie er sich verhalten sollte. Paula fand zuerst einige Worte: „Tut mir leid, dass es so gelaufen ist. Komm wieder gut nach Hause. Wir werden uns in der Uni ja wiedersehen, falls du mir nicht aus dem Weg gehst."

„Das wäre wohl ziemlich kindisch. Aber vielleicht brauche ich noch ein bisschen Zeit."

„Ich verstehe." Sie begleitete ihn noch bis zur Tür. „Wenn du noch was brauchst, solange du hier in Amerika bist, dann melde dich, ja?"

Sie sahen sich unschlüssig an. Sollten sie sich umarmen? Zögerlich überwand sich Paula schließlich und drückte ihn an sich heran.

„Mach es gut."

„Du auch." Dann wand sich Mark um und verschwand.

Die Verabschiedung war ihr nicht ganz leicht gefallen, trotzdem war sie froh, dass er fort war. Jetzt war es an der Zeit, Mary einen frisch gebrühten Kaffee unter die Nase zu halten, damit Paula endlich eine Strategie mit ihr planen konnte. Mit einem Kaffee in der rechten Hand klopfte Paula an ihrer Tür. Wider Erwarten ertönte die überaus wach klingende Stimme von Mary: „Ich komme gleich. Mach schon mal Frühstück“

Paula schmunzelte. Das erste Mal seit gestern. Sie folgte Marys Anweisung und bereite in der Küche das Frühstück zu. Kaum war der Tisch gedeckt, tauchte Mary im Türrahmen auf.

„Guten Morgen. Ist der Kaffee für mich, oder für Mark?“ Bevor sie ihre Antwort hatte, hatte sich Mary bereits die Tasse geschnappt.

„Mark ist schon weg“, informierte Paula sie.

„Echt? Wow, das ging mal schnell. Der arme Kerl“, sagte Mary und nahm sich einen Stuhl.

„Hey, ich bin hier diejenige, die arm dran ist“, maulte Paula.

„Ja, du auch. Allerdings bin ich mir bei dir sicher, dass du bereits morgen wieder in Clementines Armen liegen wirst. Mark jedoch wird definitiv leer ausgehen.“

„Das wird er, ja. Aber was deine Vermutung bezüglich Clementine und mir angeht, bin ich mir überhaupt nicht sicher. Sie hat sich noch immer nicht gemeldet.“

Die frisch gebräunten Sandwichscheiben machten einen kurzen Satz aus dem Schlitz des Toasters und meldeten damit an, dass sie bereit zum Verzehr waren.

„Und du hast keine Idee, wo sie ist?“, fragte Mary.

„Es kann sein, dass sie den Ort genannt hat. Aber ich weiß es nicht mehr“, antwortete Paula, während sie die Teller servierte.

„Sieht lecker aus und riecht vor allem gut“, freute sich Mary, die sich sogleich über das Essen hermachte. Paula hatte wenig Appetit, zwang sich aber, ihre Portion zu essen.

„Wer könnte denn wissen, wo das Konzert stattfindet?“, fragte Mary.

„Ich weiß nicht“, erwiderte Paula, „Oder warte. Mike. Er hatte mit diesem Bekannten gesprochen, mit dem Clementine auftritt.“

„Dann ruf doch schnell mal Mike an“, schlug Mary vor.

„Geht nicht. Ich habe seine Nummer nicht“, stöhnte Paula genervt, dann aber fiel ihr ein, „Aber ich weiß, wo er wohnt. Fahren wir zusammen hin?“

„Klar, das habe ich dir ja versprochen. Wir werden Clementine schon aufspüren. Und wenn wir notfalls irgendeine Bühne stürmen müssen“, antwortete Mary überzeugt und ließ Paulas Zuversicht steigen.

Nach dem Frühstück fuhren sie mit der U-Bahn zu dem Stadtteil, in dem sich die WG der Jungs befand. Den letzten Teil der Strecke hatten sie zu Fuß zurückgelegt und befanden sich nun vor der alten, hölzernen Haustür, die den Weg ins Treppenhaus blockierte.

„Nun denn, dann klingel mal“, forderte Mary Paula auf.

„Oh, warte“, Paula blickte grübelnd auf die unzähligen Namen der Klingelschilder, „Jetzt habe ich mir doch wieder nicht ihre Namen gemerkt. Aber Nora hatte hier irgendwo gedrückt.“

Paula presste ihren Daumen auf die Klingel, die ihr am ehesten als die Richtige erschien und wartete ab. Die Gegensprechanlage krachte.

„Hallo?“, fragte eine Stimme, die Paula als Ted identifizierte.

„Hi Ted, ich bin es, Paula.“

„Paula“, klang er erfreut, „Warte, ich mache dir auf.“

Ein Summen erfolgte und die beiden Frauen traten in den Flur ein. Ted hatte bereits die Haustür geöffnet und wartete im Türrahmen auf seine Besucher.

„Das ist ja eine Überraschung. Was führt dich zu uns?“, wollte er wissen.

„Ja, ich…“, sie versuchte schnell auf den Punkt zu kommen. „Ich muss wissen, wo das Konzert ist, auf dem Clementine spielt.“

„Oh, gute Frage. Ich kenne Toms Tourplan nicht.“ Trotzdem schien er gedanklich nach einer Lösung zu suchen. „Aber Mike weiß das bestimmt.“

„Großartig“, freute sich Paula, „schläft er noch?“

„Nein, er ist nicht da. Irgendeine Familienfeier. Er kommt erst Morgen wieder. Aber ich kann dir seine Nummer geben."

Paula seufzte. Es wäre ihr lieber gewesen, Mike in seiner Wohnung anzutreffen. Aber wenn er ihr die nötigen Informationen übers Telefon mitteilen konnte, dann wollte sie sich nicht weiter beschweren.

„Kommt doch erst mal rein", Ted schob seinen Körper zur Seite und ließ die beiden eintreten.

„Ach, ich bin ja unhöflich. Ich habe euch noch gar nicht vorgestellt", fiel Paula auf. „Ted, das ist Mary, meine Freundin aus Schulzeiten und meine Mitbewohnerin."

Er begrüßte Paulas Freundin und bot einen Platz auf dem Sofa an.

„Warum willst du überhaupt wissen, wo Clementine spielt? Kannst du sie nicht einfach anrufen?"

Paula hielt inne. Sollte sie ihm die ganze Sache erzählen? Andererseits war es keine schlechte Idee, einen von Clementines Freunden ihren Teil der Geschichte wissen zu lassen. Also erzählte sie von dem Missverständnis, das Auslöser der ganzen Misere war. Und davon, dass Mark definitiv nicht mehr ihr Freund war, schon bevor es mit Clementine und ihr überhaupt angefangen hatte. Es war seltsam, ausgerechnet mit Ted über diese persönlichen Dinge zu sprechen, hatten die beiden während des Ausflugs kaum miteinander gesprochen. Doch er war ein guter Zuhörer und zeigte sich überraschend verständnisvoll. Allerdings ließ seine sorgenvolle Miene nichts Gutes verlauten.

„Clementine war schon immer sehr eigen. Wenn sie sich verletzt fühlt, dann zieht sie sich zurück. Und sie kann dann durchaus stur bleiben." Damit verriet er Paula nichts Neues. Auch ihrem Vater hatte Clementine bis heute nicht vergeben können. Paula senkte enttäuscht den Kopf. Seine Worte hatten soeben ihren kleinen Funken Hoffnung im Keim erstickt.

„Oh Paula, ich wollte damit nicht sagen, dass du die

Hoffnung direkt begraben solltest. Rede mit ihr“, empfahl Ted.

Er kramte nach seinem Handy und diktierte Paula Mikes Nummer. Sofort nachdem sie Nummer gespeichert hatte, ließ sie es bei Mike klingeln. Doch niemand nahm ab.

„Verdammt, es ist zum Verrücktwerden“, schimpfte Paula und warf ihr Handy unsanft in ihre Tasche.

„Ja, Mike schaut nur selten auf sein Handy. Aber er ruft sicher zurück, sobald er deinen Anruf sieht.“

Bei Paulas Glück bliebe ihr Anruf noch in zehn Tagen unbemerkt. Sie musste sich zusammenreißen und in Geduld üben.

„Gut, vielleicht versuche ich es später nochmal. Ich danke dir aber schon mal für deine Hilfe!“

„Aber immer gern. Ich hoffe, das renkt sich schnell wieder ein. Denn es scheint ja ansonsten ganz gut bei euch zu passen“, versuchte er sich an einem tröstenden Lächeln.

Paula fiel es schwer, seinen Trost anzunehmen. Ja, es passte alles perfekt zwischen ihnen. Genau deshalb fühlte sich Paula ja wie ein Häuflein Elend.

„Danke Ted. Wir werden uns jetzt mal wieder auf den Weg machen“, seufzte sie.

„Alles klar.“ Er begleitete beide noch bis zur Tür. Sie wollte sich gerade umdrehen, da fiel Paula noch was ein.

„Sag mal, kannst du mir vielleicht auch noch Noras Nummer geben? Nur für den Fall.“

Ted nickte und las Noras Nummer vor.

„Super. Vielen Dank. Wir sehen uns hoffentlich bald.“

„Ja, das hoffe ich auch. Bis dann.“ Während sie die ersten Stufen nach unten nahmen, hörten sie die Wohnungstür ins Schloss fallen.

„Das mit Mike ist vorerst eine Sackgasse. Was machen wir also jetzt?“, wollte Paula wissen.

„Also ich habe keine Idee. Aber Mike wird sich sicher bald melden“, klang Mary zuversichtlich.

Paula schnaubte unzufrieden. Sie konnte doch unmöglich ihre Hände in den Schoß legen und abwarten.

Vielleicht wusste Nora etwas Genaueres? Doch bevor sie ihre Nummer wählte, fiel ihr ein, dass Nora diesen Tom scheinbar nicht kannte. Paula knurrte. Diese Ohnmacht machte sie rasend.

„Lass uns zurückfahren. Ich muss mich sowieso noch bei meiner Mutter melden."

Mary sah sie von der Seite an und hob skeptisch eine Augenbraue.

„Ich bin nicht sicher, ob es gut ist, in dieser Stimmung mit deiner Mutter zu sprechen. Was genau willst du ihr denn sagen?", wollte Mary wissen.

„Ich werde ihr deutlich sagen, dass sie sich in Zukunft nicht mehr in meine Angelegenheiten einzumischen hat. Was jetzt mit Mark ist, wird sie sowieso erfahren, wenn sie es nicht schon längst weiß. Und was Clementine angeht...", sie starrte traurig ins Leere, „da gibt es wohl gerade nichts, was ich erzählen könnte."

„Das sehe ich nicht so. Aber ich kann verstehen, dass du darüber gerade nicht mit deiner Mutter sprechen willst."

Während der gesamten Rückfahrt ließ Paula ihr Handy nicht aus den Augen. Auf keinen Fall wollte sie Mikes Rückruf verpassen. Doch ihr Telefon gab keinen Laut von sich. Zu Hause zog sie sich für das unliebsame Gespräch mit ihrer Mutter in ihr Zimmer zurück. Bereits beim zweiten Klingelton erklang die überaus gut gelaunte Stimme ihrer Mutter.

„Paula, mein Kind. Du rufst reichlich spät an. Aber ich dachte mir schon, dass du noch mit deiner kleinen Überraschung beschäftigt warst."

Paula biss sich auf die Zunge, damit sie nicht vor Wut losschrie.

„Hör mal Mama. Diese Überraschung…" begann sie zögerlich.

„Ja, was ein wundervoller Liebesbeweis von Mark. Findest du nicht? Den weiten Weg nur für dich auf sich zu nehmen! Ist das nicht romantisch?", schwärmte Paulas Mutter.

„Nein Mama“, protestierte Paula lautstark. Plötzlich herrschte Stille am anderen Ende der Leitung. Dann ein Räuspern.

„Aber Kind, was ist denn passiert? Ich dachte, du schwebst gerade auf Wolke sieben. Ich wünschte, mir hätte mal jemand so eine schöne Überraschung gemacht.“

Jetzt platzte Paula endgültig die Hutschnur.

„Mama, hör endlich auf, dich in alles einzumischen! Du hast Mark so lange bequatscht, bis er hierher geflogen ist, obwohl ich ihm, und übrigens auch dir, ganz deutlich gesagt habe, dass ich das mit ihm nicht mehr will. Und das bleibt auch so. Ich habe ihn weggeschickt. Ja, richtig gehört. Ich habe deinen Traumschwiegersohn ein zweites Mal in die Wüste schicken müssen. Dank dir. Das hat weder ihm, noch mir besonders viel Spaß gemacht. Und warum habe ich das getan? Weil ich ihn nicht mehr liebe. Weil ich jemand anderen liebe!“ Sie hatte während ihrer Tirade kein einziges Mal Luft geholt, weshalb sie die letzten Worte nur noch dahin gekrächzt hatte. Noch nie hatte sie ihre Mutter so angeschrien, aber sie bereute es nicht. Die Worte hatten ihre Wirkung offenbar nicht verfehlt, denn aufseiten ihrer Mutter herrschte betretenes Schweigen.

„Bist du noch dran?“, erkundigte sich Paula, diesmal wieder im gemäßigten Ton.

„Ja, bin ich“, erklang eine schwache Stimme. „Paula, ich dachte, wir… also ich meine Mark und ich tun das Richtige.“ Wieder machte sie eine Pause. „Und du hast mir nicht gesagt, dass du dich neu verliebt hast.“

Mit ihrer letzten Aussage hatte sie tatsächlich recht. Paula hatte ihrer Mutter gegenüber nichts dergleichen erwähnt. Das mit der Frau hatte sie durch Mark erfahren und, genau wie Mark, nicht ernst genommen.

„Ja, ich bin neu verliebt. Bloß hat Marks Auftauchen alles wieder kaputt gemacht“, schluchzte sie.

„Wo ist Mark denn jetzt?“

War das gerade tatsächlich ihr Ernst? Hatte sie ihrer Tochter wieder nicht zugehört? Oder war ihr geliebter Mark wichtiger als das Gefühlsleben ihrer Tochter? Gut, dann wollte Paula jedoch ihre Zeit nicht länger mit diesem Telefonat verschwenden.

„Wieso fragst du ihn das nicht selbst? Er hat sicher gerade viel Zeit zum Telefonieren“, antwortete Paula patzig.

„Paula, ich finde deinen Ton nicht in Ordnung. Mag sein, dass unsere Idee nicht die Beste war. Aber den Versuch war es wert. Ich schlage vor, wir beruhigen uns erst mal und telefonieren die Tage, einverstanden?“

Nichts lieber als das. Paula hätte am liebsten ohne Verabschiedung aufgelegt, aber soweit wollte sie doch nicht gehen.

„Mach‘s gut“, zwang sie sich zu sagen.

„Mach‘s gut, Kind.“ Auch die Worte ihrer Mutter wirken gequält.

„Na, das klang ja nicht so gut“, entgegnete ihr Mary als sie ins Wohnzimmer zurückkehrte, „Sorry, ich habe nicht lauschen wollen, aber man konnte dich überdeutlich hören.“

„Schon gut. Aber du kennst ja meine Mutter. Sie kann sowas von ignorant sein“, schimpfte Paula.

„Ich weiß, du willst das nicht hören, aber eigentlich meint sie es nur gut“, versuchte Mary sie zu beruhigen.

„Du hast recht“, zischte Paula, „ich will das nicht hören. Nicht jetzt.“

Sie brauchte eine Weile, bis sich der Groll in ihr allmählich wieder legte. An seine Stelle trat allerdings nun wieder die Traurigkeit, gegen die es gerade kein Mittel gab. Unruhig tigerte sie durch die Wohnung, nahm ständig ihr Handy in die Hand, weil sie befürchtete, einen Anruf verpasst zu haben. Gleichzeitig versuchte sie krampfhaft, sich an den Ort zu erinnern, den Clementine bestimmt kurz genannt hatte. Doch Paula fiel der Name partout nicht ein. Den Höhepunkt ihrer Verzweiflung erreichte sie, als sie die Internetsuchmaschine nach diesem Konzert absuchte und natürlich zu keinem Ergebnis kam.

„Willst du nicht mal eine Pause machen?“ Mary hatte

ihre eine Limo vorbeigebracht.

„Mary, ich halte das nicht aus. Ich kann doch nicht hier rumsitzen und einfach nichts tun. Bitte lenke mich mit irgendwas ab“, flehte Paula sie an.

„Wir könnten spazieren gehen“, schlug Mary vor.

„Nee, darauf habe ich keine Lust“, quengelte Paula und Mary überlegte weiter.

„Die Wohnung könnte mal wieder auf Vordermann gebracht werden. Wobei ich mich selbst kaum dazu aufraffen kann.“

Paula rollte mit den Augen.

„Deine Vorschläge waren auch mal besser.“

„Du bist aber auch gerade ziemlich anstrengend“, maulte Mary mit einem Augenzwinkern. „Aber Bewegung hilft bei sowas wirklich.“

„Du bringst mich auf eine Idee. Wir könnten joggen gehen. Wollte ich sowieso mal wieder machen.“

Nun sah Mary sie entgeistert an.

„Joggen? Ich? Vergiss es!“

Damit hatte Paula gerechnet, aber wenn sie darüber nachdachte, dann war das jetzt genau das Richtige. Sie konnte schon früher beim Laufen prima abschalten. Danach wäre sie so ausgepowert, dass sie gar nicht mehr imstande war, über irgendwas nachzudenken. Es war jetzt früher Nachmittag. Falls sich Mike melden würde, könnte sie schnell umkehren und falls nicht, dann könnte sie sich ihren Frust einfach von der Seele laufen.

„Ok, dann mach ich mich alleine los. Du kannst ja inzwischen putzen“, stichelte sie.

Ihre Entscheidung war goldrichtig gewesen. Sie hatte einen Moment gebraucht bis sich ihr Körper wieder an den Bewegungsablauf gewöhnt hatte, dann aber liefen ihre Beine fast automatisch. Sie hatte sich Kopfhörer eingesteckt und ließ die Playlist, die genau für diesen Zweck gedacht war, auf ihrem Handy abspielen. Paula hatte völlig vergessen, wie gut es sich anfühlte, all ihre Muskeln zu spüren, zu fühlen, wie der Gegenwind sich ihr entgegneten stellte und ihren Körper kühlte. Ihre Lungen hatten sich bereits voll entfaltet und nahmen nun die Luft viel besser auf. Bewusst atmete sie tief durch und ließ sich durch den Bass der Musik immer weitertreiben. Sie begann abzuschalten, hörte auf zu denken, rannte nur noch soweit ihre Füße sie trugen. Es war eine Art Trance, die sie nur beim Joggen erlebte, die sie davontrug in eine andere Dimension, an einen Ort an dem die Sorgen keinen Zutritt hatten. Ihr Zeitgefühl hatte Paula längst verloren, aber das war egal. Verlangte doch gerade niemand nach ihrer Zeit. Irgendwann erinnerten ihre Muskeln daran, dass ihre Akkus begrenzt waren. Auch ihre Lungen baten um eine Pause. Sie verlangsamte ihr Tempo und sah sich jetzt erst bewusst wieder um. Sie befand sich in einem Park, der ihr nicht völlig unbekannt erschien. Der Brunnen, der schließlich in der Ferne auftauchte, ließ keinen Zweifel mehr zu. Sie war, ohne sich dessen bewusst zu sein, in den Park gelaufen, in den sie sich mit Clementine das erste Mal verabredet hatte. Von all den möglichen Zielen, hatte es sie ausgerechnet hierher verschlagen. Ein Zufall war das sicher nicht. Ihr Unterbewusstsein hatte bestimmt seine Finger im Spiel gehabt. Wie weit war sie um Himmels willen gelaufen? Der Park lag nun wirklich nicht gerade um die Ecke.

Sie war jetzt genau neben dem Baum zum Halten gekommen, an dem Clementine mit ihrer Gitarre gesessen hatte. Paula kam es vor als sei das bereits eine halbe Ewigkeit her. Dazwischen war so unwahrscheinlich viel passiert. Doch die Erinnerungen waren seit gestern mit einem grauen Schleier versehen, der all das Schöne, all die Freude daran hatte versterben lassen. War wirklich alles bereits wieder vorbei? Würde Clementine ihr noch eine Chance geben? Eine Chance, noch weitere schöne Momente unter diesem Baum zu verbringen? Paula hätte am liebsten geheult, doch fehlte ihr gerade die Kraft dafür. Sie kaufte sich an einem Kiosk etwas zu trinken und erholte sich einen Moment auf einer Parkbank. Der Rückweg würde sicher kein Spaß werden. Bereits jetzt spürte sie ihre harten

Muskeln, die spätestens morgen früh bei jeder Bewegung schmerzen würden.

Mit letzter Kraft erreichte sie ihr Zuhause. Mary hatte tatsächlich ein wenig aufgeräumt. Sie war gerade in ihrem Zimmer und trällerte zur Musik mit, die im Wohnzimmer durch die Anlage dröhnte.

„Ich bin wieder zurück und gehe erst mal duschen", rief Paula, woraufhin Mary kurz durch die Tür lugte und nickte.

Sie ließ heißes Wasser über ihren strapazierten Körper laufen, bis sich ihre Muskulatur etwas entspannte. Der aufsteigende Wasserdampf ließ Paula müde werden, während ihr Magen im Gegenzug dringend nach Nahrung schrie. Doch vorher wollte sie es noch Mal bei Mike probieren. Sie glaubte nicht, diesmal mehr Glück zu haben, aber ohne einen Versuch würde sie keine Ruhe finden.

„Ich hab uns Pizza bestellt", rief Mary, als Paula mit einem umgewickelten Handtuch durch das Wohnzimmer zu ihrem Zimmer lief.

„Mary, du bist ein Schatz. Ich hoffe sie kommt schnell, mir ist nämlich schon etwas schlecht."

Paula zog sich etwas Bequemes an, schnappte sich anschließend das Handy und ließ es bei Mike klingeln. Doch auch diesmal nahm er nicht ab. Hatte sich denn die ganze Welt gegen sie verschworen? Oder hatte Clementine Mike Bescheid gesagt? Vielleicht ging er deshalb nicht ran. Paula schüttelte ihren Kopf. Sie musste aufpassen, nicht paranoid zu werden.

Die Pizza kam und Paula stürzte sich unversehens auf den Pizzakarton, nahm sich das erste Stück und schlang es beinahe mit einem Mal herunter. Das Gleiche wiederholte sie mit dem zweiten und schließlich auch dritten Stück.

„Och du meine Güte. Dieses Joggen lässt dich ja zum Tier werden", Mary hielt noch immer ihr erstes Pizzastück in der Hand und beobachtete Paula mit fassungsloser Miene.

„Ja", nuschelte Paula mit vollem Mund, „Aber das hat unglaublich gutgetan. Allerdings werde ich morgen keinen

Meter mehr gehen können."

„Du gehst also nicht mehr davon aus, dass du Clementine heute noch erwischen wirst?", fragte Mary vorsichtig.

„Selbst, wenn sich Mike bald meldet, dann müssten wir ja noch da, wo auch immer das ist, hinkommen. Realistisch wäre dieser Gedanke also nicht."

„Da hast du wohl recht."

Nach dem Essen rollten sich Paula und Mary nebeneinander auf dem Sofa ein. Sie waren bei irgendeinem belanglosen Krimi hängen geblieben, der gerade aber genau das Richtige für Paula war. Sie sah ohnehin nur mit einem Auge hin, bekam von der Handlung gar nichts mit, denn sie war viel zu müde und schlief wenige Minuten später bereits ein. Auch Mary ließ sich durch das gleichmäßige Atmen anstecken und folgte ihr kurz darauf in den Schlaf.

KAPITEL 23

Paula erwachte durch das Freudeschreien einer Horde Kinder, die quer über das Bild des Fernsehers liefen, weil ihnen soeben der beste Schokoriegel der Welt versprochen wurde. Irritiert versuchte Paula sich zu orientieren. Da entdeckte sie die schemenhafte Kontur ihrer besten Freundin am anderen Ende des Sofas. Wie spät es wohl war? Paula nahm ihr Mobiltelefon und schaltete das Display ein. Doch statt der Uhrzeit leuchtete ihr der Hinweis „1 Anruf in Abwesenheit“ entgegen. Ihr Herz rutschte in die Hose. Sie hatte es überhört, hatte den entscheidenden Anruf verpasst. Sie klickte auf den Hinweis. Der Anrufer wurde eingeblendet. Mike. Verdammt. Jetzt war es vier Uhr in der Nacht, also für einen Rückruf viel zu spät. Trotzdem ließ sie es klingeln. Jedoch wieder ohne Erfolg. Sie würde es gleich am nächsten Morgen wieder probieren. Den Rest der Nacht wollte sie allerdings in ihrem bequemen Bett verbringen, also versuchte sie aufzustehen. Ah. Beißender Schmerz durchzuckte ihre Waden. Muskelkater, wie erwartet. Sie humpelte zu Mary.

„Mary, willst du nicht lieber ins Bett gehen?“, flüsterte sie.

„Mhm“ ertönte ein undefinierbares Brummen. Dann folgte leises Schnarchen. Sie würde Mary also auf dem Sofa weiterschlafen lassen. Kaum fiel Paula in ihr weiches Bett, fielen ihr bereits wieder die Augen zu.

Der neue Tag brach an. Sonntag. Eine neue Chance, Clementine endlich wiederzusehen. Paula hatte die Augen noch geschlossen, obwohl sie bereits halb wach war.

„Wach auf, Schlafmütze. Es gibt Frühstück.“ Mary war in ihr Zimmer gepoltert und hatte ihr dreist die Decke weggezogen.

„Mary, du bist manchmal grausam“, schimpfte Paula. Schnell hatte sie nach einem Zipfel ihrer Decke geschnappt und sie wieder bis unters Kinn gezogen.

„Du willst doch heute Clementine zurückgewinnen. Willst du also wirklich deine Zeit im Bett verschwenden?“, ermahnte Mary sie. Mit Erfolg. Paula stand ohne weiteres Murren auf und trottete Mary in die Küche hinterher, wo bereits Toast, Käse und Marmelade bereitstanden.

„Mike hat übrigens zurückgerufen“, fiel es Paula wieder ein.

„Echt? Und was hat er gesagt?“

„Ich habe seinen Anruf verpasst. Aber was hätten wir nachts um vier schon tun können? Selbst wenn ich gewusst hätte, wo sie steckt, dann wären wir wohl kaum um diese Zeit losgezogen.“

„Vielleicht solltest du trotzdem noch mal bei ihm anrufen. Vielleicht weiß er ja irgendwas.“

„Ja, du hast recht“, stimmte Paula zu und kramte ihr Handy aus der Hosentasche.

Sie wählte seine Nummer und kaum erklang das Freizeichen, nahm Mike überraschend ab.

„Paula, hallo.“ Paula bildete sich ein, dass er etwas reserviert klang. Verwunderlich war außerdem, dass er sofort wusste, wer ihn anrief. Laut Paulas Kenntnisstand besaß er ihre Telefonnummer nicht.

„Hi Mike, ich rufe an, weil…“

„Wegen Clementine, ich weiß“, beendete er ihren Satz.

Nun war sie erst recht verblüfft. Hatte er vielleicht schon mit Ted gesprochen?

„Woher weißt du das?“

„Clementine hat es mir gesagt.“

Jetzt war sie wirklich sprachlos. Wieso hatte sie ausgerechnet mit ihm gesprochen und vor allem, über was?

„Ok“, antwortete sie irritiert.

„Ja, sie hat mir gesagt, dass du sie belogen hast und…“

„Ich habe sie nicht belogen!“, ging sie aufgebracht dazwischen. „Das war ein großes Missverständnis. Mark ist und war auch zu dem Zeitpunkt schon mein Ex-Freund.“

Diese Information schien für Mike neu zu sein, denn er erwiderte zunächst nichts. Dann aber antwortete er: „Also, wenn das so ist, dann solltest du das schnell mit ihr klären. Denn sie war ziemlich mies drauf und murmelte etwas von, sie müsste sich erst mal ablenken. Was auch immer sie damit meinte. Das hat sie mir nicht sagen wollen", erklärte er.

In Paula begannen die Gedanken Achterbahn zu fahren. Ablenken? Mit was? Oder...mit wem? Paula hatte die schlimmsten Befürchtungen.

„Wo ist sie denn jetzt?"

„Ich weiß es nicht mit Sicherheit, aber ich glaube, sie ist wieder auf dem Heimweg."

Paula musste los, sofort.

„Mike, danke, dass du mir das gesagt hast. Ich muss jetzt auflegen."

„Klar. Ich drücke dir die Daumen."

Kaum hatten sie aufgelegt, brachte sie Mary auf den neuesten Stand.

„Dann mach dich los. Soll ich mitkommen?"

„Nein, ich mache das allein."

Die U-Bahn, so hatte Paula das Gefühl, war heute besonders gemütlich unterwegs. Vor lauter Ungeduld hatte ihr linker Fuß bereits angefangen zu wippen. Doch das bemerkte Paula gar nicht. Erst, als die ältere Dame auf dem Nebensitz ihr einen finsteren Blick zuwarf, ordnete sie ihren Extremitäten an, sich im Zaum zu halten. Sie hatten jetzt die vorletzte Haltestelle verlassen und mit der Ankunft bei der nächsten Station hätte sie das erste Etappenziel erreicht. Bereits beim Einfahren in die Zielstation hatte sich Paula an der Ausgangstür platziert, damit sie bloß keine Sekunde verschenkte. Eiligen Schrittes nahm sie die Treppe zur Straße und steuerte, kaum war sie oben angekommen, direkt die Richtung an, in der sich Clementines Wohnung befand. Vielleicht war es der Aufregung geschuldet, aber ihr erschien der Weg zu Clementines Wohnung heute unnatürlich lang. Sie hätte schwören können, dass sie die Strecke beim letzten Mal in der Hälfte der Zeit geschafft hatten. Doch da tauchte in der Ferne das alte Backsteinhaus auf, in dem Clementine die oberste Etage bewohnte. Die

Haustür war angelehnt, so dass Paula das Treppenhaus ohne weiteres betreten konnte. Jetzt galt es, die Treppen zu erklimmen. Beherzt nahm sie die ersten Stufen, lief weiter und weiter, erledigte Stockwerk für Stockwerk. Doch auch hier hatte Paula den Eindruck, als würde der Weg nach oben heute kein Ende nehmen. Resigniert und völlig außer Atem musste sie eine kleine Verschnaufpause einlegen. Dabei sah sie nach oben und stellte mit Erleichterung fest, dass sich das Ende direkt über ihr befand. Sie atmete noch einmal tief durch und machte sich daran, auch die letzten paar Stufen zu überwinden, bis sie schlussendlich vor der massiven Metalltür zum Stehen kam, hinter der sich, so hoffte es Paula, die Frau ihres Herzens befand.

Sie klingelte noch nicht, wollte sich erst einmal sammeln, wieder zu Atem kommen. Ihre Hände schwitzten. Vor Anstrengung? Vor Aufregung? Paula wusste es nicht. Sie wischte sich ihre Handflächen an ihrer Hose trocken. Gleich war es soweit, wenn sie nur ihren Finger auf den kleinen Knopf neben der Tür legen würde, dann würde Clementine erscheinen, Paula würde ihr alles in Ruhe erklären und die Welt wäre wieder in Ordnung. Hoffentlich. Sie klingelte. Und wartete. Wartete weiter. Doch nichts rührte sich hinter der Tür? War sie nicht da? Wollte sie nicht öffnen? Paulas Frustration stieg mit jeder verstreichenden Sekunde. Sie wollte noch einmal klingeln, danach aber höchstens zehn Sekunden warten, bis sie sich geschlagen gäbe. Ihr Finger lag auf dem Knopf, diesmal länger. Sie hörte das schrille Signal durch das dicke Metall. Wenn Clementine da drin war, könnte sie das Geräusch nicht überhören. Wieder wartete Paula. Und diesmal, tatsächlich, hörte sie eine Regung auf der anderen Seite. Ein Schlüssel kratzte im Schloss. Dann sprang die Tür auf und eine zerzaust aussehende Clementine kam zum Vorschein. Sie trug lediglich ein langes T-Shirt, das andeutete, dass sich darunter nichts weiter befand. Doch Paulas Augen konzentrierten sich ausschließlich auf Clementines Gesichtsausdruck. Sie versuchte in ihren Augen ihre

Gefühlslage zu deuten, glaubte Wut, aber vor allem Enttäuschung ablesen zu können. Doch da gab es noch etwas, eine Regung in ihrer Mimik, mit der Paula auf Anhieb nichts anfangen konnte. Wortlos starrten sie sich an und Paula wusste, dass Clementine nicht den Anfang machen würde, dass sie Paula den ersten Schritt überließ.

„Clementine, wir müssen reden. Das alles ist ein großes Missverständnis. Kann ich bitte…“

Doch jedes weitere Wort blieb Paula im Halse stecken als plötzlich eine ihr wohlvertraute Stimme aus Clementines Wohnung erklang.

„Clementine, Schatz. Wer ist das denn an der Tür? Willst du nicht wieder zurück ins Bett kommen?“, trällerte Rachel im verführerischen Ton.

Paula konnte nicht fassen, was da soeben geschah. Sie war ja so naiv gewesen. Sie hätte wissen müssen, dass sich Rachel bei der nächsten sich bietenden Gelegenheit sofort wieder ins Spiel bringen würde. Verzweifelt sah sie Clementine in die Augen, wollte, dass Clementine ihr versicherte, einem Missverständnis auferlegen zu sein. Doch Clementine dementierte nicht, sah sie weiterhin wortlos an, ihre Miene völlig versteinert. Paula wurde schwindelig, vor ihren Augen drohte alles zu verschwimmen. Das hier war zu viel, sie musste weg, wollte sich nicht länger die Blöße geben. Wie in Trance stolperte sie die Treppen herunter, hielt sich immer wieder am Geländer fest, um einen Sturz zu verhindern. Stufe für Stufe erledigten ihre Füße ihre Arbeit, ohne, dass Paula bewusst daran beteiligt war. Und tatsächlich erreichte sie irgendwann den rettenden Ausgang. Ohne nachzudenken rannte sie hinaus auf die Straße und erkannte viel zu spät die Gefahr, die sich ihr von links näherte. Unter lautem Hupen und mit quietschenden Reifen kam das Auto auf sie zu, war nur noch wenige Meter von ihr entfernt. Blau war es. Das einzige, woran Paula noch dachte, bevor es endgültig zu spät war.

„Paula?“, hörte sie ihren Namen rufen. „Paula, mach die Augen auf!“

Sie zwang sich, der Aufforderung zu folgen und öffnete sie mühsam einen Spalt. Mary. Besorgt blickte sie ihre beste Freundin an.

„Ich hab das Auto nicht kommen sehen", entschuldigte sich Paula verzweifelt.

„Auto? Was denn für ein Auto? Was um Himmels willen hast du geträumt? Schau mal, du bist völlig verschwitzt."

Nun erst erkannte sie den roten Lampion an der Zimmerdecke. Das hieße entweder, dass Mary ihr Krankenhauszimmer bereits heimelig eingerichtet hatte, oder dass Paula tatsächlich zuhause war. Sie versuchte sich zu bewegen, doch ihr Körper quittierte diesen Versuch sofort mit einem stechenden Schmerz, der sich durch sämtliche Muskeln zog. Ihre gesamte Hautoberfläche war schweißnass und ihre Decke klebte auf der Haut. Doch sie war nicht im Krankenhaus, sie war in ihrem Zimmer. Der Schmerz rührte nicht von einem Unfall, sondern war die Folge ihres exzessiven Joggingausflugs, der ihr, wie vorausgesagt, einen ordentlichen Muskelkater beschert hatte.

„Gehts wieder?", erkundigte sich Mary.

Paula richtete ihren Oberkörper auf und atmete jetzt, da sie wusste, dass sie nicht von einem Auto überfahren wurde und sie Clementine nicht mit Rachel erwischt hatte, erleichtert auf.

„Es war nur ein schlimmer Traum", murmelte sie.

„Scheinbar ein sehr schlimmer. Ich habe dich vom Wohnzimmer aus Schreien hören", bestätigte Mary. „Was ist denn in deinem Traum passiert?"

Paula versuchte sich an den Anfang ihres Traumes zu erinnern, doch die Erinnerungen begannen bereits zu verblassen. Das Gefühl als sie begriff, dass Rachel bei Clementine war, hatte sich jedoch so sehr in ihr Gehirn gebrannt, dass sich Paula den Tränen nahe fühlte.

„Es wirkte alles so echt", wimmerte sie traurig.

„Mach dir keine Sorgen. Dein Kopf hat nur deine Ängste verarbeitet. Ich kann mir nicht vorstellen, dass sich

Clementine sofort in die Arme ihrer Ex schmeißt."

Hundertprozentig sicher war sich Paula nicht, doch auch sie hielt diese Tatsache für sehr unwahrscheinlich.

„Ruf Mike am besten gleich an. Dann wirst du sehen, dass nichts wie in deinem Traum ist."

Das fand Paula eine sinnvolle Idee und griff sofort zu ihrem Telefon. Diesmal klingelte es nur drei Mal.

„Hallo?", ertönte am anderen Ende Mikes Stimme.

„Hallo Mike, hier ist Paula", keuchte sie aufgeregt. Sie konnte kaum glauben, dass sie ihn endlich erwischte.

„Oh Paula. Hatte mich schon gewundert, wem die Nummer gehört."

Dieser Satz ließ Paula erleichtert aufatmen. In ihrem Traum hatte Mike bereits an dieser Stelle ganz anders reagiert. Ihr Traum war also keine unheilvolle Prophezeiung gewesen. Als sie ihm jetzt den Grund ihres Anrufs erklärte, bestätigte sich diese Annahme, denn Mike hatte von Clementine seit ihrem letzten Treffen nichts gehört. Allerdings konnte er ihr auch sonst nicht weiterhelfen. Er drückte ihr die Daumen, klang aber höchst zuversichtlich und beinahe sicher, dass sich das Missverständnis zwischen ihnen aufklären ließ.

„Danke, Mike", seufzte sie am Ende froh.

Jetzt fehlte Paula noch die letzte Bestätigung, dass ihre böse Vorahnung sich als gänzlich unwahr herausstellte, indem sie Clementine jetzt tatsächlich in ihrer Wohnung aufsuchen wollte. In der U-Bahn begegnete sie nicht der unfreundlichen, alten Frau und auch sonst fühlte die der Weg bis zu Clementines Wohnung viel realer an. Die Haustür war allerdings tatsächlich nur angelehnt, deshalb passierte sie den Eingang in den Hausflur, ohne vorher zu klingeln. Ihr Muskelkater biss sich mit jeder weiteren Treppenstufe schmerzhafter in ihre Waden, doch sie ignorierte den Schmerz. Sie war in Gedanken bereits bei dem Moment, in dem Clementine die Tür öffnete. Vollständig angezogen und vor allem…allein. Das zumindest hoffte Paula, als sie jetzt erneut vor der festen

Metalltür stand und damit zögerte, die Klingel zu drücken.

„Ach, was soll's“, murmelte sie schließlich und presste ihren Zeigefinger auf den Knopf.

Sie wusste nicht, ob sie darauf hoffen sollte, besser niemanden anzutreffen oder Clementine endlich wieder in die Augen blicken zu können. Als nach wiederholtem Klingeln niemand öffnete, wusste sie, dass sie auf Letzteres gehofft hatte, denn sie ließ enttäuscht den Kopf hängen. Resigniert trat sie irgendwann den Heimweg an. Daheim versuchte sie ihren allerletzten Joker zu nutzen, indem sie Nora anrief. Die ging zwar gleich ran, wusste aber auch nicht mehr als Mike. Aber auch sie riet Paula, nicht den Kopf in den Sand zu stecken und einfach Ruhe zu bewahren.

„Bestimmt triffst du sie morgen wieder bei der Arbeit an“, versuchte Nora Paula zu beruhigen. Vermutlich hatte Nora damit recht, das aber bedeutete eine weitere Nacht voller Ungewissheit.

Paula sträubte sich am Abend gegen das Einschlafen. Eine weitere Albtraumnacht würde sie bestimmt nicht überstehen. Gleichzeitig vermisste sie Clementine inzwischen so unglaublich, dass sie es im Wachzustand ebenfalls nicht mehr aushielt. Was würde sie darum geben, jetzt in Clementines Armen zu liegen, sanft ihren Bauch zu streicheln und ihre wahnsinnig weichen Lippen zu berühren. Jetzt erst spürte sie, wie ihr Tränen die Wangen herunterliefen. Obwohl sie an diesem Sonntag nichts hatte erreichen können, fühlte sie sich müde und ausgelaugt, so dass sich ihr Körper irgendwann dem Wunsch, besser nicht einzuschlafen, widersetzte und sie gegen Mitternacht einschlafen ließ.

Seit nunmehr drei Tagen hatte sie Clementine nicht gesehen. Drei Tage der Ungewissheit. Heute, so hoffte Paula, würde ihr Clementine nicht länger ausweichen können. Sie hatte das Haus diesmal besonders früh verlassen, damit sie vielleicht sogar vor Arbeitsbeginn ein kurzes Gespräch mit Clementine führen konnte. Nur noch wenige Schritte trennten sie von der Eingangstür des Cafés. Gleich würde Paula sie da stehen sehen, Clementine wieder ins Gesicht blicken können. Sie trat zur Tür herein. Noch war der Laden nahezu leer, wie Paula im Augenwinkel wahrnahm. Denn ihre Augen hatte sie nach unten gerichtet. So würde Clementine sie mit ihren womöglich ablehnenden Blicken nicht bereits abwimmeln können. Erst kurz vor dem Tresen hob sie ihren Kopf und stellte enttäuscht fest, dass nicht Clementine, sondern einer ihrer Kollegen sie begrüßte.

„Guten Morgen“, begrüßte er sie wie einen x-beliebigen Gast, bevor er sie schließlich wiedererkannte, „Ah, du bist es wieder.“

„Ja, ähm. Sag mal weißt du, wann Clemen… ich meine Jane heute kommt?“

„Sie kommt heute nicht. Ich habe kurzfristig ihre Schicht übernommen.“

Paula riss erschrocken die Augen auf. War ihr irgendwas passiert? War das der Grund, warum sie nicht zurückgerufen hatte? Verwirrt und ohne sich zu verabschieden, verließ sie das Café und trottete geistesabwesend zur Agentur. Auch dort kreisten ihre Gedanken weiter um Clementine. Sie ärgerte sich, Clementines Kollegen nicht noch weitere Fragen gestellt zu haben. Vielleicht war ja alles halb so wild, vielleicht war Clementine einfach nur erkältet oder so. Dann aber hätte Paula sie doch sicher zuhause angetroffen. Es war zum Haare raufen. Egal welches Szenario Paula durchspielte, sie würde ja doch nicht auf des Rätsels Lösung kommen. Und auf die Arbeit konnte sie sich ebenfalls nicht konzentrieren. Bereits zum dritten Mal versuchte sie, eine E-Mail von Natalie zu lesen, verlor aber immer wieder den Faden.

„Paula, ist alles gut bei dir?“

Christoph war überraschend vor ihrem Schreibtisch aufgetaucht und sah sie besorgt an. Sollte sie sich ihm anvertrauen? Eigentlich wollte sie ihn ja nicht noch tiefer einweihen, aber gerade sehnte sie sich danach, mit jemandem zu reden.

„Nein, nicht wirklich", gab sie zu.

Sie begleitete Christoph in die Küche, wo sie zufällig ungestört waren. Sie lehnte am Küchentisch, die Arme locker verschränkt, während Christoph sich einen Kaffee zubereitete, während sie die letzten Ereignisse für ihn zusammenfasste.

„Ach Süße, das ist ja alles ganz verzwickt. Aber aufgeben kommt wohl kaum in Frage."

„Das will ich auch nicht. Aber sie scheint im Moment wie vom Erdboden verschluckt."

„Sie muss ja irgendwann wieder auftauchen. Solange musst du durchhalten."

Paula ließ den Kopf hängen. Sie hatte so gehofft, dass die quälende Ungewissheit heute endlich ein Ende nehmen würde.

„Denkst du, du schaffst deine Aufgaben heute?"

„Ja, ich denke schon. Notfalls bleibe ich halt länger."

„Ok, aber übertreibe es damit nicht", riet er ihr. „Und falls du was brauchst, lass es mich wissen."

Sie war für seine rührende Fürsorge dankbar, hoffte aber, sein Angebot nicht in Anspruch nehmen zu müssen. Der Tag schritt schleichend langsam voran. Paula hatte sich zwischendurch mit Natalie zusammengesetzt, die ihr im Anschluss daran allerhand Unterlagen zum Durchlesen per E-Mail weitergeleitet hatte. Sich ausgerechnet heute mit neuem Input zu befassen, fiel Paula wahnsinnig schwer. Ihr war nicht aufgefallen, wie spät es inzwischen war, doch jetzt war es auf einmal mucksmäuschenstill im Büro. War sie etwa die Letzte heute? Das wäre fatal, denn sie besaß keinen Schlüssel und wie sich die Alarmanlage aktivieren ließ, wusste Paula ebenfalls nicht. Sie stand auf und sah sich um. Tatsächlich herrschte in sämtlichen Räumen gähnende Leere. Dann aber erkannte sie in Peters Büro eine Bewegung hinter den zugezogenen Glasscheiben. Peter. Ausgerechnet er war es, der noch da war. In diesem Fall wäre es allerdings schlimmer, wenn sie völlig alleine wäre. Sie trat an seine Bürotür heran und klopfte zaghaft.

„Hallo?", hörte sie eine irritierte Männerstimme.

„Ich bin's, Paula."

„Paula? Was machst du denn zu so später Stunde noch hier? Komm doch rein."

Sie betrat das Büro und blieb vor seinem Schreibtisch stehen.

„Ich, also ich... hab noch ein paar Sachen auf dem Tisch", druckste sie.

Peter sah sie durchdringend an.

„Ist alles ok bei dir?"

Besonders Peter sollte von ihrer schlechten Stimmung nichts erfahren, doch er schien längst erfasst zu haben, dass es ihr nicht gut ging. Was aber sollte sie auf seine Frage antworten? Er legte seinen Kopf schief und musterte sie.

„Paula, du kannst mit mir reden. Egal was es ist", ermutigte er sie.

„Ich glaube nicht, dass das so gut wäre", fand Paula.

Wieder beäugte er sie eingehend, bis er scheinbar zu einer Erkenntnis gelangt war.

„Es geht um Clementine, habe ich recht?", sagte er sanft.

Paula nickte stumm, obwohl sie das gar nicht wollte. In ihrem Hals hatte sich ein Kloß gebildet. Mit seinem väterlichen Blick bedeutete er ihr, sich endlich hinzusetzen. Zögernd nahm sie das Angebot an.

„Habt ihr gestritten?"

Paula nickte, schüttelte aber dann den Kopf. Sie wollte etwas sagen, doch ihre Stimme versagte. Erst nach einem lauten Räuspern fand sie einen Ton.

„Ich habe Mist gebaut und nun ist sie einfach...verschwunden."

Peter hob erstaunt die Augenbrauen, verschränkte seine Finger ineinander. Offenbar wartete er auf weitere Informationen. Paula war klar, dass er damit wenig anfangen konnte. Doch mit jedem weiteren Wort würde sie gleichzeitig Clementines Vertrauen verletzen. Trotzdem und obwohl sie nicht wusste, warum, sagte ihr Bauchgefühl, dass sie Peter in die Situation einweihen sollte.

„Sie dachte, mein Ex sei noch mein Freund. Und bevor ich es richtigstellen konnte, war sie schon weg. Das war Freitag und seitdem habe ich nichts mehr von ihr gehört. Ich mache mir allmählich Sorgen um sie. Heute Morgen habe ich erfahren, dass sie nicht einmal zur Arbeit ist. Zu Hause ist sie auch nicht und ich habe keine Idee, wie ich sie finden soll."

Gedankenverloren und mit einem unergründlichen Gesichtsausdruck blickte Peter aus dem Fenster seines Büros und sagte kein Wort. Paula hatte keine Idee, was gerade in ihrem Chef vorging, aber mit jeder verstreichenden Minute empfand sie die Stille zwischen ihnen beklemmender. Vielleicht war es doch keine so gute Idee gewesen, ihm davon zu erzählen. Doch dann rührte sich in seinem Gesicht etwas. Seine Mundwinkel begannen zu zucken und formten den Ansatz eines Lächelns. Er wandte sich ihr zu, hob die Hände wie ein Prediger und sprach: „Ich weiß, wo sie ist"

Dann stand er unvermittelt auf, griff nach seinem Schlüssel und fügte hinzu. „Komm, ich fahre dich hin."

KAPITEL 24

Peter hatte noch nicht verraten, wohin er Paula brachte und Paula fragte auch nicht danach. Hauptsache, er steuerte den Ort an, an dem sich Clementine versteckt hielt. Sie hatte keine Zweifel, dass er mit seiner Vermutung richtig lag, denn dafür hatte er viel zu überzeugt geklungen. Sie schrieb Mary, dass sie heute später als üblich zuhause sein würde und fasste den Grund in groben Zügen zusammen.

„Wir werden eine Weile unterwegs sein. Ich hoffe, du hast heute keine weiteren Termine mehr“, sagte Peter, nachdem auch für Paula ersichtlich war, dass sie die Stadt verließen.

Sie würden also eine längere Zeit zusammen im Auto verbringen. Hoffentlich würde keine unangenehme Stille zwischen ihnen entstehen.

„Ich habe heute nichts weiter vor. Und du bist sicher, du weißt, wo sie ist?“

„Clementines Tante hat ein kleines Häuschen am Meer. Früher hat Clementine dort viel Zeit verbracht. Auch ich kenne das Haus noch von früher.“ Es schien als würde sich Peter mit gemischten Gefühlen zurückerinnern. Paula hätte gern mehr von dieser Zeit gewusst, aber sie traute sich nicht zu fragen.

„Jedenfalls“, fuhr er fort, „war dieses Haus für sie schon immer ein Rückzugsort. Vermutlich weiß sie gar nicht, dass ich das weiß.“

Paula erinnerte sich an den Tagesausflug, den Clementine ihr am Freitag versprochen hatte. Womöglich hatte Clementine mit Paula ja sogar genau dorthin gewollt.

„Weißt du, sie und ihre Mutter damals zu verlassen, war das schlimmste, was ich je tun musste.“ Während er sprach, hielt er seinen Blick stur auf die Straße gerichtet. Paula wollte darauf lieber nicht antworten. Ihr gefiel seine Aussage nicht. Sah er sich tatsächlich als Opfer in diesem Familiendrama? War es nicht er, der heimlich eine Affäre gehabt und damit Clementines Mutter zum Alkohol gebracht hatte? Vermutlich wusste er, dass Paula für diese Unterhaltung eigentlich nicht die richtige Gesprächspartnerin war, trotzdem fuhr er fort.

„All die Jahre habe ich versucht ihr zu helfen. Doch sie ließ sich einfach nicht helfen.“ Er schüttelte traurig den Kopf.

Paula war sich nicht sicher, ob sie ihm richtig folgen konnte. Meinte er jetzt Clementine und seine wiederholten Versuche, mit ihr Kontakt aufzunehmen? Aber welche Art von Hilfe meinte er? Sie konnte sich nicht mehr zurückhalten. Sie wollte wissen, was er damit meinte.

„Ich verstehe nicht recht?“

Er sah kurz zu ihr rüber.

„Paula, vielleicht sollte ich das wirklich nicht mit dir besprechen. Ich will dich da nicht mit reinziehen.“

Damit hatte er sicher recht, doch Paula hatte das Gefühl, als gäbe es da noch eine andere Version der Geschichte.

„Mag sein. Wenn es da aber irgendwas gibt, was Clementine nicht weiß, dann sollte sie es vielleicht trotzdem erfahren.“

Peter rieb sich angestrengt die Stirn. Er schien mit sich zu ringen, ob er weiterreden oder lieber schweigen sollte. Schließlich seufzte er.

„Es ist nicht so einfach. Sie liebt ihre Mutter und ich will da nichts kaputt machen.“

„Ich kann mir nichts vorstellen, was die Beziehung zwischen Clementine und ihrer Mutter kaputt machen könnte.“ Eine Behauptung, die sich allein darauf stützte, was Clementine über ihr heutiges Verhältnis zu ihrer Mutter erzählt hatte, die Paula aber für sicher hielt. Trotzdem schien Peter mit sich zu hadern, entschied sich aber für eine Antwort.

„Ich habe es ihr nie gesagt. Für sie gibt es bis heute nur die Geschichte vom bösen Vater, der die Familie verlassen hat. Clementine glaubt bis heute, dass ihre Mutter meinetwegen mit dem Trinken angefangen hat. Dabei fing alles viel früher an. Möglicherweise sogar bevor wir uns kennengelernt haben, aber das weiß ich nicht sicher."

Paula sah, wie Peter seine Kieferknochen aufeinanderpresste. Obwohl das alles schon so viele Jahre her war, schien es ihn nach wie vor zu berühren.

„Peter, wenn Clementine erfährt, dass wir darüber gesprochen haben…" Sie wusste nicht recht, wie sie es formulieren sollte.

„Ich versichere dir, ich werde Clementine nichts von unserem Gespräch erzählen."

Paula glaubte ihm. Trotzdem fuhr sie nur zögernd fort.

„Ok, ich gehe mal davon aus, dass ihre Mutter schon vorher ein Alkoholproblem hatte. Das erklärt trotzdem nicht, warum du dann plötzlich gegangen bist. Sicher, dass der Auslöser nicht ein anderer war?"

Sie spielte auf seine Affäre an, doch wollte sie es nicht allzu deutlich formulieren. Peter verstand aber sofort.

„Ja, da gab es jemanden und ich bin nicht stolz darauf. Ich habe meine Frau aber nicht ihretwegen verlassen, sondern, weil ich ab da gemerkt habe, wie kaputt alles bereits war. Als es mit dem Trinken das erste Mal richtig schlimm wurde, das war übrigens bevor Clementine auf der Welt war, da habe ich sie schon bekniet, endlich eine Therapie zu machen. Doch dann wurde meine Frau schwanger und es schien, als würde sie die Schwangerschaft von allein heilen. Sie hörte einfach so mit dem Trinken auf und wir waren rundherum glücklich. Zumindest dachte ich das. Kurz nach der Geburt muss es wieder angefangen haben. Sie konnte es wohl eine ganze Weile vor mir verheimlichen. Dann aber fand ich eines Tages eines ihrer Verstecke und ab da ging alles wieder von vorne los. Wir haben gestritten, wir haben uns tagelang angeschwiegen. Manchmal bin ich einfach ein paar Tage geflüchtet. So ging das mehrere Jahre. Clementine gegenüber haben wir versucht, unsere Streitigkeiten zu verbergen. Das hat soweit auch immer geklappt, nur gegen Ende konnte auch ich mich nicht mehr zusammenreißen. Es ging einfach nicht mehr."

Paula hatte es nicht gewagt, seinen Wortschwall zu

unterbrechen. Währenddessen hatte er nicht einmal zu ihr rübergesehen und nun schwieg er. Sie bekam damit die Gelegenheit, die neuen Informationen zu verarbeiten und in die bisher bekannte Geschichte einzusortieren. Paula überlegte, ob sie Peter das alles einfach so glauben konnte. Aber alles, was er sagte, machte Sinn und bestätigte ihren bisherigen Eindruck von ihm. Diese Version der Geschichte war wohl noch trauriger als das, was Clementine erzählt hatte. Vielleicht sollte Clementine ihm doch eine Chance geben. Er war nicht der schlechte Kerl, für den seine Tochter ihn hielt. Jedoch konnte er ihr das nur klarmachen, indem er ihre Mutter in ein schlechtes Licht rücken würde. Und Paula fand es außerordentlich ehrenwert, dass er das all die Jahre für sich behalten hatte. Doch nun hatte er Paula eingeweiht und sie fühlte sich in der Rolle der Mitwisserin gerade ziemlich überfordert. Erwartete er insgeheim, dass sie zwischen Tochter und Vater vermittelte? Doch Paula war ohnehin schon weiter gegangen, als sie es eigentlich hätte tun dürfen. Sie war hin- und hergerissen. Sie wünschte sich für Clementine, dass die beiden wieder zueinander finden würden. Trotzdem war es allein Clementines Sache, in die sie sich nicht weiter einmischen wollte.

„Peter, ich glaube, ich kann dir da wirklich nicht helfen." Paula tat das wirklich leid und sie blickte betrübt aus dem Autofenster.

„Das verlange ich auch nicht von dir. Und es tut mir leid, dass ich dir diese Geschichte aufgezwungen habe. Aber irgendwie musste ich es gerade loswerden."

„Bist du sicher, dass Clementine ein schlechteres Bild von ihrer Mutter haben würde? Ich meine, sie ist oder war einfach krank. Ich denke, Clementine würde das verstehen."

Nun sah Peter doch zu Paula rüber.

„Hältst du das wirklich für möglich?"

Noch nie hatte sie Peter so unsicher gesehen und es war ihr unangenehm, dass er ausgerechnet bei ihr einen Ratschlag einholen wollte.

„Sicher bin ich natürlich nicht. Solange kenne ich

Clementine noch nicht."

Peter schien zu grübeln und Paula hätte ihm gern den Rat gegeben, alle Karten auf den Tisch zu legen. Aber diese Verantwortung wollte sie nicht übernehmen. Außerdem hatte sie ihre eigenen Dinge mit Clementine zu klären. Eine halbe Ewigkeit waren sie bereits unterwegs. Die Sonne stand inzwischen tief und bald würde das Licht hinter dem Horizont verschwunden sein. Sie hatten inzwischen die Küste erreicht und folgten dem Verlauf der Meereskante. Wie anders dieser Landstrich doch wieder war. Er stand im völligen Kontrast zu New York City, aber auch mit Catskills Berglandschaft hatte dieser Teil New Yorks nichts gemein. Waren sie überhaupt noch in New York? Paula wusste es nicht, aber die sandbedeckten Seitenstreifen hätten sie im Zweifel etwas anderes behaupten lassen. Sie erreichten Strände, die mal mehr, mal weniger gut besiedelt waren. Mal sah sie moderne und luxuriöse Strandvillen, dann wieder schlichte Strandhäuser, an denen der Zahn der Zeit bereits seit längerem nagte. Genau diese Häuser fand Paula besonders charmant, erzählten sie doch eine Geschichte, hatten dem Wind und dem Wetter schon über Jahrzehnte getrotzt und waren dennoch weiterhin da. Genau vor so einem Haus kam Peters Wagen schließlich zum Stehen. Sofort stieg Paula aus und sah sich das Haus aus der Nähe an. Die weiß gestrichene Holzfassade blätterte bereits stellenweise ab und auch das Dach hatte schon unzählige Windböen erlebt, aber das Haus wirkte heimelig, lud in sich ein und Paula war sich sicher, dass es ein gemütliches Inneres in sich beherbergte. Eingerahmt wurde das Gebäude von einer mit langen Halmen überwucherten Düne, die einen natürlichen Zaun zum Strand bildete. Die Fensterscheiben reflektierten die letzten Strahlen der Sonne und bildeten zum Innenbereich einen natürlichen Sichtschutz. Peter war inzwischen ebenfalls ausgestiegen, blieb aber neben dem Auto stehen.

„Ich werde hier warten. Wenn du weißt, ob du hierbleibst, dann sag mir Bescheid, ja?"

Paula nickte und näherte sich nun langsam der Eingangstür. Bis eben war sie die Ruhe selbst, doch mit jedem weiteren Schritt stieg die Aufregung. War Clementine tatsächlich hier, oder hatte sich Peter getäuscht? Sie rieb sich ihre schwitzigen Hände, versuchte ruhig und gleichmäßig zu atmen, um ihr hämmerndes Herz zu beruhigen. War es richtig hierhergekommen zu sein? Wie würde Clementine reagieren, wenn sie sah, wer Paula hergebracht hatte? War sie überhaupt alleine hier? Vor Paulas geistigem Auge tauchte Rachels Gesicht auf, das sie triumphierend und hämisch angrinste. Schnell schob sie diesen albtraumhaften Gedanken beiseite. Jetzt stand sie direkt vor der hölzernen Eingangstür, zu der Paula keine Klingel fand. Also ballte sie eine Faust und klopfte. Niemand öffnete. Schon wieder nicht. Auch ein zweites Klopfen bewirkte nichts. Sie blickte sich hilfesuchend zu Peter um.

„Vielleicht ist sie am Strand. Du kannst rechts am Haus vorbeigehen." Er deutete mit einer Handbewegung auf den schmalen Pfad neben dem Haus. Paula folgte dem Weg und erreichte die Strandseite des Hauses mit der angrenzenden, großzügigen Terrasse. Sofort fiel ihr die Wäscheleine ins Auge an, der einige Kleidungsstücke im Wind flatterten. Ob sie Clementine gehörten, vermochte Paula nicht zu sagen. Auf jeden Fall aber wurde das Haus gerade bewohnt. Sie blickte Richtung Meer, atmete die laue Brise ein, die ihr sanft entgegen blies. Wunderschön war dieser Ort und definitiv geeignet, um seinen Kopf frei zu kriegen. Schon bald würde es dunkel werden. Die Sonne stand inzwischen nahe über dem Horizont und färbte die Kulisse in orange-rote, warme Farben. Sie betrat den weißen Sandstrand, zog ihre Schuhe aus und tauchte mit ihren Füßen in den noch warmen Sand ein. Sie war sich mittlerweile sicher, dass Clementine sie genau an diesen Ort hatte entführen wollen. Wehmütig trauerte sie diesem nicht zustande gekommenen Tag nach, wollte aber die Hoffnung auf einen zweiten Versuch noch nicht begraben. Es gab nur wenige Strandspaziergänger an diesem Strandabschnitt. Die meisten von ihnen waren zu zweit, einige hielten verliebt Händchen. Doch Paulas Blick streifte sie höchstens und verbuchte sie sofort als uninteressant. An einer Stelle jedoch blieb ihr Blick schließlich hängen. An einer Silhouette, die im Sand saß und das Meer zu beobachten schien. Es war mehr ein Gefühl, nichts, woran Paula es hätte festmachen können, aber sie war sich sicher, dass da vorne tatsächlich Clementine hockte. Auch Paulas Herz war sich dieser Sache sicher, denn es begann damit, einen hektischen Tanz aus Vorfreude und gleichzeitiger Panik zu vollführen. Paula setzte sich wieder in Bewegung, schob ihre Füße immer weiter durch den tiefen Sand. Ihr Muskelkater musste sich dabei auch wieder zu Wort melden, doch auch diesmal zeigte sie ihm die kalte Schulter. Je weiter sie sich der Silhouette näherte, desto mehr Details zeigten sich. Jetzt war Paula ganz sicher. Da vorne war die Frau, an die sie ihr Herz verloren hatte.

Gedankenverloren starrte Clementine aufs Meer. Sie hatte ihre Beine angewinkelt, ihre Arme um sie herum geschlungen und schien Musik über ihre Kopfhörer zu hören. Mittlerweile war Paula höchstens noch zehn Meter von ihr entfernt. Doch Clementine nahm sie nicht wahr. Es war seltsam, sie da sitzen zu sehen. Sie wirkte weder deprimiert noch traurig, schien aber in sich gekehrt zu sein. Wie jemand, den man besser nicht stören sollte. Doch diesen Gefallen würde Paula ihr nicht tun können. Sie war gekommen, um Klarheit zu schaffen. Deshalb schob sie sich nun auch langsam in Clementines Gesichtsfeld, stand jetzt schräg vor ihr. Und dann geschah es. Clementines Augen reagierten, blickten auf die Bewegung, die in ihrem Augenwinkel stattgefunden hatten. Als sich ihre Blicke trafen erstarrte Paula unmittelbar zur Salzsäule, abwartend, wie Clementine auf ihr Erscheinen reagieren würde. Jede kleinste Regung versuchte sie in Clementines Gesicht abzulesen. Im ersten Moment las sie Verblüffung, aber definitiv keine Wut. Und dann, wenn sich Paula nicht täuschte, erkannte sie um Clementines Mundwinkel ein zaghaftes, sich andeutendes Lächeln.

„Wie hast du mich gefunden?“ Sie hatte sich zur Seite gedreht und stützte sich mit einer Hand im Sand ab. Ihre Stimme klang ganz ruhig und unaufgeregt. Paula wusste nicht, ob es ein gutes Zeichen war, wenn Clementine so gelassen reagierte. Sie selbst war so wackelig auf den Beinen, dass sie nicht länger stehen wollte.

„Darf ich mich neben dich setzen?“ Sie wollte mit der Gegenfrage gleichzeitig Zeit schinden, denn die wahre Antwort auf Clementines Frage würde ihr sicher nicht gefallen. Dass es ausgerechnet Peter war, der Paula hierhergeführt hatte, würde Clementine sicher wieder einen Schritt zurücktreten lassen.

Clementine antwortete schließlich mit einem Nicken, so dass sich Paula neben sie in den weichen Sand setzte. Eine ganze Weile saßen sie stumm nebeneinander und betrachteten die Möwen, die im Wind surften. Heimlich beobachtete Paula Clementine im Augenwinkel. Sie wirkte ganz entspannt, schien sich an Paulas Anwesenheit nicht zu stören. Deshalb wagte Paula einen ersten Erklärungsversuch.

„Ich habe dich nicht belogen.“

Clementine neigte den Kopf in ihre Richtung, ihre Miene blieb jedoch unergründlich. Unsicher und mit zittriger Stimme fuhr Paula fort.

„Ich habe das mit Mark beendet, noch bevor es mit uns begann. Er wollte das nicht einsehen. Dazu kam, dass meine Mutter ihn angestachelt hat, mir hinterher zu fliegen. Völlig bescheuerte Idee. Ich habe ihn wieder weggeschickt.“ Ängstlich sah sie Clementine an, wartete auf eine Reaktion. Entweder sie glaubte ihr jetzt, oder es wäre wohl endgültig vorbei. Clementine blickte abwechselnd hinaus aufs Meer, dann wieder zu Boden, malte gedankenverloren mit einem kleinen Ast im Sand. Dann aber holte sie Luft.

„Ich glaube dir.“ Noch immer hatte sie ihr Gesicht abgewendet.

„Das habe ich bereits, als du mir deine Nachricht geschickt hattest. Aber darum ging es nicht...“ Jetzt erst sah sie Paula direkt an. „Weißt du, ich bin kein Fan von bösen Überraschungen. Mir ist das schon ein paar Mal im Leben passiert, dass ich in Situationen geraten bin, in denen ich enttäuscht wurde, oder mich bloßgestellt gefühlt habe. Und das war wieder eine solche Situation."

„Aber...", wollte Paula einwenden.

„Ich gebe zu, dass ich in diesem Fall wohl vorschnell reagiert habe. Glaub mir, ich ärgere mich wohl selbst am meisten darüber. Mein Kopf weiß das. Meine Gefühle kommen gerade langsam hinterher."

Paula brauchte einen Moment, um Clementines Aussage sacken zu lassen. Ihre Worte klangen durchaus hoffnungsvoll, jedoch noch sehr verhalten. Für Paula durchaus nachvollziehbar, wenngleich sie insgeheim auf mehr Euphorie gehofft hatte.

„Mir tut es wahnsinnig Leid, dass ich dich in diese blöde Situation gebracht habe. Ich weiß, dass ich daran Schuld habe. Hätte ich dir das mit Mark vorher erzählt, wäre es nie so weit gekommen."

Clementine verschwamm vor Paulas Augen, denn Paulas Augen hatten sich mit Tränen gefüllt, die jetzt an ihrer Wange in den Sand tropften. Trotzdem erkannte sie, dass Clementines Gesichtszüge weicher geworden waren. Jetzt rückte sie zu Paula auf und legte einen Arm um sie.

„Hey, du musst nicht traurig sein. Ich bin ein elender Sturkopf, daran werde ich wohl nie etwas ändern können. Das heißt aber nicht, dass die guten Gefühle sofort verschwinden. Im Gegenteil. Wenn ich nichts für dich empfinden würde, hätte ich nicht so reagiert, ok?"

Paula wischte sich die Augen trocken, blickte sie schüchtern an. Clementine hatte sich inzwischen noch dichter an Paula herangezogen, ihr Gesicht ruhte nur wenige Zentimeter vor Paulas. Mit ihrer rechten Hand strich sie eine Haarsträhne hinter Paulas Ohr. Bereits diese kleine Berührung löste in Paula ein wohliges Schaudern aus und ließ die Sehnsucht nach Clementine ins Unermessliche steigen. Sie wollte Clementine berühren, sie streicheln, ihre

Lippen spüren. Doch sie riss sich zusammen, wollte Clementine über den nächsten Schritt entscheiden lassen. Sie ließ Paula nicht lange warten. Sie schloss ihre Augen, überwand die letzte Distanz und legte ganz zaghaft ihre Lippen auf Paulas Lippen. Eine Erlösung, ein Wiederbeleben nach dem Ertrinken, ein Erwachen nach einem schrecklichen Albtraum. Das alles war dieser Kuss, der alles wieder ins Lot brachte, der das Gefüge wieder zurechtrückte.

All die negativen Gedanken, ihre Ängste, ihre Sorgen, die in den letzten Tagen ihr Leben bestimmt hatten, waren mit einem Mal wie weggewischt. Sie wollte Clementine nie wieder loslassen. Auch Clementine war spürbar ergriffen, ihr Atem ging schwer und Paula spürte, wie sie mehrmals schlucken musste.

Dann löste sich Paula, betrachtete Clementine und fuhr ihr zärtlich über ihr wunderschönes Gesicht. Sie hatte sie zurück und würde sie nun nie wieder gehen lassen.

„Du kannst dir nicht vorstellen, wie ich dich vermisst habe." Paulas Stimme brach, während sie diese Worte in Clementines Ohr flüsterte.

„Doch, ich denke schon. Ich habe dich genauso vermisst. Aber ich konnte einfach nicht über meinen Schatten springen. Ich bin froh, dass du mich gesucht hast." Auch Clementine gingen die Worte nur schwer über die Lippen.

„Soll ich dir das Haus zeigen?" Sie war bereits aufgesprungen und zog Paula an der Hand nach oben. Ihr verschmitztes Grinsen ließ vermuten, dass Clementine neben der Hausbesichtigung noch etwas anderes im Sinn hatte. Liebend gern wollte Paula ihr folgen, aber da war noch diese eine Sache. Sie hatte noch nicht erwähnt, wer vor ihrer Haustür wartete. Sie hoffte inständig, dass diese kritische Information Clementines Stimmung nicht wieder umschlagen ließ.

„Du hast mich doch gefragt, wie ich hergefunden habe. Versprichst du mir, nicht böse zu werden?" Paula versuchte mit ihren großen, unschuldigen Augen so viel Verständnis wie möglich zu wecken. Clementine stutzte, dann blinzelte sie nachdenklich und schließlich presste sie nickend ihre Lippen aufeinander, als hätte sie bereits eine Ahnung.

„Dein… also, ich meine...Peter hat mich hergefahren“, stotterte Paula und am hätte liebsten schnell ihren Kopf in den Sand gesteckt, um Clementines Reaktion zu entgehen. Doch zu ihrer Überraschung verfinsterte sich Clementines Miene nicht, sondern sie sah sie weiterhin liebevoll an.

„Er ist der einzige, der das Haus kennt und dich mal eben hätte herfahren können. Immerhin hat er damit mal was Vernünftiges getan.“ Sie küsste Paula auf die Nase. „Erwartet er jetzt im Gegenzug, dass ich mit ihm rede?“ Nun klang sie wieder etwas skeptisch.

„Nein, er will nur wissen, ob ich über Nacht hierbleibe, oder mit ihm zurückfahre.“

Erneut hob Clementine verblüfft die Augenbrauen.

„Und bleibst du?“, wollte sie von Paula wissen.

„Das würde ich, wenn du mich lässt. Allerdings habe ich keine Ahnung, wie ich morgen rechtzeitig zur Arbeit erscheinen soll.“

Clementine verschränkte die Arme und grinste sie herausfordernd an.

„Na, er ist dein Chef. Wenn er bereit ist, dich hier im Nirgendwo abzusetzen, dann muss er mit sowas rechnen, oder?“

Paula musste lachen. So hatte sie das bislang noch nicht gesehen, fand aber, dass Clementine absolut recht hatte. Trotzdem musste sie ihn fragen, also machten die beiden sich auf dem Weg zum Haus. Sie betraten das Haus durch die Terrassentür und Clementine führte Paula zum Vordereingang. Als sie die Tür öffnete, sah sie, dass Peter es sich inzwischen im Auto bequem gemacht hatte. Er richtete sich sofort auf, als er die beiden bemerkte.

„Ich kläre das mit ihm“, sprach sie zu Clementine und steuerte anschließend auf das Auto zu. Währenddessen stieg Peter aus. Clementine dagegen blieb an Ort und Stelle, lehnte mit verschränkten Armen im Türrahmen und hielt sich somit im Hintergrund.

„Und, bleibst du hier?"

„Ja, das würde ich gerne. Allerdings wegen morgen…", druckste sie schüchtern, doch Peter verstand sofort, worum es ging.

„Soweit ich weiß, hast du morgen ohnehin frei, nicht wahr?", lächelte er verschmitzt. Hatte sie natürlich nicht, aber sie war clever genug, um nicht zu protestieren.

„Danke Peter", freute sich Paula und fiel ihm in die Arme. Er wollte gerade ins Auto einsteigen, da meldete sich überraschend Clementine zu Wort.

„Danke, dass du sie hergebracht hast."

Sowohl Peter als auch Paula blickten sie erstaunt an. Mit einem leisen Lächeln auf den Lippen nickte Clementine ihm anerkennend zu, drehte sich um und verschwand im Haus.

EPILOG

In weniger als 24 Stunden würde Paulas Flieger nach Deutschland abheben. Gerade hatte sie die letzten Teile in ihrem Koffer verstaut und saß nun im Schneidersitz auf ihrem Bett, Clementine ihr direkt gegenüber. Die letzten Wochen waren wie ein Wimpernschlag verstrichen. Es war die bisher schönste und aufregendste Zeit in Paulas Leben gewesen und sie war sich jetzt schon sicher, dass sie die Erinnerungen daran nie vergessen würde. Doch je näher der Tag X herangerückt war, desto mehr hatte Paula gelitten. Regelmäßig hatte sie mit Magenbeschwerden zu kämpfen, manchmal war ihr sogar richtig übel. Clementine erging es nicht anders. Paula wusste, dass es ihr besonders schlecht ging, wenn sie sich für eine kurze Zeit zurückzog, indem sie unter anderem in ihre Musik abtauchte, oder darum bat, allein ein bisschen frische Luft schnappen zu gehen. Gestern war es offenbar besonders schlimm gewesen, denn sie hatte sich kurzerhand einige Stunden abgeseilt, um danach etwas besser gelaunt wieder bei Paula aufzuschlagen.

Um sich gegenseitig zu trösten, erinnerten sie sich abwechselnd daran, dass die räumliche Trennung ja nur auf Zeit sein würde. Peter hatte Wort gehalten und Paula die Stelle in seiner Agentur fest zugesagt. Diesen Tag würde Paula niemals vergessen, denn danach hatte sie spontan all ihre Liebsten im Nox zusammengetrommelt, um die lebensverändernde Entscheidung ordentlich zu feiern. Sogar Christoph war mit von der Partie gewesen und natürlich waren Mary und Bob dieser Einladung gefolgt. Alex, die Barbesitzerin, musste lachen, denn mit Cody, Mike, Ted und den zwei anderen Jungs war die Männerquote an dem Abend so hoch wie selten zuvor. Paula war gerührt, dass sie tatsächlich alle gekommen waren. In den wenigen Wochen waren diese einst Fremden zu Freunden geworden. Besonders als Mike und Nora ein Abschiedsständchen zum Besten gaben, kullerten nicht nur bei Paula die Tränen. Fest und inzwischen auch hochoffiziell an ihrer Seite war natürlich stets Clementine, die ebenfalls einen heimlichen Grund zum Feiern hatte. Dass Peter ihr Paula zum Strandhaus gebracht hatte, schien in ihr etwas aktiviert zu haben, dass sie zum ersten Mal seit einer Ewigkeit über die Beziehung zu ihrem Vater nachdenken ließ. Sogar mit Paula hatte sie diese Gedanken geteilt, was, wie Clementine selbst zugab, doch eher ungewöhnlich war. Paula hatte zu guter Letzt den entscheidenden Impuls zu einem Vater-Tochter-Gespräch gegeben, wodurch sie zwar auch danach noch kein Herz und eine Seele waren, sie aber immerhin einen ersten Schritt in diese Richtung getan hatten. Alles in allem hätte Paulas Welt nicht schöner sein können, wäre da nicht der bevorstehende Abschied gewesen. Nun saß sie da auf ihrem Bett, die Frau ihres Herzens an den Händen haltend, und wusste, dass sie auf diese Nähe die kommenden Monate verzichten musste.

„Ich kann es gar nicht glauben, dass ich morgen um die Zeit bereits im Flieger sitze“, seufzte Paula bedrückt.

„Ich auch nicht. Und wehe, du bringst mich morgen zum Heulen!“ Clementine wollte sich wohl auch selbst ein wenig aufmuntern, aber das Lächeln blieb ihr im Hals stecken.

„Hey, ich habe noch was für dich.“ Clementine hopste vom Bett und kramte in ihrem Rucksack. Zum Vorschein kam ein in blaues Papier eingeschlagenes Geschenk in der Größe eines Buches.

„Ich habe auch noch was“, lachte Paula und griff unter ihr Kopfkissen. Auch sie streckte Clementine ein in etwa gleichgroßes Geschenk entgegen. Bloß war ihres grün verpackt. Sie tauschten die Pakete und tasteten nach dem Inhalt.

„Wollen wir es gleichzeitig auspacken?“, schlug Clementine vor. Paula nickte und beide begannen hastig das Geschenk vom Umschlag zu befreien. Als sie ihre Geschenke vor sich hielten, prusteten beide laut los.

In Paulas Händen lag ein Bilderrahmen, an dessen Foto

sich Paula sehr gut erinnerte. Es zeigte sie mit Clementine, wie sie gemeinsam auf dem Floß ein Küsschen austauschten. Mike hatte das Bild geschossen, doch hatte Paula es bislang nie zu Gesicht bekommen. Auch Clementine hatte einen Bilderrahmen bekommen. Und auch ihr Motiv zeigte die beiden. Doch in ihrem Fall befanden sich Paula und Clementine auf der Brooklyn Bridge und Paula verpasste einer genervt dreinblickenden Clementine einen Schmatzer.

„Das ist echt süß von dir“, sagte Paula und küsste Clementine zärtlich.

„Und ich dachte, ich wäre mit meinem Geschenk furchtbar kreativ“, lachte Clementine.

„Du hättest mir kein schöneres Geschenk machen können. Es bekommt einen Platz auf meinen Nachttisch.“ Sie streichelte sanft über das Motiv, als würde sie damit Clementine berühren.

„Du wartest hier doch auf mich?“ Sie sah Clementine ängstlich an. Diese Frage kam in den letzten Tagen immer wieder auf und endete meist damit, dass Paula völlig aufgelöst in Clementines Schoß heulte.

„Süße, ich liebe dich. Und ich werde auf dich warten, egal wie lange es dauert, ok?“ Sie nahm Paula in den Arm und schaffte es diesmal, einen weiteren Heulkrampf zu vermeiden. „Und außerdem kannst du mich auch gar nicht verlassen“, sagte Paula trotzig.

Clementine sah sie fragend an.

„Na, wir haben doch noch immer nicht alles zusammen ausprobiert“, grinste Paula schelmisch. Jetzt begriff auch Clementine, was sie damit meinte. Paula hatte es bislang noch immer nicht geschafft, Clementine auf diese eine Weise Lust zu bereiten, die Paula umgekehrt aber so wahnsinnig genoss. Dabei war es nicht mal Paula, die immer wieder drumherum geschifft war. Clementine war offenbar der Meinung, dass Paula noch nicht bereit dazu war, denn jedes Mal, wenn sich Paulas Lippen dieser pikanten Stelle genähert hatten, war Clementine dazwischengegangen.

Diesmal jedoch wollte sich Paula nicht abhalten lassen.

„Du bist wirklich sicher, dass du das willst?“, seufzte Clementine, an dessen Ohr Paula gerade genüsslich knabberte.

„Absolut“, hauchte sie ihr verführerisch ins Ohr, schob Clementine in Richtung Kopfkissen, so dass sie anschließend der Länge nach vor Paula zum Liegen kam. Beherzt und ohne Umschweife langte Paula zu Clementines Hosenknopf, ließ ihn aufspringen und öffnete danach in Windeseile den Reißverschluss. Clementine half ihr, sich von ihrer Hose zu befreien. Ihren Slip streifte Paula bei der Gelegenheit ebenfalls mit ab. So lag sie da, entblößt, ihrer Freundin mit Freude ausgeliefert und wartete gespannt auf Paulas nächsten Schritt. Diese streichelte mit ihren Fingerspitzen über die Innenseiten von Clementines Schenkeln und beobachtete mit Begeisterung, wie Clementine bereits darauf mit genüsslichem Seufzen reagierte. Dann begann sie statt ihrer Hände, ihre Lippen einzusetzen. Ihre Küsse wanderten immer weiter Richtung Mitte und mit jedem Zentimeter spürte sie, wie sich Clementines Körper weiter anspannte. Paula genoss es, mit Clementines Erregung zu spielen. Sie machte Pausen, die ein gelegentliches, flehendes Wimmern auslösten oder Clementine ein „Nicht aufhören“ dahin wispern ließen. Insbesondere solche Worte erregten Paula unglaublich, wie sie in den vergangenen Wochen festgestellt hatte, in denen die beiden sich immer häufiger derartige Anweisungen in ihrem Liebesspiel zuflüsterten. Sie würde nicht aufhören, wollte Clementines Anordnung gern befolgen und übersprang kurzerhand die letzten Zentimeter der Schenkel und befand sich nun direkt vor Clementines Zentrum, dass bereits deutlich angeschwollen und feucht war. Paula nahm ihre Finger zur Hilfe und öffnete den Spalt, der Clementines empfindsamste Stelle hinter sich verbarg. Ein forderndes Wimmern entfuhr Clementines Lippen, ihr Becken bäumte sich auf, schob sich Paula entgegen. Paula wollte sie nicht länger betteln lassen, tauchte mit ihrer warmen Zunge ein und entlockte Clementine einen ersten heiseren Schrei. Der süßliche Geschmack, der sich in Paulas Mund ausbreitete, machte Paula vor Erregung beinahe wahnsinnig. Sie konnte kaum genug davon bekommen. Immer wilder schnellte ihre Zunge über Clementines harte Klitoris, fing sie ein mit ihren Lippen, um sie einzusaugen und weiteren Reizen auszusetzen. Clementines Hände hatten mittlerweile Paulas Hinterkopf umschlossen, dirigierten sie, pressten ihren Kopf noch fester zwischen ihre Beine. Noch nie war Clementine während ihres Liebesspiels derart laut gewesen. Jedes Stöhnen, jeder leidenschaftliche Seufzer ließ Paulas Klitoris ebenfalls aufzucken, sie pulsieren, so dass Paula glaubte, selbst ohne direkte Berührung zum Höhepunkt gelangen zu können. Doch das war zweitrangig. Clementine sollte zuerst Erlösung finden. Mit schneller werdendem Rhythmus trieb sie Clementines Lust voran, bis sie sich schließlich mit einem letzten lauten Schrei aufbäumte, jeden Muskel bis zum Anschlag anspannte, um danach atemlos in sich zusammenzusacken. Paula hätte nicht in Worte fassen können, wie sehr sie diesen Anblick ihrer Freundin in diesem Moment genoss. Und es stand für sie fest, dass sie in Zukunft auf diese Art des Liebesspiels unter gar keinen Umständen verzichten wollte. Sie erholten sich ein wenig von ihren erotischen Strapazen, doch sie wollten auch die letzten Stunden ihres letzten gemeinsamen Tages nicht untätig verstreichen lassen. Sie liebten sich, bis in die späte Nacht hinein, bis sie endgültig zu erschöpft waren und der Schlaf sie nicht mehr aus seinem Bann ließ.

Am nächsten Morgen begleitete Clementine Paula zum Flughafen. Eigentlich wollte auch Mary mitkommen, das aber hätte den Abschied für Paula noch schlimmer gemacht. Clementine begleitete Paula zunächst zum Check-In-Schalter, wo Paula ihre zwei schweren Koffer loswurde. Sie hatte sich im Vorfeld bereits einen Fensterplatz reserviert, damit sie beim Abflug einen letzten Blick auf New York werfen konnte. Ihnen blieb noch ein wenig Zeit, also suchten sie sich einen Platz in einem Café.

„Was soll ich mit mir in Deutschland nur ohne dich anstellen? Wenn ja wenigstens das Semester sofort losginge, aber das dauert ja auch noch vier Wochen“, jammerte Paula.

„Du kannst dich schon mal auf deine Prüfungen vorbereiten. Mein Vater hat da die höchsten Ansprüche“, stichelte Clementine, was ihr einen bösen Blick einhandelte.

„Sehr witzig. Eigentlich wollte ich die Zeit bei meinen Eltern verbringen, aber vier Wochen halte ich mit meiner Mutter im Moment wirklich nicht aus.“

Paulas Mutter hatte nach mehreren anstrengenden Gesprächen endlich verstanden, dass Paula jetzt eine Partnerin an ihrer Seite hatte. Begeistert war sie nicht gewesen und wechselte sofort das Thema, sobald die Sprache darauf kam. Paulas Vater dagegen war völlig entspannt mit dieser neuen Situation und wollte Clementine unbedingt kennenlernen.

„Du musst ja auch nicht direkt vier Wochen bleiben. Aber sie haben dich sicher auch vermisst. Und denk daran, dass du sie schon bald nicht mehr spontan besuchen kannst.“

Damit hatte Clementine natürlich recht. Wenn Paula das nächste Mal nach Amerika reisen würde, hätte sie kein Rückflugticket und würde ihrer Heimat und damit auch ihrer Familie den Rücken kehren. Sie freute sich auch irgendwie auf Deutschland, trotzdem wollte sie die Zeit bis zu ihrem gemeinsamen Wiedersehen am liebsten vorspulen.

Die Zeit zerrann wie Sand zwischen ihren Fingern. Bereits beim nächsten Blick auf die große Tafel mit den Abflugzeiten musste Paula feststellen, dass gleich ihr Boarding beginnen würde. Höchste Zeit, sich zur Sicherheitskontrolle zu begeben. Sie bezahlten ihre Getränke und machten sich Händchen haltend auf den Weg. Paulas Magen machte sich wieder bemerkbar, indem er sich schmerzhaft zusammenzog. Sie hatte den bevorstehenden Abschied so lange wie möglich zu verdrängen versucht. Doch jetzt konnte sie ihm nicht länger ausweichen. Sie standen sich gegenüber, tauschten noch einige letzte Küsse aus und Paula vergrub ihr Gesicht schluchzend in Clementines Halsbeuge. Dagegen hatte Clementine sich weitaus besser im Griff, sie hatte bislang noch kein Tränchen verdrücken müssen, worum Paula sie beneidete.

„Du musst los.“ Clementine deutete mit einer Kopfbewegung auf die Anzeigetafel, die gerade umgesprungen war und ihren Flugstatus auf „Boarding“ gesetzt hatte. Jetzt kannten Paulas Tränen überhaupt kein Halten mehr. Ihre roten, verquollenen Augen ließen Paula alles nur noch sehr verschwommen erkennen, aber selbst sie konnten das Wort „Boarding“ noch entziffern.

„Das wird gleich wieder.“ Clementine lächelte Paula zuversichtlich an. Wieso sagte sie das? Und woher nahm sie diese überzeugend klingende Gewissheit? Paula würde sich wahrscheinlich während des gesamten Flugs die Augen aus dem Kopf heulen und rechnete damit, dass das die kommenden Tage anhalten würde. Mit einem letzten Küsschen auf dem Mund verabschiedete sich Paula schließlich. Sie löste die Umarmung, drehte sich hastig von Clementine weg und reihte sich in die Schlange der Wartenden ein.

„Warte Paula, ich stelle mich noch mit dir an“, hörte sie ihre Freundin hinter sich rufen. Paula atmete erleichtert auf, das würde ihnen noch ein paar weitere Minuten schenken. Doch die Schlange schrumpfte schneller als gehofft. Gleich wäre Paula an der Reihe. Kreuzunglücklich blickte sie Clementine an, doch die wirkte erstaunlich entspannt. Wahrscheinlich riss sie sich Paula zuliebe zusammen. So jedenfalls Paulas Vermutung.

„Nun müssen wir uns aber wirklich verabschieden“ Paulas Stimme zitterte, so auch ihr gesamter Körper.

„So, so. Du willst mich also schon loswerden?“, grinste Clementine verschmitzt.

Paula verstand ihre Reaktion nicht. Dann aber kramte Clementine in ihrer Jackeninnentasche und zog ein schmales Papierstück hervor. Ein Flugticket. Trotzdem wollte der Groschen nicht fallen, zu abwegig war das Offensichtliche.

„Süße, würdest du mich mit nach Deutschland nehmen?“ Clementines Worte klangen, als hätte sie Paula einen Antrag gemacht.

„Ist das dein Ernst? Wie… ich meine, wie konntest du das bezahlen? Du veralberst mich aber jetzt nicht?“, purzelten die Worte unkontrolliert aus Paulas Mund.

„Nein, das ist kein Scherz. Das Ticket ist echt und nein, ich habe es nicht selbst bezahlt. So ungern ich es auch zugebe, aber ich habe mir den Flug von Peter spendieren lassen. Ich hoffe du weißt, welche Liebesbekundung das an dich ist? Unter keinen Umständen hätte ich das Geld aus einem anderen Grund angenommen.“

Paula hörte schon längst nicht mehr zu, sondern fiel Clementine vor Freude um den Hals und jauchzte hysterisch auf. Gemeinsam passierten sie die Sicherheitskontrolle, bestiegen zusammen das Flugzeug und als Clementine schließlich direkt neben ihr Platz nahm und nach Paulas Hand griff, war Paula der glücklichste Mensch der Welt.

ÜBER DIE AUTORIN

Ann I. Noll ist 1981 im nordhessischen Kassel geboren, ist dort zu Schule gegangen, bevor sie mit Anfang zwanzig nach Marburg umzog. Sie ist gelernte Mediengestalterin und arbeitet hauptberuflich im Bereich Marketing / Webdesign. 2017 hat sie ihre Frau und langjährige Partnerin geheiratet. Im darauffolgenden Jahr haben sie ihr erstes gemeinsames Kind bekommen. Seit 2015 veröffentlicht die Autorin, zunächst als Printmedium im regionalen Umfeld, ihre ersten Kurzgeschichten und Romane mit überwiegend lesbischem Inhalt.

Printed by Amazon Italia Logistica S.r.l.
Torrazza Piemonte (TO), Italy

37997879R00226